天玺华◎著

熊掌大侠传奇

群众出版社
·北京·

图书在版编目（CIP）数据

熊掌大侠传奇 / 关玺华著．—北京：群众出版社，2019.1

ISBN 978-7-5014-5898-1

Ⅰ．①熊…　Ⅱ．①关…　Ⅲ．①长篇小说—中国—当代　Ⅳ．①I247.5

中国版本图书馆 CIP 数据核字（2018）第 295832 号

熊掌大侠传奇

关玺华　著

出版发行：群众出版社

地　　址：北京市丰台区方庄芳星园三区 15 号楼

邮政编码：100078

经　　销：新华书店

印　　刷：北京市泰锐印刷有限责任公司

版　　次：2019 年 1 月第 1 版

印　　次：2019 年 1 月第 1 次

印　　张：13.875

开　　本：880 毫米×1230 毫米　1/32

字　　数：345 千字

书　　号：ISBN 978-7-5014-5898-1

定　　价：48.00 元

网　　址：www.qzcbs.com

电子邮箱：qzcbs@sohu.com

营销中心电话：010-83903254

读者服务部电话（门市）：010-83903257

警官读者俱乐部电话（网购、邮购）：010-83903253

文艺分社电话：010-83901330　　010-83903973

目　录

第一季　青龙白虎

第二季　黑白熊掌

第一季　青龙白虎

序 章

当年少林寺僧人模仿黑熊的搏击动作，创了一套掌法，取名熊掌。这套掌法凶狠异常，招式从表面上看很笨拙，其实内藏古怪的变化。练习熊掌要和铁砂掌结合，以铁砂掌作为熊掌的基本功。所谓铁砂掌，就是用一个大沙袋，里面装上铁砂、河沙、钢珠，还有活血的药物朱砂、三七之类的东西，每天晚上 12 点开始练，先是用掌打这个沙袋，然后用活血的药水洗手。打完沙袋还要练习抛抓沙袋，这沙袋十分沉重，而且里面的东西装得很多，硬得一般人的手指头根本抓不进去，如果能把沙袋抓起来，说明手指的抓力已经很大了。再经常抛抓，这人的抓力和臂力、掌力就会大得惊人。铁砂掌和熊掌要练三年才有小成，十年方能大成。用熊掌打人，人中掌之后如被黑熊拍了一下，不死也得重伤。一般情况下，挨了一熊掌，得去医院照X光片，看看骨头折了没有，内脏是不是还在原来的地方。

熊掌属少林秘传武功，世人极少能见，得了真传的人都轻易不露。如今国人大力弘扬中华传统文化，武术是国粹，自然也就随之大放异彩，一些秘传武功相继露面，熊掌这种鲜为人知的武功也渐渐被揭开了神秘的面纱。

话说这年市公安局刑侦总队招考武术教官，主考官是公安局一流的武术高手。

考试这天，有位二十三四岁的小伙子前来应试。这小伙子姓白名少杰，生得肤白肉细，但无书卷气；一米八三的个儿，细腰宽肩，壮而不蠢；生着一双倒插如剑的眉毛，一对炯炯有神的眸子，看上去一脸英气。他是刚从警校刑侦系毕业的学生，听说总队招考武术教官，想借着报考的名义来看看热闹。

考场上来应试的多为五大三粗的壮汉或相貌唬人的把式。这位帅哥一出场，引来同行不少轻蔑的目光，连考官的眼睛里也绽出一丝疑惑。

考官上下打量了一下白少杰，问他道："你练过什么拳？跟谁学的武功？"

白少杰实话实说："祖上是天桥会友镖局的，传下几趟三皇炮锤，后来又学了少林、武当和峨眉的一些拳法。主要练铁砂掌、红砂掌、黑砂掌、熊掌……我不是来考教官的，我是想学习学习、见识见识，看看热闹。"说着一脸憨笑。

考官是市里的散打冠军，喜欢实战不喜欢说嘴。他一听少杰这么说，有点儿撮火，心想，这小子是上这儿玩儿来了？满嘴跑火车，拿我打镲？不禁冷冷一笑道："你祖上八成是天桥的把式，不过这儿可不是天桥。"

考场上来应考的人一阵哄笑，都觉得这个小帅哥有点儿意思，够能吹的。

看热闹的人当中有个美女，她叫韩露，二十多岁，是刑警队的侦查员。她一米六五的个子，高鼻梁、大眼睛、薄嘴唇，皮肤白得让人觉得她准是化了妆、擦了粉，据说是市公安局十大美女之一。她也是出生在武术世家，父母都是练八卦掌的。她从小跟着父母练习家传的武功，擅长八卦龙形掌。此时她穿着练功服，认真地打量着少杰，觉得他长得很帅，但是十分滑稽，说话半真半假，有些玩世不恭。

考官起身上前看了看少杰，轻蔑地说："你看上去身材不错，骨骼健壮，就是脸白了点儿。"

坐在监考席监考的李队长向考官道："这你就错了吧？张飞是黑脸，赵云是白脸，都是勇将，脸白不能代表武功不厉害。"

考官道："现在练武术净是练嘴的，真练功夫的不多，一打就傻。咱们找的是练武术的教官，不是练嘴的把式。"

李队长道："你别小看人啊，你怎么知道人家是练嘴的？要不你们俩比试一下？"

少杰笑道："别，别，我就是练嘴的，一打就傻。"

考官道："三大门派的武功你都练过，还练过什么熊掌？"

少杰道："对，我师父单独教了我一套熊掌，说这是少杰的秘传武功，一般不外传。"

在场的众人又是一阵哈哈大笑，连很少笑的韩露都忍不住捂着嘴偷乐。

考官差点儿被少杰气乐了，笑道："我的天，天桥的把式都没你能侃。你练过熊掌？真厉害，你是北极来的大白熊吧？"

李队长也是个爱起哄的人，他向考官道："你还先别取笑人家，是骡子是马拉出来遛遛，你们比试一下，看看谁有真功夫。"

众人一听队长这么说，都跟着起哄："你们俩比试比试嘿。"

“别光练嘴呀，露一手让我们看看。”

李队长道：“对，你们俩现在就比画一下，我当裁判。”

考官是散打冠军，当然不在乎比试，也没把眼前这个白面书生放在眼里。他向少杰道：“我可是练散打的，和武术不一样，我们讲的是拳打脚踢的真打。”

少杰眨眨眼道：“武术和散打没有太大区别，都是自由搏击。”

考官道：“队长可在这儿哪，咱俩要是不比画比画，好像我这面子上也挂不住呀。你可别怪我下手狠，我是真打。”

少杰笑道：“怕挨打我就不练武术了，既然要切磋武功，咱们就按江湖规矩，不能踢裆，不能戳眼，其他拳打脚踢都可以。”

考官心说，这小子欠揍，不捶他一顿不知道天高地厚，于是点头道：“行，小伙子，那你就把你那什么熊掌、黑砂掌、红砂掌都使出来让我们见识见识。”

少杰笑笑道：“熊掌没什么神奇，就是模仿黑熊搏击动作创的象形拳。这就是黑熊拍门。”说着轻轻伸出两掌，向前推了一下。

在场的人一齐哄笑。看少杰这么一比画，考官差点儿笑出了声，轻蔑地说：“这就是黑熊拍门？这是老太太推厕所门。”众人又是一阵大笑。

李队长也被逗笑了，觉得这个白少杰真是太有意思了，他到底会不会武术呀，怎么这一比画软绵绵的呀？但他想看热闹，想看看这个小伙子是不是真的会什么熊掌，于是大声道：“我看这熊掌好玩儿。我说少杰呀，你就给考官来个黑熊拍门吧。你要是一掌把考官拍趴下，咱们刑侦总队的武术教官就让你当了！”

众人开始起哄。

考官走到场中间，摆出拳击的架势，向少杰道：“来吧小伙子，当着李队长的面儿，接我两招吧。”

少杰淡淡地说：“那我就领教了，您手下留情。”

考官不以为然地说：“我向你学习，你赐招吧。”

少杰走上前，拱手施礼道：“您先请。”

考官皱眉道：“你还让我先动手？嘿，行，那你可留神了。”说着就是一个拳击的组合拳，又快又狠，直向少杰的鼻子打了过来。

此时只听“啪”的一声，少杰闪电般打出一掌，只见考官腾空横着向后飞了出去，重重地摔在地上。

在场的众人惊呼一声，无不愕然失色。谁也没看清白少杰这一掌是怎么打出来的，就看见他似乎是轻描淡写地一比画。

只有美女韩露看出了门道，暗暗赞叹，这个白少杰虽然脸白，手可够黑的。一掌能把散打冠军打得差点儿吐了血，没有十年铁砂掌的功夫根本做不到。而且他打拳如走路，看人如蒿草，伤人于无形。旁边的人根本看不出他用的什么招式，出手之快，招数之奇特，在当今武术界十分少见。她师父曾经跟她说过，这是武术搏击的最高境界。

由于白少杰一掌把考官打得半个月没爬起来，因此在刑侦总队当上了侦查员兼武术教官。还有人给他起了个外号：熊掌大侠。

这年美国总统来中国访问，身边有个叫哈里的保镖。这哈里一米九的个儿，受过特殊训练，据说能一招置人于死地。他此次随总统来北京，一方面是给总统挡枪子儿，另一方面也想见识见识中国的武术高手。他看过不少中国香港功夫片，但觉得那都是电影特技，不是真功夫。他想领教一下中国的真功夫，同时也想让中国人领教一下美国的真功夫。

哈里一下飞机就向中国翻译提出了要与中国警察比武的要

求，翻译淡淡一笑，满口答应。

当天下午，一个偶然的场合，翻译把哈里引到了刑警队侦查员少杰的面前，对哈里说："这是熊掌大侠。"

哈里一见少杰，叽里呱啦地说了一通英语，少杰一句没听懂，问翻译道："他说什么呢?"

翻译捂嘴偷笑着说："他要跟你比武，快给他吃熊掌。"

少杰没明白，问翻译道："比武？怎么比?"

这时哈里伸出手来，似乎是要与少杰握手，少杰赶紧伸出手，岂知两手一握，哈里立刻使出给总统当保镖的看家力气，使劲儿地攥少杰的手。少杰一惊，忙问翻译道："这是干吗?"

翻译急了，说："快呀，他试你的武功呢!"

少杰这才明白，他猛然发力，"嘿!"第一下发力：铁砂掌，哈里痛得一惊。第二下发力：红砂掌，哈里痛得要抽手，但少杰的手如一把大压力钳子，哪儿抽得出。第三下发力：黑砂掌，哈里开始咧嘴瞪眼。翻译一看不妙，要出事，这是他不经请示私自安排美国总统的保镖吃熊掌，出了事有国际影响，于是赶忙叫停道："少杰，慢点儿！行啦!"

少杰假装没听见，又是一发力：熊掌！总统保镖哪儿吃过这种大补的珍奇野味，也顾不上面子了，大叫："妈呀——上帝!"一米九的个儿又向上长了三寸。

翻译赶紧上来拉少杰的手，叫道："快松手！快松手!"少杰微微一笑，慢慢松了手。哈里龇牙咧嘴地低头一看，手上多了五个大红指印，指印由红变紫，由紫又变了黑，而且渐渐地肿了起来。他捂着手，向少杰道了谢，吸着凉气，小跑着钻进了汽车。

此后美国保镖对中国警察特别友好，哈里在临走的时候还特意找到少杰，向他告别，不过这次他再也没敢伸出手来。

熊掌大侠的名字不胫而走，且越传越神，有的说他有第三只眼，能给人透视。有的说他会道家全真派气功，能治癌。也有的说他每天半夜 12 点起来打沙袋，练子午功，练的时候旁边放一盆热药水，边打边用药水洗手。练完还打坐，入静以后磁场招得过路的鸟都不走了，围着他们家乱转，传说还来过凤凰。

然而，作为一个刑侦总队的侦查员，更多的是与犯罪分子的生死搏斗。凡吃过少杰熊掌的地痞流氓、杀人犯、强奸犯、盗墓贼这类人，都私下里这么说他："那小子根本不是人，就是一只大白熊。那手比熊掌还狠，一巴掌能扇掉你半边脸。"

第一章　夜盗钩弋夫人墓

墓地一般都风水好，可不是个浪漫的地方。丁酉年秋月，一个月冷风凄的夜晚，陕西云陵西汉钩弋夫人墓陵园阒无人迹，天空蒙着一层云翳，凄清幽冷。一阵冷风吹过，响了几声秋雷，沙哑、破败。瞬即冷冷的秋雨就被这雷声震落下来，凄蒙蒙地洒进墓区的松树林中，雨点打在针叶上，发出惨惨戚戚的声音，更加重了料峭的氛围。

这地方是国家文物保护单位，但也被盗墓贼惦记上了。贼胆包天，这里鬼气森森，可是充满了诱惑。他们不怕鬼，不怕墓穴里的水银、流沙、鬼火、弩箭，也不怕被警察抓到以后坐几十年的牢。他们的眼睛里充满了贪欲，这贪欲能让他们在黑乎乎的夜里发现混在泥土里的每一件随葬品，哪怕是一枚小小的印章。他们有的时候眼睛是红的，希望能挖到国宝级的冥器，拿出去卖个几百万，然后就买房子买车，送子女到美国去留学。

盗墓在中国有着两千多年的历史，早在汉代曹操为了筹集军费，就曾专门组织人盗挖古墓，盗墓的还有官职，叫摸金校尉。这些盗墓贼看风水、观天象，研究风水学外加阴阳五行。本事大的盗墓贼到了一个地方，看看风水就知道哪儿有大墓。现在的盗墓贼更不用说了，用先进的金属探测仪，跟扫地雷似的就能知道地下哪儿有古墓。盛世收藏，现在中国有钱的人多了，电视上鉴宝节目热播，盗墓也跟着热起来了。

这个雨夜来盗墓的一共三个团伙，是三个地方的人。有山东鲨鱼帮的，有陕西王的人，还有一帮人是北京的。他们各忙各的，互不干涉，基本上是晚上 10 点以后来到墓地，凌晨 4 点天亮前收工。他们分工明确，最低一级的叫苦力，是在古墓挖土的。上面是腿子，属于项目经理的级别。再往上叫支锅老大，是出钱的人和召集人，负责探明古墓的位置，出钱组织各路的人来挖。墓地被他们称为工地，在工地挖出来的东西支锅老大拿大头。另外还有专门收购东西的人，叫掌眼。

北京来的这个领头的叫西山老大，颇有来头。他年轻的时候当过道士，练就了一身武功，擅长铁砂掌，据说手掌能劈开石板。但他有个嗜好，爱吃狗肉，后来因为偷鸡摸狗被寺院赶了出来。他凭借一身好功夫，开武馆授徒。后来遇上一个盗墓贼，请他当保镖。他干了几年，发了财，在盗销古董方面也有了技能和人脉，便开始自己干。这回他在网上收到支锅老大的通知，带着几个北京的盗墓贼来到这儿。其中包括他的徒弟赵亮。这赵亮生得又高又壮，跟着西山老大学了三年武术，曾经一掌打死一头牛，后来就自号“打死牛”，在盗墓团伙里是个狠角色。打死牛有个酒肉朋友，本来是在北京专事入室盗窃的，因为学过跑坡轻功，能飞檐走壁，号称“飞毛腿”。他和打死牛一见如故，这回就跟着他来了，想着弄个什么价值连城的东西，然后卖到美国去，这辈子就衣食无忧了。

这几天西山老大这伙人收获颇丰，居然挖出一套西汉的青铜编钟。西山老大把这套编钟的照片发给北京的支锅老大，老大看了即刻让他带着东西火速开车回北京，说是有个掌眼已经看上了这套东西，要看看实物，然后就成交。西山老大就把工地的事交给弟子打死牛负责，自己开车拉着编钟回北京了。

打死牛和飞毛腿是什么人？这两个人除了抢劫和盗窃，基本不会干别的，这回师父走了，觉得机会来了，想着挖出来东西先自己藏起来，来个神不知鬼不觉，等回了北京自己到潘家园找个收古董的弟兄，把货一出手就发了。所以虽说这天晚上下起了小雨，冷飕飕的让他们后脖子直冒凉气，可是他们干劲儿不减，还真挖出来两件青铜器，还有几个陶俑。这二人不懂这东西是什么级别的文物，但是估计能值不少钱，就合计怎么才能把这些东西隐藏起来。

打死牛低声向飞毛腿道："咱们这儿就出了两件青铜器，其他人出了不少货。这个工地油水不少，已经出了二十多件东西，加上我师父拿回北京的那几件，咱们回去一人买一辆奔驰没问题。"

飞毛腿摇头向打死牛说："我看不会分给咱们太多，咱们是挖土的苦力。大头都让你师父和支锅老大拿了，咱们也就弄个辛苦钱。"

打死牛一想也是，不禁叹了口气道："是啊，什么时候咱们俩也当一回支锅。"

飞毛腿道："咱们不懂风水，也没有人给咱们提供古墓的信息，上哪儿当支锅去。"

打死牛道："我师父老看古书，还看考古专家的论文，就是为了找古墓的位置。可惜呀，我除了练武术、卖苦力，什么都不会。”

飞毛腿有主意，他可不想在这儿当苦力，他觉得要当也得当老板，起码也当个工头吧。他向打死牛建议道：“你会武术就是本钱，咱们可以抢去呀，看谁手里有古董，咱们把他摆平了，然后把古董拿到北京潘家园的黑市上一卖，比在这儿盗墓省事。你不是号称能一掌打死一头牛吗？哪天咱们就找个玩儿收藏的，给他一掌不就得了？”

打死牛一听来了精神，向上一拔胸脯道：“不是我吹，凭我这三年铁砂掌的功夫，有一个算一个，没有经得住我打的。”

二人正憧憬着发财的美好前景，可是天有不测风云，这天陕西公安机关得到群众举报，说有人在云陵盗墓。警方闻风而动，警车呼啸而至，附近的巡警、云陵的保安也来了。警察和保安打着手电把云陵园区围了起来，像猫抓老鼠似的开始抓捕盗墓贼。霎时间原本寂静的墓地人声喧闹，盗墓贼都惊了，四下乱窜，都知道这要是让警察抓到，至少十年大刑。

飞毛腿一看警察和保安来了，心想坏了，得赶紧逃。他向打死牛道：“打死牛，这回得看你的了。”他的意思是：你掩护，我撤退，反正我腿快，没有逃跑冠军的本事就不叫飞毛腿了。

打死牛是个缺心眼儿的愣家伙，看飞毛腿一个劲儿抬举自己，想着得在弟兄们面前露一手武功，让他们看看他打死牛不是浪得虚名，于是拿起地上的两件青铜器交给飞毛腿，让他拿着东西先撤，他来对付这些保安和警察。

这时几个保安打着手电冲上来，大喊着：“站住！干什么的！”

飞毛腿和几个盗墓贼一看吓得屁滚尿流，起身就跑，保安上前抓贼，与盗墓贼扭打起来。

打死牛大步迎上前，一掌打倒一个保安，不屑地说：“老子一掌打死一头牛，你们这样的还想跟我动手？”

又冲上来几个保安，打死牛三拳两脚就将他们都打倒在地。

这时远处传来警笛声，飞毛腿向打死牛叫道："赵兄，快撤，警察来了！"

打死牛一看远处有警灯闪亮，警笛声由远而近，赶紧和飞毛腿钻进了玉米地。

飞毛腿、打死牛和几个盗墓贼在玉米地里落荒而逃，后面警察打着手电追了上来。此时在田间小路上忽然闪出一个蒙面人，拦在了路中间。这个蒙面人身材高大健壮，拦住打死牛等人的去路，用阴冷的声音向他们道："你们几个盗墓的，把盗来的东西放下，滚蛋！"

打死牛一看这蒙面人，不禁愣了，心想老子当了一辈子强盗，居然有人敢抢劫我，真是新鲜。他怕后面警察追上来，不想和这个不知从哪儿冒出来的江洋大盗纠缠，上前指着蒙面人道："你谁呀？敢抢老子的东西，不要命了？老子一掌能打死一头牛，你是不是想让老子拍你一掌呀？"

蒙面人似乎并不把打死牛放在眼里，冷笑着说："就你？一掌打死牛？老子一掌打死你。"

打死牛一听大怒，心说，真有不怕死的，老子今天就一掌拍死你得了。想到这儿，上前就是一个迎面掌，大喊一声："看掌！"只听"啪"的一声，打死牛向后飞了出去，摔了个四脚朝天。

在场的盗墓贼都吃了一惊，一拥而上，围攻蒙面人。蒙面人拳打脚踢，瞬间就把这些人全都打倒了。

飞毛腿抱着东西站在边上正想跑，蒙面人指着他道："你把东西放下，不然我废了你。"

飞毛腿吓得一哆嗦，心想这个人武功高强，我好汉不吃眼前亏，而且警察马上就追上来了，抱着两个青铜器也是祸害，让警察抓到罪加一等，还不如给了这个强盗。想到这儿，赶紧把两个青铜器放在地上，撒腿就跑。

蒙面人拿起两个青铜器，看了看倒在地上的几个盗墓贼，听到警察追赶的声音近了，也不敢久留，几步钻进了玉米地，转眼消失在夜幕里。

众多警察抓了几个盗墓贼，把他们押上警车。有几个保安受了伤，鼻青脸肿的，说是有个号称一掌能打死一头牛的盗墓贼十分厉害，会武术，打了他们以后就沿着玉米地跑了。

警方布置警力连夜抓捕打死牛等人，可是天黑，又下着雨，警犬也没找到这几个盗墓贼的踪迹。

打死牛和飞毛腿这伙盗墓贼非常倒霉，被警察追不说，还被一个不知道从哪儿冒出来的江洋大盗暴打了一顿，一个个都受了内伤，狼狈地找到事前停在路边的面包车，趁着天黑向北京跑。

飞毛腿没受伤，他开着车，其他人都东倒西歪地坐在车上，哼哼唧唧痛苦不堪。

打死牛觉得这回自己丢了大人，现了大眼，一世英名毁于一旦。但是他很不服气，他捂着肚子对着车外大骂道："真邪行，老子行走江湖这么多年，还头一次吃这么大的亏。这小子他妈的是谁呀？"

飞毛腿也觉得这事有些不可思议，以打死牛的武功，不至于连还手的机会都没有呀？他边开车边问打死牛道："我说赵兄，在我眼里，你是打遍天下无敌手啊，怎么今天一个照面就让人打个四脚朝天呀？"

打死牛忍着疼道："按说以我的武功，很少有人能禁得住我一掌。可是那小子出手又快又狠，我根本反应不过来。"

一个盗墓贼捂着被打肿的脸道："那小子不是人，那巴掌扇了我一下，差点儿把我的脸扇掉半拉。那手别提多重了，根本不是人手，就是一个熊掌，大黑熊的掌。”

飞毛腿一看这个被打的小伙子，真想笑，他可真是打肿了脸充胖子，来的时候他可没这么胖，挨了一巴掌脸就成发面包了。不过又一想，这家伙说得有理，那个打劫他们的人八成真会使熊掌。他向打死牛道：“我听我师父说过，似乎少林寺有熊掌这门武功，不过早就失传了，难道现在还有人练？”

那个盗墓贼痛苦地说：“不是熊掌也是铁掌，反正不是人手。”

打死牛咬着牙道：“我早晚要找到这个人，剁了他的手，报这一掌之仇。”

飞毛腿道：“报仇事小，倒霉的是咱们被他抢了货，回去怎么跟你师父交代呀？他肯定不信，准以为咱们把东西藏起来了。”

打死牛沮丧地说：“是啊，我师父肯定不信，我当了好几年强盗，居然被抢劫了。而且咱们是几个人，对方是一个人。”

一个盗墓贼道：“有伤为证呀，让西山老大给咱们验伤，看看是不是咱们被人打了。”

打死牛心想，让他师父验伤，这也太丢人了，跌了份儿了。师父准骂他没用。自己平常在师父面前没少吹牛，这回倒好，怎么张这个嘴呀？要不编个瞎话，就说对方来了几十个人，而且个个手里拿着家伙。他们浴血苦战，最后寡不敌众，被人家暴捶了一顿，东西也被抢走了？

陕西警方破获了淳化系列盗掘西汉古墓案，打掉十个犯罪团伙，抓获九十一个犯罪嫌疑人。这是近年来全国破获的重大文物犯罪系列案件之一。审问盗墓贼的时候，得知这回来了三个地方的人，有山东鲨鱼帮的，还有一帮人是陕西的，另外一帮人是北京的。除了落网的这些盗墓贼，还有几个重要嫌疑人在逃，包括外号西山老大、打死牛和飞毛腿三个盗墓贼，还有这个系列盗窃案的主谋支锅老大和掌眼。这些人都住在北京，真实姓名和住址没人知道。支锅老大和掌眼从来没露过面，被抓的盗墓贼都不知道他们是谁。三个盗墓团伙虽然一块儿干活，但是谁都不说真名，都有外号。而且几天就换一个手机号，用偷来的身份证买号卡。

云陵被盗案是公安部统筹督办的案子，显然最重要的是到北京抓西山老大这些人。于是陕西警方带着相关资料，匆匆来到北京，请北京警方协助，追回被盗的文物。

北京市公安局刑侦总队李队长召集精兵强将，听取了陕西警方的情况通报。陕西警方介绍了被盗的西汉青铜编钟的情况，还特意说了一个细节，发现现场有保安被打伤，有个盗墓贼自称能一掌打死一头牛，还有个号称飞毛腿的人，会飞檐走壁，似乎都是练过武术的。

少杰和美女侦查员韩露也来听陕西的民警介绍。李队长一听盗墓贼是练武的，当即就决定把这个案子交给少杰和韩露负责，这两个人都是练家子，而且对武术界比较了解。他嘱咐少杰和韩露，作案的人属于武贼，得从收藏界和武术界找线索。

少杰和韩露商量，他师哥闻龙在北京开了个武馆，叫会友武馆，在重庆还有个分馆。他在武术界人脉甚广，估计应该知道打死牛和飞毛腿这两个人。至于支锅老大和掌眼这两个神秘人物，得从收藏界找。他师哥有个癖好，就是收藏古董，还是收藏家协会的。他有钱不买车、不买房，甚至不找媳妇，就是喜欢收藏，一有时间就逛旧货市场淘东西。他的眼力神准，对古玩鉴定颇有研究，书房里的书基本都是文物方面的，有不少收藏界的人买了东西都让他给鉴定。

韩露早听少杰说过他有个师兄，两个人从小跟着一个师父学武术，长大以后都有一个共同的爱好，就是喝二锅头。韩露在武术界也听过闻龙的名号，据说他十分高冷，因为有雅好，所以不跟俗人交往。现在少杰提出了去他师哥那儿，她自然想去见见这个有些传奇的人物。

闻龙的武馆在城区的一个胡同里，是个小四合院。当初闻龙开武馆加上做古玩生意挣了钱，买下了这个破烂不堪的小杂院。当时院子里的东西厢房都快塌了，院中间都是私搭乱建的小厨房，房顶上长满了野草，满目凄凉破败。但是闻龙看中了这个小院子的清静，想着把院子中间的破烂小房拆了，地平整好了，开个武馆，十个人同时练功没问题。于是他带着几个徒弟满世界拣砖头，自己修了房子，还用方砖铺了地。他有个学生是搞园林设计的，在原来四合院格局的基础上，参考了江南园林的设计，房前加了大屋檐，四周修了游廊，在院里搭天棚、摆鱼缸，种上石榴和丁香树，还找了一些太湖石，在墙角搭成一组假山。这一改建让小院居然有了几分旧式王府的味道，以现在房地产的价钱，至少值个几千万。

少杰和韩露走进闻龙武馆的院子，见里面有不少人在打拳踢腿，以青少年居多。

闻龙此时正在房檐下看学员们练功，他三十多岁，相貌敦厚，身材高大健壮。一看少杰来了，他微微一笑，顺手抄起边上一个大沙袋，扬手向少杰抛了过去，说声："接着!"

少杰看沙袋飞了过来，一个顺手牵羊，把沙袋接住以后借着惯性一转身，把沙袋又抛给了闻龙。二人你来我往，变换各种姿势对抛这个大沙袋。

在场的学员都看傻了，不时发出啧啧赞叹。一个高个子学员向另外一个又胖又壮的学员道："我的天，这沙袋得有几十斤，我都抓不起来，又硬又沉，他们俩跟扔沙包似的扔着玩儿。"

胖学员道："师叔外号叫熊掌大侠，从小就和咱们师父一块儿练这个沙袋，这是铁砂掌的基本功。”

这时闻龙笑眯眯地把沙袋放到旁边，向在场的众学员道：“你们不是老闹着学铁砂掌吗？今天你们的师叔来了，他号称熊掌大侠，是练铁砂掌的高手。谁想学，现在就让他教你们。”

众学员早就想见见这位传奇师叔了，高兴地围住少杰，争相让少杰教他们铁砂掌。

少杰笑了笑向众人道：“铁砂掌可不是学出来的，是练出来的。其实你们的师父比我的功夫好，他是不舍得让你们吃这个苦。练铁砂掌是个苦功夫，每天得晚上 12 点起来打沙袋，然后再用药水洗手消肿。”

胖学员向少杰道：“师叔，您教我们怎么练吧，我不怕吃苦，今天晚上我就开始打沙袋。”

少杰看了看这个胖学员，心想现在的年轻人能吃苦的不多，不妨让他们磨炼磨炼，于是说：“我教教你们，估计你们谁也坚持不了三天。”说着拿过那个大沙袋，放到一个椅子上，向众人道：“看见这个沙袋了吧，把它放到椅子上，每天打一个小时。”说着抡起手掌对着沙袋啪、啪、啪猛打了三掌，打得沙袋直冒红烟，然后向在场的人道：“你们谁来试试？”

胖学员上前道：“我来试试。”说完学着少杰的样子，对着沙袋猛拍了一掌。这一掌下去疼得他龇牙咧嘴，抱着手大叫：“哎呦，疼，疼死我了！”众人一个劲儿地大笑。

少杰道：“这沙袋里有铁砂、朱砂，还有钢珠，开始打的时候肯定疼，而且手还会肿，打完沙袋得用三七、朱砂这些活血的药熬水洗手。打上三年手就不肿了。三年小成，十年大成。”

那个高个子学员上前道：“我试试。”说着拉开架势，运了运气，对准沙袋打了一下，“啪”的一声。他哪想到，这东西说是沙袋，可是硬得跟砖头差不多，一掌下去痛得他抱着手在原地转了三圈，嘴都快咧到后脑勺了。在场的人又是一阵大笑。

有个壮实的小伙子上前想把沙袋抓起来，可是手指抓不动，沙袋实在是太硬了。他只好双手撮底，把沙袋抱了起来，吃力地说道："我的天，好沉呀。"他向少杰道："师叔，这沙袋又紧又硬，我的手指头根本抓不进去。"

少杰笑了笑道："我和你们师父小时候就练这个，开始也抓不动，打一下也痛得龇牙咧嘴的，都有这么一个过程。中国武术出功夫慢，得长时间坚持练，不像外国的拳击，练几个月就能跟人打架了。中国武术讲究练真功夫，就像这铁砂掌，基本功就得练十年。"

众学员听了面面相觑，都觉得十年似乎太漫长了。现在的人往往都有急功近利的心理，想练上几个月就能成为武林高手，如今听师叔这么说，都不免有些茫然。

一个高大的学员上前搬了一下沙袋，点头道："是太沉了，拿不动。"他看了看少杰的手，发现他的手似乎比常人的手大上一号，而且手上布满了老茧，便问少杰道："您的手掌劲儿也太大了，我看您随便就把这个沙袋抓起来向我师父一扔，根本没费劲儿。"

少杰笑道："这个沙袋不算沉，我每天晚上练的沙袋比这个沉得多。"

胖学员也上来看少杰的手，不禁感叹道："您这手不是手，是熊掌，我们是人手，没法儿跟您比。"众学员大笑。

闻龙见学员们都十分叹服自己的师弟，很是得意，说道："你们看见了吧，这就是中国武术的真功夫。练功不能光练嘴，得下苦功。你们师叔是警察，你们可别招惹他，他那熊掌，一巴掌能扇掉你半边脸。"说着把少杰和韩露让到他的书房里喝茶。

少杰和韩露进了闻龙的书房，如果说进了院子就能看出主人的文化品位，那么一进书房，看看里面的陈设，就能品出主人的国学底蕴。这书房不是很大，东面靠墙有个博古架，上面摆了紫砂壶、四大名砚、各种文房用具，还有几件古玩。边上有个条案，上面摆放着一架古琴。墙上还挂了几幅水墨画，还有几张名人书法。在书房的西边，有个书柜，里面摆满了文物和书画方面的书，还有不少是线装书。在书房中间摆着一个挺大的画案，上面有毡子和纸墨笔砚。

韩露看着这间书房，顿时感到一股浓厚的书香之气，崇敬之情油然而生。她看见墙上有一幅草书，便上前仔细品味，努力想看懂上面的内涵，可毕竟书法不是她经常接触的东西，她很难看懂这些飞舞着的笔墨。

少杰向韩露介绍说："我师哥是文人雅士，喜欢琴棋书画，就爱收藏古董。"

韩露微微一笑道："比你有文化，你有钱都买二锅头了。"

闻龙一听韩露赞扬自己，心里很是惬意。他曾经听少杰说过，他的搭档是刑警队有名的美女，今天一看，这韩露不但比少杰描绘的漂亮，而且举止高雅，落落大方，身上还有一种练武人的英气。少杰曾说她是八卦掌名家的传人，擅长八卦龙形掌，现在看来，她身上确有一种侠女的气质，非文弱女子可比。他得意地向韩露道："我这儿还行吧，像个书房吧？"

韩露笑道："师哥这儿太有品了，一进你这屋子就闻到一股书香，整个氛围都让人陶醉。感觉要是一个人在这个屋里待着，心情一定很静。"

闻龙笑道："一看这个书房，好像我不是个练武的，而是个文人墨客是吧？"

韩露道："对呀，这可不像练武的人待的地方。我原以为师哥是个武林高手，应该满屋子都是刀枪剑戟的。"

闻龙道："实际上我不是文人墨客，还就是个练武的，只是爱好中国传统的东西，尤其是老物件。我的兵器都在院子里，我收藏的刀剑，有的还是义和团当年用过的东西。我听说师妹是八卦名人之后，也是练家子。"

韩露笑道："我可没有您的武功好，我一进门就开眼了，您可是有真功夫。"

闻龙道："嗨，我这也是为了生存。开武馆三天两头有来踢场子的，没两下子就甭在这行里混饭吃了。"

少杰道："我师哥在武术界是个人物，那可是靠双拳打出来的名声。"

韩露问闻龙开了几间武馆，闻龙说在北京就开了这一家，在重庆还有一个分馆。其他都是外地朋友开的武馆，打着他这会友武馆的旗号，算是加盟，其实不是他开的。

韩露早知道闻龙在武术界小有名气，而且走南闯北的，见多识广，于是言归正传，向他打听西山老大和打死牛、飞毛腿。

闻龙一听少杰和韩露是为公事而来，便请他们坐下慢慢品茶。但是他思来想去也没想起武术界有西山老大这几号人，按说以他的人脉，在江湖上混出点儿样的人物他应该都知道，可少杰和韩露找的这几个人他居然没听说过。他拿出手机给几个武术界的朋友打电话，从少林门到武当门，连四川峨眉派的朋友都问了，居然就是没人知道。他有些无奈地对少杰说："你说的这几个武贼在武术界没人知道，八成是吹牛大王。自称一掌能打死一头牛，那牛可能是被他吹死的。"

少杰见闻龙问了一圈，居然没人知道，不免有些沮丧，不禁叹道："现在武术界会真功夫的不多，会吹牛的特多，能把颐和园那铜牛吹河里去。"

闻龙答应继续在武术界帮少杰打听这些武贼，如果找到那个号称一掌能打死牛的人，先跟他比画比画，看看他是不是一打就死。他看时间不早了，因为韩露是头一次来，从少杰这儿论，她应该是师妹，于是邀请少杰和韩露去附近的饭馆吃饭。

少杰一听喝酒立刻来了劲头儿，当即表示赞同。

闻龙问韩露喜欢吃什么，他请客。韩露不好意思让闻龙破费，但是少杰让韩露千万别客气，尽管把小刀磨快点儿，他师哥有的是钱，他墙上的名画卖一张就能挣几百万。他向闻龙建议去吃炒麻豆腐。可是闻龙一个劲儿摇头，平常他和少杰喝酒就是吃麻豆腐、炸花生米，可是今天韩露是头一次来，他这个当师哥的怎么也不能请人家吃这些，至少也得吃海鲜或者烤鸭。

韩露一听少杰提出吃炒麻豆腐，咯咯直笑，她觉得少杰这个人不但是个酒鬼，而且特土，吃的东西很像在胡同里蹬三轮的老头儿。于是嘲笑他道："你师哥这么风雅，你怎么这么土呀？你除了喝二锅头吃花生米，是不是还得来一碗豆汁儿呀？"

少杰从来不认为自己是个高雅的人，而且不爱面子，不但不穿名牌衣服，不用名牌东西，而且吃饭也多是卤煮、炒肝儿、炒雪里红加炸酱面。有时候韩露和他出去办事，特受不了他爱吃的这些东西。她有时候甚至觉得少杰完全不是这个时代的人，特像老北京胡同里提笼挂鸟的大爷。

闻龙对韩露说，少杰吃饭就是个板儿爷。过去他们俩喝酒，一人举着一根黄瓜，整根的，切都不切。

韩露对闻龙说，有一次她和少杰办案子，他在很像样的饭馆里点了窝头抹臭豆腐，差点儿把她熏一个跟头。

韩露虽然一直在数落少杰，但是闻龙能感到她看少杰的时候，眼神里有一种异样的温情，流露出的是女性特有的温柔，那是瞬间就能使人心旷神怡的顾盼。他甚至有点儿羡慕和嫉妒自己这个师弟了，这种感觉是以前从来没有过的。

第二章　当代江湖

李队长很重视少杰和韩露的侦查工作，让他们汇报近期的工作情况。

韩露向队长汇报，近期她和少杰去过不少武馆，还有武术家协会，居然没人听说过打死牛和飞毛腿这两个人，以致侦查工作没有进展。现在练武术的人大致分为两部分，一部分是学院派，就是专业武术学院毕业的运动员，这些人往往是花拳绣腿，属于表演类型的武术。还有一部分属于民间武术，有的是家传的，有的是民间武馆出来的，这部分人不好找。有的人练家传的武功，基本不出门。有的是师父带徒弟，在公园或者树林里练。从武术家协会找民间练武的不太容易，因为这些人很多并不参加武术家协会。

李队长也觉得到武术家协会里找武贼恐怕不成，还得想别的办法。他要求少杰和韩露多访问一些民间武术家，并且抽时间去潘家园看看，打死牛等人可能经常在潘家园古玩市场活动。

少杰和韩露一合计，只能用最笨的办法找打死牛这些人。于是每天从早上开始，一个公园一个公园地排查，凡是有人练武的地方，都走访一遍。这叫拉网式排查。韩露每天早上练功，已经习惯了。而少杰每天和美女韩露逛公园，更是美滋滋的，干劲十足。

这天早上，少杰和韩露来到东单公园，看到一群人在练习八卦掌，树上挂着八卦掌辅导站的横幅。二人便走过去看这些人练八卦，并和那个教八卦的老人聊天。

老人跟少杰一盘道，原来他和少杰的师父还是朋友。他一听少杰要找武贼，很愿意帮他的忙，捋着胡子向少杰说："你打听的这个打死牛我还真没听说过。要说掌法好，当今数得着的就那么几个。你师父和你的两位师大爷，那是练铁砂掌的高手。龙潭湖的崔三爷，那是三皇炮锤门的高手，善用'夫子三拱手'。东单武馆的尹老师，他是八卦祖师董海川的传人。"

韩露一听老人提到她的师父，笑着说："尹老师是我师叔。"

老人看着韩露，上下打量着她，更高兴了，笑着说："你是八卦门里的？那你得叫我一声师叔。"

韩露忙恭恭敬敬地向老人施礼道："师叔好。"

老人笑道："好，你回去跟你师父说，就说我哪天去看他。"

韩露道："我一定转达。"

老人道："你们找盗墓贼，我倒是可以给你们提供点儿线索。你们说的那个西山老大，我还真听说过。这个人在西山一带住，据说是练铁砂掌的。他有个毛病，专门吃狗肉补身子，所以经常盗狗，我估计西山一带的狗都让他偷光了。他名声不好，武术界的人都不跟他来往。"

少杰眼睛顿时一亮，忙问西山老大住的大致位置是哪儿。老人说西山一带有个国家森林公园，再往北快到香山了，那边的山下面有一个村子，有不少人在那一带租了农民房，改成独门独院的小别墅。那个西山老大就在那一带住，那地方离西山很近，所以他自称西山老大。

少杰和韩露大喜，高高兴兴辞别了老人，开车直奔西山林场。

西山老大确实住在西山林场附近的村子里，这儿过去是四季青公社的地方，现在破旧的平房多数已经被重新改造了，有的人租了农家院自己改建，修了高高的围墙，俨然就是独门独院的别墅。西山老大的院子不算大，但也有高大的围墙，厚厚的大铁门。院子的正北是三间平房，东西两间厢房。院子里有各种练武的器械，石锁、大刀、大枪等，一看就是个练武的地方。

打死牛正在这儿养伤，他头上缠着纱布，坐在院子里的躺椅上，一脸沮丧。

西山老大在院子里支了一张桌子，上面摆着炖狗肉和几盘下酒菜，正和飞毛腿对面坐着喝酒。飞毛腿看打死牛不吃不喝的，在那儿生闷气，招呼他一块儿过来喝一杯，可是打死牛说不想吃，没有胃口。

西山老大一个劲儿撇嘴，他教了打死牛三年铁砂掌，按说他也是有些功夫了，怎么会被人打成这副德行？还被对方抢走了不少值钱的古董，多给他这个师父丢人！他本想狠狠数落打死牛几句，可一看他那副惨样，猜想他准是遇上真正的武林高手了，也不能怨他。可他有些不明白，打死牛他们做事十分隐秘，怎么会有人盯他们的梢？这人是怎么得到的消息？他到底是谁？他喝了一口酒，白了一眼打死牛道："我怎么教了你这么个没用的徒弟？你练了三年的铁砂掌，居然被人家打了个糊涂，都不知道对手是谁。"

打死牛沮丧地对师父说："您不知道，陕西那个蒙面人，出手又快又狠。深更半夜的，看不清楚他是谁。"

飞毛腿向西山老大道："那回可不怪我赵哥，我当时也在旁边呢，那蒙面人出手确实快，我赵哥显然比他慢半拍。"

西山老大是武术行家，一听他们这么说，就知道是怎么回事了。他叹了口气道："是啊，快打慢，慢打迟。现在黑道上净是黑吃黑的。哪天我会会这个蒙面人，看看他是哪个门派的高人。不会是少林寺的武僧吧？"

打死牛想了想道："我没看出他用的是少林拳。"他怕师父笑话他没本事，赶紧说打他们的人个个是武术高手，武功招式变幻莫测，快如闪电，而且都会气功，自己的铁砂掌都打不动他们。其实那天他都没来得及用铁砂掌，对方暗算他，根本没让他有还手的机会。

西山老大不相信对方的武功有那么厉害，估计打死牛是没有防备，好把式怕冷手，如果遇上突然袭击，多好的武功都可能吃亏。他前些日子从云陵盗来的一套青铜编钟，支锅老大让他好好保管，找到买主与他四六分成，这可不是个小数目，买一套别墅的钱都有了。可是支锅老大迟迟没有回音，说是风声太紧，掌眼暂时停止了交易。他们现在的处境也不妙，一方面是警察，另一方面是黑道上暗中黑吃黑的人。他想到这儿，嘱咐打死牛和飞毛腿，近期暂时不要干事，等过了风头再说。

飞毛腿怀疑西山老大的人里有内奸，给那个蒙面人暗中通风报信，不然他怎么知道陕西云陵的事？西山老大也在想这个问题，但他手下的马仔不少，徒弟也有七八个，谁是奸细呢？

少杰和韩露来到西山林场附近的派出所，找到当地的社区民警了解情况。这个民警是少杰警校的同学，老同学来办案子，自然得热情接待，可是他从来就没听说过他的管界里有叫西山老大的人。他领着少杰和韩露在管界里走访群众，但是一无所获。他有些茫然，指着一片片农村院落对少杰和韩露说，这一带都是农民房，一家一个小院，过去都是破破烂烂的，农民基本都搬走了。后来不少城里人到这儿租房子，把小院改造成了乡村别墅。这些住别墅的人不和当地人来往，白天晚上都锁着院门，没办法进行人口方面的了解。

韩露问民警，有没有发现这一带没有狗叫声？

民警觉得这个问题很有意思，原来这儿家家养狗看门，后来也不知道为什么，狗出去就没了。

少杰一听这地方经常丢狗，心想有门儿。他让社区民警暗中查访这个偷狗的人，找的就是他。

民警一个劲儿苦笑，老百姓也让他抓这个偷狗的人，可是他上哪儿找这个人去呀？他苦着脸向少杰道："我们在派出所不容易，抓贼、抓鸡，这我在行。可是偷狗的怎么抓？你给我出个主意。"

少杰一想也是，这偷狗的贼是不太好找，于是向民警道："你用鼻子闻，看谁家有炖狗肉的香味儿。"

民警笑道："你以为我是警犬呀？你不是大白熊吗？你闻闻，谁家有炖狗肉的味儿？"

少杰用鼻子闻了闻，确实闻到了炖肉的味儿，可是炖狗肉什么味儿，他也说不清楚，没吃过呀。

韩露也觉得在北京想吃狗肉还真不容易，要吃狗肉得去东北的延边。她向少杰笑着说："要不你先去东北吃一回狗肉，记住了味道再回来，然后在这村子里闻几天。"

民警也笑道："大白熊重返长白山的原始森林，狩猎野狗。"

三人说说笑笑出了村子，少杰抬头看见远处的山上有个古塔，云雾中影影绰绰地似乎还能看见一座庙宇，想到这个西山老大曾经是个道士，也是练过铁砂掌的武林中人，估计他也会经常出入山上的古庙，于是让老同学多留心练武的人。

北京是个国际化的大都市，外国人在这儿开公司做买卖的、开饭馆的随处可见。但是在北京开武馆的十分罕见，即便是开柔道馆、拳击馆的也不多。因为武术毕竟是中国的国术，到中国来练武得掂量掂量，是不是班门弄斧。

然而这天在东单武馆附近，还真有外国人挂起了武馆的牌子，上面写的是："山本空手道武馆"。

这武馆是一栋洋气的三层老楼，武馆里的教练穿的都是日本正规的空手道服装，上面印着"山本空手道武馆"的字样。虽然还没有正式开业，馆内已经有几个日本空手道教练在教学生练习空手道了。

馆长山本是个四十岁左右的中年人，他身材健壮，相貌文静，脸上总挂着讳莫如深的微笑。他并没穿空手道的服装，而是穿着一身中国式的练功服，上着黑色中式上衣，下穿肥大的黑色灯笼裤，腰里系着黑色练功带。不知道的人，从装束上看会以为他是个有中国功夫的练家子。

这时有个身穿练功服的小伙子走进武馆，低声向山本耳语：这几天他四处打听，北京最有名的武馆叫会友武馆，馆长叫闻龙，是三皇炮锤门的，铁砂掌的功夫十分了得。而且他不只在北京开武馆，还在重庆开了分馆，学生很多。他聘用的教官也都是练三皇炮锤的，没有一个是等闲之辈。

山本听了不禁直皱眉头，会友武馆这个名字似乎有出处，据他所知，清朝的时候北京有个会友镖局，镖师都练三皇炮锤，总镖头李尧臣曾经给慈禧太后当过保镖。三皇炮锤很重视实战，是十分厉害的拳法。后来随着火器的出现，冷兵器时代结束，京城的镖局随之消亡。而三皇炮锤这门镖师们习练的拳法却流传了下来。会友武馆能在京城首屈一指，那必是这些镖师的武功得到了传承。他本以为现在中国的武术多数是花拳绣腿，表演的成分居多，早已失去了实战的传统。而现在看来，还不能轻易下此结论。

小伙子向山本建议，要在北京开武馆，最好是先把会友武馆的场子踢了。

山本是在江湖上闯荡过的，对中国的武林规矩也很了解，知道即便是要踢会友武馆的场子，也不能跟强盗上门似的。他当即写了个拜帖给会友武馆的馆长闻龙，说是次日登门拜访。

闻龙收到了山本的拜帖，是用红纸写的，很客气，说：在下山本，拟在京城开间空手道武馆，得知贵馆誉满京城，不敢造次，特择周六吉日率本馆教头数名，前去登门拜访，请多多指教。

闻龙开武馆没少接拜帖，可这次让他有些意外，因为来的不是中国人。他听说过日本的空手道，当年是从香港李小龙的电影开始兴起的空手道热，后来这个电影在日本热播，空手道也在日本火起来了。可是中国人练这东西的不多。如今他们居然想在北京开武馆，这有些不可思议。而且居然还要踢他的场子？他思来想去觉得这事不能小觑，万一日本鬼子要点儿什么花样，他的武馆生意准得受损。他当即吩咐学员，广邀武术界朋友前来助阵，并给少杰打了个电话，让他周六带着韩师妹过来，他要在武馆开个武林大会。他要找那个西山老大，认识认识这些道上的人没准儿能找到点儿线索。

少杰一听来了精神，拿着手机对闻龙说："跟日本人比武的事我包了，老熊出洞，几掌就把他们都打发回日本去。"

闻龙拿着手机不禁哈哈大笑道："你可不能出手，你现在的身份是警察，动手不方便。你给我站脚助威就行了，我亲自动手把他们都摆平，不然我这武馆就没法开了。"他收起手机，吩咐学员打扫卫生，准备迎客。

闻龙手下有个叫根生的学员，是潘家园市场的摊贩。此人油嘴滑舌，结交了社会上不少不三不四的朋友，包括盗墓贼、倒卖文物的不法之徒，其中就有打死牛和飞毛腿。他们过去不管是偷来的还是抢来的东西，很多都是根生帮着出手的。他的信条是只要能挣钱，什么生意都能做。他到闻龙这儿学武术，是怕挨打，因为在社会上混，什么人都能遇上，不会两下子还真不成。他知道闻龙喜欢收藏，就经常拿些古董来讨好闻龙，打折卖给他。让他吃惊的是，闻龙眼光十分锐利，很少有打眼的时候，甚至能看出这些东西是从哪个朝代哪个墓里出来的，还让他少跟盗墓贼来往，免得缺阴损德。现在他一听日本人要来踢场子，乐得有热闹看，赶紧跑去问师父，是不是要跟日本人打一架。

闻龙说人家是来拜访，切磋武功，不是来打架的，他让根生写一个欢迎日本武林朋友光临的横幅挂在门口。

根生一听说让他写横幅不禁犯愁道："师父，那大字得您写，我写不了，您是书法家。"

闻龙乜斜他一眼道："我说根生，你在潘家园卖古玩，不会书法?"

根生苦笑着说："师父，不怕您见笑，我虽然在潘家园混，可是既不懂古董鉴定，也不懂书法绘画。人家说那东西是真的，我就说是真的，给我一个假的，我也看不出来。"

闻龙摇头无奈地说：“人家给你一幅字画，你看不出真假，那还不赔本?”

根生道：“我只管代销，从来不敢收东西，一收东西准交学费。我等着您教我呢，您不是我师父嘛!”

闻龙摇头道：“眼力是练出来的，不是教出来的。这跟练武术一样，全靠练，不是一天两天的功夫。”

根生道：“是，我看您的书房里全是古玩字画方面的书，您这一天得看多少书呀?”

闻龙道：“不看书知识从哪儿来呀？武术是文化，收藏也是文化。气功练好了，书法也能练好。文化修养有了，武学修养也就深了，懂了吗?”

根生摇头道：“不太懂，我就知道您武功深不可测，而且琴棋书画没有您不通的。所以您是馆长，我是扫地的。”

闻龙微微一笑道：“扫地的武功就不好了？那可不一定。”他用手指了一下在院子里扫地的一位瘦小的白发老人道，“你看见张大爷没有？他是扫地的，可他的武功就很好，不信你跟他试试?”

根生对师父的话半信半疑，狐疑地看着扫地老人，走过去问道：“张大爷，您会武术吗？有人说您是武林高手，真的假的?”

张大爷抬头笑了笑道：“武林高手？我根本不会武术，我就会扫地，外加刷厕所。”

根生笑道：“我看也是，您这身板也太单薄了。”说着向前走，没想到一迈步正踩在老人的竹扫帚上，老人正扫地，一挥扫帚，根生腾空而起，叫声：“哎哟!”摔了个四脚朝天。

少杰这几天和韩露正在西山闻炖狗肉的味儿，虽说他有熊鼻子，可是在西山一带的村子里转了几天，既没看见练武的人，也没闻到炖肉味儿，连个穿练功服的人都没看见。好在社区民警给他找了一辆三轮车，他拉着韩露，加上他穿着一身破旧的工作服，宛如一个板爷拉着外地美女在胡同游。况且那车上还真有几个字：京城胡同游。

韩露坐在三轮车上倒是很滋润，和少杰闲聊道："明天你师哥要跟日本人比武?"

少杰道："是啊，他们开武馆的免不了有人上门踢场子，说是切磋武功，实际上就是要砸你的生意。"少杰边四下巡视，边和韩露聊。

韩露有些不解道："现在居然还有日本人在中国开武馆?真是改革开放了，连开武馆也开放了。"

少杰道："开武馆和开饭馆是一回事，现在繁华的地方净是日本料理。这是做生意，哪儿能挣钱去哪儿。"他虽是这么说，但也觉得这事多少有些蹊跷，这帮日本人八成来者不善，鬼子进村了。说着他蹬车进了村里的一条小胡同。实际上他正从西山老大的农家小院门口经过，只是高墙深院，里面又没有动静，他就这么和西山老大擦肩而过了。

韩露问少杰，日本的空手道行不行，看电影里李小龙的三节棍还是蛮厉害的。少杰认为空手道很重视实战，练三个月就能打架。但是不太重视练真功夫，遇上真正的武术高手就不行了。

周六下午，天空阴沉沉的，有些山雨欲来风满楼的味道。

会友武馆墙上挂着横幅，上面写着"欢迎日本武术界朋友光临"。字迹雄劲有力，自是出自闻龙的手笔。

院子里摆着东西两列椅子，左面的椅子上已经坐满了北京武术界的人，武馆的学生都穿着练功服站在椅子的后面。闻龙坐在中间的椅子上，旁边是少杰和韩露。

右面的椅子上坐着十几个空手道武馆的教练和学员，他们都身穿日式练功服，个个精神抖擞，腰杆笔直。山本坐在中间，他并没穿练功服，而是穿的西装。

闻龙向山本拱手道："感谢山本馆长光临，但不知您所说的切磋武功，以武会友，有没有一个具体的方式?"

山本笑道："我们是入乡随俗，按中国武林的规矩来。大家都是武林朋友，我看点到即可。"

闻龙笑了笑道："好，那咱们就点到为止。您远来是客，您可以先划个道。"

山本道："我们空手道不讲究表演，喜欢一对一的实战。"

闻龙冷笑道："好，那今天咱们就一对一实战。"说着站起身，脱掉外衣，露出带有会友武馆字样的练功服。他慢慢走到院子中间，向山本一拱手道："山本馆长，你们谁先上?"

一个日本教练起身上前，向闻龙一拱手道："闻馆长，都说中国武术厉害，可是我到中国来以后，从来没见过有真功夫的，都是花拳绣腿，一打就趴下。今天我想见见中国武术的真功夫，请您赐教。"

闻龙淡淡一笑，点头道："好，今天就让你见识见识中国武术的真功夫。"他双手向上一拱道："请。"

日本教练一个拳击的组合拳向闻龙的鼻梁打了过来，只听"啪"的一声，这日本教练的右手腕被闻龙抓住，顺势一拉，跟着他后脖子又被切了一掌。这个日本教练一拳打出去，还没反应过来，人已经飞了出去，一个马趴嘴啃在地上。场上的人一片惊呼。

少杰美滋滋地向韩露道："怎么样？我师哥的手够快的吧?"

韩露也是行家，自然看出了门道，心中暗暗敬佩闻龙出手之快，下手之狠，真够那个日本教练喝一壶的。她向少杰道："你师哥伤人于无形，武功已经练到炉火纯青的地步了。不过他并没有使你们炮锤门里的绝技'夫子三拱手'。"她想看的是"夫子三拱手"，因为都说炮锤门的"夫子三拱手"是武林绝技，可是她从来没看过，就连少杰也不给她看，说是绝招不轻易露，这更让她对这套技击招法充满了好奇。

这时又一个日本空手道教练走上前，向闻龙施礼。

闻龙依旧是一拱手道："请。"

这个日本教练拳法飞快，而且还用连环腿猛踢。闻龙闪展腾挪，只招架并没有还手。日本教练大喊大叫，猛然用了个"饿虎扑食"，双拳直向闻龙的两个太阳穴打了过来。闻龙闪电般出手，一个迎面掌，正拍在对方的脑门儿上。这个日本教练头顶中掌，立刻两眼发直，眼珠对在了一块儿，在原地转了一圈，慢慢倒了下去。

场上的会友武馆学员齐声叫好。不懂行的看热闹，懂行的看门道。山本坐在椅子上，可看出了点儿门道。这闻龙不愧是开武馆的，会友武馆在北京首屈一指也不是徒有虚名。他脚下根很深，拳脚打在他身上，他纹丝不动，稳如磐石。他出手有虚有实，虚的手你不拦，他就变成实的，瞬间就打上你了。实的手过来，你一拦，他就是虚的了，转瞬变了招。这让你处处被动挨打。他现在聘用的这些空手道教练，虽有实战经验，可是遇上闻龙这样有真功夫，而且招式变化莫测的高手，都得被他打个稀里哗啦。看到这儿，他不禁眉头紧皱。

日本武士好面子，见同伴输了哪肯罢休，一个刚倒下，又上来一个。这是个高大的黑壮汉，他向山本道："这个闻龙馆长十分厉害，还是我去吧。"

山本一看是在日本曾经得过空手道冠军的小野，估计他能抵挡一阵，于是点头应允。

这时少杰怕师哥累了，对方都不是庸碌之辈，稍有闪失就得受伤，于是起身向闻龙道：“师哥，你打了两阵，休息休息，让我招待一下客人。”

闻龙确实有些累了，刚才跟对手过招，看着轻描淡写，其实他也用了真功夫，不然还真赢不了对方，此时少杰出来助阵，自己正好喘口气。于是嘱咐少杰，对手不是等闲之辈，不要轻敌。

少杰得过师父的真传，他平日嘻嘻哈哈，但是一旦临阵便气定神闲，十分有定力。他依旧面带有些俏皮的微笑，向山本等人道：“我是闻馆长的师弟，也是会友武馆的兼职教练。今天各位日本的高手光临，我向各位学习学习，请多多指教。”

黑壮汉小野打量一下少杰，见对方虽然高大健壮，可是皮肤白皙，笑眯眯的一脸轻松，不像是来比武的，倒像是来会朋友的，不免有些轻视眼前这个白面书生。但他礼数没少，还是恭恭敬敬地向少杰施礼。少杰拱手还礼，然后不慌不忙地站了个“圈裆步”，双手向上一抬，如熊抬爪。

小野摆出了拳击的架势，步步逼近少杰。可一看少杰这架势，跟狗熊掰棒子似的，中国功夫的花架子也太多了，这东西打起来有用吗？想到这儿不免有些走神。这时少杰斜步向前一迈，突然“呼”地拍出左掌，直奔对方脑门。小野一看不好，挥臂急挡，可少杰左掌是虚，右掌才是实掌，神不知鬼不觉地从对方意想不到的方位拍过来，只听“啪”的一声，这掌正拍在对手的左肋上，看上去轻描淡写，无影无形，可小野那黑壮的身体居然横着飞了出去，重重地摔在地上，痛苦地张着嘴“啊”的一声差点儿吐出来。

少杰一掌就打翻了对手，只用了不到五成的功力。他看了看倒地的黑壮汉，微笑地学着日本人说话的味道："唉，你的，空手的，套不了白熊。"又转身向山本和另外几个空手道教练道："山本馆长，你们谁还来?"脸上的表情显然没把对手当干粮。

这时又上来一个空手道小伙子，二话不说就对少杰踢出一脚，只听"啪"的一声，这小伙子也飞了出去，摔在地上眼睛发直，被打蒙了。他甚至连对方的掌是从哪儿拍过来的都没看清楚。

闻龙在边上看得真切，担心少杰出手太狠了，这要是把对方打个筋断骨折的会很麻烦。毕竟是切磋武功，不是打架。

他赶紧起身向少杰道："少杰，让我来吧。你出手太重。切磋武功不要下杀手，得让人家知道咱们中国的武德。"说着拉开少杰让他坐到椅子上，向对面的空手道教练道，"你们一起上吧，既然是切磋武功，没必要太拘泥于礼数。"

闻龙让对方一起上，显然是根本没把他们放在眼里，这让在场的日本空手道教练们十分尴尬，一起上吧，以多打少，不符合江湖规矩，即便胜了脸上也无光。不一起上吧，一对一肯定都不是闻龙的对手。他们个个面面相觑，最后都把目光投向了山本。山本是个十分开通的人，也知道这个闻龙有真功夫，他想看的就是真功夫，让手下的人一起上去，逼着闻龙使出看家的本领，这未尝不是好事。于是看了看身边的几个教练道："你们一起上吧，跟闻馆长请教中国的真功夫。难得有机会长长见识。"

第三章　青龙白虎

山本手下的几个教练站成一排，拉开了架势，一起朝闻龙攻来。只见闻龙双手向上一拱，似是行礼，但双手落下的时候正砸在对方的双拳上，紧跟着又向前一拱手，第一个上来的人就飞了出去。

少杰在下面点头道："好，夫子三拱手，先礼后兵。"

这时只听"噼啪"几下，几个空手道教练都趴在了地上。

山本看着手下的人纷纷倒地，一脸失落。但他也看出来了，这个闻龙使出了他们三皇炮锤门的技击绝技"夫子三拱手"。这让他大开眼界。过去他只是听说过慈禧太后的保镖李尧臣善用"夫子三拱手"，但是没见过，今天一见，闻龙几个拱手就把自己这些身手都不错的教练放倒了，显然这套技击绝技名不虚传。

韩露在一边也不禁啧啧赞叹，传说中的"夫子三拱手"果然厉害，转瞬之间对方几个人全都被放倒了。她琢磨半天也没悟出其中的奥妙，这套招式看着并不复杂，一拱手是施礼，二拱手是用双拳砸下对方的双拳，三拱手略有变化，或击打对方腋下，或双拳锤击对方前胸，似乎脚下也挂到了对方的后脚跟，只要对方一后退，自然向后仰倒，这么简单却非常实用。此时闻龙向几个哼哼唧唧往起爬的空手道教练道："各位，这就是中国的武术。你们哪位不服气，咱们接着切磋。"

空手道武馆的人一个个晃晃悠悠地爬起来，没有人敢再应声。

这时山本站起身向闻龙道："闻馆长，中国的真功夫我们今天算是见到了，名不虚传呀。"

闻龙向山本道："今天多有得罪，还请山本馆长多多包涵。"

山本笑道："哪里哪里，我们今天输得心服口服。我这个人喜欢交朋友，晚上我想请馆长和您的师弟喝一杯日本的清酒，不知道闻馆长是否肯赏光呀？"

闻龙怔了一下，打得人家满地爬，还去喝人家的酒，这似乎不太合适。他转身向少杰问道："少杰，山本馆长要请咱们喝一杯，你有时间吗？"

少杰一听喝酒马上来了情绪，笑道："喝酒，有时间，太有时间了，不过我得带着我的女朋友去。"说着向韩露一挤眼。

韩露瞪了少杰一眼道："谁是你的女朋友，讨厌！"

山本一听少杰这么说，高兴道："太好了，能请到你们两位武林高手，还有一位美女，真是荣幸。我们武馆边上有一家非常地道的日本料理，咱们到那儿去，边喝边聊。"

闻龙虽然不太想去，担心山本摆的是鸿门宴。山本这个人十分狡猾，深藏不露，邀请他们去喝酒不知打的什么鬼主意。但他只是心里这么想，还是答应晚上一定前去拜访。

晚上，闻龙、少杰、韩露准时来到山本武馆边上的一家日本料理餐厅，山本很有诚意地把武馆里的教练都请来陪客。闻龙给山本买了一盒北京稻香村的点心。山本看了这盒点心，点头道："这是京八件，福字饼、禄字饼、寿字饼、喜字饼、太师饼、椒盐饼、枣花糕、萨其马。"

闻龙一听山本把北京稻香村这八件糕点的名字悉数道来，颇感意外。送点心匣子是老北京的习俗，山本是日本人，难道他对北京的民俗也有研究？他想进一步试探一下山本的底，便向山本挑起大拇指道："山本先生真是中国通啊，没错，这是稻香村的京八件。京八件有大八件、小八件和细八件之分。"

山本道："对，这八件分别采用山楂、玫瑰、青梅、白糖、豆沙、枣泥、椒盐、葡萄干做出八种馅，外面裹上含食油的面，放在各种图案的印模里烤制。形状有腰子形、圆鼓形、佛手型、蝙蝠形、桃形、石榴形。细八件最讲究，制作精细层多，馅儿柔软起沙，果料香味纯厚。外形有三仙、银锭、桂花、福、禄、寿、喜、桃八种花样，是京式糕点中的极品。"

韩露见山本说起稻香村的点心如数家珍，不禁瞪大眼睛道："我的天，你说的我直流口水，你是不是老吃稻香村的点心呀？"

山本笑道："我小的时候爱吃点心，我父亲跟我说，中国的点心比日本的点心讲究，他当年在中国的时候就爱吃京八件。后来我来到中国，每次都带些京八件回日本。"

少杰道："看来你父亲当年也在中国待过。"

山本点头道："是啊，他在北京住过很长时间，甚至还能喝北京的豆汁儿。"

韩露一听不禁笑道："连豆汁儿都能喝，我们这位白大侠就爱喝那东西。"说着向少杰一撇嘴。

少杰笑道："别老看不起我们喝豆汁儿的，你没听日本朋友说吗，这豆汁儿人家也喝。”

山本道：“能喝，豆汁儿去火。”他把闻龙和少杰、韩露让到上位，点了最有特色的日本生鱼片、泥鳅之类的生鲜，还给他们斟上了日本清酒。少杰闻了闻那清酒，一个劲儿皱眉头。

山本举杯向闻龙、少杰和韩露道：“咱们是不打不成交，我代表空手道武馆，敬你们一杯。”众人碰杯。

少杰喝了一口酒，摇头道：“这酒没多少度数呀。”

山本道：“这酒和中国的黄酒差不多，喝多了也醉人。”

闻龙向山本道：“我这个师弟喜欢喝高度白酒，平常他到我那儿都喝56度的二锅头，有时候还喝67度的老白干儿。”

山本吃惊道：“白少侠喜欢喝高度白酒？这地方不知道有没有北京的二锅头。”他叫来服务员问，服务员有些尴尬地说，这儿没有二锅头，只有日本清酒。

少杰向服务员道：“你到门口的小卖部买两瓶二锅头，再买一包五香花生米。”

韩露拉了少杰一下道：“土死你了，哪有在这种地方喝二锅头吃花生米的？”

山本倒是很喜欢少杰的率直，笑道：“好，我喜欢白少侠的爽快。那咱们就喝二锅头。”他向服务员道，“麻烦你到门口的小卖部给我们买两瓶，两瓶肯定不够，买五瓶吧，再买二斤五香花生米。”

少杰向山本笑道：“不好意思，让你破费了。”

山本笑道：“其实我也喜欢喝二锅头吃花生米，我在中国待过很多年，最难忘的就是北京的炸酱面和二锅头。”

少杰高兴地说：“是吗？那我可遇上知音了，等会儿咱俩得好好喝一杯。”

韩露向山本道：“你在中国待过很多年呀？你是不是在中国

留学?”

山本摇头道:“不只是留学，我在中国还当过和尚。”

闻龙笑道:“你准是在少林寺当过武僧。”

山本笑了笑，并没回答。他向服务员要了一瓶最好的法国红酒，回头向韩露道:“韩小姐看上去身材很棒，一定也是会武的人。”

韩露谦逊地说:“谈不上会，我就是喜欢练。”

闻龙向山本道:“我这师妹可是八卦名家的弟子，善练八卦龙形掌。”

山本知道练八卦的时候总是走圈，有人说练八卦得围着一棵树走十年，就能把这棵树踩死。实际上八卦走圈是为了脚下转圈快，一动手就往对方身后转。女孩子要是八卦步练好了，脚下转得快，完全能弥补力量天生不足的问题。如果绕到对方背后出手，一招制敌。但不知道眼前这位漂亮的女孩子八卦步练得如何，有机会得让她露一手。他向韩露道:“八卦龙形掌我见过，很漂亮的，女孩子练龙形掌跟飞天仙女的舞蹈差不多，可美了。”

这时服务员拿着几瓶二锅头进来，山本让把酒打开，给大家都倒上，把花生米放在盘子里。

韩露笑道:“不用盘子，给少杰装兜里，他一个一个地掏着吃。”

山本见韩露嘲笑少杰，也笑道:“我过去当和尚的时候，还真把炒黄豆放兜里，一个一个地掏着吃。”他举杯道:“来，咱们是酒逢知己。”他向少杰道:“白少侠，你说这第一杯酒咱们怎么喝?”

少杰拿着酒杯道:“这么着，我干了，大家随意。”

在场的人一听都不禁面面相觑。

山本看着杯子里的白酒，至少有二两，为难道：“这么多，一口就干了？”

少杰道：“大家随意，这酒度数高。”说着一仰头，把一满杯二锅头都喝了。闻龙一看少杰干了，笑了笑，一仰头，也把杯子里的酒干了。

山本笑了笑道：“我的天，今天我遇见酒仙了。这么着，第一杯大家都干了。然后就随意。”说着一口一口地把杯子里的酒都喝了。少杰和闻龙都对山本竖起了大拇指。

几个日本教练一看，既然馆长都干了，自己不干不像话，也都十分痛苦地一点点把酒杯中的酒喝干了。当时就有人脸红红的，一个劲儿咧嘴。

一杯高度白酒下肚，山本有些兴奋，他大声招呼大家吃菜，爽快地说：“今天我们空手道武馆虽然比武输了，可是我很高兴，因为我交了两位好朋友，用中国话说，这就是缘分。”

一个日本教练看着少杰，似乎对比武时少杰拍他那一掌念念不忘，向他道：“刚才比武白大侠打了我一掌，我没看清楚是怎么回事，你用的招数似乎有些怪异，而且快如闪电。”

另一个日本教练也道：“刚才比武白少侠也打了我一掌，现在我这五脏六腑还没归位呢，真不知道你用的是什么掌法，你的手也太重了。你给我们指点指点，我们挨了打也落个明白。”

少杰道：“我这人酒喝好了就什么都说，可是你们看来都不胜酒力，没人能陪我喝，我怎么可能告诉你们呀？”他似乎是一定要灌醉这几个日本人，不依不饶的，非让他们喝不可。

日本人喝惯了柔和的清酒，对二锅头的干烈实在难以适应。可是不喝少杰就是不说，他们挨了打，想弄清楚所以然，也只能继续喝了。

少杰点头道：“好，不愧是练武的人。想知道我用什么武功打的你们，这我可以告诉你们。我师父传授给我一趟熊掌，让我每天晚上 12 点，对着铁砂袋，每个掌法打一百下，我从十岁开始打，已经打十多年了。”

在场的日本人面面相觑，这还是他们头一次听到有人这么练功。他说只用了三成劲，要用上八成劲，他们今天就得上医院躺着去了。

山本听少杰这么一说，不禁点头道：“晚上 12 点打沙袋，这练的是子午功。这是中国传统武功的真谛，常年坚持练一招一式，功夫自然就上身了。三年小成，十年大成。熊掌如果没有十年的苦练，什么都不是，打在人身上也只是一个红印，伤不了人。可是要像白少侠这么练，这掌想不伤人都难。所以他说只用了三分劲，一点儿不夸张。”

一个日本教练端起酒杯向少杰道：“多谢白少侠手下留情。”

少杰拿起酒杯和这个日本教练碰了一下杯道：“比武切磋，当然不能伤人，这是我师父让我必须遵守的手德。”

闻龙向山本道：“其实我想会的是山本馆长，我估计山本馆长一定师出名门。”闻龙是想探山本的底，刚才问他在哪个寺庙出家，他没说，现在便单刀直入问他的师承。

山本笑了笑道：“我虽然师出名门，可是我师父说我是日本人，永远也不许我对外人说他的名字。”

闻龙估计山本没说假话，如果他是少林高僧的徒弟，那位武林前辈当然会有所顾忌，毕竟山本是日本人。

韩露看少杰紧着跟日本教练喝酒，有些不高兴，让他少喝点儿，怕他喝多了伤身。她平时总挤对少杰，可又总是情不自禁地关心他。少杰虽然感觉不出来这层关爱，但是只要韩露发话，他总能让她三分。他向几个日本教练道：“韩露怕我喝多了伤身，我就是杯中酒了。”他感觉是时候了，见山本正和闻龙聊得开心，便低声问身边的日本教练道：“我有个问题得问问你，刚才你问我的武功，我如实告诉你了，我问你个问题，你也得跟我说真的。”

日本教练已经迷迷糊糊了，见少杰问他，忙客气地说：“当然，当然，对白大侠我一定说真的。”

少杰低声道：“你们干吗到中国来开武馆？”

日本教练道：“我们馆长对中国有特殊的感情，他喜欢到中国来。而且他是一个收藏家，喜欢中国的文玩字画。”

少杰心想，有门儿，中国的盗墓贼盗出来的东西有好多都被卖到外国去了，日本人对中国文化感兴趣，不是从今天开始的，大概是从唐朝就开始了。这个山本对北京的点心都如数家珍，他要是对中国的古董感兴趣，那也得是专家级别的。

此时山本和闻龙也在聊中国的文化和古董，他和闻龙碰了一下杯，低声向他道：“闻馆长，我听说你喜欢收藏，你都收藏哪类东西，是瓷器类还是书画类？”

闻龙一听山本问这个，即刻警觉了起来。他慢慢悟出点儿日本菜的味道了。这个山本，到中国开武馆，恐怕没那么简单，醉翁之意不在酒。他向山本道：“我最喜欢字画，有时候也收藏其他的古董。”

山本道：“我也酷爱中国的书画，尤其偏爱张大千的泼彩山水画。”

闻龙一听不禁怔了一下，心说他连泼彩山水画都懂，够专业，显然不是一般的藏家。一般的收藏家喜欢收藏，但对书画技法并不太懂。普通画家画不了泼彩山水画，张大千也是在晚年才开始用泼彩泼墨这种技法。能知道画家最拿手的技法，那是收藏到点儿上了。就凭这一点，就不能小看了这个日本人。他不禁点头道：“张大千的泼彩山水画太难找了，现在市场上基本都是假的，真的很少。”

山本也有同感，叹道：“是啊，造假的人太多。闻馆长手里有没有张大千的泼彩山水画？如果有我可以出大价钱。”

闻龙看着山本，诡谲地一笑，说：“如果有我肯定不会卖，那东西留着就升值。”他盯着山本的眼睛，想从那里面看出他的真实用意。

山本显得很是老练，两大杯二锅头喝进去仍然不动声色，他向闻龙淡淡一笑道：“是啊，真正的收藏家不卖，而市场上卖的都是假的。花钱买不来，所以行情总是往上涨。”

少杰此时正加紧盘问那个被他灌得稀里糊涂的日本教练，低声问他道：“你们馆长在日本是干什么的？也开武馆？”

日本教练舌头有些打卷，他神秘地向少杰道：“我们在日本也开武馆，武馆的名字叫青龙白虎。日本人称呼我们是青龙白虎帮，实际上这青龙白虎是中国的，好像是武当山的神仙。”

少杰暗自吃惊，他知道青龙白虎帮是日本的黑道。但他不露声色，又问道：“你们老板练的是什么武功？是不是武当派的？”

日本教练道：“不知道，他不让我们看他练功。他好像从来不练功，是搞古董收藏的。他很奇怪，只收藏中国的古董。我们在日本的武馆招收的学员也都是从中国留学回来的，要求中文好，而且以后要跟他到中国来做生意。这次来中国开武馆，也是他的主意。”

少杰道：“日本的空手道在中国似乎很难招到学员。”

日本教练道：“我也觉得是这样，可我们老板好像并不在乎武馆是不是能挣钱。”

少杰明白了，山本开武馆就是个幌子，他开的八成是黑店。

山本和闻龙说起收藏来，如华山论剑，甚是投机。他邀请闻龙有时间到他武馆坐坐，喝杯茶，不谈武术，只谈收藏。闻龙也真想去山本那儿看看，武馆他不想看，只想看看他的藏品，估计这个小日本手里有真东西。

一顿大酒喝到半夜才散，少杰送韩露回家。韩露说在街上走走，少杰当然愿意陪美女在月下散步，每每在这个时候，他都有一种飘然欲仙的感觉。

韩露见少杰闷头走路不出声，以为他喝多了，关切地向他道："你刚才喝那么多酒，没事吧？"

少杰道："没事，我没喝多少，刚起步你就不让我喝了。其实我也不想让他们喝太多，真喝多了就说不出来我想听的东西了。"

韩露十分敏锐，立刻知道少杰是想让那几个日本人酒后吐真言，忙问他都探听到什么了。

少杰四下看了看，见街上只有他们两人，低声向韩露道："这个空手道武馆可不一般，这些人都是中国通，在中国留学过。他们在日本叫青龙白虎帮。开武馆不是真正的目的，只是个幌子。八成山本是想利用武馆掩人耳目。今天他到会友武馆比武，真正的目的不是要踢我师哥的场子，是另有所图。我师哥不但在武术界有名，而且在收藏界也有名。"

韩露觉得少杰鬼主意特多。三十六计里有一计，叫假痴不癫，就是表面实在，装糊涂，实际心里特别清醒，少杰就是这种人。

第四章　老熊出洞

少杰最近一直在琢磨一件事，那就是日本空手道武馆的山本，他总觉得这个人太不简单，可是苦于没有证据。他让闻龙帮忙查查山本的底细，据山本的学生说，山本也是玩儿收藏的，到中国来的目的主要是收集古玩。这就很有问题。

闻龙问少杰是不是怀疑山本倒卖文物。少杰说现在盗墓的案子之所以多，就是因为收藏闹的。盗墓贼的东西有人高价收，客观上刺激了盗墓贼，这就是市场，有了市场才有人去盗墓。他怀疑这个山本也是冲着中国的文物来的，不然他上中国开武馆干吗？武术是中国的国术，日本的空手道能比得上中国的少林和武当吗？

闻龙说上次和空手道武馆的人一块儿喝酒的时候，山本提出来要看他收藏的东西。二人合计着要弄清山本的本来面目，给他挖了个小小的陷阱。

第二天，闻龙请山本到会友武馆的书房喝茶，山本如约而至。

闻龙给山本上的第一道茶是老北京的茉莉花茶，他的茶道十分娴熟，山本品了一口茶道："好茶，这是老北京的茉莉花茶，杀口啊。"他抬头看见闻龙书房的桌上摆着一张古琴，赞道："你这儿有一张古琴呀，有雅兴。"

闻龙道："听说山本先生对中国的琴棋书画样样精通啊。"

山本道："精通不敢当，就是喜欢。我一听这古琴的五音，就大概知道这琴是哪个朝代的。您这琴是现代仿品，但是做工已经相当讲究了。"

闻龙心想行啊，离着三米就能看出我这古琴是现代仿品，眼力不错呀，这琴仿古已经到了乱真的程度，非行家绝对看不出来。但他不动声色，淡淡地说："这是我一个学生拿来的，其实我根本不会弹琴。"

山本点头道："知音难觅呀，所以古人要把武学和音律结合，实际上是心神结合。心法和气相通，气通了武功自会长进。"

闻龙开始就怀疑山本的武功得过高人的真传，现在听他这么说，更证实了自己的推测。但凡武功到了一定的程度才懂心法，显然山本已经到了这个高度。他不禁点了点头，然后起身从柜子里拿出一个围棋的棋盘，小心地放在桌上，对山本道："武学和围棋也有渊源，围棋的战术攻防实际就是武术文化的一部分。不知山本先生的棋艺如何？"

山本回头看了看那棋盘，急忙起身走到桌前，吃惊道："看来我的棋艺没法和闻馆长比呀，这棋盘如果我没看走眼的话，应该是隋唐时期的白釉棋盘。相传这个棋盘最早为隋朝张盛所有。这可是稀世珍宝啊。"

闻龙略感诧异，暗自佩服山本好眼力。这个棋盘正如山本所说，属于稀世珍宝，是他几年前在黑市上从一个陕西老农手里买的，当时就花去他一年的积蓄。可以说是罄其所有才买到手。

山本数了数棋盘上的道数，向闻龙道：“这绝对是珍品，您是收藏界的名人，名不虚传啊。”

闻龙淡淡地一笑，说：“这东西招贼呀。”说着看了看山本，显然语藏弦外之音。

山本笑道：“一般的贼不偷这个，他们根本看不懂这是什么东西。”

闻龙摇头道：“山本先生只知其一，不知其二。现在中国的盗墓贼，有不少人眼力很不错。”

山本自然能听出闻龙话中的机锋，但是他十分老到，看着棋盘竟自感叹道：“我今天没白来，开眼了。能人背后有能人呀。”

闻龙不知道山本所说的能人指的是什么，但他能感觉到，今后不管是在武术界，还是在收藏界，自己又多了个非常厉害的对手。

这天空手道武馆第一期开班，举行一个小小的仪式，山本邀请闻龙、少杰和韩露过去。三人便借着这个机会来到了山本的武馆，准备探探山本的虚实。

山本的空手道武馆是个独栋的三层老式楼房，一层有个大厅改成的练功房。山本领着几个教官在门口迎客，见了闻龙等人连忙鞠躬，行的是日本礼。

闻龙拱手施礼，向山本道：“山本馆长，恭喜开业，祝你生意兴隆啊。”

山本道：“以后还请闻馆长多多关照。”又向少杰和韩露道：

“白少侠和韩美女也来了，多谢多谢。”他向里面让三人道，“我领你们参观一下我的武馆，地方虽然不大，但是能容下十来个人同时练功。”闻龙等人在山本的带领下在武馆内参观。

这武馆的墙上挂的都是中国的书法和绘画，居然还有李苦禅、范曾的画，这些名人字画价格不菲，显然这个山本实力非同一般。闻龙看得十分认真，而少杰和韩露不懂收藏，只是走马观花。

山本谦虚地向闻龙道：“我喜欢中国的书法和文人画，当然最喜欢名家的字画。就是平常不敢往外挂，怕把贼招来。今天是好日子，拿出来挂几个小时还得收起来。”

这时武馆里走进来两个姑娘，是一对双胞胎，看上去二十出头，都穿着练功服，腰里系着黑腰带，生得凤目柳眉，皮肤白皙，身材窈窕，一看就是练武的。而且两个女孩子手里都拿着一根小竹竿。她们进来以后就四下环视着武馆，目光并不友好。

闻龙看了看这两个女孩子，向山本和少杰、韩露道：“这两个女孩子我在东单武馆见过，一个叫吴霜，一个叫吴雪，是八卦门里的。”

山本道：“我没邀请这两位美女呀？”

闻龙道：“她们可不是来道喜的，八成是来踢场子的。你看见她们手里那根小竹竿了吗？那是八卦门的兵器，叫七星竿。那竹竿里有水银，点穴的时候一甩，水银就甩到竹竿头上了，点到穴位上人就能撂那儿。”

山本点头道：“七星竿，没错，以前听说过这种兵器，没想到现在还有人练。”

这时吴霜站在练功场的中间，大声道：“这武馆谁是管事的呀？”脸上的表情俨然像是上门讨债的。

一位服务生上前客气地向吴霜道：“小姐有什么吩咐？”

吴霜道：“叫你们那个日本的馆长出来，我要见见他。”

山本一听向闻龙笑道：“还真让你说中了，她们还真是来踢场子的。”说着走上前，向吴霜和吴雪拱手道，“欢迎两位美女光临，我就是山本。”

吴霜打量了一下山本道：“你就是山本？你不在日本待着，大老远地跑到中国来干吗？”

山本愣了一下，心说哪有这么说话的？这姑娘够愣的。但他脸上依然带着笑，说：“看姑娘说的，我们当然是来开武馆呀。”

吴霜道：“开武馆？中国满大街都是练武术的，用得着日本人来教我们练什么空手道吗？”

山本感觉吴霜这话很不中听，不禁皱了皱眉道：“我们的空手道当然不能和中国的武术相比，不过文化无国界，我们到这儿来也是一种武术文化的交流。”

吴霜眨眨大眼，一脸天真地说：“武术什么时候成文化了？我怎么不知道？武术就是武术。”

山本被吴霜弄得有些尴尬，笑了笑道：“对，武术当然是武术。我们即便谈不上文化交流，也算是向中国的武术界学习来了。”

吴霜道：“对，你们应该好好向中国的武术学习。”

山本道：“小姐在我们开业的时候光临，我们十分感谢。”

吴霜道：“我不是来道喜的，我是想跟你们切磋切磋武功。”

山本一听有些犹豫道：“今天是开业的大喜日子，切磋武功有些不妥当吧？不如我们择个吉日，再向小姐请教。”

吴霜道：“今天就是大吉的日子，你就别婆婆妈妈的了。把你们这儿有两下子的叫出来，我跟他比画比画，也算是给你们道喜了。”

山本心说：啊？打上门来，还说是道喜？有这么道喜的吗？可是人家的话已经说到这儿了，如果不应战，以后这武馆还怎么开呀？他无奈地摇了摇头道："看来我只有恭敬不如从命了。"他向后一招手，一个身穿练功服的教练上前向吴霜鞠躬道："在下愿意和小姐切磋，请小姐赐教。"

吴霜笑了笑，把手中的七星竿在面前一晃道："你可留神了，这是七星竿。"说着刷地就打出了一竿，日本教练上手就挡，没想到这一竿是虚的，吴霜步子飞快，瞬间已经转到了日本教练的身后，抬手对着他的后心至阳穴点了一竿，日本教练顿时脸色大变，"啊"地叫了一声，险些摔倒。

山本是行家，一看不好，急忙过去在被打的教练后背上拍了两下，然后又揉了揉，这个教练的脸色才缓了过来。

吴霜把七星竿在手里晃了晃道："这就是日本的空手道？一点儿都不入流，纯粹是糊弄人的。本姑娘找的可不是这等级别的武功。"

少杰有些好奇，上前向吴家两姐妹拱手道："二位美女，我想讨教一声，你们说日本的空手道是不入流的武功，那什么是入流的武功？"

吴霜冷冷地看了少杰一眼道："我们不是说空手道不好，只是觉得他们的功夫还欠火候。你想必是这个馆长请来的客人，我可以告诉你，入流的武功就是中国的传统武术。"

山本笑道："我这位朋友就是练中国传统武术的，你要是觉得我们的武功不入流，可以向他请教。"说着指着少杰道，"他号称是熊掌大侠，是武林新出现的高人。"这话分明是想让少杰出手教训这个女孩子，可谓是借刀杀人。

吴霜看了看少杰道："熊掌大侠？是个大笨熊啊，你敢不敢和我比试比试呀？"

少杰忙笑着摇手道："不敢，当然不敢。这位女侠好功夫，我哪能跟你比呀。我是大笨熊，是有名的酒囊饭袋，能说不能打。而且我从来不跟女人交手。好男不与女斗。"

吴霜一听，这个大笨熊表面上谦虚，实际上是暗地里骂人呀，怒道："你说什么？你敢小看女人？"

山本上前道："这位美女，我很好奇，你到这儿来是为了切磋武功啊，还是为了找人？"

吴霜道："当然是找人，不过我不知道他是谁。"

在场的人都面面相觑，被吴霜说得一头雾水。

山本心想这女孩子说话也太不着调了，皱着眉道："是不是有什么人得罪了小姐，你又没看清他是谁？"

吴霜眨眨眼道："对，还是你聪明，我没看清他是谁。"

山本道："那他有什么特征吗？我帮你查查我这武馆里是不是有这个人。"

吴霜道："这个人跟他一样高。"说着用七星竿一指少杰。

山本尴尬地笑了笑道："像白少侠这么高大的人我这个武馆还真没有，不过只有身高似乎很难判断谁是你要找的人。"

吴霜想了想道："是啊，所以我要和你们切磋武功啊，我要找的人用的武功是三皇炮锤门里的，我师父说他使的招数应该是叫'夫子三拱手'。"

山本一听明白了，原来是这个女孩子跟一个炮锤门里的人交手，吃了亏，还没看清对方是谁，所以到武馆来找。他知道闻龙和少杰就是炮锤门里的，但在这儿不便说。他看着吴霜道："小姐真是太有意思了，不瞒你说，我才疏学浅，真不知道'夫子三拱手'什么样，我这个武馆肯定没有会练三皇炮锤的。"

吴雪进来以后一直没说话，就是站在旁边静静地看着，此时上前向山本施礼道："对不起馆长，我们有些冒失，我向您赔礼，打扰您的生意了，真不好意思。令妹还打伤了你们的人，要不要我带他到医院看看？”

山本看了看吴雪，觉得这个姑娘说话有礼有面儿，让人听着不扎耳朵，向她道：“你们姐妹长得真像，可是性格似乎截然不同。大家都是练武的，比武受点儿小伤是常事。我想咱们平日并没有什么冤仇，你要是不嫌我这个武馆小，留个芳名，日后我行走江湖还得请你们多关照。”

吴雪道：“我叫吴雪，她叫吴霜，今天多有得罪，日后有机会再来登门道歉，今天就不打扰了。”说着向吴霜一招手，两个人转身出了武馆。

吴氏姐妹刚出了武馆，韩露疑惑地看着少杰道：“我说大白熊，人家找的人是不是你呀？她说得明明白白，像你这么高，是三皇炮锤门的，用的是‘夫子三拱手’，这明明找的就是你呀。”

少杰也觉得纳闷，他一脸无辜地向韩露道：“我可是头一次见这两个美女，不可能得罪过她们呀。再说，这俩女孩子分明是无事生非，尤其那个叫吴霜的，就是个二百五，愣头青似的，说话没一点儿规矩。”

山本向闻龙道：“准是你们炮锤门里的人惹上这两个美女了，不然她们怎么连‘夫子三拱手’都说得这么准？这三拱手是你们炮锤门里的技击绝技，我们这儿可真没人会使。”

闻龙点头道：“你说得对，还真没准儿是我们炮锤门里的人跟她们结了梁子。”

少杰看着韩露道：“刚才我看见这两个女孩子走的是八卦步，那是你的同门师妹呀，你准认识她们。”

韩露道：“认识谈不上，她们是八卦祖师董老师的后人，在八卦门被称为吴氏双娇。”

山本道："果然师出名门，难怪一竿就点在至阳穴上。封堵了去心脏的穴道，心脏供血不足是要死人的，这可是三十六大死穴之一。这女孩子，下手可真够黑的。"

少杰一听山本这么说，不用想就知道，他对点穴这门武功很了解，一下就能看出吴霜点的是什么穴。而且看他给人解穴的手法也相当内行，说明山本的武学渊博深不可测。

东单武馆在武术界很有名，武术家协会聘了不少民间武术名家在这儿开班授徒，普及推广中国武术。少杰要找武贼，免不了到这儿来向这些民间武师请教。

这天早上，少杰和韩露来到武馆。在这儿授徒的是尹派八卦的名师，正是吴氏双娇的师父。韩露认识尹老师，所以带着少杰到这儿来。

少杰向老人打听武术界有没有一个叫西山老大的，他有个徒弟叫打死牛。尹老师说他不太关心武林里的事，很少跟武术界的人交往，最近受八卦掌协会的会长李老邀请，他才出来教年轻人练功。

韩露向尹老师道："尹老师，您的两个美女徒弟最近总是在外面惹是生非，您得说说她们。"

尹老师笑道："让她们在江湖上历练一下也好，不然不知道天高地厚。现在我说什么她们都听不进去，尤其吴霜，小疯丫头一个，老以为自己是天下第一了。她是没遇见高人，早晚吃了亏，就知道江湖险恶了。"

尹老师问少杰道："你们警察也都会点儿武术吧？"

少杰道："不会，不会。我就在警校学了点儿擒拿格斗，基本用不上。您教我两招儿。"韩露一听少杰装傻，有点儿想笑，但是没有揭穿他。

尹老师看着少杰说："你的身材还真是练武的料，你想学什么？"听这意思很想收少杰为徒。

少杰继续装傻，眨着眼想了想道："要是遇上有人拿刀扎我怎么办？"

尹老师道："这简单，我教你一招借刀杀人。"说着拿过一个小木棍，向少杰比画道，"比如这是刀，你拿刀扎我。"

少杰拿木棍向尹老师肚子扎了过来，尹老师一扭腰，少杰的刀就刺空了。尹老师右手一划，顺势一推，少杰自己拿着的刀，刀尖刺向了自己的肚子。

少杰颇感吃惊，这老头儿手够快的。八卦门真有绝的，难怪吴氏姐妹目中无人，敢情真有两下子，名师出高徒呀。

尹老师向少杰道："拿刀扎人的没有善主，都是想要你命的，对这种人必须下黑手。"

少杰按着尹老师的动作比画了几下，他武功根基深厚，模仿力极强，一看就会，比画出来自然有模有样。

尹老师看少杰这么一比画，感觉这个小伙子真是块练武的材料，一个劲儿点头道："对，是这么回事。你天生是练武的料，模仿力很强。"

少杰笑道："多谢尹老师指点。"

尹老师点头道："你想学什么就来，警察这工作危险，得学点儿防身的东西。"

少杰向尹老师千恩万谢，宛如一个什么武功都不会的初学者，偶得高人指点，兴奋不已。

告别尹老师，从武馆里出来韩露忍不住笑着向少杰道："你连尹老师都骗了，居然在他面前装傻。"

少杰笑道："人家是武术界的前辈高人，我要是在他面前卖弄，老爷子一高兴弄不好打我一顿怎么办？"

韩露道："你有时候特会装，有句话叫什么来着？老太太坐摇篮——装……"

少杰一听这歇后语，佯怒道："我要给你来个黑熊拍门！"说着举起了手掌。韩露闪身笑着躲开了。

少杰的师父在龙潭湖附近住，少杰经常早上去湖边找师父，因为师父会在湖边活动筋骨。这天少杰带着韩露，早早来到湖边看师父，向他说了有个女孩子用七星竿点穴的事。少杰的师父找来一根木棍，只当是七星竿，让少杰接他的招。他出手飞快，小竹竿如蛟龙出水，上下翻飞，总不离少杰身上的几大要穴。少杰赤手空拳忙于招架，十分狼狈。韩露在一边观看，也是眼花缭乱。

片刻，少杰的师父见少杰手忙脚乱，便停了下来。

少杰气喘吁吁地说："师父，这竹竿看上去不起眼儿，可是飘忽不定还真不好防。"

少杰的师父豁然笑道："我以前没跟你说过这种兵器，真正的七星竿可不是我这样的普通竹竿，那是八卦门里的暗兵器，用四川的七星竹把中间掏空，灌上水银，点穴的时候一甩，水银过去头就重了，如果按时辰点穴，一下就能把人撂那儿。我这么多年在这一带住着，好练儿见了不少，可没见过练七星竿的，这是暗兵器，一般都在家里练。我还以为这兵器早就失传了，没想到还有人练。"

少杰与师父演练七星竿招式的时候，两位俏丽俊秀的年轻姑娘吴霜和吴雪已经找上门了。她们远远地伫立在湖边垂柳下，细心地看着少杰的一招一式，而她们手中拿着的正是七星竿。

少杰与师父演练完，吴霜和吴雪脸上都绽出一缕疑云，俊俏的面容显得格外冷漠。吴霜说那个大笨熊很像是咱们要找的人，身材很像。吴雪皱着眉，有些犹豫，这个大笨熊的师父也会练七星竿，会不会是她们师父的朋友呀？吴霜倒是没这么多顾忌，是不是师父的朋友，过去问问那个白胡子老头儿就行了。但是吴雪拦着她，让她别冒失。在她眼里，这个又高又帅的小伙子一脸正气，怎么看也不像是她们要找的那个强盗。

此时少杰虽然在听师父讲解七星竿的用法，但他眼观六路，早看见那两个美女来了。他猜到这两个女孩子会来找他，但是为什么找他这还是个谜，他很想弄明白，这或许对他要破的案子会有帮助。

少杰上班就打开办公室的电脑，从户籍档案里查到了这吴氏双娇，她们在古玩城开了家文玩店，经营文玩书画。由于接手了陕西云陵钩弋夫人墓的案子，让他对收藏二字很敏感，他琢磨这吴氏双娇是卖文玩的，一天到晚接触收藏界的人，那她们会不会认识盗墓贼呢？

少杰把自己查到的情况和想法对韩露说了，他认为虽然没有证据说这两个女孩子和盗墓贼有来往，可是收藏界和盗墓贼有着千丝万缕的联系。这两个女孩子到空手道武馆找人，还要找练炮锤的人，说明和她们结了梁子的人一定是在武术界，而她们也算是收藏界的人，这里面应该有些故事，也许还是很精彩的故事。

第五章　吴氏双娇

少杰每天早上到龙潭湖边上练功，这天早上他一来，吴霜和吴雪也来了。这两位美女静静地坐在离少杰不远的湖边，看着他练武。

少杰看见了吴氏姐妹，心里暗自嘀咕：这两位肯定是想知道我是不是炮锤门里的，我逗你玩儿，就是不练三皇炮锤，看你们能看出什么来。他会的武功不少，有些名师见了少杰就想教他，所以他除了本门的三皇炮锤，还学了少林、武当、峨眉派的一些拳。他先练了一趟“醉八仙”，属于纯表演性质的象形拳。只见他闪动飘忽，出手凌厉，醉卧、插掌、劈拳，招招似疾雷闪电。打完这趟拳他看看表，时间不早该上班去了，就整理了一下衣服，准备离开。他斜眄了一眼吴霜和吴雪，见这两位姑娘面色冷峻，嘴上似乎都挂着一丝不易察觉的冷笑，显然对他的表演不屑一顾。他擦了擦汗，走到吴氏姐妹跟前，满脸堆笑，向她们道："这么早就来看人练功？二位美女真有雅兴。"

吴霜很冷漠，傲然看着少杰道："不许吗？"

少杰道："这倒不是，我只是感到有些奇怪。"

吴雪上前道："你是不是有点儿做贼心虚？"

少杰一怔道："我？做贼？笑话。"

吴霜道："如果你不心虚，你敢不敢跟我过招？"

少杰不由得上下打量一下吴霜，心说，这姑娘真够愣的，来不来就跟人过招。他不屑地向吴霜道："过招？你？我跟你说过，好男不与女斗。"说着摇摇头道，"你们虽然是尹老师的高徒，可毕竟是女人，恐怕禁不住我一扒拉。"

吴霜一听就火了，你这个大笨熊也太狂了，真得让你知道知道本姑娘的厉害，于是上前拦住少杰的去路，冷笑出声："你别太狂妄了！本姑娘可不是好惹的。"

少杰被这姑娘气乐了，说："嘿！你知道吗？我虽然是个大笨熊，可是小偷流氓都管我叫北极熊，见我都绕着走，怕我抬手把他们打散了。你们倒好，非要跟我过手。大笨熊再笨也能吃了小绵羊，我看你们还是算了吧。"

吴霜真被这个大笨熊气坏了，她怒目圆睁，狠狠地说："你别走，我要吃熊掌这道菜！"

少杰觉得这姑娘既可气又可笑，不知深浅，淡然一笑道："你想尝尝熊掌？可以，不过我今天没时间，我得上班去，咱们后会有期。"说完大步走了。

晚上闻龙让少杰到他的武馆一趟，说他见过山本了，这个日本人不简单，对中国的古董门儿清。少杰听师哥这么说，与自己预想的差不多，下了班就来到了闻龙的武馆。

闻龙的武馆里很热闹，不少学员在院子里练功。闻龙和少杰在边儿上支个桌子，桌上放了一包花生米，还有一瓶二锅头，两个杯子，二人边看着学员练功，边喝酒聊天。

闻龙低声向少杰说："前几天山本来了，我发现他可真是收藏的行家。他在三米之外就看出我那个白釉围棋盘是哪个朝代的，说得头头是道。"

少杰一听有些吃惊，放下酒杯道："啊，这说明他到中国来是另有目的，可不是开武馆来了。"

闻龙道："我就不明白，他在中国当和尚，怎么会对古董这么了解？跟考古专家似的。"

少杰道："他们家在日本八成是开古玩店的，有家传。可是即便是这样，他们家能有多少中国的古董呀？"

闻龙道："解放前日本人可没少从咱们国家弄古董，强盗嘛，当然要抢咱们的国宝。"

就在少杰和韩露到处查找打死牛等人的时候，打死牛和飞毛腿可没闲着。这天他们来到山本的空手道武馆，因为他们听说这个日本人的武馆里有不少名家字画。而且这个馆长是玩儿收藏的，他们想找山本盘盘道，顺便踩点儿。

山本是何等人物，一看打死牛和飞毛腿报上来的名号，不等他们说出来意，就已经知道这两人是干什么的了。再看这两人贼眉鼠眼四处看，心里已经明白了八九不离十。他找的就是这种人，现在收藏市场上鱼龙混杂，但是盗墓贼手里的货往往是真东西。

山本以礼相待，把打死牛和飞毛腿让到自己的客厅，和他们谈得很投机。打死牛给山本看了他们手机里的几张照片，包括那套青铜编钟和几个陶俑。山本看了这套编钟，推断这套东西肯定是出自哪座汉墓，而且是帝王级别的。这是难得一见的东西。联想到前些日子有人传言，陕西云陵钩弋夫人墓被盗，估计这两个人和那伙盗墓的有关系。对那几个陶俑，他一看就知道是西域的贡品，也是冥器无疑。他心中窃喜，但他从不喜怒形于色，于是很淡定地对打死牛和飞毛腿说，照片看不出真假，一定要看真货，只要东西是真的，价钱好商量。

打死牛和飞毛腿本来是以踩点儿为主要目的，想着晚上来一趟。可是一听山本这么说，知道遇上买主了，这要是能把东西卖给这个鬼子，肯定比卖给掌眼挣钱多，于是跟山本约好了看货的时间，三天以后的晚上，地点在西山林场附近的古庙。

这天西山古庙前一片寂静，夕阳被乌云遮在西天那边，也不知道什么时候落下去的，云色显得黑沉沉的。两辆日系越野车开到了古庙门口的小广场上，山本和两个贴身保镖从车上下来。山本手里拎着一个密码皮箱，里面装的全是现金。他知道这行的规矩，现金交易，不转账。他看了眼面前这座西山古刹，估计打死牛他们已经到了，这会儿也许就在附近，观察动静。果然，没一会儿古庙附近的树林里就有了动静，来的是几个蒙面的壮汉，各个手持棍棒。山本的两个保镖一看不好，急忙挡在山本身前。这时另一辆越野车上也下来五个空手道武馆的人，手中都拿着棒球棍。双方也不搭话，即刻动上了手。这一场混战，完全没有招式，都是抡着家伙乱打。

山本拿着密码箱站在一旁，脸上挂着一丝冷笑。

在古庙边上的树林里，西山老大和打死牛、飞毛腿在观战。

打死牛有些沉不住气了，向西山老大道：“他们人也不少，咱们的人没占到便宜，不行我去吧？”

西山老大道：“你先别露面，我看山本的人是有备而来，看来他也是个行家。”

飞毛腿道："这家伙准是日本的黑道，你看他那表情，根本不当回事儿。"

这时山路上又开来两辆越野车，车一停，从上面下来一群人，穿的衣服都一样，上面印着空手道武馆的字样，手里都拿着棒球棍。

西山老大一看大惊，向打死牛道："招呼弟兄们，撤！"

打死牛把手放在嘴里，吹了一声刺耳的口哨。正在激战的几个蒙面人听到口哨，即刻向古庙后面的树林里跑。

山本的人追到树林外就停了下来，山本上前看了看几个受了伤的人，摇头道："黑吃黑，盗墓贼没有一个好东西。"他脸上挂着失望之色，长叹一声，"好东西怎么会落到这些人的手里？可惜了。"

少杰找不到打死牛和飞毛腿的踪迹，陕西云陵被盗的文物也没在潘家园的黑市上露面，闻龙在武术界找这些人也是一无所获。于是少杰和韩露商量，一方面让西山的社区民警加紧人口了解，争取找到吃狗肉的西山老大；另一方面就是设法弄清楚山本的底细，他要是来中国收集古董，很可能要跟盗墓贼打交道。

少杰让闻龙出面请山本到他的武馆喝茶，山本如约而至，还送给闻龙一张日本画。画不大，上面画的是很小的粉红色的花，一看就是日本风格的作品。这山本是投其所好，闻龙果真很喜欢这幅画。

少杰陪着闻龙和山本喝茶，他不像山本那样用玲玲小盖碗，而是用了个大茶缸，也没喝闻龙给山本准备的上等紫茶，而是自己抓了一把茉莉花茶。人家是一小口一小口地喝，他是咕咚咕咚地喝。

山本感觉闻龙和少杰虽然是师兄弟，可是闻龙性格内敛，说话做事滴水不漏，和少杰完全是两种类型的人。和闻龙做生意永远也揣摩不透他的想法，他城府之深，处事之老练，和他的年龄有些不相称。

少杰听着闻龙和山本聊文物收藏的事，让他茅塞顿开，看来他也得找一些文物方面的书看看，补补课，对文物收藏一窍不通，抓盗墓贼也费劲。他这才明白书到用时方恨少的道理，难怪人家都说他师哥比他成熟，师哥看书多呀。想到这儿他到闻龙的书架上拿了几本文物鉴定方面的书，说回去看看。闻龙笑着对少杰说，他什么时候看文物不打眼，甚至眼力比盗墓贼还好，那就是专家了。不过要到那种水平，这屋子里的书都看完了也不成，得看一车书。

少杰回去真开始看书了，重点研究出土的文物。他看完了就跟韩露侃，侃得韩露眼睛发直，问他是不是想到盗墓团伙里当卧底，或者是看盗墓笔记看魔怔了，想当盗墓贼。

少杰心说，我不是想当盗墓贼，我是想当反盗墓的专家，要看一车书。

少杰扬言要看一车书，但是也没耽误查案子。这天他来到文玩市场。这地方正是吴氏姐妹经营文玩店的地方，她们的店虽然不大，但位置在市场里还不算偏僻。少杰这两天早上故意没去练功，给在那儿等他的吴氏姐妹唱了一出空城计。他估计时间长了这两人就不会再来找他的晦气了，他就能变被动为主动，反过来探她们的底细。

古玩城里乱哄哄的，有的地方人挤人。少杰楼上楼下地转了三圈才找到吴氏姐妹的店，这儿的人也不算少。他在店门口向里看，偶然发现有四个年轻小伙子贼眉鼠眼，在人群里挤来挤去的，一看就知道是扒手。少杰便在暗中看着他们，这叫螳螂捕蝉，黄雀在后。就在一个扒手用刀片割开一个客人的包，把手伸进包里往外夹钱的时候，少杰一把抓住了这个盗贼的手，大喝一声："别动！你偷人东西！"

小店即刻乱了，被偷的妇女惊叫道："啊！有小偷！"

小偷的一个同伙见同伴被发现，上前对着少杰挥拳就打。少杰眼疾手快，抬手一挡，顺势又给了对方一个反背锤，正砸在对方鼻梁上。这小偷本想一拳就把少杰打倒，然后拉上同伙跑。没想到这一拳打出去，胳膊差点儿被少杰给打折了，而且鼻子上眨眼就挨了一拳，顿感鼻子酸麻，两眼流泪，后退几步差点儿摔倒。

吴氏姐妹在柜台里看得真切，认出打小偷的正是大白熊。两人对视了一下，共同反应就是抄起了柜台下的七星竿。

转眼之间，围观的人都没看清是怎么回事儿，四个小偷就都趴在地上了，一个个龇牙咧嘴，挣扎着向起爬，但是都没爬起来。

这时来了几个保安，上前把四个小偷按住。少杰笑了笑，向保安道："抓小偷的功劳让给你们了。"说着掸了掸身上的土，溜溜达达走出了吴氏姐妹的文玩店，挤进人群没了踪影。

保安架着几个被打得东倒西歪的小偷向外走，周围看热闹的群众议论纷纷。一个小伙子道："我的天，小偷遇上大侠了，武功超厉害，几巴掌就给小偷拍趴下了。"

另一个小伙子道："这哥们儿可能是便衣警察。"

吴霜看着少杰的背影向吴雪道："这个大白熊用的是不是黑砂掌？"

吴雪点头道："没错，就是黑砂掌。这家伙下手够黑的，我看也就使了三成劲儿，轻描淡写地就让这几个小偷受了内伤，十天半个月好不了。”她看着少杰的背影，自语道，“他到这儿来干吗？”

吴霜道：“这家伙八成和小偷是一伙儿的，跟咱们演苦肉计。”

吴雪摇了摇头道：“这几个东北贼前几天就到这儿来了，我早盯上他们了，肯定不是大白熊一伙的。”

吴霜道：“难道他还是见义勇为的，特意表演给咱们看？上次抢了咱们的画，这回又回来装好人。”

吴雪点头道：“难说，不然他怎么知道咱们在这儿开店？”

吴霜道：“他肯定是黄鼠狼给鸡拜年，没安好心。”

吴雪有些纳闷，这个大白熊，到底是不是那个强盗？他跑到店里来，有什么目的？

第二天清晨，少杰又来到河边练功。吴霜和吴雪已经在这儿等他多时了，她们仍是平日那身打扮，手中拿着七星竿。

吴霜一见少杰，冷笑道：“你还敢来？真不愧是属狗熊的。”

少杰听着挺好笑，耸一下肩道：“对，我属熊，属大笨熊。不过我们好像有些误会，我不记得什么时候得罪过两位美女。”

吴霜愤声道：“闲话少说！”抬手就出毒招儿，七星竿直点少杰左眼。吴雪也上前用七星竿点少杰的穴道。

少杰无心与这二人交手，任她们左抽右点，只是左闪右挪，不还手。吴霜和吴雪手中的七星竿越来越快，恨不得一竿把少杰点死，逼得他步步后退。

此时在树林的不远处，吴氏姐妹的师父尹老师远远地看着少杰和他的两个女弟子交手，并没有上前。他是头天听吴霜说的，有个大笨熊，是她们的仇家，抢了她们的古画，每天在龙潭湖边上练武，请他出面教训教训这个强盗。他没有答应，今天一看，这个大笨熊分明就是上次和韩露一起来的那个警察。

准是吴霜找错人了，这个小伙子怎么会是强盗？是抓强盗的还差不多。

少杰想好好跟吴氏姐妹解释清楚，可吴霜不容分说，下手不留情。少杰还真不敢怠慢，急忙招架。几招下来他被吴霜逼得有点儿冒火，向她道：“你再打我可还手了！”

吴雪轻哼一声：“拿出你的看家本事吧！”

少杰知道这二位是在找练三皇炮锤的，也知道她们想逼他使“夫子三拱手”，看来今天真得让她们见识见识了。他双手抱拳向上一拱，猛地双拳砸下，打掉了吴霜的七星竿，然后向前一个窜步，四指在她肩头一点，吴霜站立不稳，后退几步，“扑通”一声坐在了地上。吴雪忙上前横竿护住了吴霜。

少杰向她们拱了拱手道：“得罪了，二位美女承让。”

吴霜忽地站起来，咬着牙：“好一招‘夫子三拱手’，你到底露出了本来面目！”

少杰苦笑一声道：“对，这就是三皇炮锤门的‘夫子三拱手’，我的本来面目还用露出来吗？我不是就在这儿吗？而且我以后天天在这儿，二位要是赐教，可以随时来。”

吴雪拉起吴霜就走。吴霜回头向少杰道：“有本事明天你还来。”

少杰笑道：“那可不一定，明天我可能就被吓跑了，再不敢来了。”说完向吴霜做了个鬼脸，气得吴霜直咬牙。

少杰看着吴氏姐妹的背影，暗自琢磨，她们说他还有本来面目，什么意思呢？

这时尹老师看见自己的两个宝贝徒弟走了，不禁淡淡一笑，心想，上次这个警察自称什么都不会，还偷学了他一招借刀杀人，现在看来，这小伙子手上的功夫很深，脚下的根也不浅，算得上武林的后起之秀。他的这招“夫子三拱手”用得也很脆，不愧是武林的技击绝技。炮锤门里这几年总是能出人才，这也是武林的幸事。那招借刀杀人传给他，值得。

吴霜和吴雪吃了少杰的亏，哪肯罢休。晚上她们就找到师父，说是受了坏人的欺负，非让师父出面收拾了那个坏家伙，给她们做主。

尹老师早上看了这两个宝贝徒弟跟少杰过手，人家是百般忍让，她们则不依不饶，现在却还说是受了欺负，不禁笑道："我才不相信谁会欺负你们。你们找人寻仇，应该弄明白他是谁，不要乱猜忌。抢你们的人用的是'夫子三拱手'，可是不能说所有练炮锤的人都是坏人。"

吴霜说："他欺负我们，就是坏人。"

尹老师道："以你们的功力，那个练炮锤的要是真想打你们，你们恐怕早上医院接骨头去了，他只是用了'夫子三拱手'轻轻点了你一下。"

吴雪疑惑地看着师父道："您知道是谁和我们交手了？"

尹老师笑了笑道："能人背后有能人，要以武会友，少结仇家，不要动不动就找上门去和人家比武。那个号称熊掌大侠的小伙子不是坏人，很懂礼数，你们可能有些误会。"

吴雪即刻明白了，她们早上去找大笨熊，师父怕她们吃亏，准是暗中保护她们来着，比武自然也让他看见了。师父说得确实在理，大笨熊显然是手下留情了，不然吴霜肯定受不了他那个大巴掌。

但是吴霜不干，嘴噘得老高，盘算着哪天非给这个大笨熊点儿厉害看看。既然明着干不过他，就在暗地里算计他，非出了这口气不可。

晚上，闻龙给少杰来了个电话，说是他的徒弟在西山古庙外边看见有人练轻功，里面说不定有飞毛腿。少杰一听在西山古庙，估计着这人真没准儿是飞毛腿，因为吃狗肉的贼就在西山。

少杰和闻龙开车来到西山上一座偏僻的古庙。这古庙四周都是茂密的树林，十分僻静。此时一群小伙子正在一位白须老人的指导下，借着月光练习跑坡轻功。这种功夫是将一块大木板搭在墙上，人从板子上面跑上墙头。初练时板子斜度大，以后逐渐竖直，功成后就可撤去木板，脚在墙上一点就能跑上墙去。

少杰和闻龙躲在不远处的一个墙头上，观看这些人练功。从这些人所练的木板斜度看，他们功夫尚浅。少杰仔细地观察了里面的每一个人，没有一个与飞毛腿相似的，不免有些失望。闻龙却不死心，劝少杰过去看看，即使飞毛腿不在，也要了解一下飞毛腿是不是这儿毕业的，因为这种功夫三年就能练成。

他们来到白须老人跟前，将来意说明，老人沉思片刻，凝神捋须说："我的徒弟们轻功刚开始练，不可能当飞贼去，好把式嘛……一时还想不起来。这么着吧，我让我的徒弟们留心打听着，打听到了，是咱们有缘，打听不着，您也别怪我。"

少杰忙递给老人一张名片，请他多帮忙。老人很豪爽地答应了，他也想以武会友。再说，维护治安也是习武之人分内的事。

第六章　真贼假画

这天闻龙和少杰正在武馆的院子里聊天，扫地老人进来对闻龙说，有个人自称是收藏家，登门求教。闻龙听了直撇嘴，他特烦有人自称是什么家，说是玩儿收藏的不就得了，还给自己安个头衔。但他对登门求教的基本不会拒之门外，于是让老人请这位收藏家到他的书房来。

来的人四十多岁，戴个眼镜，看上去像个有学问的。他自报家门叫任世元，说是花了二百万买了一幅张大千的泼彩山水画，请闻馆长给鉴定一下。

闻龙一听是张大千的泼彩山水画，十分感兴趣。他反复看了这幅画的布局、笔法及泼彩的技法，发现了多处不该有的失误，尤其是泼彩两色之间的衔接部分有明显的界线，这是业余作者技法不熟才会出现的笔误。他有些失望，向任世元道：“我也不是什么收藏家。不过您既然问到我这儿了，我就直言不讳了。您这画是假的。您看这条水印，张大千能犯这种错误？这是初学的人临摹的，功夫不够，水头掌握得不好，所以才出了这么明显的界线。张大千的泼彩山水，至少上四遍以上的颜色，每遍的颜色都很薄，而且石绿和石青之间是润的，衔接很自然，看上去颜色特别鲜亮。这张泼彩山水您要是花二百万买的，那您可真是买了破财山水了。”

任世元听了不住地点头，因为这画根本就是他临摹的。他来找真正的行家给鉴定，是想验证一下自己临摹的技巧是不是能到市场上蒙人。此番让闻龙说到几处明显的笔误，显然是他功夫还没用到家。他对闻龙是心服口服，连声道谢。

闻龙看着这幅画，沉思良久，对任世元道：“我给你出个主意，你去山本空手道武馆，那儿的老板正在收张大千的画，你还是二百万卖给他。咱不拿假画坑人，可是坑鬼子不算错，他们过去抢走了咱们多少国宝呀！”

任世元听了以后大喜，离开的时候走的是迪斯科步。少杰在一旁看得真切，埋怨闻龙，这样做太黑，让这个任世元去蒙山本，太不仗义。

闻龙白了少杰一眼道：“跟鬼子还讲仗义？他们到中国来就没安好心，咱们得用强盗的办法对付强盗。”

少杰摇头道：“没想到你也是个愤青。不过我看这人蒙不了山本，那家伙可是行家。”

闻龙道：“他当然蒙不了山本，山本不但收藏是行家，练武也是行家。依我看，他的功力不在你我之下。”

少杰暗自点头，师哥很有眼力。不过他既然知道任世元蒙不了山本，干吗还介绍他去？

任世元拿着画，迈着模特步进了山本的空手道武馆。山本只看了一眼，就认定任世元拿来的画是假的。他把画中的笔误说了一遍，几乎和闻龙的看法相同。这让任世元十分尴尬，本来觉得自己临摹这张画的水准已经到了以假乱真的地步，可是居然连日本人都蒙不了，这让他太难堪了。但是让他意想不到的是，山本说他可以买这幅画，且按他二百万元收的价格买。任世元听了十分不解，既然他已经看出是假的，干吗还要花这么多钱买？难道他想拿这画回日本去蒙人？他虽然想不明白，但是既然有人出钱买，他就管不了这么多了，先卖了再说。收了山本的钱，这回出去他走的不是迪斯科步，是东北的大秧歌。

任世元回到家，自以为天上掉下了馅饼，美得睡不着觉。他决定再临摹一张，把闻龙和山本说的笔误都掩盖了。他之所以能临摹这幅张大千的泼彩山水画，是因为他有这幅画，他祖上是画画的，传给他一幅张大千的真迹。而他所不知道的是，他虽然自以为得计，但是不管是闻龙还是山本，看过他临摹的画，都得出一个结论，那就是这个任世元有这幅画的真迹，不然不可能临摹得如此精到。这对任世元来说，是福是祸就难说了。

任世元是个贪得无厌之辈，有画技没有画品。他专心致志地又临摹了一幅张大千的泼彩山水画，拿到古玩市场上找买主。说来也巧，这次他居然来到了吴氏姐妹的文玩店。

任世元向吴氏姐妹说明来意，把那幅新临摹的泼彩山水画展开放在柜台上。吴氏姐妹上前认真地看。任世元则得意扬扬地坐在茶几边喝茶。他琢磨着，以他现在的水平，蒙这两个小丫头没问题。

吴雪看着画感觉不错，对吴霜道：“我看这画是真的。”

任世元得意地品着茶道：“当然是真的，我先是找到收藏家协会的闻龙老弟给鉴定，然后又去那个日本人开的空手道武馆找那个馆长看了，他看完非要出二百万买下来，我没卖给他。这是中国的国宝，不能卖给日本人。”

吴霜问任世元，他这幅画打算卖多少钱。任世元说，你们卖多少我不管，我要两百万。吴雪告诉任世元，她们是小本经营，不收画，但是可以替他代卖。所谓代卖，就是不管多少钱卖的，二百万给他，剩下的归她们。任世元一想，代卖也行，反正不是真画，有人帮着卖，比自己整天拿着画去蒙人强。

飞毛腿和打死牛自从到山本的武馆踩道以后，一直琢磨着哪天晚上去一趟；又听说他最近新买了一幅张大千的泼彩山水画，更动心了。

这天深夜两点，打死牛和飞毛腿带着几个盗墓的弟兄，都用黑纱蒙面，先是由飞毛腿翻墙入室，从里面打开了空手道武馆的门，然后他们悄悄摸了进去。众人按照上次踩的道，直奔山本的书房。可是就在他们登上楼梯的时候，武馆里的灯忽然全亮了。原来，这个武馆装了红外报警系统，他们一进来，值班室的监控就报警了。这下热闹了，从几个房间里冲出来不少空手道武馆的教练，用日本话嚷嚷几声，立刻就开打。打死牛和飞毛腿这伙人是盗墓贼，天生不怕打架，于是双方在武馆里打成一团。

打死牛毕竟不是等闲之辈，连着打倒了几个空手道的教练，但是这回他没敢自称一掌能打死一头牛，因为他两次说这话，结果都被不知道从哪儿来的蒙面人暴捶一顿。他长记性了，生怕刚一吹牛，又冒出个蒙面人来。

虽然打死牛这回没吹打死牛的事，但是蒙面人又来了。就在打死牛一伙打得空手道武馆的人满地爬的时候，这个蒙面人突然从房顶上跳下来，只见黑影一闪，打死牛就挨了一掌。就听“噗”的一声闷响，打死牛飘起来了，然后四脚朝天，撞倒了身后的好几个盗墓贼，把飞毛腿也撞得一屁股坐在地上。这时空手道武馆的人趁机发起进攻，一阵足球脚，愣是把这些人从武馆里踢了出去。

打死牛惊魂未定地跑出了二里路，直到再也跑不动的时候才停下来。四下一看，飞毛腿早没了影，想必是飞一般地跑了。还有两个盗墓贼跟着他，也都累得气喘吁吁。打死牛这才感到肋骨疼痛难忍，似乎是被打断了，他捂着肋，对着墙角吐了一大口血。

蒙面人夜袭武馆，有教练上楼报告了山本。山本正在卧室里看书，听说来了盗贼，一阵冷笑，对进来报告的教练说，来的不是一拨人，是两拨，八成是冲着那幅张大千的泼彩山水画来的。

山本凝眉沉思，一幅假画就能招来一群贼，可见这群贼不是行家。看来他是被贼惦记上了，这恐怕是祸事的开始。他们进来就直奔楼上，轻车熟路，显然是事先踩过道的，联想到近来到这儿来的人，嫌疑最大的应该就是那两个盗墓的了。

少杰听说山本武馆来了盗贼，心想这些盗贼没准是他要找的人，得了解一下情况，看看有没有线索。他找到闻龙，二人便邀请山本喝豆汁儿。

约的是磁器口的豆汁儿店，山本真来了。他们要了豆汁儿和焦圈儿，山本吃得津津有味，而且他还点了芥末墩儿。这让少杰有些诧异，他估计山本在北京待的年头一定很长，还知道芥末墩儿，这哪像日本人，纯粹是天坛北门龙须沟出来的老北京拉洋车的。

少杰问山本武馆来强盗的事，山本说他刚买了一幅张大千的画，花了二百万元，这贼就闻着味儿来了。而且不是一拨人，是两拨。说着他打开手机给闻龙和少杰看那幅画的照片。闻龙看了看手机上的画，差点儿笑出声来，这幅画正是任世元临摹的那幅。按说以山本的眼力，不应该上这个当呀？他不便说破，只是点头道："不错，是破财山水。"他有意把泼彩说成破财，想必山本能听懂。

山本知道闻龙讥讽他打了眼，但他只当没听见，因为他有自己的打算。在他看来，这买卖只赚不赔。

少杰听说是两拨强盗，不禁直皱眉，哪来的两拨贼？他问山本有没有发现这些人的线索，知道不知道这些人是谁。

山本说他已经知道这些人是干什么的了，因为前几天有人自称手里有古董，上他这儿推销，后来武馆就出事了，这显然是盗贼踩点儿。他向少杰描述了这两个人的外貌特点，少杰一听没错了，准是打死牛和飞毛腿。

任世元财迷心窍，自从卖给山本一幅假画，发了一大笔财，走路都是探戈步的，而且继续拿着自己临摹的画到处找买主。这天居然到了潘家园根生的摊儿上，他对根生说自己曾经卖给日本人一幅张大千的画，那日本人二话不说，当场拍给他二百万。根生不信，他就拿出一张新近临摹的画给根生看，说是他托人从台湾买的。根生不懂画，但是向任世元要了这幅画的照片和他的联系方式，说可以帮他找买家。刚好打死牛和飞毛腿到了根生这儿，他们听说了这件事，即刻来了兴趣。二人一合计，这个叫任世元的人总在市场上卖张大千的泼彩山水画，而且他手里不止一幅，是好几幅，这显然是他临摹的，八成他手里有真迹。这么看来，晚上得去他那儿一趟。

晚上根生来到武馆练功，把任世元那幅画的照片给闻龙看。闻龙也见过这幅画，上次任世元明明把画卖给了山本，还给他招来两拨贼。现在他又上潘家园了，手里还有一幅一模一样的，显然他又临摹了一幅。闻龙心说，这家伙离死不远了。

这天晚上，打死牛和飞毛腿这伙人来到任世元家门外。这条胡同晚上很清静，连过路的都没有。有的人家门口有门墩儿，门上有财神、门神，颇有几分老北京胡同的味道。

任世元正废寝忘食，为了再挣二百万，他得努力工作。他把祖上传下来的那幅张大千的泼彩山水画放在架子上，坐在画案前认真地临摹，连飞毛腿翻墙钻窗进了屋子都没察觉。飞毛腿在任世元身后看了片刻，返身打开房门的锁，把打死牛等人放了进来。这些人进来不由分说，用臭袜子塞住任世元的嘴，用胶带把他固定在椅子上，然后把那幅张大千的真迹卷起来，跟任世元说了再见，祝他晚安，随后就堂而皇之地走着正步出了房门。

飞毛腿拿着画刚出门，忽然想起不对，最近每次他们干活得手都会遇上一个蒙面人来抢东西，今天此人会不会来？他走到门口停住脚，低声向打死牛道："我说赵哥，咱们得防备蒙面人来抢咱们的东西。"

此时打死牛走在前面，一听这话，立刻停了下来。他的腿有些发软，肚子和肋骨也开始疼。是啊，这回再挨一熊掌，非死不可。他不禁打了个寒战，探头向外看去，这一看，吓得他差点儿坐地上。那门口的月光下，分明站着一个高大的身影，正是上次打得他满地找牙的蒙面人。

飞毛腿等人也看见了门口的蒙面人，这人不就是在陕西云陵的玉米地里抢了他们东西，还暴打了他们一顿的人吗？他怎么跑到北京来了？可这些都来不及想了，那个蒙面人已经发话，声音还是那么低沉："你们把那幅画放下，然后滚蛋！"

打死牛真想跟他拼了，可一想到上次挨打的滋味，也顾不上什么脸面了，好汉不吃眼前亏，他转头就跑，头都不回。

飞毛腿一看打死牛跑得这么快，也想跑，可是他拿着画呢，跑出没有三米，后背就感到恶风不善，知道准是黑熊掌拍过来了，于是就地一滚，这是他的真功夫，是地躺拳的招式。这一招还真躲过了对方致命的一掌。他吓得魂不附体，把画轴向天上一扔，没想到画轴居然挂在了路边的大枣树上。就在蒙面人犹豫之际，飞毛腿飞奔起来，追打死牛去了。

就在蒙面人收拾打死牛同伙的瞬间，一个人影从房上伸手拿下了挂在枣树上的画轴。等蒙面人抬头再向树上找那画轴的时候，不禁"哎哟"一声惊叫，但是为时已晚，房上那人身手十分敏捷，持画在手，蹿房越脊，转瞬消失。蒙面人不甘心，但等他蹿上房顶去追赶，显然已经迟了，夜幕沉沉，哪儿还有那人的踪影。

少杰为了尽快找到云陵被盗文物的线索，本来就十分关注古玩城的情况，现在发现吴氏姐妹也在这个地方，便想正好借着在古玩城找盗墓贼的机会，顺便弄明白这姐妹俩为什么要找他的晦气。

当天晚上，少杰来到古玩城外面，因为这地方有时候会有人摆地摊儿卖文玩。夜幕低垂，古玩城外繁华的大街上，霓虹灯争奇斗艳。

吴霜穿一身黑色运动服从古玩城里出来，骑上自行车消失在夜色里。

少杰也是骑自行车来的，他一看吴霜这身打扮，有些好奇，便跟了上去。只见吴霜骑着车，专挑有人练武的地方去，筒子河边、龙潭湖畔、东单公园……每到一处，她必把车放在一边，躲在树后细心地观看习武者的相貌与招式。

少杰对吴霜的举动大为不解，如果说她在偷学武功吧，不像，因为学武功哪有一天换仨地儿的？可如果不学武功，那她看人家练武干什么？是找人？她找什么人？

第二天，少杰上班后到练功房找韩露。韩露正在练习八卦龙形掌，见少杰哈欠连天，一脸疲惫的样子，问他这两天为什么萎靡不振的，干什么去了。少杰说他每天晚上去古玩城外面泡妞儿，而且不是一个妞儿。

韩露觉得吴氏姐妹总是找少杰的晦气，时间长了会影响他们的工作。她估计这姐妹俩跟少杰有误会，八成是找错人了，就和少杰去找姐妹俩的师父尹老师，请他出面调解。

尹老师挺喜欢少杰，见过少杰的功夫。而且他对警察印象特好。于是坐着韩露的车，带着少杰来到古玩城，找到了吴氏姐妹。

吴雪见师父带着大白熊来了，就对师父实话实说了：原来，去年她们给一个客户代销一幅名画，可是没想到晚上来了个蒙面强盗。她们联手和这个强盗交手，但是这个强盗用炮锤门里的“夫子三拱手”，把她们的七星竿都打飞了，还抢走了那幅画。她们虽然报了案，但公安局没有抓到那个蒙面强盗，她们只得赔偿了货主的损失。她们辛辛苦苦经营了一年，挣的钱都赔进去了。后来她们也在武术界找过这个蒙面人，但是没有结果。之后她们发现少杰的身材很像那个蒙面强盗，而且他用的武功就是三皇炮锤，于是便认定了少杰就是她们要找的蒙面人。

少杰听吴雪这么说，惊得目瞪口呆，他把认识的三皇炮锤门里的人都在脑子里过了一遍，可是怎么也想不出谁有这个嫌疑。

少杰点头道："我说这两位美女总是找我的晦气呢，原来如此。看来我得把这个练炮锤的找出来，为我洗冤。"

之后尹老师出面为少杰说了话，第一，少杰是警察，是专门抓强盗的警察。第二，以他对少杰的了解，从武德到人品，都不会是强盗。只凭他身高像，以及用的是同一种武功、同一种招式，这显然不能作数。

吴雪是个通情达理的人，她一听少杰是警察，就知道她们是找错了人。少杰对她们百般忍让，她也是看得出来的。而且现在连师父都出面为少杰说话，更说明他是无辜的了。但少杰也能理解吴氏姐妹，他先向两人道歉，并答应她们，尽力抓住那个蒙面的强盗，为她们找回被抢走的名画，尽刑警之责。

他转头看到店里的墙上挂着一幅张大千的泼彩山水画，认出正是任世元临摹的那幅，便对吴氏姐妹说："你们挂的这幅画是赝品，我师哥已经鉴定过了，是那个叫任世元的人拿来的吧？"

吴雪道："对，是这个人拿来的。"

少杰看着画，忽然有一种不祥的预感，任世元满世界卖假画，弄不好会把青龙白虎帮的人招来，而打死牛这帮人恐怕也得找他的晦气，那他可就小命难保了。想到这儿，他对韩露说，现在得赶紧找到这个任世元，晚了弄不好要出事。于是二人辞别了尹老师和吴氏姐妹，开车来到任世元家。可街坊说这个画家已经两天没露面了。

少杰和韩露上前敲了敲门，见门开着，叫了几声，没人应声。进去一看，不禁大惊，只见任世元被绑在椅子上，嘴里塞着臭袜子，垂着头，只剩下一口气了。

第七章 真假太极拳

打死牛和飞毛腿郁闷，煮熟的鸭子又飞了，虽然没挨黑熊掌，可是心里那叫一个烦。他们发誓非找到这个蒙着脑袋揍他们的人。他们知道在潘家园练摊儿的根生消息灵通，就把他约出来喝酒。

根生是个侃爷，跟打死牛和飞毛腿在一块儿喝酒能不侃吗？他今天侃的是，他师父武功天下无敌，而且特喜欢收藏，是收藏家，他家里什么宝贝都有，连喝茶的碗都是清朝皇上用过的。

飞毛腿正琢磨是谁抢了他们的画，就问根生道："你师父一个练武的，怎么喜欢收藏？收的都是假货吧？"

根生一个劲儿地摇头道："这你可就说错了，他是收藏家协会的，经常有人拿着书画来让他鉴定。有时候警察都来找他，说是抓了盗墓贼，让他看看贼手里的字画是不是真的。"

飞毛腿听了直撇嘴，用揶揄的口气说："你师父八成也是个盗墓的，不然怎么懂鉴定古玩？"

飞毛腿和打死牛都是记吃不记打的主儿，好了伤疤忘了疼。他们虽然不信根生的神侃，但还是很好奇，就商量晚上去会友武馆看看，万一根生师父那儿的收藏品能值几个钱，发一笔小财也未尝不可。

让打死牛和飞毛腿没想到的是，飞毛腿的轻功可算是神不知鬼不觉，他本想着爬墙进去，再从里面打开院门，放打死牛这些人进来。可是他刚上了墙头，一眼就看见闻龙正在院子里打铁砂袋，这是每天12点他和少杰的必修课——子午功。闻龙是什么耳朵，那是练出来的顺风耳。他根本不看，顺手从地上捡起一个二锅头瓶子，向后一甩，正砸在飞毛腿的脑门儿上，"啪"的一声，飞毛腿当时就头破血流，从墙头掉了下去。

闻龙打开院门，想着出去看看。可是门一打开，外面的打死牛等人以为是飞毛腿开的门，鱼贯而入。打死牛等人仗着人多，而且手里都拿着家伙，并没把闻龙放在眼里。棍棒齐下，闻龙不得不闪展腾挪，认真招架。双方在院子里展开一场混战。动静一大，惊醒了几个住在武馆里的学员。这些小伙子没有临阵经验，赤手空拳就跟对方打，结果自然抵挡不住对方的棒球棍，当时就有几个人被打伤。

这时那个又矮又瘦的扫地老人从耳房里走出来，他揉了揉眼睛，不慌不忙地从墙角拿起那个大竹扫帚，向打死牛等人走了过去。只见他轻描淡写地一抡扫帚，即刻就有一个壮汉倒地。老人看似无招无式，一阵乱打，直打得打死牛的人东倒西歪。他们抡着棒球棍打老人，可是那棒球棍打过去居然无声无息了，就跟打在棉花上似的，力道全被那扫帚化解了。等他们想把棒球棍抽回来再打，可是这根棍子居然抽不回来，反而是那个大扫帚顺着他们往回收的劲，幽灵般地打了过来。那扫帚上的竹枝就跟小刀子似的，打在人身上连衣服都打透了，连皮带肉撕下去几条。不一会儿这群跟老人交手的壮汉就被打得晕头转向，身上的衣服都一条一条的，鲜血淋淋。

打死牛一进门就和闻龙交了手，开始他还真能抵挡一阵子，可是不到十个照面，被闻龙一掌打在脑门儿上，他就感觉像被十二磅大锤砸了一下，酸麻肿胀，晕头转向。闻龙打了打死牛一铁砂掌还不算完，脚下不停，飞起一脚，把打死牛从院子里踢了出去。打死牛带来的人一看领头的都骨碌了，跑吧，一个个连滚带爬逃了出去。

闻龙没有追赶，练武术的一般都是不打倒、不打跑，怕被暗算。而且闻龙担心自己收藏的东西被偷，所以不敢离开。他已经看出了这些人的路数，分明是一群盗墓贼，没准儿这里面就有少杰要找的打死牛。因为他和打死牛交手的时候，发现此人颇有功力，至少练过三年铁砂掌，目前他武馆里的学员没有一个能赢得了这个人。

少杰听说师哥的武馆来了强盗，第二天就来了。听了闻龙的推断，他也怀疑这伙人就是那群盗墓贼，可惜闻龙没有抓到活口。

少杰脑袋有点儿大，因为吴氏姐妹说有个练炮锤的曾经抢了她们代销的名画，现在盗墓贼居然抢到师哥的武馆来了，这也太猖狂了。

他没有从师哥这儿得到盗墓贼的线索，就向他打听练炮锤的人里面有没有行为不端的，甚至盗窃抢劫的人。闻龙跟本门的人交往甚多，但是从没听说谁品行不端，基本上都是武德不错的人。因为炮锤门门规甚严，讲三德：口德、眼德、手德。

发现有品行不好的人，基本都要逐出师门。

少杰把吴氏姐妹被抢名画的照片发给了闻龙，让他在收藏界打听打听，如果有了这幅画的下落，他们就可以喝二锅头了。

闻龙说现在真东西都在店外买卖，强盗或者盗墓贼和藏家在私下交易。收藏家得到真东西也不会到处炫耀，只有像任世元那样的傻子才满世界嚷嚷，惹祸上身。不过他在这个行里信息灵通，只要这幅画一露面，他就能知道。

这时有个学员进来对闻龙说，来了个自称是太极王的人想见馆长。少杰问闻龙，这个太极王是谁。闻龙一脸轻蔑地说，这个人的王是自封的。他姓王，就称自己是太极王，开了个太极班，教太极拳。这本来是好事，可他到处吹牛，把自己吹得神乎其神，好像他是张三丰的弟子，是天下第一高手。其实他一打就趴那儿，骗外人行，遇上内行一看就知道他没什么真功夫。闻龙让学员把太极王请到客厅，让少杰也见见这个吹牛大王。

一会儿一个四十岁上下的人走了进来，穿着练功服，上面还有个八卦鱼。闻龙和少杰起身迎接，双方都行的拱手礼。

太极王说明来意，说散打王挤对他，说他们的太极拳没有什么用，只能健身，不能打架，还约他公开比武。他想请闻龙当中人，双方立下生死状，打死白打。

闻龙听了直皱眉，心想这个散打王虽然不是什么一流高手，可是打这个牛皮大王绰绰有余。于是他劝太极王不要意气用事，别人爱说什么说什么，传授武功不是为了打架，太极拳本身就是以养生为主要目的的。少杰也劝太极王，说他们立的生死状没有法律效力，谁打死了谁都得承担法律责任。

但是太极王似乎对二人的说法并不赞同，执意要和散打王比武。闻龙心想，好良言难劝该死的鬼，让他吃一回亏，以后就不吹牛了，于是就答应当这场比武的裁判。等他们定好了日子，他一定去。

送走了太极王，闻龙感到很无奈，向少杰道：“中国武术文化里面有不少门派之间互相瞧不起的事，其实真没必要，散打也好，太极也罢，都有练得好的，练得不好的。”他问少杰有没有兴趣看看这场比武，少杰自然是想去，因为他知道这种事会在武林里引起轩然大波，弄不好西山老大和打死牛也会来，这是个难得的机会。

太极王和散打王约架的地方定的是散打王的训练场，这地方还有个像西方拳击比赛似的台子，台子上四面拉着有弹性的绳子。这天还真来了不少看热闹的，跟上次闻龙去空手道武馆比武的场面差不多。

闻龙自从与日本空手道武馆众人比武以后，人气大涨，成了武术界的头面人物，大家都敬佩他的武功。所以太极王和散打王都同意闻龙当裁判。闻龙在比武前说了比赛的基本规则，原则上点到为止，不能戳眼，不能踢裆，三局两胜，打倒对方算胜。

少杰和韩露也早早来到比武的地方，还叫了吴氏姐妹，让她们看看比武场上有没有那个抢劫她们的人。

山本也来了，还带了不少空手道武馆的教练。

比武开始。上台以后散打王和太极王都是趾高气扬的，可是一交手，散打王上来就用了个摆莲腿，正踢在太极王的后脑勺上，太极王一头栽倒，再没起来。闻龙一看太极王已经有点儿昏迷的意思，忙上前道：“比武结束，这场比武不代表散打和太极，只能代表他们两个人自己。至于什么武功比什么武功强，我看今天的比武也不能说明什么。练散打的注重实战，练传统武术的注重功力。哪个门派都有练得好的，也有半瓶子醋的。不能说散打比太极强，或者说是哪种拳法比其他拳法好。”看的人议论纷纷。

那个散打王有些得意忘形，向闻龙道：“闻馆长，你说得虽然对，但是我有不同的看法。他是练太极拳的，和我比武用的就是太极拳，他输了就说明练太极拳的人输了。”

这时在闻龙武馆扫地的老头儿走上了擂台，向散打王道：“我说老弟，你看不起太极拳，我也是练太极拳的，很想领教一下你的功夫，不知道你是否愿意赐教？”

闻龙一看自己武馆里的扫地老人上来了，略感吃惊，但没有说话。

散打王上下打量了一下眼前这位又瘦又小的老头儿，轻蔑地问：“请问您是哪位？在武术界似乎没听说过您的名号。”

扫地老人冷冷一笑，向散打王和众人道：“我是会友武馆扫地的，看这位练散打的老弟有些本领，想请教一二。”

台下的众人大惊，议论纷纷。

散打王道：“这可是真打，不是表演。万一我要是失手把您打坏了怎么办？”

老人道：“没事，你要是一拳把我打死了，算我倒霉，有闻馆长和这么多武林朋友在这儿作证。”

散打王道：“看来这老先生不是一般人呀，我要不迎战面子上还真过不去了，以后我这武馆还怎么开呀？”

闻龙道：“好吧，那你们就点到为止。”

散打王用眼睛瞄着老人，突然出手，第一招还是那个摆莲腿，但这回踢空了。他出手就没停，跟着拳头像雨点儿似的打向老人。可是他的拳脚打过去都无声无息了，老人身影飘忽，身如棉絮，所有打过来的拳脚力道都被化解于无形之中。

没一会儿，散打王就汗流浃背、气喘吁吁了，可一拳也没打到老人。他有些急了，使了个飞腿，蹬向老人的前胸。老人说声："四两拨千斤！"一下抓住了散打王的脚脖子，顺势一拉，散打王腾空而起，重重地摔下了擂台。

现场一片惊呼声，有人赶过去搀扶散打王，但是他似乎被摔晕了，半天没睁开眼睛。

吴雪向吴霜道："这老头儿用的功夫是'沾粘随'，一般人的拳头打在他的身上跟打在棉花上一样，全被化解了。我过去以为这只是理论上的功夫，实际很难练到这种地步，没想到还真有人能练出这种功夫。"

少杰向韩露道："这老爷子化解力量的感觉很难练，没三十年的苦练根本不行。刚才那个练太极的挨打就是因为他没练到家。"

吴霜兴奋地拍手大呼："好！打得好！再来一个！"她转头向少杰道，"大白熊，该你了，你过去和那个老头儿比试一下，看看你的熊掌打到他身上是不是跟打到棉花上似的，全被化解了。"

少杰笑道："我发现你总是跟我过不去，恨不得让那老爷子一巴掌把我从这院子里打出去。"

吴霜瞪了少杰一眼，向扫地老头儿道："喂，扫地的老大爷，这儿有个号称熊掌大侠的，想跟您比试，他不服。"

老头儿看了看少杰，笑道："熊掌大侠？这个名号响亮。熊掌是少林高僧模仿黑熊创的象形拳，很少有人会练。"

少杰上前向扫地老头儿施礼道："每次到我师哥那儿去都看见您，恕我眼拙，没想到您是前辈高人。"

老头儿也笑道："我也常看见你，你是后辈当中武功修为最好的。而且你在江湖上名声甚好，我也早有耳闻。"

少杰道："谢谢前辈夸奖，您别听这姑娘瞎说，她是想借您的扫帚把我从这儿扫出去。"

老头儿笑了笑，没说话。

第二天早上，少杰在树林里练功的时候，闻龙武馆扫地的老爷子来了，说是他经常路过这儿，顺便看少杰练功。少杰和老爷子聊武术，老爷子说他发现少杰的武功硬的东西多，属于虎型劲，要是再练点儿柔的功夫，练成蛇型劲，柔中带刚，那就更全面了。少杰听自己的师父说过蛇型劲，大蟒蛇能把水牛卷起来勒死，但是这种劲很难练。他当场就向老爷子求教。老爷子素喜少杰的人品，也爱惜人才，本来就想传少杰点儿真东西，过去在闻龙那儿人多眼杂，多有不便，今天来找少杰，就是要传他一些太极拳的精髓。他让少杰用熊掌打他，少杰试着向他打了一掌。老爷子身形飞快转动，少杰的熊掌打过去，无声无息，都被老人化解了，少杰不由惊得直冒冷汗。他明白，要是交手的时候力道被对方化解，就只剩挨打的份了。随后老人手把手指点少杰如何化解对方的力道，如何先听劲，再问劲，知道对方发力的方向，然后再化解。

少杰练了几下，可怎么也找不到听劲、问劲和化劲的感觉，苦笑着摇头道："这太难了，我可能十年八年也练不成。"

老人点头道："这种沾粘随的功夫确实不是一朝一夕能练出来的，得看你的悟性，还得下苦功夫。"

少杰道："这沾粘随的劲跟我练的硬功正好相反，所以我感觉特不适应。"

老人道："所以我才让你练，因为人家知道你的武功以后就会想办法对付你，遇上高手你就很难取胜。比如你师哥，你现在就赢不了他。"

少杰道："当然，我师哥比我武功好。"

老人道："可是你要是把沾粘随的功夫练好了，他想要赢你可就不容易了。"

少杰道："我们是师兄弟，不可能真动手。"

老人摇头道："这可难说，你师兄可不像你，他这个人城府很深，不像你傻实诚。"

少杰笑道："我可不实诚，吴霜老说我是狡猾的大白熊。"

老人笑道："你没有坏心眼儿，这就是实诚。不过你聪明，有悟性，对我的脾气，我就喜欢你这样的，所以非教你不可。"

少杰心里热乎乎的，打心里感激老人。老人嘱咐少杰，他教他练太极拳的事，不能告诉闻龙，免得他挑眼。

自从得到老爷子的指点，少杰一有时间就认真地练习太极拳，体会沾粘随如何化解对方力道，久而久之居然找到了感觉，而且进步之快让老爷子都有些吃惊。老人心想，这小子一身熊劲，要是再有了大蟒蛇的柔劲，那可就成了武林大怪兽了。

这天早上韩露到少杰练功的地方来找他，发现树林的远处有个美女在看少杰练功，仔细一看，像是吴氏姐妹中的一个。等她想走近看的时候，那个美女却竟自离开了。她判断，这可能是吴雪，要是吴霜准扑上来叫狡猾的大白熊了。不过吴雪来干吗？是想学少杰的三皇炮锤？不可能啊，少杰练的武功，哪样也不适合女孩子。那她到这儿静静地看着少杰干吗？难道……想到这儿她不免有些心烦意乱。她走到少杰身边，向他道："嘿，大白熊，有美女看你练功呢。"

少杰道："是吗？在哪儿？"说着四下看了看，可是此时吴雪已经走了。他向韩露笑道："这儿只有你一个美女，那准是你看我练功来的。"

韩露撇嘴道："想得倒美，我可没工夫看大狗熊表演。我是有事找你。"

韩露告诉少杰，经过她的调查，山本的青龙白虎帮在日本确实有黑道背景，至少他跟日本的黑道来往密切。

韩露的调查结果并不出乎意料，少杰从一开始就怀疑这个日本的武术帮派在中国开武馆肯定不是最终目的，十有八九是借机收集中国的古玩。他们要是和当地的不法之徒勾结，会弄出不少案子来。陕西云陵盗墓案被抓的盗墓贼曾经说北京有个掌眼，专门高价收购古玩。山本是不是这个掌眼？吴氏姐妹被抢劫，虽说打死牛这帮盗墓贼是作案的嫌疑人，可是赃物的去向十有八九和这个青龙白虎帮有关。现在需要尽快找到证据，但这个山本是吃窝头抹臭豆腐的主儿，更像是个京油子，怎么看都不像个国际走私犯罪团伙的头子。少杰甚至怀疑自己的感觉出了问题，他让韩露分析分析山本这个人。

韩露认为不能只盯着山本的空手道武馆，之前发生的很多事，都说明有个类似熊掌大侠的人躲在暗处，这是个高人。

少杰从韩露的话里听出了言外之意，那就是他的对手武功十分厉害，跟这个人交手，弄不好会丢了性命。但是在少杰看来，他的对手武功厉害自不必说，更厉害的是他隐藏在暗处。好把式怕冷手，暗算是最难防的。就像对方身上有隐形衣，你看不见他，他能看见你。他神不知鬼不觉地给你来一黑枪，大白熊就成黑瞎子了。

第八章 猎熊陷阱

少杰在武术界的名声越来越大，不光是潘家园的根生整天神侃，说他的师叔熊掌大侠用二锅头灭了空手道武馆。还有打死牛和飞毛腿，也把三次被抢的罪名算到了大白熊的账上，扬言一定要找到这个暗地里用熊掌拍他们的人，报仇雪恨。而黑道上不止有打死牛和飞毛腿，还有掌眼和支锅老大，以及数个盗墓团伙，都听说了熊掌大侠的名号，感到了他的威胁。

根生每天从潘家园骑自行车回家要路过十里河一个拆迁工地，这是一片拆得七零八落的废墟，平常晚上根本没人。这天月亮挺圆，月光十分明亮，在月光的照耀下，这废墟的空地上有几个壮汉在练功。这几个人都光着膀子，下穿灯笼裤，有的举石锁，有的打拳。根生见有人练功，有些好奇，就停下来想看看这些人练的是什么功夫。只见一个大汉双掌张开，对着一棵大树猛地一推，这大树哗哗地摇晃，树上的鸟都被惊飞了。还有一个大汉把一个大沙袋从地上抓起来，随手一甩，说声："接着!"另外一个大汉眼看沙袋飞过来了，抬手轻轻一接，顺势转了一圈，又把沙袋扔了回去。

根生看着有些诧异，玩儿沙袋他可见过，他师父和师叔就这么练。这些人什么来路，莫非也是练铁砂掌的?

第二天晚上，根生去会友武馆，看到师父和师叔在院里，就把头天晚上在十里河看见有人练沙袋的事向他们说了。他添油加醋，说得神乎其神，说看到几个练炮锤的人，一个跺子脚，把枣树上的猫头鹰都吓跑了，那人又高又壮，用"老虎大张嘴"打树，把树打得乱晃。

闻龙不以为然，说前三门一带练炮锤的多，用"老虎大张嘴"打树也很常见。但是少杰很感兴趣，问根生那几个练炮锤的多大岁数。根生说都二十多岁，不到三十岁的样子。各个都光着膀子，浑身腱子肉，一个比一个壮。过去他每天从那儿过，没见到过这些人，不知道为什么来了这么多练炮锤的。

少杰向根生问明了地方，准备晚上过去瞅一眼。他想的是找打死牛这些人。不管这些练武的人是谁，看看再说。

闻龙嘱咐少杰，不要逮谁跟谁比武，既然是练炮锤的同门，弄不好是哪个师叔的徒弟。因为他们的师父有三个师兄弟，门下都有不少徒弟。

少杰自从听吴氏姐妹说有个练三皇炮锤的人抢了她们的名画，对练炮锤的人也格外留意，想着非找到这个人，跟他较量较量，把他绳之以法。

晚上，少杰带着韩露和吴霜、吴雪，按根生说的地方，来到十里河拆迁工地的废墟，果然看到几个壮汉正在练武。他们刚走过去，一个壮汉就迎了过来，向少杰道："你就是号称熊掌大侠的那位吧?”

少杰一听不禁愣了一下，心说，这人怎么知道我？在他的记忆里，并不认识这个人。他应道：“不敢当，我叫白少杰。”

这时另外几个壮汉围了上来，个个横眉冷对，有的甚至拉开了动手的架势。

壮汉向少杰道：“既然你来了，我们也不说别的了。我们等的就是你。老板说了，只要能把你废了，要多少钱给多少钱。”

少杰心想，有意思了，这伙人是不是盗墓贼呀？他们的老板是谁？最好能套出来。于是他不以为然地笑了笑道：“嚯，我有这么值钱吗？不知道各位师兄怎么称呼？你们的老板是谁呀？我得罪过他吗?”

壮汉道：“我们在江湖上没称呼，我们干的是替人讨债消灾的买卖，从不留名。老板是谁我们也不知道，只要给钱就行。”

少杰知道社会上有这么一种职业，专门干为别人讨债、教训情敌之类的事。这些人认钱不认人，给钱干事。这让他有些失望，因为即便抓了这伙人，也很难找到幕后指使他们的人。他没了情绪，摇头道：“我可不想跟你们比武，不过各位师兄要赐教，我也只能领教了。”

壮汉显然是干这行的行家，点了点头道：“好，痛快，那我们就不讲什么江湖规矩了。”他向身边的几个人道，“一块儿上!”说着就与几个壮汉围了上来。

少杰与对方混战，韩露一招呼，与吴氏姐妹也上来助阵。

少杰接连打倒两个壮汉，其他人暗暗吃惊，这白脸小伙子真不愧是玩儿熊掌的，挨他一掌就痛苦难忍。他们看空手难占到便宜，就从墙角抄起棒球棍、九节鞭之类的家伙，呈扇形围了上来。

对方人多，而且手里有了家伙，少杰怕韩露和吴氏姐妹吃亏，急忙用身体护住了三个女孩子。

双方对峙着，谁也不先出招。情势十分危险。

这时忽然从颠簸的小路上开来一辆中型面包车，一声急刹车的嘶鸣，车停了下来。车门一开，闻龙带着一群武馆的学员从车上下来，这些人衣服上面印着会友武馆的字样，手中都拿着三节棍、九节鞭之类的兵器，一个个摇晃着肩膀，威风凛凛。

几个壮汉一看这阵势，吓得直往后退。那个领头的壮汉认识闻龙，低声向其他人道："不好，会友武馆的闻龙来了！这家伙手特黑，咱们撤吧。"说完转身就跑，其他人也都跟着他，转眼都消失在夜色里。

闻龙快步走到少杰面前，关切地打量着他道："伤着没有？"

少杰见师哥来了才松了口气，笑道："还好，幸亏你来了，你要再晚到一步我们非吃亏不可。"

闻龙叹道："我应该早点儿来就好了，抓住一个，一问就知道是谁指使他们来的。唉，路上堵车。"

少杰沉思一下道："有一点我有些纳闷，根生说这些人是练炮锤的，可依我看，他们的武功很杂，而且没有一个会用'夫子三拱手'，应该不是炮锤门里的人。"

吴霜在一边说："我看他们是冒牌货，就会练几个炮锤的花架子，真正炮锤门里的功夫他们都不会使。"

少杰道："是啊，还真没看出他们是哪个门派的。有的人干脆就是练散打的。"

韩露问少杰道："你觉得他们当中有那个打死牛吗？"

少杰摇头道："没有，以他们的掌力，不可能一掌把牛打死。"

少杰等人正在聊天，没留神从黑暗之中走出来一个白发老头儿。他走到少杰等人身边，冷冷地看着少杰道："小伙子，武功不错呀，接我两招？"

少杰一看这老人，先是一愣，不知道他什么时候来的。仔细打量老人，发现这老爷子精神矍铄，目光炯炯，分明是个练武的，忙谦恭地向老人道：“请问前辈怎么称呼？我可不敢轻易冒犯。”

老人瞪眼道：“你不是号称什么熊掌大侠吗？有人在我面前夸你的武功是天下第一呀。”

少杰一听忙说：“您可别听他们瞎说，我什么时候也当不了天下第一，说这话的人八成是想害我。”

老头道：“不管他是不是瞎说，我还非得见识见识你的功夫。”

少杰觉得这老爷子真够愣的，忙向老人拱手道：“别介，老人家您可别，咱们素不相识，何必非要动手呀？要不您把名号赐给我，改日我请您喝二锅头。”

老头不耐烦地说：“嘿，你怎么这么啰唆？你甭管我是谁了，你接我两招吧，我得灭灭你的威风！”说着上来就打。

少杰还想解释，可已经来不及了，老人的掌来得太快，他急忙招架。老人出手如闪电，而且力道十足，少杰硬接了老人几掌，感觉老人的功夫十分厉害，震得他臂膀发麻。

在边上观看的闻龙和韩露等人被这突然的变故惊得瞠目结舌，一时不知道如何是好。忽然，只听“啪”的一声，少杰挨了老人一掌，横着就飞了出去，摔倒在草地上。

闻龙和三个女孩子惊呼着跑上前去，只见少杰倒在地上，翻了白眼儿。闻龙和三个女孩子连连呼喊。韩露和吴雪急得直抹眼泪。闻龙的学生也围过来，大声呼叫着师叔。

老头儿看了看倒在地上的少杰，撇嘴道：“什么熊掌大侠，功夫还差得远，早着哪。好好练吧小子。”说完大摇大摆地走了。

闻龙和三个女孩子连声呼叫少杰，少杰毫无反应。良久，他忽然睁开眼，看着闻龙等人，笑眯眯地低声问：“老头儿走了吗?”

韩露忙回头看了看，向少杰道：“走了。少杰，你伤哪儿了?”

少杰笑了笑，慢慢爬起来，向闻龙和三个女孩子道：“我的天，这老爷子太生猛。”说着掸了掸身上的土。

吴霜怒道：“你这个大白熊，吓死人了。你装什么死呀?讨厌!”

少杰笑道：“我不装死也不行啊，那老爷子掌法处处占先，我刚一出手他就知道我要使什么招了，总是被他克制。”

闻龙道：“这老头儿用了‘夫子三拱手’，肯定是咱们炮锤门里的前辈。”

少杰笑道：“幸亏学了扫地师傅的太极拳，化解了那老爷子的掌力，不然今天非被打成狗熊不可。”

闻龙一听少杰说扫地师傅的太极拳，不禁愣了一下道：“你跟扫地老爷子学太极拳了?”

少杰发现说漏了嘴，忙改口道：“是啊，那不是在比武场上学的吗？我这人悟性好，一看就会。”

这一晚，少杰虽然挨了一掌，但是看见了韩露和吴雪两位美女为他流泪，让他心里有一种说不出的温暖。他已经是第二次看见韩露为他流泪了，这眼泪能让他顿时产生一股使不完的劲儿。而吴雪的眼泪让他有些困惑，这女孩子平时冷冰冰的，现在看来似乎也是个重感情的。

少杰挨了打自然会去找师父诉苦，把那天晚上那个莫名其妙的老人如何打他的事向师父说了。少杰的师父一听就知道是怎么回事，断定这老头儿准是他的师兄崔三爷。少杰怎么会惹上他了？他让少杰以后别招惹这个老爷子，那是三皇炮锤门里有名的崔三爷，疯疯癫癫的，见谁打谁。

少杰苦笑着向师父说："我真没招惹他，可是他不分青红皂白，上来非要教训我不可。那掌力太厉害，差点儿把我送到阎王爷那儿去。"

少杰的师父道："崔三爷的红砂掌已经有五十年的功力了，你怎么禁得住他打。"

少杰道："是啊，要不是我使个小计谋，顶着内气，硬接了他一掌，然后躺在地上装死，他肯定不会善罢甘休。他那么大岁数了，我又不敢跟他真打。只能受他一掌，让他出出气。"

少杰的师父听了一个劲儿摇头，叹了口气，崔三爷年轻的时候就气性大，现在脾气也没改。他嘱咐少杰，以后别惹这老爷子，他再来就叫他师大爷。

少杰想请师父出面跟师大爷解释解释，那老爷子似乎对他有点儿成见。少杰的师父却感到这事不简单，少杰现在名声在外，当了警察以后肯定会得罪黑道上的人，这是他最不放心的。他让少杰以后要学着收敛，他师哥闻龙就很少在外面招事，这叫真人不露相。

少杰挨了崔三爷一掌，武学修为长了一大截，起码见识了世上还有武功比他好的人。而且他在接那老爷子一掌的时候，用了扫地老爷子传他的化解力道的方法，对方的大力红砂掌打过来的时候，他顺势含胸后退，看上去被打得横着飞了出去，实际上对方的力道已经在他向后摔的时候被化解了。师大爷这一掌，说是教训他，还不如说是指点了他。自此以后，少杰更加认真地参悟太极拳的拳理，使自己的虎型劲渐渐增加了几分蛇型劲的成分，自然形成了柔中带刚、刚柔并济的上乘功力。而且他在扫地老爷子的指点下，渐渐练就了瞬间卸力的能力，能使对方打过来的千钧之力如同打在棉花堆上一样，消失得无影无踪。

韩露自从上次在十里河的废墟里和讨债公司的人交手以后，总觉得有些蹊跷，她让少杰多加小心，那帮人明显就是冲着少杰来的，事先设好了圈套让他往里钻。韩露怀疑闻龙的学生根生和这些人有勾结，故意引少杰上钩。但少杰认为根生虽然油头滑脑，还不至于勾结社会上的犯罪团伙来算计他。准是那些人知道根生每天路过十里河，又知道他是会友武馆里的，故意演戏给他看，利用了他。

韩露分析，有人花钱雇这些江湖上专门讨债的人，要买少杰的命，这说明他们现在离凶手越来越近了，让犯罪分子感到了危险，所以要灭了少杰。少杰同意韩露的分析，从某种角度看，这件事是好事，起码说明凶手就在他们附近。

闻龙建议少杰到江湖卖艺的人当中或者气功杂技团去找找打死牛和飞毛腿。少杰觉得师哥分析得有道理，江湖卖艺的和气功杂技团的人也算是走江湖的，虽说是以表演为主，但是也有功夫很不错的人。这天他和韩露邀请闻龙一同去了北京一个经常在庙会上表演的民间气功杂技团。到了那里，少杰亮明身份，杂技团的团长十分热情，当即就领着他们到了排练场。

少杰、闻龙和韩露进了排练场，见几个气功师傅正在练习硬气功，就在一边观看。只见一个黑壮汉正在排练汽车过腹，他先在肚子上放了一块板子，接着一辆小汽车从他肚子上驶过。韩露看得一个劲儿拍手叫好。

少杰微微一笑，向韩露道："这东西看着挺神奇的，其实是假的。"

黑壮汉一听站了起来，不服气地向少杰道："这位老弟说我练的不是真功夫？"

少杰道：“这是气功杂技，应该是表演，不能算是真功夫。如果你把肚子上的板子拿下来，再让汽车开上去，那才是真功夫。”

黑壮汉愣了，心说这小伙子够黑的。他看着少杰道：“把板子拿下来？那还不把我碾死？”

少杰道：“这不就得了，这种东西是蒙外行的。”

闻龙一看少杰是诚心难为人家，人家是卖艺的，是表演给外行看的，不能较真儿，于是劝少杰道：“你别跟人家较真儿，人家是气功表演，这是一种谋生的手段，也算是真功夫。”

韩露也道：“我觉得这位师傅的功夫已经很不错了，多厉害呀。”

黑壮汉不服气地向少杰道：“你说我这不是真功夫，那你说什么是真功夫？”

少杰道：“这简单，两个人交手，你把我打倒，你有真功夫；我把你打倒，我有真功夫。”

黑壮汉打量着眼前这个皮肤白皙的小伙子，心想谅他也不会有什么过人的本领，便咬着牙道：“行，行，我今天就让你看看真功夫。”

黑壮汉已经被少杰激怒了，想着非教训教训这个不知天高地厚的小白脸不可。他轻哼一声，向少杰行了拱手礼，眼露凶光，挥拳就打。他用的是形意拳的招式。少杰闪展腾挪，十分潇洒，边招架嘴还不闲着，叨叨道：“好，形意拳，劈、崩、钻、炮、横，功夫不错。”

黑壮汉见少杰只招架不还手，不禁怒不可遏，招招猛不可挡。

闻龙在边上向韩露道：“这位师傅用的是岳飞当年创的拳法，十分厉害，而且他的硬气功至少练了二十年，根很深。但是他不会掌法，只用拳，应该不是那个‘一掌打死牛’。”

韩露一听此人有二十年的功夫，不禁担心少杰有闪失，紧盯着两人的一招一式，目光露出担忧之色。

这时少杰忽然虚晃一招，跳到一边道："停，不比了。这位师傅有真功夫，我甘拜下风。"

在场的气功师傅都愣了，一时没弄清楚是怎么回事。

少杰把警官证递给黑壮汉气功师傅道："多谢师傅指点，刚才多有冒犯。您看我的警官证可是真的，我们到这儿来，是想找几个会武术的犯罪嫌疑人。这帮人武功不错，抢劫杀人作案不少。有一个号称能一掌打死一头牛的，不知道各位有没有听说过。"

黑壮汉气功师傅看了看少杰的警官证，忽然若有所思地说："你说这人掌力特别大？这我倒是见过一个。上次龙潭湖庙会，有个人上台踢我们的场子，在台上把我们表演用的磨盘一掌打两半儿了。"

少杰心想，这人真没准儿是练铁砂掌的，又问道："您知道他是哪儿的吗？"

黑壮汉气功师傅道："我没问他是哪儿的，好像是农村的，是练五虎棍的会头。"

另一个气功师傅道："那个耍五虎棍的好像每年庙会都来，你们可以去龙潭湖找那个茶会的会头，他跟各路的会头都熟。"

韩露不懂什么是茶会，好奇地问："还有茶会？耍茶壶的？"

气功师傅道："你这个年龄的人肯定不知道茶会，过去庙会一般都有善会，包括茶会、馒头会、粥会，在赶庙会的路上，他们设香案，摆上碧霞元君的像，走会的人只要拜了娘娘，就可以免费喝茶，免费吃馒头。他们讲的是做善事。现在各种善会都没了，就剩下龙潭湖庙会一当茶会了，在龙潭湖庙会表演的花会，进场之前先到茶会这儿拜了娘娘再进场，可以免费喝茶。喝了茶，送茶会一面小会旗，这是规矩。可惜快失传了。”

少杰和闻龙、韩露一合计，决定立刻就去拜会这位茶会的会头。

茶会的会头住在一个四合院里，房子虽然破旧，但是整理得干干净净。门上有对联，院子里有花草和石榴树，还有养着金鱼的大缸。这正是老北京天棚鱼缸石榴树的传统，和闻龙的院子有些相似。

茶会的会头看上去七十多岁，老人在院子里摆了小方桌和马扎，用上好的茉莉花茶招待少杰等人。他很健谈，不愧是走过江湖的。他对少杰等人说，他这当茶会是北京独一当善会了，他要是死了，北京就再没有茶会了。他也不光是为了行善，这茶会也是祖上传下来的，要把这种文化传下去。收藏茶具是他的爱好，也就借着庙会的时候，摆个茶摊儿，把自己收藏的茶具展示一下，也为走会的弄点儿茶水喝。

少杰说他们正在找一个专门盗抢文物的犯罪团伙，向他打听那个练五虎棍的人。老人说他认识那个练五虎棍的会头，那个五虎棍会是门头沟妙峰山的。只要到了妙峰山，准能找到这个五虎棍会。

在少杰等人去妙峰山的路上，吴霜给韩露打来电话，询问找没找到抢她们名画的人。韩露说他们正要去妙峰山找线索，有了结果马上告诉她们。这吴霜是个好游山玩水的人，一听韩露和大白熊要到妙峰山玩儿，立刻动了心，她听说妙峰山玫瑰谷很美，于是决定开车去山里追狡猾的大白熊。

第九章　一掌打死狗

讨债公司挖的猎熊陷阱没成功，钱没挣到不说，还有人挨了熊掌，哪肯善罢甘休。他们向雇主夸下海口，不出一个月，提熊掌来见。他们盯上了大白熊，也不知从哪儿打听到他要去门头沟找五虎棍的会头，便设计了一套万无一失的方案，计算好了去妙峰山的路径，在山路上准备了路障，又在右侧的山上布置了滚石，只要大白熊的车一来，就把这大石头推下去。他们在山上等着看热闹，这回不管你熊掌大侠有多大本事，也得被砸成肉饼。

少杰开着车，车上坐着闻龙和韩露。本来少杰不想再麻烦师哥，可是闻龙担心少杰和人比武有闪失，还是跟来了。

三人说说笑笑，一路很开心。忽然少杰发现前面的路上横七竖八地倒着几根大木头，急忙踩了刹车。他有些纳闷：谁这么缺德，把石头和木头扔在路中间了？他拉开车门准备下车搬木头。这时闻龙欠身向前一看，不禁大惊失色，忙向少杰叫道：“不好，快倒车，快倒车！”

少杰急忙倒车，这时只听“轰隆”一声，从山上滚下一块巨大的石头，正从他们刚才停车的地方滚过去，掉下山，扬起满天尘土。紧接着又有石头从山上砸下来，少杰猛踩油门儿倒车，直退到山的转弯处，感到安全了才停下来。少杰和闻龙、韩露下了车，向山上看去，只见几个黑影一闪，旋即消失在树丛中。

少杰心有余悸，看着路面上的石头，皱着眉头道：“我的天，这么大的石头，要不是师哥反应快，咱们现在都见上帝去了。师哥，你怎么知道有人会往下推石头？”

闻龙道：“这是黑道上常用的手段，在路上设障碍，然后从山上往下滚石头。我在武馆里没少听说这种事。”

韩露道：“那怎么办？咱们还去不去了？”

少杰笑道：“咱们既然被人盯上了，说明找对了路，非去不可。”

闻龙让韩露看着山上，他和少杰去搬石头。二人费了挺大工夫才把路障都移开。好在山上后来再没动静，他们才开车来到了妙峰山。

妙峰山是北京著名的“八顶”之一，以“金顶庙会”著称。过去春节期间，各路花会有朝顶进香的习俗，不管是耍狮子的太少狮会，还是踩着高跷的各种高跷会、舞着钢叉的大叉会等，旗子上往往都有“朝顶进香”的字样，意思是自己的会曾经到过妙峰山，向碧霞元君的娘娘庙进过香。这实际上是不容易的事，因为妙峰山位于京西门头沟区妙峰山镇北边，距市中心五十五公里，主峰海拔一千多米。过去没有车，基本上是骑驴或者步行，来一趟十分辛苦。碧霞元君的娘娘庙被称为“香火甲天下”，有华北地区规模最大的传统民俗庙会。山脚下的涧沟村是玫瑰之乡，历史悠久，种植着千余亩妙峰玫瑰。即便是平日没有庙会的时候，这儿也是游人熙攘，热闹非常。

在妙峰山的一处打谷场，少杰三人果然看见一个五虎棍会在排练，有不少游人围着驻足观看。五虎棍看着像唱戏的表演，敲锣打鼓，几个人化装成宋代的赵匡胤，拿着木棍比比画画地打上一阵，虽然热闹，但是没有武术的味道。就在少杰和闻龙、韩露看五虎棍表演的时候，少杰发现了一些形迹可疑的人，这些人分明就是上次那帮讨债的。他即刻明白刚才山上的石头是怎么飞下来的了，他没有露声色，心里琢磨怎么算计这些人。

韩露向练五虎棍的小伙子打听他们的会头，小伙子说会头是开车跑运输的，头天晚上就开车走了，这会儿应该在高速路上呢，没准儿已经到山西了。韩露大失所望，但是少杰心里已经有了主意。他瞄准了一个讨债公司的壮汉，边看五虎棍表演边慢慢向他靠近。

少杰瞄着那些讨债的，讨债的也暗中盯着少杰。他们已经领教过这只大白熊的凶猛。而且他身边还有个如狼似虎的闻龙，想要废了这两只猛兽，谈何容易。就在少杰准备给这帮人来个黑熊掰棒子的时候，这些人的头儿一声唿哨，他们转眼都混进看热闹的人群里消失了。

少杰想抓的是这帮讨债人的幕后指使者，他揣测那个人应该是盗墓团伙里的人物。这些讨债的受雇于人，充其量是个黑恶势力团伙，抓他们是迟早的事。所以他现在并不想急着和这些人正面交锋，而想看看他们下一步想干什么。

少杰拉着闻龙和韩露到一个僻静的地方商量对策。他不主张打草惊蛇，如果吓跑了这群讨债的，要想找那个幕后黑手就不太容易了。闻龙有经验，他分析这些人准是在暗地里盯着他们。不如将计就计，引他们出来。少杰明白师哥的意思，于是建议先去烧香，再到玫瑰谷看玫瑰，陪吴家的那位美女赏花。

韩露才不信少杰还有心情赏花，他指不定憋着什么坏主意呢。三人来到妙峰山主峰下的惠济祠、回香阁和玉皇庙，这三座庙宇依山取势，参差错落，高低有致，十四座殿宇分别供奉着释、道、儒、民间等各路神灵。韩露看得津津有味。闻龙看古迹，少杰则看寺庙里是不是有大鬼小鬼之类的人物。三人各有各的需求，倒也玩儿得尽兴。出了寺庙，三人向妙峰山峰底走，这谷底十分开阔，空气清新，有大量木本植物和优质药材，及各类奇花异卉，还有千亩玫瑰花。韩露流连忘返，拿出手机让少杰给她照相。少杰拿着手机，弓着腰，认真为韩露取景的时候，忽然从人群里蹦出一个苗条的身影，对着少杰的屁股就打了一竹竿，大叫着："大白熊！你躲到这儿来了。"

少杰一听就知道是吴霜这个疯丫头来了。

吴霜活蹦乱跳地拉着韩露去赏玫瑰，少杰可没这心思。他后脑勺都长了眼睛，可还是没找到那帮讨债的。这时派出所的民警来向少杰汇报，说是这个五虎棍会的会头是他们的治保积极分子，他父亲是老八路，他为人仗义，经常见义勇为，绝非匪盗之类，不会是少杰要找的那个打死牛。少杰明白，这回他们只能游山玩水了，而且派出所的警车一来，那群讨债的也会逃之夭夭，后会无期了。他虽然有些沮丧，但也无可奈何。

北京有个知名的画家，人称黄大师。他在郊区买了别墅，有个大大的院子，他请专业园林设计师把这个别墅设计得像他老家的江南园林。他还爱玩儿名车，院子里停了三辆世界级的豪车。这能不让贼惦记？好在他那个地方治安防范还算到位，盗贼虽然惦记这位有钱的画家，也没敢轻易光顾。但是这天来了个日本的收藏家，正是空手道武馆的馆长山本。

山本是通过朋友介绍来拜访黄大师的，黄大师自然热情招待。他在别墅的花园里设了茶座，与山本论道品茶。黄大师虽然已经九十多岁，但仍然精神矍铄，说话中气十足。

山本恭恭敬敬地向黄大师道："十分荣幸能和黄大师见面。"

黄大师哈哈大笑道："我不是大师，现在教授满街走，大师多如狗。"

山本一听这大师说话十分幽默爽快，是性情中人，也笑道："您真是老顽童，您的性格注定您会健康长寿。"

黄大师道："我是个玩家，画画是玩儿，写字是玩儿，我还喜欢开跑车兜风。"

山本笑道："您这个年龄还开跑车兜风，太神奇了。"

黄大师道："这不神奇，我听说你们日本到处都有老人在开出租车。"

山本道："是，日本是老龄社会，有很多八十岁以上的老人还在工作。"

黄大师道："这好啊，虽然我不太喜欢日本人，但是日本老人对待工作的态度还是挺让我佩服的。"

山本道："我的朋友说您一般不把画卖给日本人，说您不太喜欢日本人，这是为什么？"

黄大师笑道："因为我小的时候挨过日本飞机炸，现在虽然已经是九十岁的人了，对过去的事还是忘不了。"

山本听了心里多少有些尴尬，因为他的父亲也曾经在那个年代到过中国，虽然不是日本兵，但也不是给中国人造福来了。他不禁干咳一声道："那个年代已经过去了，现在是中日艺术家广泛交流的年代。您不喜欢日本人，但是这不影响日本爱好艺术的人喜欢您的画。我从小就生长在中国，在中国上的大学，我喜欢中国的书画艺术，专门收藏中国名家的画。”

黄大师道：“可是我的朋友说，你是在中国开空手道武馆的。”

山本道：“是啊，我不但喜欢中国的诗书画，还喜欢中国的武术，这都是中国的国粹。您的朋友把他最得意的作品卖给了我，就因为我们有共同的爱好。”

黄大师道：“我朋友的儿子在日本做买卖，他就把日本人介绍到我这儿来了。好啊，我听说日本人比较喜欢乌龟，说乌龟是长寿的象征，哪天我高兴，给你画一张乌龟吧。”

山本知道在中国乌龟和王八都不是好东西，可是在日本没这种说法，乌龟就是长寿的象征，不管这老顽童是出于什么想法，要是能买到他画的乌龟，那也是求之不得，忙欠身道：“好啊，只要是您的手迹，画什么都行。”

黄大师笑了笑道：“当年你们炸了我家乡的学校，现在我挣你们的钱，把家乡的学校建起来。好啊，得画八只乌龟。”老爷子说着就带着山本来到画室，为他画了一张八尺的大画，上面有乌龟也有王八蛋。按尺收费，这张画足够给黄大师老家的贫困山区建一所小学了。

山本在黄大师家收获了乌龟王八图以后，心满意足地走了。晚上黄大师家就来了贼，而且不止一个。

这天晚上月暗星稀，两个黑影在夜色中悄悄来到黄大师家的别墅外，用压力钳剪断了墙上的铁丝网，爬进了院子。忽然，从黑暗处蹿出一只大狼狗，扑上来就咬。但是来的这两个贼非同一般，一人抬手就是一掌，把扑上来的狗打得飞起来一丈高，在空中就断了气，摔下来哼都没哼一声。

随后这两个黑影来到厨房的窗外，用压力钳剪断了窗户上的防护栏，轻手轻脚地钻了进去。

第二天公安机关接到报案，说著名画家黄大师家发生了入室盗窃案，黄大师的作品和他收藏的名画被盗。

刑警队出现场，发现黄大师家院墙上的铁丝网被剪断，厨房的防盗护栏也被剪开，他家的一只看家狗被打死。

少杰和韩露也来到黄大师家勘查现场，见现场有些凌乱，显然盗贼翻箱倒柜，折腾了一番，甚至把挂在墙上镜框里的书法和画都卸下来拿走了，只留下了镜框。

勘查完现场，少杰和韩露询问了黄大师，黄大师说丢了几张名人字画，还有他自己的书法作品，并把这些作品的照片给他们看。字画都是名家的，有一幅李苦禅的，一幅傅抱石的，还有一幅是张大千的。黄大师说这些作品都是现代巨匠的作品，是他从拍卖会上买的，十年前买的时候就是上千万，现在就更不用说了。

公安局请兽医给那只被打死的狗进行了检查，发现这只狼狗的头盖骨被打碎了。

少杰道："这八成是那个一掌打死牛干的，这家伙又露面了。"

韩露道："奇怪的是现场没有留下指纹，这和那个打死牛可不是一个路子。"

少杰皱眉道："不是他？还有人掌力如此之大？而且都是针对书画收藏家作案。"

韩露道："现场有监控录像，可是那两个人都蒙面，而且作案用的电动自行车也是盗抢来的，两个人具备反侦查手段。作案后他们骑车到了一个商场的地下车库，然后从商场打车离开。那儿有酒吧，晚上出租车很多，无法继续追踪。"

少杰和韩露又来到黄大师家，让他回忆一下，近期有没有发现什么异常，或者贼踩道的事。

黄大师说有个叫山本的日本人来买过画，是一个朋友介绍来的。少杰和韩露一听都有些吃惊，山本居然到黄大师这儿来收画，显然不是一般的有钱。黄大师让少杰和韩露看了他手机上的一张画，是给山本画的。

韩露看了画差点儿没乐出了声，那上面画的是八只王八。

韩露始终对山本怀有戒心，提醒黄大师，这个山本专门收藏名家的作品，但是背景很复杂。

黄大师明白韩露的意思，点头道："日本的藏家很有钱，他们对中国传统书画珍品的追求也很执着，得提防他们把咱们祖宗传下来的珍品弄到日本去。"

少杰也附和道："是啊，不是传说咱们的北京人头盖骨就被弄到日本去了吗？那个头盖骨至今下落不明，可能是在那条阿波丸沉船里。"

黄大师点着头道："是啊，这我知道。我也是玩儿收藏的，不然怎么把贼招来了？"

少杰道："您是玩儿得太大了，所以被贼惦记了。不单是中国贼，还有外国贼。"

韩露向少杰道："你是不是怀疑山本是来踩道的？可是那两个贼完全是职业入室盗，这很像是最常见的刑事案件。毕竟北京每年发生的入室盗窃案很多，发案最多的地方平均一天一起，尤其是流动人口聚居区，更是高发。"

少杰点头道："也可能是我想多了，但愿这是普通的入室盗窃案件。可是毕竟黄大师损失惨重呀，有些是国宝级的作品。"

黄大师道："是啊，希望你们能早日抓到这些贼，为民除害。"

少杰想了想道："以后山本再来买画，您别跟他提家里失窃的事。如果他问起这事，您就说丢的全是假画，然后看看他的反应。"

黄大师表示，一定全力配合警方抓贼。

山本从黄大师家买了那幅长寿图后，回去锁上门仔细看，看得眼睛直闪光。这黄大师的大写意画用墨十分帅意，乌龟画得活灵活现，潇洒自然，寓意深刻。虽然价格不菲，但这是真东西，值这个价。他算的是，这幅画如果在日本拍卖，价格翻番应该是没问题的。想到这儿，他不由得唱起了日本的拉网小调。忽然他想到一个问题，这幅画放在这儿安全吗？上次贼已经光顾过一次了，谁能保证他们不会再来？那这幅画放在什么地方合适？自己的父亲过去在中国也收藏古董，他是在墙上做了夹墙，这样就能万无一失。想到自己的父亲，当年他在中国留下几件很值钱的东西，如今还在那栋神秘的小楼里，或许还在某个房间的夹墙里，要想找到当真不是易事。如果哪天拆迁，那个楼一塌，父亲藏在那儿的东西也就灰飞烟灭了。想到这儿，他不禁又添了几许担忧。他决定这事还得加紧办，以免夜长梦多。

第十章 引蛇出洞

少杰为了找那两个盗窃黄大师家的贼，让黄大师画了一幅小画，说是借用，抓贼使。黄大师当场给他画了一幅钟馗捉鬼图。虽说尺寸不大，但以黄大师画的行情，至少也值一辆奔驰车钱。少杰要利用这幅画，一箭双雕，引蛇出洞。

这天少杰拿着这幅黄大师的画来到吴氏姐妹的文玩店，进门就满脸喜色地向姐妹俩道："两位师妹，我给你们送钱来啦!"

他把画拿出来让她们看，这两姐妹立刻就认出这是黄大师的作品。吴霜问少杰是不是要卖这幅画，准备卖多少钱。

少杰诡谲地笑了笑说："这幅画要标一个所有人都买不起的价钱。"

吴霜一听就嚷道："你是真想卖还是假想卖呀？什么叫谁都买不起的价格呀？都买不起还卖它干吗呀？"

吴雪聪慧远在吴霜之上，当然明白少杰的用意，向吴霜道：“你没明白，师兄根本不想卖这幅画。”

吴雪把少杰拿来的画挂在店里的墙上，仔细看了看，皱眉道：“这是黄大师的画吗？是假的吧？”

少杰道：“谁说是假的，这是真迹，你看我和黄大师的合影。”说着拿出手机给吴雪看。吴雪看了看少杰手机上的合影，上面是少杰拿着这幅画，边上坐着叼着烟斗的黄大师。

吴雪道：“你把这张合影发到我的微信上，有了买主我好给他看。”

少杰道：“行，不过我有一个条件，不管是谁对这幅画感兴趣，你都给我发现场视频，我看看这买主是不是顺眼。”

吴霜道：“卖画还看长相？你真有毛病。”

少杰看看表道：“我走了，卖画的事就拜托你们二位了。”

吴霜拉着少杰不让走，非让他请客，吃窝头鱼，外加臭豆腐。少杰说今天不行，晚上得和他师哥去拜访那个山本，请他喝二锅头。可是吴霜不干，缠着少杰非让他答应。少杰是真不想带这个疯丫头去，他和闻龙给山本摆的是鸿门宴，想把山本弄高了，从他那儿套出酒后真言。但是吴霜软磨硬泡，少杰只好告诉她吃饭的地方，是个很小的饺子馆。

三环路边上有一家饺子馆，虽说门面不大，可是纯手工制作，味道十分正宗。山本是中国通，对中国的饺子也不是外行，他点了茴香和鲅鱼韭菜的，说是最喜欢这两种馅儿的。少杰又要了二锅头和炸花生米。闻龙点了拍黄瓜和拌萝卜皮。三人酒杯一碰，开始喝酒吃饺子。山本说这是“饺子就酒，越喝越有”，居然和闻龙、少杰碰了一下杯，一口就喝干了杯子里的二锅头。

少杰一看就知道今天山本心情不错，问他道：“山本先生今天喝酒这么爽快，准是生意做得红火，心情好。”

山本兴致勃勃，笑道：“我是舍命陪君子呀。不过最近我的生意确实不错，我还收了几幅好画，正要请闻馆长给鉴定鉴定。”说着拿出手机，让闻龙和少杰看手机里的几幅画，其中就包括黄大师那幅长寿图。

闻龙很仔细地看了山本手机里的画，颇感吃惊，很是羡慕地向山本道：“这里面那张黄大师的长寿图肯定是真迹无疑，其他那几张品相也不错，十有八九也是真的。”

山本得意扬扬，又举杯和闻龙、少杰碰杯道：“这些画都是我特别喜欢的，虽说价钱不便宜，但是能收到就不容易，不出一年，这些画在拍卖场上的价钱都得翻番。”

少杰想看的是黄大师家丢失的那几幅画，可是山本的手机里显然没有他想看的东西，这让他大失所望，怀疑自己的判断出了问题。他拿着酒杯暗自琢磨：难道山本去黄大师家不是贼踩道？盗画的那两个贼不是山本的手下？或许他还没喝多，脑袋还明白着，看来还得让他喝。

这时吴霜进了饺子馆，她穿得十分时尚，加上她长发飘飘，浑身珠光宝气的，在这个破旧的小饭馆里显得十分扎眼。

吴霜也不客套，上来就先把桌上各种馅儿的饺子尝了一遍，然后点头道：“真好吃，难怪大白熊要到这么破的地方来，敢情是饺子味儿好。”

少杰正琢磨怎么能让山本酒后吐真言，吴霜来了，忽然让他计上心来。他问吴霜会不会玩儿猜色子游戏。吴霜常去歌厅，自然会玩儿这东西。于是少杰就向服务员要了一套色子，让吴霜和山本玩儿，谁输了谁喝酒。他以为山本会推托，哪知道山本接过色子就和吴霜玩儿起来，两人你猜大我猜小，玩儿得津津有味。一上来吴霜就连输了三次，喝了三大口酒。少杰直皱眉，这样下去这丫头非让山本灌趴下不可。他觉得奇怪，色子盖在两个碗中间，这山本怎么就能猜出碗里的色子是大是小？全靠蒙？他仔细观察，发现在吴霜摇晃碗的时候，山本竖着耳朵听，知道这家伙武功非同一般。于是在吴霜再次摇晃碗的时候，他就在边上大声数数："12345……"干扰山本。这招果然见效，山本连输了三次。

少杰见时机已到，于是他向吴霜道："我们刚才在山本先生的手机里看了几幅特上档次的画，你也应该开开眼。"

吴霜一听，眨眨大眼睛道："真的？他那儿有好画？我看看。"说着就抢山本的手机。

山本忙拦着吴霜道："我给你看，我给你看。"说着把手机里的照片一张一张地给吴霜看，少杰在一边瞄着，可是看完山本手机里的所有照片，居然还是没有黄大师家被盗的那几幅作品，这让他长吁了口气，心想入室盗窃黄大师家的两个贼，八成跟山本没关系。没准儿真是打死牛和飞毛腿这两个人干的，得尽快找到他们。

少杰想引蛇出洞，钓盗墓贼上钩，果然这天吴氏姐妹的文玩店来了看画的。这人对黄大师的作品很是崇拜，向吴雪问了画的价钱，吴雪说是代卖的，卖家要一百万元一平尺。看画的人对价钱似乎没有异议，但怀疑这画不是真迹。吴雪就把少杰和黄大师的合影给他看。买主看了看照片，还是半信半疑，说照片肯定是真的，但画不一定是真的。就在吴雪和买画人聊天的时候，吴霜在边上用手机把买家看画的视频发给了少杰。

少杰正在公安局开会，收到吴霜的视频以后他让韩露看。韩露看了看那买家，感觉这人戴个眼镜，似乎是个书生，从气质上看，应该不是强盗。

少杰心想，有枣没枣打一竿子，不管这人是不是强盗，晚上得去吴氏姐妹的店里蹲坑。

少杰用的是引蛇出洞，但是没察觉螳螂捕蝉——黄雀在后。

当天晚上，少杰在古玩城外一条路边停下车，在车里注视着古玩城的动静。黑漆漆的夜色里阒无人迹，到了深夜两点左右，少杰已经困得睁不开眼了，可是刚想打个盹儿，发现古玩城外来了一辆电动自行车。这个时间到这儿来，显然不正常。少杰的眼睛即刻亮了，困意全无。他紧盯着这个骑电动车的人，只见这个人在古玩城外东张西望，见四下没人，便走到店门前，向里面看了看，然后拿出一个特殊的工具，几下就打开了大门的锁，不到一分钟。少杰暗自点头，这家伙用的是技术开锁，一般的锁在这种贼面前就是摆设。只见这个人打开大门以后，慢慢推开门，正准备进去，忽然又退了出来，似乎是看见了店里的保安。随后他轻轻关上门，迅速上了电动自行车，扭头就走。

少杰哪能让他跑了，等那电动自行车上了三环主路，他就开着车慢慢跟了上去。他想看看这个贼的窝在哪儿，给他来个黑熊捣窝。他跟着那辆电动自行车进了二环路边上一个高档小区的地下车库前。前面那个可疑人骑着电动自行车对保安说是送快递的，保安就放他进去了。少杰一亮工作证，也跟了进去。进了车库一看，那个电动自行车没了踪影，而这个车库大得出奇，在地下七拐八拐，少杰差点儿转了向。他打开了车门，正准备找保安问问，这时忽然车库停了电，一片漆黑。他感到不妙，似乎是被人家引到这儿来了。他靠住一根大柱子，以防后面被人偷袭，然后凝神定气，观察周围的动静。也就在这一刹那间，从侧面打过来两个白灰包，直奔少杰的眼睛。少杰眼观六路耳听八方，迅速一歪头，躲过两个白灰包。这要是让白灰包打上，他非成了黑瞎子不可。刚躲过白灰包，就感觉一阵恶风从头上扫过来，他一侧身，一个狼牙棒“嗖”地从他耳边扫过，差点儿把他耳朵扫中。此时他已经看准了袭击他的人，闪电般拍出一掌，那个抡狼牙棒的惨了，本想这一棒子就把大白熊打趴下，没想到自己挨了狠狠的一熊掌，“啪”的一声，连人带狼牙棒向后飞出去好几米，还带倒了几个拿着棍棒向前冲的同伙。

少杰一掌得手，定睛细看，吃惊不小，对方来了至少二三十个人，而且个个手里拿着棍棒，甚至还有蒙古大砍刀。他也来不及多想，打吧。本来他师父和韩露都提醒过他，遇上对方人多不能硬拼，要跑着打，追上来一个打一个。可是少杰就是不想跑，那多丢面子呀，堂堂大白熊哪能让人追着跑呀，这不是他的性格，他得冲上去打。这下坏了事，尽管少杰下手又快又狠，接连打倒几个拿着棍棒的小伙子，可是这车库一片漆黑，有人躲在暗处算计他，向他打冷拳冷棍，没一会儿少杰身上就有几处受了伤。更可气的是，少杰向前冲，这帮人就向后退，光诈唬不上前。可是少杰一停下来，就有人在暗中向他拍板砖，打一棍子就跑。少杰完全陷入了被动。

少杰是螳螂捕蝉，不知黄雀在后。这群袭击他的人也不知道自己是螳螂捕蝉，也有黄雀在后。他们正合力围攻少杰的时候，居然有人在暗中袭击他们，先后有两个人挨了暗算，一个被七星竿点中了后脖子上的大椎穴，一下就嘴歪眼斜，动弹不得；还有一个举着棍子就倒下了，后脑上挨了一板砖，拍得他眼睛发黑，天旋地转。而且地下车库的灯忽然亮了，车库门口还传来了警笛的声音，显然是警察来了。

袭击少杰的这群人还没得手，一听这警笛的声音，立刻四散而逃。少杰哪肯罢手，冲上去接连打倒好几个。等警察冲进来的时候，把倒在地上哼哼的人全戴上了手铐。

这时少杰才看清楚，是韩露指挥民警在抓捕这群袭击他的人，心里不由得暖烘烘的，心想准是韩露不放心他，暗中保护，及时把派出所和附近巡逻的民警召来了。要不是韩露，他今天恐怕是凶多吉少。

韩露上前看了看少杰的伤势，只见他身上鲜血淋淋，二话不说，拉着他就要上医院。少杰这才感到身上好几个地方火辣辣地疼。但他还是想先弄清楚是谁给他挖了这个陷阱，找这么多人来对付他。他拉住一个坐在地上歪着脖子哼哼的壮汉，问他的脖子是怎么回事。那壮汉说有个女孩子，从车上下来，用小竹竿打了他一下，他的脖子就正不过来了。

少杰吃惊地四下寻找，心想准是那个疯丫头来了，怎么没看见她的人影？他问韩露看没看见吴霜，可是韩露说黑乎乎的，谁也没看见。

韩露不放心吴霜，给她打手机，可是吴霜说她在被窝里，这让韩露和少杰都感到意外。少杰估计吴霜没说假话，这个暗中拿七星竿帮助他的人，十有八九是吴雪。他暗自感激这个女孩子。

少杰被袭击以后，公安局的技术部门很快就找到了那个组织打手暗算少杰的人，他绰号黑虎，是个横行乡里的恶霸。少杰不顾身上的伤，简单在医院包扎了一下，就和刑警队的民警去抓捕这个恶霸。

黑虎住在北京郊区一个农家小院里，当地的社区民警向少杰报告，嫌疑人是这一带有名的武林高手，正在院子里练武术。

少杰带着民警推开黑虎家的院门，蜂拥而入。只见一个身材高大、浑身腱子肉、相貌凶恶的中年人站在院子里，正在耍一个钢叉。他一看少杰等人进来，立刻瞪着眼，把大钢叉端在手里，向众人道："你们要干吗？"

少杰冷冷地说："黑虎，你得跟我们上一趟公安局。"

黑虎一抖钢叉，道："跟你们上公安局？我要是不去呢？"

少杰冷冷一笑，把传票向黑虎一亮道："这是传票，你去不去可就由不得你了。你要么站着去，要么横着去。"

黑虎一听就怒了，把钢叉一抡，喊道："你们谁敢过来！"

少杰笑了，撇嘴道："钢叉会的会头，开路先锋。我可是五虎棍的会头，练的是武松打虎！"

黑虎喊道："行，今天我就领教你的武松打虎。"说着挥舞钢叉向少杰迎面叉来。少杰一转身就到了黑虎的身后，在他后背轻轻点了一下，有意戏耍他，并没真打。黑虎还不知趣，一叉扎空，翻身横扫，钢叉直打向少杰的双腿。少杰腾空跃起，在黑虎脑门儿上弹了一下。这一下看似轻描淡写，实际上跟小锤子似的，"嘭"的一声。

黑虎疼得大叫："哎哟！"用手一摸脑门儿，上面起了个大血包，不禁龇牙咧嘴地指着少杰道："你是谁呀？"

少杰笑道："我？人家叫我大白熊。"

黑虎吃惊道："啊？熊掌大侠？"他早听说过熊掌大侠的名号，自知不是对手，扔下钢叉转头就跑。少杰身边的几个民警一拥而上，把黑虎按倒在地。

在公安局的预审室，黑虎如实交代了他组织人暗算少杰的经过。原来前几天黑虎接到一个奇怪的电话，说有一桩大生意，让他到一个地方去取钱，然后再打电话通知他干什么事。对方用的是公用电话，很神秘，黑虎始终不知道对方是谁。但是此人出手大方，事前给了他一万，说事成之后再给五万。之后他没把事情办成，可是对方还是给了另外的五万，说他办事很讲信用，虽然事没办成，这也不能全赖他，毕竟熊掌大侠不是等闲之辈。

韩露为少杰担心，这次少杰多少有些幸运，伤得不重，但是也十分危险，毕竟暗箭难防。她和少杰商量，要尽快找到打死牛和飞毛腿，这是案子的关键。从少杰接手这个案子以后，连续两次被暗算。这背后的人很可能与这个案子有关，也就是说，这个神秘人物应该是盗墓贼，而且是盗墓团伙的核心人物，属于支锅老大或者掌眼级别的。而这个人很可能与收藏界和武术界有关，不然怎么会对少杰的行踪掌握得如此准确？

少杰道："我还想问你呢，你那天怎么知道我会被困在那儿？"

韩露道："我不知道，就是晚上闹心，不踏实，老觉得要出事，我就开车去了，正赶上你跟踪那个人，我也就跟着你们去了。可是到了那儿一进车库我就迷了路，而且还停了电。我在里面瞎转，听见你们打斗，就给值班室打了个请求支援的电话。"

少杰点头道："这才叫心灵感应呢，以后我要是有难，就大喊三声：韩露！然后你就来了。"

韩露笑道："那以后我要是有难，喊什么呀？"

少杰道："你就喊：大笨熊！连喊三声。"

下班的时候，少杰觉得心里烦，独自一人来到一家偏僻的小酒馆，要了一瓶小二锅头，低头喝闷酒。一瓶小二锅头喝完，他正准备结账回家，这时进来一个白胡子老头儿，进来就坐到了少杰的对面，然后向服务员要了一瓶小二锅头，还要了一盘炸花生米。少杰抬头一看，只见这老爷子两眼炯炯有神，腰板倍儿直。他心想这老爷子看上去岁数不小了，还能喝二锅头吃炸花生米，想必是牙口好，身体也棒，不禁好奇地问老人道：

“老先生高寿?”

白胡子老人道：“八十有二。”

少杰有些吃惊道：“啊？您这岁数了还喝酒?”

白胡子老人道：“不喝晚上睡不着觉，必须得喝。”

少杰道：“您一定有养生之道。”

白胡子老人道：“我的养生之道一个是喝酒，另一个是写毛笔字、画画。”

少杰道：“我看还得加上一条，您一定练武术，是武林高手。”

老人打量一下少杰道：“哦？有意思，还头一次听人说我是武林高手。何以见得呀?”

少杰笑道：“您眼睛炯炯有神，显然有深厚的内功。您腰板儿挺直，手掌比常人大了一号，上面全是茧子，必是外家硬功夫十分了得。”

老人微笑着点了点头道：“小伙子眼力不错，想必也是练家子。”

少杰想和老人多聊一会儿，便向服务员又要了一瓶二锅头，说是得陪老爷子喝一杯。

老人笑着说：“行啊小子，陪老爷子我喝高兴了，兴许传你两手。”

少杰笑道：“那我更得敬您老一杯了。”说着服务员已经把酒拿来，少杰恭恭敬敬地给老人斟酒，然后举杯向老人道：“有缘遇上前辈，我先干一杯，以表对您的敬意。”说着一口就把杯子里的酒喝了。喝完又给自己倒酒，抬头看老人，只见老人的酒杯也空了，诧异地问：“您也干了?”

老人笑道：“你喝酒这么痛快，我不能看着呀。”

少杰吃惊地咧嘴道：“我的天，好酒量。”赶紧举杯向老人道，“我敬前辈。”说着也把酒喝干。喝完他试探地问老人道：

“前辈贵姓？我怎么称呼您？”

老人笑了笑道：“你就叫我师大爷就行了。”

少杰一听忙起身，向老人施拱手礼道：“晚辈见过师大爷。”

老人看着少杰道：“熊掌大侠，这么响亮的绰号，好啊，青出于蓝呀。”

少杰略感吃惊，心想这老爷子敢情知道我是谁，忙问：“您知道我？”

老人道：“我以为本门的功夫到我们这一代就失传了，现在年轻人谁吃得了这个苦啊，可是没想到居然还有你这样肯下苦功夫的。好，对我的脾气。”

少杰道：“晚辈的功夫还差得远，还请师大爷多指点。”

老人道：“是啊，我听说你被那个疯疯癫癫的老东西打了一掌，这也难怪，他时不时地犯糊涂，你也别怪他。”

少杰道：“哪能呀，那是前辈指点我。”

老人点头道：“他从来不传授武功，能点拨你也是你的福分。”

少杰道：“对对，以后还请师大爷多指点。”

老人道：“我看过你练功，你师父传了你几招‘夫子三拱手’？”

少杰道：“我师父传了我三招。”

老人道：“一定是双戳、腋下双抖，还有十字炮。”

少杰道：“对对，就是这三招。”

老人道：“好，今儿个我把炮锤门儿里的三拱手给你凑齐了，一共是十招。”

少杰高兴地向老人拱手道：“谢谢师大爷。”

老人道：“走，跟我走，咱们先练功夫，改天再接着喝。”说着就站了起来。

少杰忙招呼服务员结账，此时老人已经大步出了酒馆，少杰结了账，赶紧追了上去。

师大爷是个武林高人，少杰过去只是听师父说过，但是从未谋面。今天一见甚感亲切。老人也和少杰一见如故，把看家的功夫传给了他，都是很实用的技击招数。这些招数看似平常，可是即便是武林高手也极难防住，因此被称作技击绝技。少杰功底深厚，悟性极高，没半个时辰就把老人传的几招“夫子三拱手”演练得有模有样。老人看了十分欣慰，他嘱咐少杰，传他武功的事要切记保密，跟谁都别说，包括他的师父和师兄。这“夫子三拱手”练炮锤的都会几手，但是极少有学全了的。这是他师爷单独传授下来的，嘱咐过艺不轻传。这些招数不能轻易使，也不能外传。要练就是天黑的时候练，天亮就回家，不能让别人看见。如果人家知道你的路数，你不知道人家的路数，交手的时候就得吃大亏。

少杰想起上次和那个疯疯癫癫的师大爷交手，人家就知道他的路数，他却不知道对方的底细，处处被动。

少杰试探着问师大爷，为什么要传他武功。

老人爽快地看着少杰道：“我看你是块料，而且我听说你是当警察的，经常遇上亡命徒，有的武功还不弱，总对你下黑手。”

少杰道：“是，我最近老喝闷酒，就是因为遇上几起案子，都是练家子干的，纯粹是武贼。倒霉的是我老被他们暗中算计，还找不着他们。”

老人点头道：“我一看你喝酒就知道，你太实诚，容易被人算计。好把式怕冷手，武功再好也挡不住暗算。”

少杰道：“是，我似乎是缺少江湖经验。我师哥在这方面就比我强多了。”

老人道：“是啊，他是开武馆的，三教九流什么人都接触。不过他这个人不实在，一肚子心眼儿，老跟那些不三不四的人来往，学不了好。”

少杰吃惊道：“啊？不会吧？我师哥喜欢收藏，在收藏圈里也是个人物，找他的人都是玩儿这个的，没听说他和不三不四的人来往呀？”

老人道：“玩儿收藏？那些老物件多数是从坟地里刨出来的，挖人家祖坟的人能有好人吗？说你实诚你还就是傻实诚，你呀，以后得多长点儿心眼儿。”

少杰看着老人，心里有一种说不出的滋味。

少杰这次和老人的奇遇，让他的武功又进了一层，居然把“夫子三拱手”的十招凑全了，这是他梦寐以求的。他回去便加紧研习，从中参悟出不少隐含的奥妙，这为他后来屡屡战胜武林高手打下了坚实的基础。

第十一章　江湖黑吃黑

少杰和韩露始终没有放弃找那个吃狗肉的西山老大。这天他们从市宗教事务管理部门了解到，西山附近有四个比较大的道观，都是不对外开放的。二人一商量，可以一个一个地查访，看看那个西山老大是不是隐藏在这些道观里。

少杰和韩露都是练武的，知道练武人的习性，但凡高手，往往是夜深人静的时候找个环境清幽的地方练。傍晚的时候，他们怕开车去道观动静大，就把车停在了西山脚下，徒步向山上走。走了将近一小时，来到一座幽静的古刹前。这地方也许是没对外开放的原因，院墙有些残破。道观外面长着一片片的竹林，一条幽深小路沿着竹林蜿蜒而上，整个道观看上去有几分神秘的色彩。

道观的门口停着一辆豪华的日系越野车，大门开着，可以看见院内有灯光，似乎有人在里面朗声大笑。少杰上前看了看越野车的牌号，认出是山本的车，不免有些诧异，这个山本怎么大晚上跑到这么偏僻的寺庙里来？

在寺院住持的客房中，有个大大的画案，有位鹤发童颜的道长正在挥毫泼墨，书写一幅狂草。见忽然来了一对俊男靓女，他颇感意外。山本正看着道长写字，见少杰和韩露来了，也有些吃惊，赶紧起身和二人打招呼，说是这儿的道长书法很好，他来求字，又问少杰和韩露怎么也到这儿来了。韩露说他们听说这个道观的道长是武林高手，特来拜访求教。

山本向道长介绍了少杰和韩露，称他们是当今武林中响当当的人物，尤其是少杰，号称熊掌大侠，是三皇炮锤门里的后起之秀。

道长上下打量少杰，发现这个小伙子确实气度不凡，问了他的师承，居然还认识少杰的师大爷崔三爷，即刻热情起来，为他们新沏了一壶正宗的福鼎白茶。

少杰虽然不像师哥闻龙那么懂书法，但平时在师哥那儿也耳濡目染，多少知道点儿书法的事。他看了道长的书法，发现写的是草书，字迹苍劲有力，而且十分狂放。他问道长道："道长临的是不是怀素帖？很是潇洒。"

道长对自己的书法颇为得意，向少杰道："学草书肯定得临怀素的帖，但是要有自己的东西。"

韩露虽不懂得书法，但是喜欢书法，她看了道长的字，赞叹道："道长的书法中隐含着剑气，必定是剑术的高手。您这笔屋漏痕，有点儿剑的味道，那个逆锋笔有点儿像是剑势'朝天一炷香'。"

道长听了颇有些吃惊，眼前这位亭亭玉立的美女，显然不是花瓶似的凡俗女子，不禁看着韩露点头道："对，正是'朝天一炷香’。今天我算遇见知音了，想必这位女施主也是练剑的行家。”

韩露笑道：“不敢当，练过几天八卦剑，只是没见过以笔当剑的。”

道长点头道：“好眼力，以笔当剑，书法自然就出了剑气。”

山本见道长高兴，便向他道：“既然道长和这位美女剑客有缘分，何不以笔当剑，即兴创作一幅，送给这位美女？”

道长一听正有此意，即兴挥毫，用狂草写了四个大字：剑胆琴心，然后用了印，交给韩露。韩露看着这幅字，喜上眉梢，不住称赞。

少杰在观察道长写字的时候，发现他手上并没有练铁砂掌留下的茧子，显然不是他们要找的那个西山老大。但是他从道长运笔的过程中，看出了太极的味道，于是向道长道：“您的书法柔中带刚，走的是蛇型劲，估计道长是陈氏太极的高手。”

道长一听更高兴了，这两个年轻人还真是行家里手，居然从书法中看出了他的剑气和太极的劲力，不免对他们刮目相看，于是便请他们坐下来谈论太极和剑术。

山本原来以为少杰是练硬功夫的，没想到他和道长谈论起太极拳也是头头是道，不禁暗自吃惊，这个熊掌大侠要是再有了太极拳的蛇型劲，那谁还能是他的对手？

少杰向道长请教武功的时候，试着向他打听这一带是不是有个练铁砂掌的人。但是道长说这附近的道观他都去过，而且大家都是朋友，没有练铁砂掌的，全都练陈氏太极。但他向少杰提供了一个线索，说不久前，他在屋里读帖，那字帖是古代的珍藏本，一般不拿出来。那天晚上十分安静，他便听到房上来了人，这个人显然不是一般的贼，能在墙上高来高去的，准是练家子。他就拿着两个健身钢球出去看，到院里向房上一看，一个黑影一闪，他就打出一个钢球，但是那人脚下很快，让他躲过去了。再想打第二个钢球，那人已经从房顶跳到院子外面去了。第二天他到院墙外面，看到至少两个人的脚印，说明这贼不是一个人，八成是惦记上他那本字帖了。

少杰估计惦记道长字帖的人，十有八九是打死牛和飞毛腿，上房揭瓦是飞毛腿的强项。这是个新线索，说明飞毛腿和打死牛就在这附近活动，因为打死牛的师父在这一带住。可是既然西山老大是盗墓团伙的重要成员，必是深居简出。这一带古刹幽林，怎么才能找到他们的踪迹呢？

这天打死牛和飞毛腿从延庆套来一只大豺狗，到西山老大的农家院来孝敬师父。西山老大就好吃狗肉，这毛病是他出家的时候养成的。而且他师父说吃狗肉能提高功力，他也深有体会，确实有时候吃了狗肉浑身发热，甚至有些冒火，那时候练铁砂掌，事半功倍。

农家院都有大柴锅，西山老大把打死牛和飞毛腿拿来的狗放到柴锅里炖。还往里放了不少白酒，用来解狗肉的腥味儿。

近来打死牛虽然屡遭暴打，但都是皮肉伤，并没有伤筋动骨，在他师父的狗肉调养下，身体恢复得不错。而且他发誓要找那个熊掌大侠报仇，因此练功格外用心，尤其是铁砂掌，更是使出了牛劲在练。在帮师父炖狗肉的时候，他问西山老大道："师父，我觉得我的功夫已经不错了，可您说我跟那个号称熊掌大侠的交手，怎么觉得他的掌力比我要大得多呀？而且他出手也快。"

西山老大道："是啊，这就是功夫，他练了十年，你练了三年，一交手就看出快慢了，力道更不用说了。"

打死牛道："那您说我什么时候能超过他呀？我没别的愿

望，就是想灭了他。”

西山老大道：“这不能急，功夫不是一天两天练出来的。我练了快三十年了，也不敢说打遍天下无敌手。”

在西山老大和打死牛、飞毛腿喝酒吃狗肉的时候，他的手机响了，来电话的是支锅老大，说是在陕西榆林现了东西，西周时期的，让他务必带几个心腹过去。西山老大询问了榆林那个工地的情况，支锅老大说那工地全是一人高的玉米地，晚上下手十分方便。于是西山老大答应，择吉日出发，开车去陕西榆林。

飞毛腿好奇地问西山老大道：“老大，您说的这个支锅老大是谁呀？他的信息怎么这么灵通呀？”

西山老大笑了笑道：“干咱们这行不能打听，所以我也不知道他的真实身份，就叫他支锅老大。我已经跟他合作很多年了，每次都是他找我，而且第二天准把活动经费打到我的账户上。我在工地上出了东西，他能找到掌眼出货，该给我的钱从来没少过。”

当天晚上西山老大等人就开着两辆吉普车到了陕西榆林。和以往一样，到这儿来的不是一拨人。有山东鲨鱼帮的，还有一群人是陕西本地的。过去大家都共过事，也不生疏，各干各的，都受雇于支锅老大，出了东西按比例分成。他们在当地一个老农的引领下找到了工地的位置，拿出现代化的金属探测仪之类的设备，找准了位置，只等夜深人静的时候就动手。一般是晚上 12 点动工，凌晨 4 点天亮前收工。

这天晚上，三路盗墓贼依旧是昼伏夜出，各挖各的盗洞，出了东西就登记造册，事后跟支锅老大结账。

打死牛和飞毛腿干活的时候是偷奸耍滑之辈，不真卖力气，全靠西山老大顾来的几个民工挖土、搬运，这二人充其量是摆摆样子，从来不敢进到盗洞里去。他俩都怕鬼，更怕墓穴里的机关。多少次他们眼见着有人活着进去，抬着出来，死都不知道是怎么死的。

这时一个挖土的小伙子向西山老大道："有东西了。"

打死牛和西山老大忙走了过去，用小铲子轻轻拨开泥土，慢慢从土里挖出一个刀形的石板。

打死牛好奇地看着石板，问西山老大道："师父，这石头是干什么用的?"

西山老大上前看了看道："这是西周时期的乐器，叫石磬，墓里面有这种乐器的，说明这个墓主不是一般人。石磬应该是一套，按音色至少应该是五个。"他让手下人继续挖，找另外那几个石磬。

这时一个小伙子道："又有了。"西山老大忙叮嘱他慢点儿，别碰坏了东西。他上前看了看，还是石磬，应该是一套中的另一件。

突然在外面放哨的飞毛腿慌慌张张地跑来，向西山老大道："不好了，有几个警察带着保安过来了，还拿着手电四处乱照。"

西山老大吃了一惊，心想深更半夜的怎么会有警察？难道是有人走漏了风声？西山老大让手下人马上收拾东西，赶紧撤。

此时已经有几道手电光照了过来。

西山老大向打死牛道："赵亮，你带两个人挡住他们，我们在路边的车上等你们。"说着拿起地上的石磬，和几个人猫腰钻进了玉米地。

几道手电光照了过来，有人喝道："什么人！干什么的!"

打死牛喊道："是老子，一掌打死牛!"说着冲上去，向走在前面的一个民警打了一掌，民警猝不及防，仰面摔倒。这时后面的民警和保安拿着警棍冲了上来，双方在黑暗中打了起来。

打死牛毕竟是练过的，对付没练过武术的人他还是个狠角色，转眼间就打倒了两个民警和保安。他见西山老大他们已经跑了，这才钻进了玉米地，去追赶师父。

巡逻的民警和保安发现了盗墓贼，急忙呼叫支援。没一会儿道路上就来了几辆闪着警灯的警车。但是天太黑，而且盗墓贼都钻了玉米地，一个个都跟会打洞的耗子似的，一听有动静，四下乱窜。没有猫那两下子，在野地里抓他们还真不容易。

打死牛钻出玉米地，在事先约定好的地方找到了他们的越野车。西山老大不敢久留，马上开车往北京跑。

在车上西山老大仔细端详刚到手的两个石磬，确实是值钱的物件。他打电话向支锅老大报告了被警察追捕的情况，并让打死牛和飞毛腿换手机号，以防万一。

陕西警方向文物部门通报了盗墓的情况，考古部门紧急对盗墓贼盗掘的古墓进行抢救性考古挖掘，在古墓中出土了三个石磬，经过鉴定，属于一级文物。这本该是一套五个石磬，只找到三个，估计被盗墓贼盗走了两个。他们将这一情况通报给了警方，并把被盗石磬的照片也传给了公安局。

那个带路的陕西老农很快就被抓获，民警从他家的床底下搜出了一箱子现金。这老农交代，那个拿走石磬的叫西山老大，是从北京来的。那个自称是打死牛的人是他的徒弟。

陕西警方给北京发了协查通报，把丢失的文物情况通报给北京市公安局刑警队。少杰和韩露正在西山找打死牛这些人，看到陕西的情况通报，才知道西山老大这群人原来是去了陕西。从陕西警方传过来的照片看，那两个石磬是国家一级文物，这让少杰和韩露的压力又增加了一层。

韩露不像少杰那么沮丧，她认为盗墓贼越是猖獗，暴露的概率越大。她和少杰认真分析了案情，认为这回西山老大的盗墓团伙盗了国家的一级文物，估计又回西山了，下一步应该是出手这些盗窃来的文物，很可能那个支锅老大已经联系了买主，这个团伙有个掌眼，应该是个大收藏家。可是哪个收藏家敢买盗墓贼的东西？他们分析来分析去，又把视线集中到了山本身上，这个日本鬼子太有钱，买黄大师的画都不还价。他会不会跟西山老大他们做生意？不管怎么样，得想办法找回那些被盗的文物，不能让文物贩子把这些东西卖给外国人，或者走私到国外去，这都是国宝。二人商量一方面继续在西山暗访西山老大，另一方面密切关注山本的动向。

从陕西回到北京的当天，西山老大已经接到支锅老大的电话，让他带着从陕西拿回来的东西，去一个叫黑松林的地方见买主，买主已经看了他们传过去的照片，很感兴趣。

西山老大带着打死牛和飞毛腿，还带了几个喽啰，来到黑松林，等着看货人。对方很守时，开着几辆越野车，派头十足。等车一停，下来的人打死牛和飞毛腿都认识，居然是空手道武馆的馆长山本。他带着一群空手道武馆的教练，教练个个穿着武馆的练功服。

西山老大带着打死牛和飞毛腿上前与山本打招呼，一番寒暄之后，山本提出看货。西山老大把那两个石磬拿出来，请山本上眼。

山本看了石磬，确信是西周时期的，但对方只有两个，五音不全，这让他有些失望。他是商人，自然知道成套的东西和不成套的东西在拍卖市场上的价钱差得很多。他向西山老大道："您这东西应该是一套五个，如果拆散了卖，价钱可就差多了。"

西山老大道："目前我们只弄到这两个，其他的恐怕很难弄到了。如果山本先生看着好，您出个价钱，我跟支锅老大汇报，他同意我们就成交。"

山本心说，这位号称是老大，可还是做不了主，不免有些轻蔑地看着西山老大道："您跟您的老板说，如果只有两件，不成套，价钱减半。"

西山老大觉得这个日本鬼子压价压得也太黑了，如果价钱卖的低，分给他的那份也就不会太多。而且这个鬼子看上去盛气凌人，还带着一群练空手道的，这让他更不爽了。他摇头道："山本先生上来就砍了一半价钱，这可不是买白菜。您识货不？如果不识货，我就把东西卖给识货的人。"

山本冷笑道："我还头一次听人说我不识货。"

打死牛对山本十分反感，因为曾经在他那儿栽过跟头，今天是仇人相见分外眼红。他瞪着山本，粗声粗气地说："你识货？你知道吗，这是我们刚从陕西榆林的古墓里挖出来的，这是西周的真东西。"

山本上下打量了一下打死牛，冷哼一声道："我说看着这位有些眼熟呢，原来是上次到我武馆里来偷盗的贼，果真是个识货的。咱们上次的账还没算呢，以后慢慢算。"

打死牛一听气得牛眼圆睁，立刻攥紧了拳头。

西山老大一看山本讥讽自己的徒弟，自然有些恼火，也阴沉着脸向山本道："这位日本朋友，我不知道你跟我们支锅老大是什么关系，可是你也得打听打听，我们师徒在江湖上也是有名有姓的，谁不知道我西山老大？"

山本冷笑一声道："我一般不喜欢跟盗墓贼打交道，连别人的祖坟都挖的人，还讲什么江湖名号？我是生意人，看来今天的生意谈不成了。咱们后会有期。"说着向手下一摆手，准备离开。

西山老大火了，心想今天是一不做，二不休，把这帮日本鬼子灭了得了。他恶狠狠地向山本道："慢着，你们走可以，把钱留下。”说着向后一挥手，他身后的几个喽啰立刻拉开了架势，把山本的人围了起来。

山本冷冷一笑，向西山老大道：“想动手抢钱？那得看你有没有这个本事！”说着向后使了个眼色，他身后的空手道教练也都端起了空手道的架势。

西山老大不屑地笑了笑道：“日本的空手道上中国玩儿来了，真是没长眼。今天让你们见识见识中国的铁砂掌！”说着抬手就是一个迎面掌，直劈一个空手道教练的面门，对方闪身躲开。双方的人一见动了手，都冲上前去开始混战。

山本退到后面，点上一支烟，看着双方拳脚相加，显得十分淡定，似乎这两拨人拼杀跟他没关系，他就是个看热闹的。

西山老大和打死牛虽然武功不错，可是对方的空手道也是注重搏击的，动手以后你来我往，谁也没占了上风，一时难分高下。

飞毛腿十分奸猾，他和一个空手道教练对打，被对方踹了个跟头。他往起爬的时候顺手抓了一把土，向上一扬，竟然把对方眼迷了。他趁机踹了对方一脚，把那人也踹了个跟头。他得意忘形，想借机扑上去，再给那人补一脚，但是没想到那人用了个败中取胜的招数，倒在地上向上一弹腿，正踢在飞毛腿的裆里。这下飞毛腿可惨了，命根被踢中，疼得他大叫一声，用手捂着裆，跌跌撞撞转身就跑。那人眼睛被迷，也没追赶他。飞毛腿龇牙咧嘴回到车上，忽然想起，他们带来的那两个石磬没人看管，可别有个闪失。想到这儿，他连痛都忘了，赶紧打开后备箱，可往里一看心立刻凉了半截儿，那个放着石磬的皮箱不见了！他也顾不上疼了，三步并作两步，跑到西山老大跟前，气喘吁吁地大喊：“不好了老大，咱们的货被人偷了！”

西山老大正和两个空手道教练交手，打得眼睛都红了，一听飞毛腿这么一喊，赶紧虚晃一招，跟着飞毛腿跑向他的越野车，打开后备箱一看，果然放石磬的箱子不见了。他惊得心里怦怦乱跳，这还了得，这两样东西价值千万，这是怎么回事?难道是有人趁着他们和山本的人打斗，暗中下手?可是又一想，是不是山本的人趁机暗中下手，声东击西?想到这儿，他返回了打斗的现场，见山本还是若无其事地观战，便大喊一声："都别打啦!"这一嗓子如晴天炸雷，正在厮杀的双方全停了手。

西山老大恶狠狠地指着山本道："山本，你可够阴险的，是不是你的人趁乱把我们放在车上的货偷走了?"

山本一听有些吃惊，疑惑地看着西山老大道："你是说刚才我看的那两个石磬被人偷了?"

西山老大道："你别装傻，是不是你派人干的?"

山本苦笑一下道："你可别血口喷人，我的人全在这儿，怎么可能去偷你的东西?这可倒好，鹬蚌相争，渔翁得利呀!"

西山老大道："你敢说不是你的人干的?"

山本道："我明人不做暗事，这种偷鸡摸狗的事从来不做，我可不是盗墓贼。"说着瞪着西山老大。

西山老大被山本说得张口结舌，一想山本说得不是没道理，想到这儿，他也没心思再跟山本打了，指着他道："这件事我一定会查个清楚，要是让我查出来是你的人干的，咱们没完。"

山本点头道："我希望老大早早把这个暗中下手的人查出来，我还希望你能把另外三个石磬找到，咱们的生意还可以接着做。"

西山老大咬着牙向手下人一挥手，带人上车离开了现场。

山本看着西山老大的人走了，一脸的疑惑，他也觉得这事蹊跷，就这么一会儿的工夫，那两件宝贝就在他们的眼皮底下没了，这个人是谁呀?重要的是他怎么知道他和西山老大要在这儿做生意？忽然他想到一个人，难道是他？如果是他，那西山老大的手下必有内奸，给他通风报信。这么一来西山老大以及打死牛等人的行踪俱在此人的掌控之中，他随时都可以暗中出来夺他们的宝贝。此人武功深不可测，这可有点儿恐怖了，江湖险恶黑吃黑，处处是雷呀。自己近来收了几幅名贵的画，要是让这个人惦记上……想到这儿，他就觉得浑身发冷，直打哆嗦。

第十二章　盗墓埋雷

西山老大带着打死牛和飞毛腿回到西山的农家院，三人沮丧至极。东西丢了，支锅老大十分震怒，让西山老大尽快把东西找回来。支锅老大甚至怀疑西山老大把东西私藏了，编造了个被偷的故事。现在唯有找回那两个石磬才能证明他们的清白，否则以后支锅老大不再信任他们，那他们就很难在盗墓这行里混了。

打死牛认定是山本的人偷了那两个石磬，鼓动师父带人打上门去。但是飞毛腿觉得不像是山本的人偷了石磬，因为那天山本的人确实都参与了打斗，连车上的司机都上了手。如果他们上门向山本讨要这两个石磬，他不认账你还真没辙。而以他对山本的观察，山本不是黑道上的人，做生意都是一手交钱，一手交货，很痛快，没有暗中黑吃黑的时候。并且贸然找上门去很危险，如果山本翻脸，暗中给警察打个举报电话，那他们就等于自投罗网，警察正到处找他们呢。

西山老大觉得飞毛腿说得有些道理，他跟山本不是头一次做生意，这人给钱很痛快，只要是真货，基本不还价。这回要不是价钱没谈拢，也不会打起来。可是如果不是山本的人趁乱偷走了石磬，那是谁？这不得不让他想起近来和他们作对的那个蒙面人。打死牛曾经两次被这个蒙面人抢走了东西，难道这个人又来了？打死牛也想到了那个曾经抢劫过他的蒙面人。

西山老大点头道："是啊，这个人的武功不一般，而且下手抢东西也很准。"

打死牛道："这个人是咱们的第一大仇人，我怀疑他就是那个号称熊掌大侠的家伙，暗中算计咱们。"

西山老大道："我看咱们要出动所有的人，在黑市上找那两个石磬，然后顺藤摸瓜，找到这个暗中算计咱们的人。"

这天西山老大来到山本的武馆，武馆的人一看他来了，以为他是来寻仇的，即刻把他围了起来。山本得到通报，出门迎客，他知道西山老大要是寻仇肯定不会一个人来，准是有生意要谈。他把西山老大让到客厅品茶，以礼相待。

西山老大此番来拜访山本，是想从他这儿找找线索，他反复琢磨了那天的事，觉得问题是出在信息泄露上面了。他对山本开门见山地说了自己的怀疑，但是山本对此矢口否认，说那天他去看货之前，没有向任何人说过，谁都不知道他们去哪儿看货，应该是西山老大手下的人走漏了消息，才会有人暗中趁乱下手。他问西山老大，当时是谁发现那两个石磬没了。

西山老大道："我把东西放在吉普车的后备箱，当时只顾和几个空手道的教练动手，没注意车那儿。后来飞毛腿受伤回到车上，才发现东西没了。”

山本摇着头道：“咱们在那么偏僻的地方交易，应该不会有人过路顺手牵羊。这是有预谋的行动，咱们早被盯上了。你的徒弟和那个飞毛腿可靠吗？我怎么觉得这两个人不太靠谱呀。”

西山老大对自己的徒弟打死牛很信任，飞毛腿应该也没有外心，他向山本道：“这两个人应该没问题，当时他们正和你们真刀真枪地干仗，不会分身去偷石磬。”

少杰和韩露经过一段时间对西山一带的侦查，发现有几个农家小院存在藏污纳垢的可能，因为这几个小院高墙上安着铁丝网，常年大门紧闭。社区民警上门了解情况，也只知道是房主把房子租给了本市的老板，老板把那儿当乡村别墅，平时见不到人，私人宅院也不能随便进入。

这天他们在西山老大的小院门口看见一个扫地的老人，便上去向老人打听这个小院是不是有人住，能不能租给他们做生意。那老人上下打量了少杰和韩露好一会儿才说：“这儿已经好长时间没人住了，这是个有钱的老板买的别墅。”

这个老人就是给西山老大看门的，也是这个小院的房东。他过去也是干盗墓这行的，挣了钱就在村里盖了小院，后来老了就回乡靠出租房子生活。自从认识了西山老大以后，就把小院租给了他，并且帮他望风。几次社区民警进行人口核查，了解租户的情况，都让这老头儿编的故事给蒙了。

西山老大正在四处查找那两个石磬的时候，支锅老大给他发来信息，说经过在山本那儿了解，知道西山老大确实是和山本交易的时候发生了打斗，导致石磬被盗，责任不全在他，让他立功赎罪，带人去新的工地。西山老大知道立功赎罪是什么意思，估计要在他的分成里面扣钱。他只能认了，因为工地是支锅老大找的，连买主山本都是支锅老大介绍来的。

这次出发之前，西山老大严守秘密，甚至没跟打死牛和飞毛腿说去哪儿。他怀疑自己的人里面真有给那个蒙面人通风报信的。他琢磨着怎么才能给这个人挖个陷阱，让他自投罗网。

陕西是古都，农民有时候下地干活，随便用锄头一刨都能刨出文物来。这次也是北京的支锅老大从历史资料中大致判断出一个古墓的位置，然后由当地的农民探路，在玉米地里找到了古墓的线索。于是他就通知了西山老大，让他带人去盗墓。

西山老大这几年也学会了用现代化的仪器确定古墓的具体位置，然后再用洛阳铲探挖，他和打死牛、飞毛腿带着人到了指定的位置，白天踩道晚上干活，很快就发现了古墓的墓道，之后他们从侧面挖了个盗洞。这次看上去十分顺利，但是西山老大总是感到心神不宁。前两次都惊动了警察，这次怎么这么顺利呀？他忐忑不安，又满怀希望。第二天晚上他们就挖出了东西，是两个青铜鼎。西山老大仔细看了这两个青铜鼎，按照他们以往的经验，觉得一千万出手应该没问题。按规矩，出了东西就得给提供信息的人十万块钱，于是西山老大就给了送信的老农十万块钱现金。

让西山老大等人没想到的事，他们刚给了老农十万块钱就出事了。这回来的不是警察，是一帮强盗。这些人似乎早有准备，在玉米地里设了埋伏，只等西山老大的人出了东西就来抢劫。他们足有二十多人，个个手持棍棒，穿黑衣服，用黑纱蒙面。他们是悄悄围上来的，等西山老大他们发现的时候，这些人已经到了跟前。西山老大发现不对，急忙让飞毛腿保管好刚挖出来的两件东西，上前向这群黑衣人道：“你们是哪路的朋友？”

一个高大的黑衣人冷笑道：“我们当然是道上的朋友，不过最近玩儿牌输了钱，想跟你们借点儿，只当是买路钱吧。”

西山老大见过大世面，这种场合也经历过。他并不慌乱，冷冷地问：“你们玩儿牌输了钱，到这儿翻本儿来了？这么着吧，你们说个数，我给各位弟兄们弄点儿酒钱。”

那个黑衣人道：“爽快，不愧是老江湖。我们也不多要，你就把刚才从我们祖坟里刨出来的东西留下就行，至于你们刨我们祖坟的事，我们也就不追究了。”

西山老大一听就明白了，这些人是冲着他们那两件青铜器来的。够黑也够狠，这八成是哪个盗墓行里的人给他们埋的雷。不过他是练过的，谈不拢只能用武力解决了。想到这儿，他心一横，冷笑道：“这位朋友，你道踩宽着点儿，别拿我们当三岁的小孩。”

黑衣人道：“道我可给你们留着呢，放下东西，俩山一落——请出！”

西山老大冷笑一声，突然发招，一个“健步推山”，直打对方的胸膈骨，这要是打上，对方的胸膈骨一断，压迫心脏，必死无疑。哪想到对方身体一侧，西山老大的掌就打空了。对方顺势一带，就要拿西山老大的腕子，手法之快让西山老大吃惊不小，不由得赶紧收招换式。虽是深更半夜，但是这二人动手仍然快如闪电。

这时众多黑衣人冲上来，棍棒齐下，与西山老大的人打成一团。

飞毛腿抱着两件青铜器，这两个东西很是沉重，好在天黑，他一看对方人多势众，知道硬拼准吃亏，于是偷偷藏进了玉米地。

打死牛是个打死架的主儿，就知道蛮打，不见血不痛快。可是墓地黑乎乎，砖头棍棒乱飞，不知道是谁暗中打了他一掌，他就觉得胸口发热，差点儿吐了血。但他还是死拼，愣是带着伤打倒了三四个穿黑衣服的壮汉。

西山老大的人毕竟少，对方人多还有家伙，没一会儿工夫就伤了好几个。西山老大一看不好，只得和打死牛杀开一条血路，冲出了玉米地。好不容易回到村里，飞毛腿抱着两件青铜器在等着他们，西山老大不敢久留，连夜开车跑回了北京。

西山老大回到北京先联系了支锅老大，支锅老大让他把从陕西带回来的两件青铜器卖给山本，价钱按过去的行情，成交以后再按比例分成。同时嘱咐他继续找那两件石磬，务必在短期内把石磬找回来。

西山老大心里憋气，他自己虽然没受伤，可是打死牛和其他的几个徒弟都受伤了。这回分明是有预谋的陷阱。在盗墓行里这叫埋雷。他过去也干过给别人埋雷的事，可是这回居然让人给他埋了一回雷。他不服气，窝火，可是又想不出来这个给他埋雷的人是谁，这让他十分烦躁。

飞毛腿认为这次可能是支锅老大给他们挖的坑，是对他们丢失石磬的惩罚。西山老大也怀疑过是支锅老大干的，可是他和支锅老大合作不是一天两天了，这么多年从来没出过这种事。他怀疑是那个陕西老农，先收了十万块钱，然后串通当地的赌徒，挖坑埋雷。现在江湖太险恶，过去只有他干黑吃黑的事，现在到处是黑吃黑的，已经吃到他头上来了。

他感到事情越来越捋不清头绪，似乎在他们这些盗墓的人之外，还有一支从不公开露面的势力。他们或者暗中埋雷，或者明火执仗地抢劫古董。这股势力似乎无处不在，从陕西到北京，哪里都有他们的影子。他不禁感到不寒而栗，就像进到古墓中，四处都暗藏着杀机，一不留神就可能被恶鬼掐住后脖子。

这天少杰去了古玩城。近来盗墓贼的盗墓活动越发猖獗，陕西警方传过来不少被盗文物的照片，他得把照片给吴氏姐妹看看，看有没有在古玩城销赃的线索。

古玩店里只有吴雪在，店里有个小画案，她正在书写一副对联。见少杰来了，吴雪眼睛豁然一亮，目光中含着惊喜相交与欲说不能的复杂情感。但她不像吴霜那么无拘无束，只是礼貌地为少杰沏茶倒水。少杰上前欣赏吴雪的书法，见她用的是隶书，写的是北宋大诗人苏轼的一副对联："不合时宜，唯有朝云能识我；独弹古调，每逢暮雨倍思卿。"

吴雪看少杰认真地欣赏自己写的对联，心里怦怦直跳，忽然有点儿不好意思起来，转脸望向窗外。

少杰喜欢古诗，也读过苏轼的诗词，可是这个对联还是头一次见，仔细揣摩还是没完全理解。他琢磨了片刻，向吴雪问道："苏东坡的诗词我倒是读过一些，可是这副对联还是头一次见。要读懂这个对联，得知道他写这个对联时的生活背景。"

吴雪嫣然一笑道："很少有人写这副对联，因为这是苏东坡怀念他的侍妾王朝云的对联。王朝云是苏东坡的红颜知己，她原来只是苏东坡夫人的侍女，苏东坡的夫人二十七岁就去世了，后来王朝云始终照顾苏东坡。她也是个才女，而且善解人意。有一次苏东坡从外面回来，指着肚子问家人，他这里面装的是什么。别人回答得都不能让他满意，朝云说，他肚子里装的是一肚子不合时宜。苏东坡感叹：知我者朝云也。后来苏东坡被贬官到了福建，王朝云也不离不弃，陪伴他，与他同甘共苦。但是王朝云三十四岁就生病去世了，苏东坡就写了这副对联：不合时宜，唯有朝云能识我；独弹古调，每逢暮雨倍思卿。"

少杰听了不住点头道："不离不弃，同甘共苦，难能可贵。现在女孩子势利的多，你得意的时候在你身边，倒霉的时候就跑了。所以说知音难觅，红颜知己更是可遇而不可求。苏东坡一生遇上两个红颜知己，一个是他的夫人，另一个是朝云，也算是幸运了，真让我羡慕。”

吴雪听少杰如此感叹，忍不住笑了，向他投来温柔的一瞥，那是一种在期待中偶然流露的柔情。她轻声问少杰道：“你怎么会没遇上红颜知己？韩露姐姐不是你的知音吗？”

少杰苦笑道：“她？我连边儿都沾不上。人家说她得找个有博士学位的，还得是高知家庭。在她眼里，我就是个吃窝头抹臭豆腐，四肢发达头脑简单的大笨熊。”

这时吴霜从后面走了进来，一看少杰，大叫一声：“大白熊！”一下扑到他的后背上，抱着他的脖子道：“你怎么来了？是不是想我啦？请我吃溜肥肠！”

少杰笑道：“我正跟你姐学作诗呢，你这一来把我的诗兴全吓回去了。”

吴霜放开少杰道：“你还会写诗？得了吧。你还是练你的熊掌去吧。写诗是我姐姐这样的人才干的事，她号称当代李清照，整天写悲悲切切的诗。开奔驰穿貂皮，还整天满脸的忧愁。”

吴雪瞪了吴霜一眼道：“谁跟你似的，整天没心没肺的。”

吴霜道：“我这叫无忧无虑，只要大白熊一来，请我吃溜肥肠，我就什么烦恼都没了。”

吴雪皱着眉向吴霜道：“霜霜，别瞎闹，你白师兄还有正事呢。”

吴霜眨着眼问少杰道：“你是不是抓到那个抢我们画的强盗了？”

少杰揉着脖子道：“我没抓着强盗，倒是遇上一个女强盗，把我抢劫了。”

吴霜咯咯笑道：“对，我就是专门抢劫你的女强盗。”说着就上前摸少杰身上有没有钱包。二人嘻嘻哈哈，打闹了好一阵。

快到下班的时候，少杰把近来陕西警方从网上传过来的照片给吴氏姐妹看了，让她们留心，只要有人出手这些东西，马上通知他。吴霜缠着让他请客，少杰无奈，只得请她们姐妹吃了溜肥肠，他和吴霜每人还喝了两大碗豆汁，说是去去心火。

西山老大按照支锅老大的安排，到山本的武馆卖那两件青铜器。他把那两件青铜器小心翼翼地拿给山本看，山本只看了一眼，就苦笑着说："这是假的，现代仿品。"

西山老大一听就蒙了，看着山本道："不可能，这是我们前两天刚从古墓里挖出来的。"然后就原原本本把在哪儿发现的古墓，他们怎么历经了磨难，都对山本说了。

山本听完一个劲儿摇头冷笑道："那是别人事先埋的雷，真东西是有，可是被他们拿去仿制了，仿制出来的假东西，再邀请你去挖，然后让你当场交十万块钱，他再给警察打个电话，让警察灭了你。"

西山老大吃一惊道："不会吧？我们那天去了不少人，都是非常可靠的，没发现谁事先有猫腻呀。"

山本道："没有猫腻怎么会出了假东西？这次的支锅老板是谁？"

西山老大道："这次还是以前那个支锅老板，我们经常合伙开工地，出了东西就给提供信息的人十万块钱。"

山本道："这个提供信息的人准是化装成了当地的农民，他事后准消失得无影无踪了。"

西山老大愕然了，这个山本说得头头是道，似乎对盗墓这行十分了解，不由得向山本道："您说得十分有理，我可真是服了您了。我以为跟他们合作了几次，应该没什么问题，没想到这回上了大当。”

山本微微一笑，心说，你真是白在盗墓这行混了这么多年，这点儿埋雷的把戏都看不出来。

西山老大自觉受到了莫大的侮辱，发誓道：“这东西如果真是假的，这个仇我肯定要报。”

山本冷笑道：“报仇？你找谁报仇去？你知道仇家是谁呀？”

山本说得极是，但他暗自发狠，一定要查个水落石出，然后一掌拍死这个埋雷的人！

这天吴氏姐妹的文玩店来了不速之客。中午吴雪叫了外卖，等送外卖的小哥走了以后，吴雪招呼吴霜吃饭。吴霜玩儿手机正上瘾，说是不饿，让吴雪先吃。吴雪去卫生间洗了手，回来发现桌上有个纸条，便问吴霜道：“霜霜，这纸条是谁留下的？”

吴霜仍低头玩儿着手机道：“纸条？不知道呀，没人来呀。”

吴雪心想这不可能，她记得清清楚楚，刚才她去卫生间之前擦过桌子，桌上什么都没有。吴霜只顾玩儿手机，居然没发现有人进来。这要是丢了东西怎么办？她不禁埋怨吴霜道：“有人在这儿放了张纸条你都不知道，要是贼把咱的货拿走怎么办？”说着打开纸条一看，不禁有些吃惊。

纸条上的字迹很潦草，写的是：“10 月 20 号，打死牛和飞毛腿这帮人要去湘西盗古墓，这是古墓的位置图。”纸条上还有一个复杂的古墓地图。

吴雪心里有些慌乱，这纸条的内容十分古怪，她把纸条放下，四下查看，想找到这个送纸条的人，可是卖场里并没有多少人。她感到事关重大，这明明是一封举报信，举报盗墓团伙要去湘西盗墓。可是这个写举报信的人是谁？为什么不直接到公安局去举报，而把信放到她们的古玩店来？她越想这事越不简单，忙给少杰打了个电话，把纸条上的内容跟他说了，还用手机拍了照片，用微信发给了他。

少杰收到吴霜的微信，仔细看了那个简单的举报信和信上附的古墓地图，也有些困惑。这个写举报信的人为什么要把信放在吴氏姐妹的店里？从信的内容上看，他知道打死牛和飞毛腿这两个人的绰号，显然是盗墓团伙里的知情人。他不但知道盗墓团伙要去哪儿盗墓，还有具体的地图，看上去令人不能不信。他把举报信和地图发到韩露的手机上，韩露看了也是颇感疑惑。

少杰分析，这个举报人一定知道他经常到吴氏姐妹的古玩店去，所以才会把信放到她们那儿。而且这个人应该和打死牛和飞毛腿是一伙的，他写举报信有两种可能，一种是他跟打死牛等人有过节，想让警察灭了他们，借刀杀人，黑吃黑；还有一种可能，那就是有人想吃熊掌，已经给他摆下了猎熊陷阱。少杰是明知山有虎偏向虎山行的性格。想到盗墓贼终于有了踪迹，他不禁精神大振，不管是陷阱还是迷魂阵，好戏已经开锣，哪有不去之理？

韩露可不想让少杰演白熊上山的戏，那可能是刀山火海。但是她心里明白，这只大白熊是拦不住的。她感觉这回要出大事，有些心烦意乱。

第十三章 古镇魅影

少杰和韩露来到吴氏姐妹的文玩店，详细询问了收到举报信的细节。吴雪建议少杰和韩露别去湘西，这八成是陷阱。但吴霜是个天不怕地不怕的人，她向少杰道："不入虎穴，焉得虎子呀？狡猾的大白熊怕过谁呀。我陪你们去，到时候可以助你们一臂之力。"

少杰道："我们去的地方可不是什么仙境，是没人烟的地方。"

吴霜道："就是要到没人烟的地方玩儿，我是爬野山的爱好者。"

吴雪想了想向少杰道："我觉得你应该到文物局去问问，你们要去的地方是不是有古墓。如果没有古墓，你们最好别去了。"

少杰觉得吴雪说得很有道理，于是他准备和韩露去一趟国家文物局。

来到国家文物局，一位老教授听说警察要抓盗墓贼，很仔细地查看了有关湖南的文物保护情况，然后向少杰和韩露道："从这图上标注的位置看，目前没有纳入文保目录的文物。但是不排除这个地方有田野文物，田野文物就是未被发现，也没有被列入国家文保单位目录的文物。"

他又和湖南文物部门联系，得到的答复是他们找的那个地方没有路，荒无人烟，深山老林，极少有人涉足，但是那地方有可能存在没有被人发现的文物，因为那儿风水好。

老教授见少杰和韩露一脸疑惑，又查阅了有关资料，向他们介绍道："按古代的风水学，那地方风水肯定好。而且史书上说，湘西有座古城，比云南丽江的大研古镇还要早 1400 年，比凤凰古城早 900 年，大文豪王昌龄曾经被贬官到了那儿，他写的诗'洛阳亲友如相问，一片冰心在玉壶'，就是在这个古城。这个有两千多年历史的古城，距离凤凰古城很近，可是目前还没有游客。古城号称湘西第一古镇，叫黔阳古城，是古代湘楚苗地，边陲重镇。汉高祖五年设置镡成县，唐代易名龙标县，宋元三年设置黔阳县，现在还保留着古城门。这儿有很多珍贵的碑文。碑廊有唐代颜真卿的'麻姑山仙坛记'碑、宋代米芾的'西山书院碑'，还有山谷道人黄庭坚的选宅试碑，历代文人墨客的碑刻居然有二百余方。"

少杰听了老教授这番介绍，心里有了底，地图上标的位置和黔阳古镇很近，凭这古镇在历史上的文化传说，就能把专门盗窃古代字画的贼招来。

韩露向老教授询问道："您说的这座古城，离我们要去的地方不是太远，可这和田野文物有关系吗？是不是古代的大官在选择墓地的时候，会离城不远？"

教授道："对，一方面是这个原因，还有就是有些贵族，为了临时躲避战乱，带领族人逃进了古城附近的深山老林，可能死后就葬在那里了。”

少杰道：“您说的是有文字记载的古城。是不是还有另外一种可能，比如说春秋战国时期，一些姓氏莫名其妙地消失在大山里了，有些地方志记载的古代小国，他们的后人保留了以国为姓氏的传统，可姓氏传下来了，但是这些小国却消失了。我们的史学家目前没找到证据，但是盗墓贼找到了，那他们可能就来了。”

教授觉得少杰这个年轻的警察来之前肯定是做了功课的，甚至认真分析了历史文化传承和古墓的关系，但他似乎高抬了盗墓贼，贬低了文物保护工作。目前有些现实是让他尴尬，往往是盗墓贼走在了文物保护部门的前头，等警察抓了盗墓贼，文物部门再进行抢救性考古挖掘，这是不争的事实。他不禁苦笑道：“你很聪明。有的盗墓贼能从一本族谱当中找到盗墓的线索，根据这个姓氏的起源，判断推理出这个姓氏的诸侯国封地，从而进一步进行风水分析，找到这个古国的墓葬群，甚至找到这个古国国君的墓。我们很多古墓发现的时候，都存在着不同年代的盗洞，说明盗墓贼对历史的研究很下功夫，甚至走在了我们史学研究的前面。”

少杰道：“现在各地出了不少盗墓的案子，审问盗墓贼的时候，他们交代的和您说的很相似。这些人爱看电视上的鉴宝节目，爱看记录古代墓葬的书。然后按图索骥，寻找古墓的位置。”

教授道：“警方如果能走在盗墓贼前面，或者在他们盗窃古墓的时候人赃俱获，那可是国家的幸事。”

韩露道：“您的意思是我们应该去一趟，看看虚实。”

教授道：“我觉得应该，而且我也想跟你们去。”

少杰道：“我们先去，如果抓了盗墓贼，再请您出马，考古鉴定少不了麻烦您。”

老教授打心里希望警方能走在盗墓贼的前面，更希望警察能把天下的盗墓贼都抓干净。而且他和少杰甚是投缘，跟他聊了不少寻找古墓的知识，希望能帮上点儿忙。少杰获益匪浅，信心增加了不少。

从文物局出来，少杰和韩露商量下一步的行动方案，如果上级能批准他们去湖南，得尽可能秘密前往，不能带太多的人。

这时少杰的手机响了，是吴霜打来的。她问少杰道：“嘿，狡猾的大白熊，你什么去湘西玩儿呀？你要不带上我，我跟你没完。”

少杰笑道：“湘西去不去得等我向领导汇报了以后再说。”

吴霜道：“我要跟你一起去，你别想甩掉我。”

少杰害怕被吴霜缠上，立刻就请示了队长，当晚就和韩露坐飞机来到了湖南。他们并不知道，此刻不少盗墓贼已经到了这儿。

湘西凤凰古城附近有个古镇，小巷幽深，石板路两侧都是木质的二层小楼，楼上住人，楼下是店铺。这天晚上西山老大和打死牛、飞毛腿等人来到古镇街上逛，一边欣赏古镇的风景，一边吃着当地的特色小吃。

西山老大是在网上得到的信息，让他有些不解的是，这回的支锅老大是个他从来没打过交道的人。他亲自出面联系各路人马，费用都是他负责，包括交通、吃住和劳务费用，说出了东西大家五五分成。

西山老大心里疑虑重重，晚上这个支锅老大还要在古镇最大的饭馆请大家喝酒，这次从全国各地来的同行有三个帮派，一共四十多人，看来要大干一场，这么看这个支锅老大似乎有些来头。不过现在西山老大和盗墓这行的人打交道分外小心，上次他们在陕西被人埋了雷，这次他格外留神，怕再被人坑。他心里盘算着，怎么才能防止落进别人挖的陷阱。

打死牛边吃着古镇的烤肠边问西山老大道：“师父，这回的支锅老大有没有说地里的‘庄稼’是什么?”

西山老大道：“支锅老大从古代文献记载里推断，这小镇附近的山谷里有个西周时期的古墓，墓主是一个小国的国君。”

飞毛腿在边上听了点头道：“看来有门儿，来之前我也查了查这一带的古籍，是曾经有个小国在这儿，后来这个国家神秘地消失了，估计是为了躲避战乱，逃到深山里去了。但是这一带的山基本没有路可走，没有向导很容易迷路，而且经常下大雨，还有落石、山体滑坡之类的事。除了采药的人，一般没人敢进山。”

西山老大听飞毛腿这么说，心想：荒无人烟清静，施工的时候没有干扰。最重要的是能躲避警察。他哪会想到，这时候熊掌大侠和侠女韩露已经在这个古镇上了，且正和当地警方联系，了解进山的路径。

晚上支锅老大在古镇最大的饭馆请客，实际上这个饭馆也不大，四张桌子，每桌十个人，就满满当当的。饭馆的灯光有些昏暗，好在这些黑道的人都习惯了在黑暗处干黑活，吃黑饭。只要有酒有肉，个个有精神。

支锅老大是个高个子壮汉，看上去四十多岁，相貌有些凶恶。他向众人道：“各位朋友，我是这个工地的支锅。按老规矩，我先说说工地的位置。据我的测算，西周时期的一个侯爵在这一带，从风水学来说，大家手里那张图上的位置应该比较准确。不过那地方没有路，而且有泥石流什么的。我们得防备着下大雨，如果有大雨，会有危险。我看了近期的天气预报，这个星期没有大雨，下个星期天天都有雨。所以我们明天一早就得出发，向导已经找到了，是当地采药的农民。”

有个黑脸壮汉是山东鲨鱼帮的，他向支锅老大问道：“我说老兄，咱们这回是三拨人马，分账的时候很容易出岔子，咱们最好每一拨人出一个看守东西的，现场记账，谁也别埋雷。”

支锅老大道：“好，我同意，出了东西当场登记造册。然后按老规矩分成。我估计这个工地至少能出百十件东西，大家发财的机会来了。”

黑脸壮汉道：“这次我来的时候眼皮总是跳，我就不明白，上次在陕西，警察怎么来了？我要不是腿快，现在早被枪毙了。”

支锅老大道：“这次我在网上召集大家来，处处小心。据我们了解，这附近没有多少警察，镇子上的派出所总共不到十个人，最近也没有什么异常。我觉得目前还没有走漏风声。”

西山老大道：“那咱们说干就干。不过我丑话说到前头，上次我可踩到雷了，咱们这些人里真有埋雷的。要是查出他是谁，我一掌就打死他。”

黑脸汉子一听西山老大这么说，脸一下就耷拉下来，心说：你说谁给你埋雷？他知道西山老大铁砂掌练得不错，可是到这儿来的，谁没两下子，都是白刀子进去红刀子出来的主儿，谁怕谁呀？于是阴沉着脸，看着西山老大道：“我说西山老大，你这话说给谁听呢？你踩到雷了，我还差点儿被警察抓走呢，我还想查查是谁给警察通风报信呢。要是抓到这个人，我也一掌打死他。”

支锅老大一看西山老大的人和山东鲨鱼帮的人都怒目相视，赶紧上前打圆场道：“各位老大，各位老大，请息怒，咱们既然在一块儿干活，最好别相互猜疑。这么着，这次我向大家保证，绝对不会出半点儿差错。”

西山老大冷哼一声，拿起酒杯，一口喝干。

黑脸壮汉也拿起酒杯，一口喝干。

这黑脸壮汉在山东盗墓贼当中也是个人物，号称山东鲨鱼，那也是山东大红拳门里的高手，仨俩的到不了他跟前。他早就看西山老大不顺眼，尤其西山老大自视是北京来的，说话趾高气扬，看不起小地方的人，这让他觉得不舒服。他盘算着哪天得跟西山老大比试比试拳脚，杀杀他的威风。

少杰和韩露来到湘西古镇的派出所，派出所的民警向他们介绍了情况，说他们要去的地方不但荒无人烟，没有路，而且一下雨就容易发生滑坡、泥石流，很危险，劝他们最好别去。而且这儿的天气预报不是太准，说是近期没有雨，那只能是小镇上没有雨，不能保证山里没雨。

少杰不敢在小镇上耽搁，执意要去，他怕被盗墓贼走在前头。不管举报的情况是不是真的，也得去看看，再危险也得去。

派出所民警知道这位白教官艺高人胆大，只好答应想办法找个采药的老农给他们带路。他让他们今天晚上先在古镇上游览游览，难得来一回，等明天早上再出发也不迟。

韩露是个爱玩儿的人，于是当晚就和少杰在古镇上逛起来。少杰也想看看这儿的古迹，想从中找找有关古墓的线索。

愣头愣脑的疯丫头吴霜也来了，她坐飞机先到了长沙，又换乘长途汽车来到古镇，晚上才到。她到了镇上就开始逛街吃小吃，玩儿得不亦乐乎，手中还摆弄着她的七星竿。

吴霜在古镇上看到一个古玩店，她是卖古玩的，自然要进去看看。这小小的古玩店很是破旧，有不少从当地农民家里收来的房檐、古瓦当之类的藏品，都散乱地堆在地上。货架上摆放着不少有当地少数民族特色的古董。吴霜对这些东西很感兴趣，她在货架上看见一件八音盒，似乎是民国时期的，于是向伙计询问价钱。伙计说这是英国的，是清朝时期用来跟中国换瓷器的商品。吴霜一听一个劲儿撇嘴，她说话不留口德，讥讽这个伙计道：“这是清朝的？你是不是不认识字呀？这上面写的是1930年造。你什么都不懂，还在古玩店当伙计？”

这伙计一听不高兴了，瞪着吴霜道：“我什么都不懂？我看你也不一定懂多少。”

吴霜道：“我可是在北京开古玩店的，当然比你这小山沟里的人懂得多。”

伙计道：“你从北京来的，了不起，你牛，你牛干吗到我们这小地方来买东西？你在北京能买到这样的八音盒吗？”

吴霜不屑地说：“这东西潘家园旧货市场有的是，又不是什么稀罕的东西。”

伙计道：“你们潘家园有，那你怎么不去潘家园买？到我们小镇来干吗？”

吴霜一听有些火了，瞪眼道：“嘿，你这个伙计真是没教养。有你这么做买卖的吗？怪不得人家说你们这儿出土匪，原来都是不懂道理的人。”

吴霜和这个小伙计一言不合就呛呛起来，谁都不示弱。

这时从小店的里屋走出一位黄头发的老太太，她看上去六七十岁，虽然上了年纪，但是皮肤依然细腻，大眼睛薄嘴唇，看得出年轻的时候是个大美人。这老太太目光炯炯有神，看了看吴霜，声音阴冷地向她道：“你说我们这儿出土匪？”

吴霜一看这个老太太气度不凡，愣愣地说：“你这个老人家倒像开古玩店的，看上去就像老古董。”

老太太一听这丫头说话傻乎乎的，不禁笑了笑道：“你说我是老古董？真有意思，我还头一次听见有人这么夸我。不过你这个小丫头片子，居然敢拿着七星竿在我的店里撒酒疯，真是胆大包天，你也不打听打听，我湘西神母是什么人。”

吴霜一听这老古董居然认识自己手里的七星竿，看来也是个练家子，再听这老大的名号，不禁傻憨傻憨地一笑道：“你叫湘西神母？这个名字很像武侠小说里的人物，你不会是返老还童的老妖怪吧？”

老太太一听被气乐了，心说这个北京来的女孩子穿得像模像样的，实际上是个疯疯癫癫的傻丫头，顿时起了童心，想拿吴霜开开心。她眯着眼睛看着吴霜道：“你说什么？我是老妖怪？行，我这个妖怪练的是九阴白骨爪，专门在人的脑袋上戳窟窿。”说着伸手就抓吴霜，出手飞快。

吴霜见老太太的鹰爪厉害，急忙用七星竿招架，飞身跳出了古玩店。

老太太身手十分敏捷，追上来空手对吴霜的七星竿，打得吴霜忙于招架，没有还手之力。古镇上的人见一老一少两个女人动手打了起来，都围上来看热闹，场面顿时一片混乱。

少杰和韩露正在古镇上溜达，见前面吵吵嚷嚷的，上前一看，只见吴霜和一个老太太打了起来，都有些吃惊。

少杰定睛看了看那个和吴霜交手的老太太，顿时看出了门路，向韩露道：“这老太太下手可够狠的，吴霜肯定不是她的对手，我过去看看。”

韩露也看出了这个老太太的武功路数，拦住少杰道：“你先别过去，我看那老太太只是想嬉耍吴霜，让她难看，并没有伤她的意思。你要是过去，惊动了打死牛那些人，他们可就跑了。”

少杰怕吴霜有闪失，心里有些焦躁地说：“那怎么办，吴霜肯定不是那个老太太的对手。”

韩露眨眨眼，有了主意，向少杰道：“我打个110，让警察来解决。”她拿出手机报了警，说古镇上的古玩店门口有人打架，然后收起手机向少杰道："咱们找个僻静的地方看。"说着和少杰躲到一个墙角向古玩店门口看。

说来也巧，吴霜正和那个老太太打得热闹，山东鲨鱼帮的人正好逛街到了这儿，一看有人打架，就凑上前去起哄。

山东鲨鱼一看一个年轻美女和一个老太太对打，那个老太太武功路数十分诡秘，而那个小美女显然是练八卦的，脚下步子飞快，不禁大喊道："嘿，这小妞有两下子嘿，八卦步走得不错嘿!"

另一个鲨鱼帮的小伙子也跟着大喊道："嘿，那老太太可不一般，是峨眉派的老尼姑吧?"

这时只见那个老太太手一扬，一个石子从袖子里甩出来，正打在这个小伙子的门牙上，"啪"的一声，把他的门牙打飞了一颗，他顿时满嘴是血。

鲨鱼帮的人一阵躁动，个个捋起胳膊要动手。

山东鲨鱼这才定睛仔细看那老太太，不禁暗自吃惊，这不是湘西神母吗？她怎么上这儿来了？难道也是为了那个古墓？他知道湘西神母的名头，赶紧拦住手下的人道："别动手，这老太太不是一般人，上去非中了她的妖术。"

这时响起一阵警笛声，一辆警车闪着警灯开了过来。

山东鲨鱼一看警察来了，知道这地方不能久留，忙招呼手下人沿着小胡同匆匆而去，正从少杰和韩露身边走过。

少杰仔细打量了这群人，向韩露低声道："这些人挂相，咱们跟上去看看。"

韩露也看出鲨鱼帮这群人有些鬼鬼祟祟，就和少杰远远跟上了他们。

少杰向韩露道："这些人八成是盗墓贼，这回有带路的了，跟着他们准能找到古墓。"

二人正要跟着鲨鱼帮的人去看个究竟，就听吴霜在远处大喊大叫："大白熊！你在哪儿！警察要抓我，快来救我呀！"

少杰和韩露不禁相视一眼，都停了下来。

韩露苦笑道："她这一嚷嚷，非把盗墓贼吓跑了不可。"

少杰无奈地摇头道："咱们还是先去把她捞出来吧，再这么嚷非坏事不可。"

二人只得悄悄去派出所捞吴霜，派出所的所长一听吴霜是白教官请来的帮手，也没过多追究。而且那个和吴霜打架的老太太说，她们并不是打架，她只是替朋友教晚辈武功。派出所的民警虽然不太懂练武人的行规，但也乐见双方当事人和解，就没再追究。

那个神秘的老太太出了派出所就不见了，少杰想跟她赔礼也没找到机会。吴霜吵着让少杰请她吃饭，少杰一看也到了吃饭的点，就找了一家僻静的小饭馆，三人坐了下来。

吴霜点了几样当地的特色菜，狼吞虎咽地吃起来，吃了一大碗米饭不够，又去盛了一碗。

少杰和韩露在边上看着她吃，似乎都被她的吃相吓着了。

吴霜抬头看少杰和韩露都没吃，不解地问："你们怎么不吃呀？这是湖南最有名的菜，叫三下锅，有好多腊肉啊。"

少杰道："我们不饿，都被你气饱了。"

吴霜笑道："我什么时候气你了？"

少杰道："你怎么跟那个老太太打起来了？"

吴霜道："我就说她们这儿出土匪，还说她是老古董。"

韩露道："就因为这个她就和你打起来了？"

吴霜道："我还说她像老妖精，她伸手就抓我，她还说她练的是九阴白骨爪，要把我的脑袋抓个大窟窿。"

韩露"扑哧"笑了，说："你骂人家是妖精，人家不打你才怪。九阴白骨爪是金庸小说里的武功，那老太太也是个爱看武侠小说的，拿这事逗你玩儿。”

吴霜道：“我才不怕她呢，什么九阴白骨爪，我还九阳黑熊爪呢。”

少杰无奈地苦笑道：“真应该让那警察把你关监牢里去，等我们抓完盗墓贼再把你放出来。”

吴霜向少杰龇牙一笑道：“嘿，你哪舍得让你的小师妹受苦呀，你是个怜香惜玉的人，对吧？”

少杰道：“你这一嚷嚷，没准儿把那些盗墓贼吓跑了，你知道吗？”

吴霜道：“不会，他们一听你来了，一定特高兴，个个摩拳擦掌，准备挖你的熊心，剁你的熊掌，然后……”

少杰道：“然后再煮我的肘棒，对吧？”

韩露哭笑不得地说：“你们俩真恶心，这饭没法吃了。”

少杰看着吴霜道：“我不明白，你跟着我们跑到这么远的地方来干吗？我们是办案，不是来玩儿的。”

吴霜不以为然地边吃边说：“我是来玩儿的，不是来办案的。不行吗？这地方多好玩儿。”

少杰道：“你和你姐怎么这么不一样？”

吴霜向少杰道：“我姐可有心计了，而且干了什么都不爱说，有事憋在心里，跟我正相反。有时候我也觉得她有点儿捉摸不透。”

韩露向少杰道：“吴雪的性格倒是有点儿像你的师哥，你师哥就让我觉得捉摸不透。”

少杰道：“我师哥那人讲义气、不张扬，为人处世很谨慎。”

韩露道：“你说的是表面，我看他很有商业头脑，开了那么多武馆，还收藏古董。他和你比起来，更像个商人。”

少杰很少琢磨师哥，按说他们两个人一起长大，一起练武，彼此应该很了解，可听韩露这么一说，他觉得自己似乎对师哥的了解还真不太全面。现在看来，师哥是很有商业头脑，兜里总有花不完的钱。跟练武的人在一起他是个武术家，是武林高手；而跟古董商在一起，他是个很懂行的商人。

吴霜在街上喊大白熊，还真让山东鲨鱼帮的听见了。他们对熊掌大侠早有耳闻，但是谁都没见过。莫非是那个熊掌大侠来了？他可是警察。晚上吃宵夜的时候，山东鲨鱼帮的人议论纷纷。

山东鲨鱼对自己的弟兄议论熊掌大侠颇不以为然，他觉得那个会武术的警察被武术界的人演绎得有些离谱了，吹得神乎其神的，让他打心里不服气。他向众人道："你们说那个熊掌大侠有那么大本事？什么熊掌，唬人。我练了一辈子武术，从来没听说有练熊掌的。象形拳没有真功夫，都是表演用的，是打把式卖艺的人练的。"

一个壮汉向山东鲨鱼道："我也是听那个叫一掌打死牛的家伙说的，他曾经和那个熊掌大侠交过手，差点儿被熊掌拍死，现在一听熊掌两个字就哆嗦。"

山东鲨鱼冷笑道："哼，西山老大的徒弟，多数是废物。我要是遇上这个熊掌大侠，就把他的熊掌砍下来下酒。"

一个小伙子笑道："对呀，熊掌是大补的好药呀。"

另一个小伙子冷笑道："这个熊掌可不好吃，我听说他是警察，他要是来了，说明警察已经盯上咱们了。"

一个小伙子道："我看是那个女孩子瞎诈唬，她那样子也不像是警察，还差点儿被警察抓走。"

山东鲨鱼心想，不管警察来没来，以后得小心行事。他吩咐手下人，从现在起，谁也不能再逛街了，小心为妙。万一暴露了他们的计划，发不了财不说，弄不好还会被警察抓住枪毙。

西山老大在古镇上住不惯，因为这儿没有卖狗肉的。他隐隐听到了几声狗叫，把他的馋虫逗起来了。他不能自己去打狗，可有徒弟在身边，这事得让他们去。于是他对打死牛和飞毛腿说，这饭吃得没劲，晚上得出去弄一条狗来炖炖。

打死牛有些为难，狗可不好抓，而且即便能找到狗，在哪儿炖呀？

西山老大说这简单，只要有狗，找个山坡，用火烤，那是正宗的烤狗肉。他问打死牛最近武功有没有长进，他号称一掌打死一头牛，可牛是站着不动的，狗窜的速度很快，猫窜狗跳，就是这一窜能救命。如果你手眼身法步有一样不到，不但打不着狗，弄不好还会让狗咬一口。练武的人要是能一掌打死一条狗，那才算是有真本事。他让打死牛晚上出去练练打狗的功夫，这对他的武功颇有益处，并嘱咐他打狗出手要快，一掌毙命，都不能让它哼一声。什么时候他打死了一百条狗，手眼身法步就练出来了。

打死牛虽然不情愿，可是师父吩咐了，不能不去，只得硬着头皮和飞毛腿出去打狗。他心里盘算，我打不了那个大白熊，先打狗，等练出了真功夫，再和那个大白熊较量。

打死牛和飞毛腿鬼鬼祟祟地走进古镇附近的一个小山村。远处不时传来阵阵犬吠。

飞毛腿从地上捡起一根木棒，向打死牛道：“凭咱俩用掌想把狗打死，这太难了，弄不好还得挨咬。”

打死牛道：“是啊，你说我师父他这独门武功是怎么练出来的？”

飞毛腿笑道：“什么独门武功，偷鸡摸狗，这也算是武功？

你师父那是逗你玩儿。”

这时迎面走过来三个小伙子，其中一个就是白天被湘西神母打掉牙的那个。

飞毛腿忙向打死牛道：“这是山东鲨鱼帮的人，咱们躲起来，看看他们干什么去。”二人闪身躲到一个小草棚后面。

这时那个被湘西神母打掉牙的小伙子醉醺醺地向另外两个人道：“我螃蟹也不是好惹的，居然在这儿让一个老太太把牙打掉了，回去我还怎么见人？”

另一个壮小伙子道：“螃蟹，你放心，今天晚上我们哥们儿准让你把面子找回来。不就是一个峨眉山的老尼姑吗？包在我身上。”

螃蟹道：“别，哥儿两个够朋友，能跟我去我就领情。这么着，我先上，跟她过手，如果我不是她的对手，你们再上。”

飞毛腿和打死牛躲在暗处，相互使了个眼色。

飞毛腿奸笑道：“咱别打狗了，看热闹去吧。”

打死牛道：“是啊，打什么狗呀，咱们就说狗一见咱俩都跑了。”

二人说着，暗中跟上了山东鲨鱼帮的人。

螃蟹等人正往前走，忽然不知从什么地方飞过来几块石头，几乎是同时打中这三个人的额头，啪！啪！啪！

这三个鲨鱼帮的人都大叫：“哎哟！”螃蟹一摸额头，上面起了个大血包。旁边的那个人更惨，顺着脑门儿往下流血。

螃蟹大怒，看着黑暗中的四周，大骂道：“谁呀？你他妈有种的出来，暗算人算什么东西！”

打死牛一看这三个人的惨相，忍不住“扑哧”笑出了声。这下被螃蟹听见了，他顺着声音走过来，看见了躲在暗处的打死牛和飞毛腿。

螃蟹恶狠狠地向打死牛道："你不就是那个号称打死牛的那位吗？你敢暗地里算计我们？"

飞毛腿道："这可不是我们哥儿们干的，我们是路过这儿，想顺便看看热闹。"

被打破头的小伙子指着飞毛腿道："不是你们干的是谁？这儿没别人！"

打死牛瞪眼道："放你妈的屁！老子明人不做暗事，从来不暗地里算计人。你们被人打了，那是活该你倒霉。该找谁找谁去，别赖在我们身上。"

螃蟹道："嘿，你们干了坏事还不认账，今天老子非教训教训你。"

打死牛冷笑一声道："你？教训我？笑话，我一掌拍死你。"

螃蟹咬牙道："好，我看今天你怎么拍死我。"说着冲上去就是一个冲天炮，直打打死牛的鼻梁。打死牛一歪头，顺势一挂对方的手腕，反手就是一掌，正拍在螃蟹的脸上，把他打了个满脸花。

另外两个鲨鱼帮的人也冲了上来，对着打死牛和飞毛腿拳脚相加，但是这三个人武功稀松，根本不是打死牛和飞毛腿的对手，没几个照面，都被打倒在地。

飞毛腿冷笑着向这三个鲨鱼帮的人道："你们这两下子还想跟我们过手？回去再练几年吧。"

打死牛和飞毛腿正得意，忽然前面出现了一群人，全是鲨鱼帮的，领头的正是他们的头子山东鲨鱼。

山东鲨鱼见自己的人被打得头破血流，眼睛都红了。他冷冷地看着打死牛和飞毛腿道："你们俩胆子不小呀，居然敢动我们鲨鱼帮的人，我看是你们的死期到了。"

打死牛一看对方这么多人，也有些含糊，向山东鲨鱼道：

“这可不赖我们。我们是过路，有人用石头打了他们，他们非说是我们打的。”

螃蟹从地上爬起来，指着打死牛和飞毛腿向山东鲨鱼道：“老大，他们两个躲在这儿暗算我们！”

山东鲨鱼盯着打死牛和飞毛腿，良久才说：“我一直怀疑有奸细给警察通风报信，到处坏我们的事。今天大晚上的你们两个躲在这儿暗算我的人，我看你们是活得不耐烦了。”

飞毛腿一看不好，忙向山东鲨鱼道：“我说老大，你可不能血口喷人，谁给警察通风报信了？这可不能胡说。我们今天晚上出来是给西山老大抓狗，遇上你们的人了。”

螃蟹道：“胡说，你们分明是躲在暗地里向我们打石头。”他指着自己的头向山东鲨鱼道：“老大，您看我们这头上。”

山东鲨鱼冷笑了一声道：“我要亲自动手灭了你们两个小辈有失我的身份。”他向后面的人道，“给他们两个放血！”

这时从山东鲨鱼身后闪出几个壮汉，手里都拿着锃亮的匕首，一步步逼近打死牛和飞毛腿。

飞毛腿一看不妙，从兜里掏出一个白灰包，向前一扬，白灰立刻在他们面前形成了一道白雾，他和打死牛趁机掉头就跑。

鲨鱼帮的人不少被白灰眯了眼，但等白雾散去便又追了上来。

打死牛和飞毛腿趁着夜色钻进了树林，狼狈而逃。

还没开工，西山老大的人和山东鲨鱼帮的人就开始内讧，双方剑拔弩张，深更半夜就在旅社外面的大街上拉开了架势。支锅老大得到消息赶紧出面调停，他把西山老大和山东鲨鱼叫到跟前，希望他们以大局为重，各让一步。这架要是打起来，准把警察招来，到时候不但大家发财的事告吹，弄不好还得被警察抓去坐牢。

开始山东鲨鱼和西山老大都不肯让步，怕丢了面子。支锅老大也是走江湖的练家子，他一想，自己要是不露一手，这两拨人也不会服他，以后还得生乱子。于是说，这路边上有一栋要拆的老房子，他要是一肩膀把这面山墙撞塌了，众人就给他一个面子。如果这墙没塌，他们爱怎么打就怎么打，他不干涉。

山东鲨鱼和西山老大都听说这个支锅老大武功不错，早想见识见识，另外也怕真打起来把警察惊动了反而不妙，于是都答应给支锅老大这个面子。

只见支锅老大脱去上衣，光着膀子，在旧房子前运了运气，忽然翻身腾空跃起，用后背向山墙一撞，用的是少林的“铁布衫”加“贴山靠”，只听“轰隆”一声，把一面山墙生生撞塌。在场的人都不禁发出一阵惊呼。

山东鲨鱼赞叹地点了点头，向支锅老大道：“老大果然有真功夫，一个贴山靠就把墙撞塌了，佩服。就冲您的面子，我把今天的事放下了。”

西山老大看山东鲨鱼说了这话，也道：“既然支锅老大出面，这个面子我得给。我的徒弟如果得罪了山东鲨鱼帮的弟兄，我回去多加管教，有机会我请鲨鱼帮的弟兄们喝酒。”

支锅老大一看双方都说了这话，眉开眼笑地向山东鲨鱼和西山老大道：“你们双方有些误会，咱们以后还得合作发财，今天的事就算过去了，咱们还是兄弟。我看天不早了，大家都回去休息，明天咱们早早进工地。”

支锅老大这一调解，给了双方台阶下，众人也就没再说什么，各自回去休息了。毕竟他们到这儿来不是为了打架，而是为了发财的。不过双方的仇算是结下了，都憋着一口气，想着总有一天找机会把对方灭了。尤其是山东鲨鱼，他暗自发狠，哪天非把西山老大的人都埋古墓里，让他们变成墓穴里的鬼。

第十四章　四面杀机

早上少杰和韩露到派出所询问向导的事，派出所所长对他们说，最近古镇上治安事件频发，昨天晚上还发生了两起打群架的事，估计是游客太多，有人酒后闹事。但是少杰和韩露感觉事情没这么简单，他们在古镇上遇见了不少晃着膀子走路的人，似乎都是练家子。而且打群架的都不是本地人，这不得不让他们联想到举报信上说的事。如果真有各地的盗墓贼集中到这儿来，那动静自然不会小。

好在派出所所长虽然忙，还是把帮少杰找向导的事办了，因为分局也来了通知，让他们全力协助少杰和韩露。但是所长向少杰诉苦，他们警力太少，如果抽出人力跟他们进山，十天半个月都回不来，那他们这儿连出警的人都没了。

韩露理解基层派出所的苦衷，一个派出所十来个人，每天值班的不能少于三个，还有出警的，处理治安事件的，确实人手紧张。而且她和少杰得到的情报也不知是真是假。所以她对所长说，只要派出所给他们找到向导，按举报人提供的地图，带他们找到位置，看看是不是有这个古墓，目的就达到了。如果真有盗墓贼在作案，他们再通知当地警方支援也不迟。

派出所所长觉得韩露和少杰把进山的事想得太简单了，他向二人说了自己的疑虑：这儿的山里有的地方没手机信号，而且他们的手机电池最多也就能用三天，万一真的有事很难联系上。

少杰也觉得所长说的不无道理，但是不管有多难也得去，如果真发现了盗墓贼，电话联系不上就只能让带路的老乡回来报信了。

所长是真为北京来的这两位年轻的侦查员担心，虽说这位白教官是练武术的，可是盗墓贼往往人多势众，而且个个不是省油的灯。他们两个初生牛犊不怕虎，但是闯这深山老林，别说毒蛇猛兽，万一遇上下大雨泥石流之类的事，那也是九死一生。

少杰和韩露叫上吴霜，准备在古镇上买些吃的东西带着。这古镇有很多老式的建筑，看上去古色古香，挺有味道。在一个小胡同里，还有一栋祠堂，是个小姓氏的祠堂，墙上还有族谱。

少杰停下来仔细看了墙上的族谱，向韩露和吴霜道："从这个族谱的记载来看，这儿还真有古国的遗址，这个族群的先人在这儿已经有两千多年的历史了。"

韩露也看了看墙上的族谱道："族谱、地方志和国史是研究历史的三大支柱。那些盗墓贼可能就是看了这个族谱才来的，他们准是找到了这个族姓的后人，然后根据传说画了那个古墓的地图。"

吴霜道："这说明那封举报信是真的，真有盗墓贼在这儿。我看那个黄头发的老太太就像盗墓贼，她出手可厉害了。"

韩露点头道："这么看来咱们得多加小心了。"

吴霜抱着少杰的胳膊撒娇道："大白熊你去跟那个老妖精比比武，给她来一个熊掌拍门，给我出出气，"

少杰笑道："我是想去那个古玩店看看，但不是和那位老前辈比武，是跟人家请教。"

少杰等人进了古玩店，还是那个和吴霜拌嘴的伙计在。少杰客气地对伙计说，要拜见湘西神母。伙计一看吴霜又来了，以为他们是来找事的，白了少杰一眼说："神母进山了，不知道什么时候回来。"

少杰赔着笑脸道："前日我这小师妹冒犯了湘西神母前辈，请你帮我们转告她一声，说我们登门来道歉，请她老人家多多包涵。"

伙计抬头看了看少杰，良久才说："我一定转达。"

少杰等人出了古玩店，湘西神母从后面的屋里走了出来，隔着窗户看着少杰等人，心想：这个号称熊掌大侠的小伙子说话挺懂礼貌的，看上去人品不错，北京的老疯子怎么说他徒有其名呢？

吴霜对少杰很不满意，到了街上跟他撒娇道："不是说好来比武吗？你为什么向那老妖精道歉？"

少杰道："你呀，人家是武林前辈，就是比武，也得讲究礼数。"

中午，少杰和韩露、吴霜跟着派出所给他们找来的采药老农进了山，开始还有小路，但也是在荆棘丛中崎岖蜿蜒的路。

几个人正往前走，忽然老农停了下来，有些紧张地四下张望。少杰一看老农这副表情，也赶紧停下来观察。

只见前面的小路上有几条大蛇，而且树上也有蛇向他们吐着芯子。少杰和韩露吃惊不小，吴霜吓得当时就要哭，躲在少杰身后哆嗦道："蛇，好多蛇呀。"

老农皱眉道："我们这儿这个季节不应该有这么多蛇呀，怎么全挡在道上了?"

韩露道："是不是有人故意把蛇放到这儿来的?"

少杰道："有这种可能，这是想让蛇咬咱们呀，这可都是毒蛇。"

韩露想了想道："我用催泪瓦斯试试。"说着从挎包里拿出警用催泪瓦斯，慢慢接近这群拦路的大蛇，猛地一喷，把一罐催泪瓦斯都喷了出去。正好是顺风，这一喷果然见效，眼看着众多的大蛇快速钻进树丛，逃得无影无踪。

可虽然是顺风，但警用催泪瓦斯味道太厉害，把少杰等人也呛得一个劲儿流眼泪。

老农没见过这个，鼻涕眼泪一起流，向韩露道："你这是啥呀？辣椒水呀这是，太呛人了。"

韩露也顾不上呛了，向老农道："对不起大叔，咱们快走，离开这儿。"

于是众人赶紧快步向前走，离开了那片满是催泪瓦斯气味的山坡。几个人来到一个山崖下面，准备停下来休息休息，喘口气。

吴霜一个劲儿叨叨："准是那个老妖精，故意放出一大群蛇来咬咱们。"

少杰道："没准儿是你香水喷多了，把十里之外的蛇都招来了。"

吴霜一听傻笑道："真的，我的香水是天然芳草型的，要是能把蝴蝶招来就好了。"她的话音未落，只见从山崖上飞来一大群黑黝黝的马蜂，发出嗡嗡的声音。

老农一看大惊道：“不好，是食人蜂，被它蛰到会死人的！”

吴霜吓得大叫道：“韩露姐姐，快拿瓦斯喷呀！马蜂来啦！”一边叫一边抱着头往山崖的角落里躲。

韩露赶紧又从小包里取出一个催泪瓦斯，对着天空一个劲儿喷。这回马蜂不敢往下飞了，可是瓦斯把几人呛得又开始流眼泪。

少杰说声快跑，带着几人沿着山崖下的小路向前猛跑，直跑出二里地才停下来。几个人都气喘吁吁，还不住地抹眼泪。

老农咧着嘴，叫苦道：“我的妈呀，跟着你们出来可是倒了霉了。我走这条路十几年，什么都没遇上过，怎么跟着你们又是毒蛇又是马蜂的？”

少杰不禁冷笑出声：“哼，这准是盗墓贼给咱们准备的见面礼，专等着咱们来了就捅马蜂窝。”

韩露向四下看了看，对少杰道：“从目前的情况看，那封举报信应该是个陷阱。”

少杰皱眉沉思了一下，咂了咂嘴，向韩露道：“如果举报人想把咱们骗到这儿来干掉，为什么古镇上来了那么多稀奇古怪的人？难道他们不是盗墓来的？”

韩露沉思良久，向少杰道：“你是说，这个陷阱不是给咱们一家准备的？举报人想黑白两道通吃？”

少杰道：“从逻辑推理的角度来说，有这种可能。还有别的几种可能，比如说刚才的马蜂和毒蛇不是举报人给咱们预备的，而是盗墓贼的一种防范手段。”

韩露觉得少杰说得也有道理，不禁点头道：“有这种可能，不过谜底得看是不是有古墓，如果没有古墓，只有陷阱，那就是举报人的问题了。”

少杰长舒了口气道："即便是有古墓，有盗墓贼，这个举报人也有点儿问题。"

少杰和韩露正说着，天空忽然阴沉下来，太阳被乌云遮在西天那边，也不知道什么时候落下去的。云色越来越黑沉，还没等众人把雨衣拿出来，豆大的雨点儿就打了下来，而且越下越大。向导决定找个山洞避雨，几个人迎着纷飞的大雨，踏着泥泞向前赶路。此刻风雨暴戾地摧残着大地上的生灵，山上的竹林也呜咽着沙沙作响，一派凄厉的情景。

少杰感觉情况十分不妙，这山里一旦下大雨，山上的石头就可能向下滚落。他不时抬头看看山上，可是风卷着雨，横飞竖舞，什么也看不见。他走到老农身边问："大爷，山洞离这儿还远吗?"

老农抹着雨水道："这个山洞离这儿得有两里地，咱们得赶快走，不然山洪下来咱们谁也活不了。"说着加快了脚步，众人深一脚浅一脚地跟着他，被雨打得头都抬不起来。

这时已经有山石从山上滚落下来，发出骇人的轰鸣声。少杰心里明白，这个时候，只能听天由命了。

老农毕竟在这山里采药多年，经历过风雨。他领着少杰等人紧贴着山崖壁向前走，即便有山石滚落下来，也不容易被砸到。就在这风雨之中，他们来到一处悬崖下面，老农指着一个不大的山洞口道："这儿有个山洞，里面可以避雨。"说着就低头钻了进去。

少杰等人跟着老农进了山洞，里面黑漆漆的。老农拿出打火机，点亮了几根柴草，做了个火把。少杰和韩露拿出警用强光手电查看洞里的情况，一看吃惊不小，这可不是个小山洞，里面别有洞天，十分宽敞。再往里走，似乎深不可测。

这山洞显然是采药人常来歇脚的地方，有柴火，可以支锅做饭。老农点燃火堆，让众人脱下雨衣，在火堆边上把鞋烤干。韩露拿出在古镇上买的火烧之类的干粮让大家吃。吴霜也在镇上买了不少吃的，她把双肩背放在地上，取出吃的东西，先给了老农一个肉夹馍，又给了韩露一个。她准备再给少杰一个，可是少杰摆了摆手，从背包里拿出两瓶小二锅头，递给老农一瓶，然后一仰头，把这瓶小二锅头一口喝干。不但是韩露和吴霜，连那个老农看到都吃惊不小。

他瞪着眼睛看着少杰道："你拿酒当水喝？"

少杰点头道："是啊，我渴了。"

老农愕然道："渴了就喝酒啊？"他看了看少杰给他的二锅头，喝了一口，呛得直咳嗽。

少杰笑着向老农道："慢点儿喝，这可是我从北京带来的，正宗二锅头，56 度的。"

老农抹了一下嘴道："我的妈，这酒厉害。"

韩露白了少杰一眼道："你吃点儿东西吧，别光喝酒，那东西不能当饭吃。"

少杰点了点头。正说着，老农忽然瞪起了眼睛，看着洞口。众人一看老农这表情，都不由得顺着他的目光看去。这一看都吃惊不小，洞口不知道什么时候进来两条大蛇，足有小树那么粗，好几米长，都高高地昂着头，眼睛放着绿光。

吴霜吓得大叫一声："蛇！蛇又回来了！"捡起放在地上的七星竿，躲到了少杰的身后，一个劲儿哆嗦。

老农立刻晃动手中的火把，想把蛇吓回去。但是这两条大蛇似乎并不怕火，仍然慢慢向少杰等人爬了过来。

吴霜哆哆嗦嗦地向韩露叫道："韩露姐姐，你快用瓦斯喷它们呀！"

韩露苦笑道："我就带了两罐警用瓦斯，刚才都用光了。"

少杰定睛看了看慢慢逼近的蛇，吃惊道："我的天，是三角头的蛇，肯定有剧毒。"他眼珠一转，看了看吴霜道："你掩护，我撤退！"说着拉起韩露和老农转身就跑。

吴霜一听少杰让她掩护，又气又恼，向少杰大喊着："你讨厌，你这个狡猾的大白熊！"这时一条大蛇已经向她冲了过来，她咬牙挥起七星竿就打，一下就把这条蛇打飞了出去。又一条蛇蹿上来，她挥手又是一杆，把这条蛇的头打碎。这时洞口又出现了几条蛇，纷纷向吴霜逼近。

少杰拉着韩露和老农跑到一块大石头上，他捡起地上的石头，瞄准前面的一条蛇猛砸，当时就把那蛇砸得血肉横飞。韩露也拿起石头砸蛇，也是一下一条。这二人接二连三地用石头向进洞来的蛇砸，又快又准。

这时一条大蛇从洞壁上爬过来，对着少杰张开大口，少杰眼疾手快，猛打出一块石头，正砸进大蛇的嘴里，大蛇即刻被打飞，鲜血四溅。

一番激战，蛇群慢慢退出了山洞，少杰等人这才惊魂未定地喘起了粗气。

吴霜气呼呼地来到少杰跟前，向他嚷道："你讨厌，干吗让我掩护，你先跑了？"

少杰坏笑道："来的都是美女蛇，它们不咬你，专门咬我。"

吴霜哭道："你坏，你不心疼我！"

韩露一看吴霜掉了眼泪，忙上去揽着她的腰道："这事全是少杰不对，回去让他请你吃饭。"

吴霜一听转悲为喜，向少杰道："我要吃溜肥肠，你回去得请我。"

少杰苦笑着答应了。他见蛇群没再进来，就用手电筒照了照这个洞穴的深处，无意中发现不远处有一堆骸骨，他上前看了看，见是多具人的骨头架子。吴霜一看有死人骨头，吓得又躲在了少杰的身后。

少杰仔细看了看这堆骸骨，向韩露道：“这些人都是盗墓贼，因为他们边上有洛阳铲之类的盗墓工具。”

韩露道：“估计这些人也是来避雨的，可能也遇上了毒蛇。”

众人正说着，忽然洞口有人喧哗，只见一群人浑身湿漉漉地闯进了山洞，十分狼狈。领头的正是山东鲨鱼，他们显然也是来避雨的。

鲨鱼帮的人进来就看见了地上的火堆和少杰等人。

山东鲨鱼有些吃惊，仔细看了看少杰和他身后的两个美女，龇牙故作惊讶地问少杰道：“你们是干什么的？大雨天跑到这么偏僻的地方来干吗？”

少杰也仔细打量了进洞来的几个人，见这些人手里拿着洛阳铲，当即明白是怎么回事了，冷笑道：“我们是干什么的？这还用问吗？警察，来抓盗墓贼！”

山东鲨鱼先是一惊，旋即又哈哈大笑起来，回头向同伙道：“听见没有，居然有人在这儿冒充警察，要抓咱们。”

没门牙的螃蟹向少杰道：“你可真会吓唬人，吓得我直冒热汗。”

山东鲨鱼哈哈大笑着向少杰道：“我也不管你是干什么的了，你呀，把这俩美女留下，你走人，不然我们可就对你不客气了。”

少杰冷笑道：“不客气又怎么样？”

山东鲨鱼道：“嘿嘿，按我们的规矩，把你埋了，以后你就变成文物了，等着人来盗墓呀。”鲨鱼帮的人都跟着大笑。

少杰指着螃蟹笑了笑道：“你不就是鲨鱼帮那个号称螃蟹的吗？我在古镇上看见你被一个老太太打掉了牙，不然你说话怎么会漏风呀。”

螃蟹愣了一下道：“嗯？你和那个老太太是一伙儿的？”

少杰道：“不能算是一伙的吧，我的小师妹也跟那个老太太打了一架，但是没有被打掉牙。”

山东鲨鱼仔细看了看少杰身后的吴霜，点了点头道：“不错，是这个小丫头。看来你们也是奔着古墓来的，想分一杯羹？你是哪条道上的，报个名号我听听。”

少杰笑了笑道：“有人叫我狡猾的大白熊。”

山东鲨鱼想了想道：“大白熊？北京会友武馆有个号称熊掌大侠的是你吗？”

少杰道：“那是学生们给我起的雅号。”

山东鲨鱼有些吃惊，上下打量着少杰道：“嘿，你就是那个熊掌大侠？真看不出来。既然咱们有缘遇上了，今天我得领教领教你的武功，看看什么是熊掌。”说着拉开架势，慢慢逼近少杰。

少杰示意韩露等人后退，他闪开空当，站了个丁字步，侧目瞄着山东鲨鱼。山东鲨鱼摆了个少林长拳的架势，虚晃一招，突然蹿上来对着少杰的鼻梁就是一个冲天炮。少杰并没躲闪，只听“啪”的一声，山东鲨鱼横着飞了出去，重重地摔倒在地上。这一招出得极快，周围的人都没看清是怎么回事，就看见山东鲨鱼倒退着撞到了山洞的石壁上，痛得五官都挪了位。

少杰这一招连韩露看着都吃惊，她发现少杰的武功长进太大了，已经到了武术的最高境界，无招无式也伤人。

鲨鱼帮的人一看大哥被打，忙围上去搀扶山东鲨鱼。

山东鲨鱼挣扎着站起来，他心里明白，眼前这个看着白净的小伙子，实际上有上乘的武功，以他现在的功力，根本没法跟对方过手。但是他们毕竟人多，俗话说，猛虎怕群狼。于是他咬着牙向手下的人道："大家一块儿上，这小子厉害。他根本不是人，就是一只大狗熊。"

鲨鱼帮的人仗着人多势众，把少杰等人围住，然后一拥而上，双方展开了一场混战。

少杰十分凶猛，挥掌打倒了几个冲上来的壮汉。鲨鱼帮的人被打得龇牙咧嘴，痛苦不堪。但是这群人都是亡命之徒，一看不是少杰的对手，纷纷亮出了匕首之类的凶器。

少杰过去是个死打硬拼的主儿，从来不在乎什么刀枪棍棒。近来经过实战的磨炼，加上韩露常劝他不能全凭蛮力，渐渐他也知道进退了。他挥手让韩露等人向山洞深处后退，自己断后。

山东鲨鱼看少杰等人进了山洞的深处，知道进去追是不行了，这要是黑乎乎地挨一熊掌，那滋味肯定不好受。于是他让手下人守住洞口，只等着少杰等人出来，他不相信这几个人能永远在里面不出来。

少杰和韩露等人退到山洞的深处，韩露拿出手机，准备请求古镇上的民警过来支援，但是手机没有信号。

少杰问老农，这个洞穴还有没有别的出口。老农说他也很少到这个洞里来，不过他知道这个洞很深，应该有不少出口。于是众人就试探着往洞里走，走了差不多一个小时，居然看见了亮光，洞顶上是个大裂缝。

老农毕竟是采药的出身，徒手攀缘崖壁不在话下，他沿着洞壁，很快就爬了上去。然后他找来藤条，把少杰等人拉了上去。

众人出了黑暗的洞窟，个个长吸了一口新鲜空气。神奇的是，外面是大山的山顶，居然没有下雨，四处都是云海，白茫茫很是壮观。

吴霜不禁大叫道："这山上到处是云海，太漂亮了！"然后就拿出手机拍照。

少杰和韩露可没心思看云海，他们一商量，既然发现了盗墓贼，得尽快去请当地警方支援。他们决定让老农回去，把这儿的情况向派出所报告。老农巴不得赶紧回去，这一路可把他吓着了，差点儿尿了裤子。他转身就跑下了山，但是跑到半山腰的时候，没想到有人突然从树后面绕出来，对着他的后脑就是一棍子，打得他眼冒金花，摇晃两下就晕倒在地，不省人事了。

少杰等人慢慢向山下走，但是迷失了方向。这个山没有路，到处都是原始的灌木和竹林。尽管少杰在前面用树干披荆斩棘，但还是越走越出不去，甚至连回去的路也找不到了。

吴霜累得香汗直流，向少杰道："我说大白熊，你在原始森林里生活的时候也迷路吗？"

少杰也有些无可奈何，向吴霜道："这儿是原始灌木林，而且四处都是雾，分不清东南西北。倒霉的是还没有手机信号，这可麻烦了。"

韩露道："要不咱们先休息一会儿，等雾散了再走。"

吴霜道："我同意，又渴又饿，再也不想走了。"

少杰道："好吧，我看这山上有好多野果子，也不知道能不能吃。"

吴霜道："能吃，这一路上我吃了不少，味道鲜美。"说着就开始摘附近小树上的野果子。她摘了两个扔给韩露和少杰，然后自己边摘边吃，还高兴地唱起了歌。

少杰一看吴霜唱起了歌，不禁和韩露相视一笑。他心想，这个吴霜真有不少可爱之处，起码她在恶劣的环境下还能保持乐观，心里不装事。

吴霜从地上拔起一棵植物，对少杰道："这是葛根，你尝尝，可有营养了。”

少杰一看这植物，直皱眉头，心说：我又不是羊，能吃草。

吴霜看少杰犹豫不敢吃，笑眯眯地说：“你不懂吧，这葛根的根比嫩藕还脆，可甜了。”说着就拿出水果刀，削去葛根的皮，啃了一口，美滋滋地向少杰道，“真好吃，你尝尝。”

少杰忙摇头道：“不吃，我们熊类就吃竹子，等会儿我吃竹子就臭豆腐。”

吴霜听了哈哈大笑。

韩露看了看表道：“咱们不能再耽搁了，雨虽然不下了，但是如果天黑下来，咱们可就惨了，伸手不见五指，更找不到路了。”

少杰一听韩露所言极是，于是又开始在前面开路。天无绝人之路，他们在天黑之前还真走出了原始灌木丛林，找到了老农带他们进山时候走的路，而且还在这条路上发现了大量的脚印，可能是盗墓贼留下的，于是就顺着这些脚印一路追上了盗墓贼。

暴雨刚刚过去，夕阳仍被乌云遮着，幽暗的丛林，雾霭弥漫中天空显得黑沉沉的。

支锅老大和西山老大的人，以及鲨鱼帮的人先后到了地图上标志的位置。

盗墓贼都有些疲惫不堪，有的人脱去湿淋淋的衣服，找地方晾晒，有的人拿出干粮吃着。最倒霉的是山东鲨鱼帮的人，这些人在山洞里遇上了凶狠的大白熊，有的被打得五脏六腑都绞着痛，有的鼻青脸肿，有的脸上挨了一巴掌，满嘴牙都活动了。即便是练过内功的山东鲨鱼也感到两肋胀痛，似乎是受了内伤。他勉强带着手下的人到了古墓的位置，但是已经觉得有些体力不支。他想把遇上大白熊的事向支锅老大说说，可又怕被对方笑话，自己带着这么多人，却被一个大白熊带着两个美女整得这副模样。所幸大家都是被大雨浇过的，看上去都十分狼狈。而且支锅老大忙着测量古墓的位置，也没注意他们。而因山东鲨鱼没提路上的倒霉事，这就给了少杰等人暗中接近这群盗墓贼的机会，致使支锅老大完全没有防备。他们做梦也没想到，在这荒无人烟的地方还有警察在暗中盯着他们。

支锅老大和西山老大用仪器大致测定了古墓的位置，然后就让飞毛腿和打死牛用洛阳铲在地上试探着向下挖，其他的人也纷纷拿出工具准备开工。

西山老大上次在陕西被人埋雷坑了一个狠的，这回他留了心眼儿，时刻防备着有人埋雷，而且他跟飞毛腿和打死牛商量，要想办法把上次的损失补回来。飞毛腿建议趁着晚上工地乱，赶紧动手挖，如果挖到小件值钱的东西，就在工地边上埋起来，做好记号，等收工以后再回来取。西山老大觉得此计甚妙，就让手下的人在工地附近支起帐篷，简单吃了些东西，然后就开始干活。

就在盗墓贼连夜开工盗挖古墓的时候，少杰和韩露、吴霜正躲在远处一棵足有三米粗的大榕树下，借着时隐时现的月光，悄悄盯着这些盗墓贼。少杰和韩露商量，盗墓贼人数众多，而且手里有家伙，不能硬拼，只能先看住他们，等候援兵。就在他们商量对策的时候，却发现吴霜不见了。二人有些犯蒙，四下黑乎乎的，她上哪儿去了？少杰轻轻叫了几声，没有回音，估计她可能是找没人的地方方便去了。

韩露对吴霜很不放心，怕这疯丫头惹出点儿什么事来。她要是落在盗墓贼的手里，那还有好？

这吴霜干吗去了？她饿了。她从古镇上带的东西被她一路都吃光了。她看见盗墓贼在不远处支起了帐篷，估计这帮家伙准带了不少好吃的，于是就悄悄摸进了一个帐篷。这帐篷正是西山老大的。虽然是便携式的临时帐篷，但是睡觉够用了，而且很严实。吴霜见帐篷里有两个背囊，就打开背囊，只要发现吃的东西就往挎包里装，甚至还发现一瓶二锅头，她想大白熊带的酒应该喝完了，就把这瓶酒也装进了挎包，然后从帐篷里爬了出来。她刚钻出帐篷，抬头就看见一个光着膀子的壮汉，正对着一棵树撒尿。那人听到动静一回头，看见一个美女正直勾勾看着他，以为自己眼花了，这荒山野岭怎么会有美女？是不是遇见女鬼了？这女鬼也太美了。他正眨眼，吴霜抬手就给了他一七星竿，正点在他后背的膻中穴上。这壮汉感觉后背一阵酸麻，跟着是触电般疼痛，想叫又叫不出声，而且连腿也开始发麻，一下坐在了地上，等再瞪眼找那个美女，什么也没了。他吓得直冒冷汗，心想这地方邪行，兴许有狐狸精或者蛇精，要不就是古墓里的女尸。他越想越害怕，想大喊救命，可就是喊不出声，嘴张开合不上了。

吴霜跑回大榕树下，把偷来的食物分给少杰和韩露。少杰看着吴霜拿来的二锅头，哭笑不得，心说这个盗墓贼要是发现二锅头没了，准以为是同伙偷喝了，弄不好因此闹了内讧。

韩露一个劲儿埋怨吴霜，嘱咐她以后再不能去冒险了。

吴霜却不以为然，把弄来的食物一件件地拿出来，发现一个塑料袋里装着一大块类似酱牛肉似的东西，就拿起来啃了一口，品了品发现味道不对，似乎有一股难闻的腥味，皱眉道："这是什么肉呀？怎么这么腥啊？不会是狗肉吧？"

少杰和韩露一听狗肉都吃惊不小，因为他们在西山耸着鼻子找这个吃狗肉的人，找了一个多月也没嗅到一点儿狗肉味，如果这块肉真是狗肉，说明西山老大来了。他来了，肯定会带着打死牛和飞毛腿等人，这都是他们这些日子苦苦寻找的要犯。

要是能把这些人抓住，那陕西云陵被盗的案子，还有前些日子的几起积案都能破了。

少杰和韩露不由得相视一下，眼睛里都放出了异样的光。

少杰美滋滋地把那块肉拿过来闻了闻道：“妙啊，这腥味儿真是太难找了。”

吴霜不解地看着少杰道：“这腥味儿有什么好？而且半生不熟的，没炖烂。你下酒吃了吧，反正熊吃生肉。”

少杰把狗肉放在鼻子前，深深地闻了一下道：“本警犬记住这个味儿了，以后只要闻到这个味儿，就知道是谁的肉了。”

吴霜看着少杰，傻笑着道：“你怎么成警犬了，不是大白熊吗？”

少杰笑道：“你可不知道这块狗肉有多重要，意义重大呀。”

吴霜道：“你要是喜欢就赶紧吃吧，不是还有二锅头吗？你吧嗒一口酒，刺啦一口肉，多美。”

少杰点头赞许道：“对，说得太对了。”说着用力啃了一口狗肉，然后得意地向吴霜和韩露道：“我要把这狗肉都吃光。”

韩露微微一笑道：“对，一网打尽。”

第十五章　向王墓的传说

西山老大本想挖到真货就埋雷，可是他们这些人刨了将近一个晚上，什么也没有。起初他怀疑是支锅老大的定位不准，后来发现这事有些诡异，支锅老大对施工进度并不太关心，反而布置他的手下人对工地上的人格外注意，这有些反常。西山老大和飞毛腿、打死牛一合计，感觉这次到湘西来，恐怕是个陷阱。

凌晨西山老大带着人回去休息，大家都累坏了，想着吃点儿东西，喝一杯酒解解乏。可是西山老大回到帐篷一看，自己从古镇上带来的狗肉和酒全都不翼而飞了，不由得火冒三丈。他爬出帐篷，问飞毛腿和打死牛看没看到有人到他的帐篷里来。

飞毛腿冷笑道："这个地方没别人，要是闹贼，那肯定是山东鲨鱼帮的人。"

打死牛也火了，本来他就和鲨鱼帮的人结了仇，现在这帮人又偷了他师父的东西，不禁对着鲨鱼帮的帐篷破口大骂。

鲨鱼帮的人一听打死牛在外面骂人，分明是找碴儿打架呀。这帮人早就想用板砖拍打死牛了，尤其是在古镇上被人打得眼冒金星的螃蟹，第一个跳出帐篷，指着打死牛对骂。双方的人越聚越多，吵吵嚷嚷，剑拔弩张，一触即发。

这时支锅老大闻讯赶来，站在双方中间，想尽力化解这场械斗。他明白，如果这两队人马打起来，准出人命，那就什么事也别想干了。他听说西山老大带来的狗肉和酒被人偷了，觉得这事似乎不应该发生，这没人烟的地方怎么会出了溜门儿的？好在他为了防备有人埋雷，已经布置了暗哨，于是就把这个站岗的人叫了来。这个人说晚上他看见一个美女从西山老大的帐篷里出来，她会用妖术，用个竹竿打了他一下，然后就没了，好像是个女鬼。说着他还让支锅老大看他膻中穴上的伤。

支锅老大半信半疑，他本是个疑神疑鬼的人，可盗墓这么多年，还真没见过鬼。他看了看这个小伙子身上的伤，他是行家，一看就知道这小伙子被人用七星竿点了要命的穴道，即刻给他推关解穴。然后他向西山老大道："这可不是鲨鱼帮的弟兄们干的，因为这点穴的人是八卦门的，用的是七星竿。"

山东鲨鱼在古镇上见过一个女孩子在古玩店门口和那个老太太打架，用的分明就是八卦门的七星竿，之后他们在山洞里还和这个女孩子交了手。于是众人议论纷纷，认定是这个疯丫头跟着他们到这儿来了。

支锅老大一琢磨，既然有个拿七星竿的女孩子在古镇上出现过，晚上又在这儿现了身，显然是冲着他们来的，莫非她是奸细？他的老板之所以选这么偏僻的工地，主要目的就是想找到他们内部的奸细，还有那个屡次埋雷的人，至于是不是能出东西则不是最重要的。可一晚上下来，还没出东西，那个埋雷的和奸细也都没有现形，却有了意外的发现，居然有人暗中跟踪他们。他估计这个跟踪他们的女孩子准是没吃的了，趁他们在工地上的时候到帐篷里来找吃的。于是他向西山老大和山东鲨鱼道："这事我看不是闹鬼，是有人趁我们在工地干活，偷偷顺了我们的东西。估计是个女贼，她应该就在附近。"

众人一听，都东张西望地四下寻找。

支锅老大双目半闭，凝神定气，他曾经练过一种特殊的武功，在半夜打坐，进入入静状态以后，耳朵可以听到很远的声音，鼻子也能闻到很远的气息，就像某种动物，能闻到几里之外猎物散发出的味道。此刻他入静调息，蓦然闻到附近有一种特殊的香气，想必是女人喷了法国香水散发出来的独特味道。他睁开眼睛，四下巡视了一下，指着不远处一棵粗大的榕树道："小偷在那棵大树上。"说着就带着众人来到这棵大榕树前。

吴霜还真在这大树上。因为刚下过大雨，地上潮湿，她耐不住困倦，想找个地方睡觉，少杰让她找些柴火铺在地上，她却懒得去找，就爬上了这棵大榕树。哪想到她所在的地方离盗墓贼的帐篷不远，还在上风，且她为了防备小虫子，往身上喷了不少法国香水，这让支锅老大一耸鼻子就闻到了。等她发现自己被众多的盗墓贼包围的时候，想跑已经来不及了。

支锅老大一看有个小美女抱着根七星竿在树上打盹儿，觉得十分诧异，他向树上的吴霜道："嘿，树上的，你下来，我有事问你。"

吴霜有些慌乱，下去肯定不行，她晃了晃手中的七星竿道："我干吗要下去？你问我什么？说。"

支锅老大道："你是干吗的？跟着我们到这儿来想干什么？"

吴霜眨眨眼道："我是干吗的？我是警察呀，来抓盗墓贼。"

支锅老大一听先是愣了一下，随即哈哈一笑道："我的天，真把我吓着了。我看你也别拿警察唬人了，你下来老实说了你是干吗的，谁指使你来的，我兴许还能放你一马。"

吴霜傻笑了一下道："被你看出来了？我不像警察？那我告诉你，我是开古玩店的，到这儿来玩儿。"

这时山东鲨鱼耐不住性子，向吴霜大喊道："你这个小妖怪，再不下来我们可要上去抓你了！"

吴霜一听吓得大叫道："你敢，你敢上来我可要喊大白熊了！"

树下的人一听"大白熊"三个字，有明白的，不禁四下巡视。尤其是鲨鱼帮的人，他们可领教过大白熊的厉害，一听这女孩子要喊大白熊，吓得直往后退。

支锅老大不知道大白熊是谁，以为吴霜又拿他们开涮，皱眉道："什么大白熊大黑熊，你再不下来我可真让人上去抓你了。"

吴霜一看下面这么多盗墓贼，这要是被他们抓住还能有好？吓得她要哭，扯着嗓子大喊道："大白熊——快来救我！"

少杰和韩露就在离这儿不远的地方，正琢磨着怎么把吴霜从树上救下来。韩露认为敌众我寡不能硬拼，最好是声东击西，放火烧了盗墓贼的帐篷，然后趁乱救下吴霜。可是吴霜这一喊，少杰也顾不了这么多了，向韩露道："你去放火，我过去救吴霜。"说完大步从藏身的树丛中走了出来，径直来到大榕树下面。

盗墓贼一看，少杰只有一个人，本来怕他的人现在也壮起了胆子，准备和他大战一场。

少杰向支锅老大一拱手道："你就是支锅老大？"

支锅老大上下打量着少杰，十分吃惊，在这种地方居然还有外人来。他试探着问少杰道："你是谁？"

少杰看上去有些漫不经心，微微一笑道："我？你没听树上的叫我大白熊？"

这时西山老大走上前，指着少杰道："你就是那个号称熊掌大侠的人？"

打死牛上前指着少杰道："就是他，他就是自称熊掌大侠的那个家伙。师父，一掌打死他，他可是个祸害！"

少杰冷冷一笑道："一掌打死我？真厉害，还指不定谁打死谁呢。"他打量一下支锅老大，又看了看西山老大，不屑地说："你们是一块儿上呀，还是按武林规矩一个一个地跟我过手呀？"

支锅老大也是练武的出身，自然知道江湖规矩，他们今天要是以多取胜，以后在江湖上会很没面子。他便向西山老大道："他就一个人，本事再大今天也跑不出去了。咱们要是一块儿上，传出去好说不好听呀，我倒想见识一下他的武功。"

西山老大心想，都说这个支锅老大武功高强，今天让他露一手也好，看看他到底是有真功夫还是只有嘴上的功夫，于是道："好啊，我们也见识见识老大的真功夫。"

少杰之所以提江湖规矩，实际是使了激将法，他是怕这些盗墓贼用群狼战术。俗话说好汉挡不住人多，要是跟对方混战，不但救不了吴霜，弄不好还会把自己也搭进去。而他想单挑这个被称为老大的人，是想擒贼先擒王，把他们的头子拍那儿，群龙无首就好办了。对方果然中计。

少杰出手前先施礼，对方拱手还礼，然后各自拉开了架势。双方都瞄着对方的肩头，这是高手过招时候的谨慎，只要对方肩头一动，就是发招了。不少门派讲究后发制人，炮锤门也讲究见招打招见式打式，一般不主动出手。但是少杰是暴脾气，见了贼头恨不得一招将他打趴下。他看对方不出手，于是左手虚晃一招，右手就拍出一熊掌。这一掌带风，力量大而且速度奇快。支锅老大久经战阵，一看就知道对方这一掌厉害。但他想试试对方武功的虚实，因此并没有躲闪或者用巧劲化解对方的掌力，而是生生地用掌相迎，两掌相撞，只听“啪”的一声，两人都被震得向后退了两步。支锅老大是几十年的少林硬功夫，从来没吃过这么大的亏，被震得两臂酸麻，差点儿坐地上。

少杰也没想到对方会这么跟他打，就觉得这掌像是拍在了巨石上面，震得他后脑勺嗡嗡响，眼前直冒金星。他吃惊不小，心说今天遇上正宗的少林武功了，这个盗墓贼八成是个和尚，不然怎么这般凶猛呀。他出手就没停，但是再出手，就留神对方的掌了。再跟这少林和尚对上一掌，非出事不可。好在这个支锅老大只和少杰对了一掌，就知道他为什么叫熊掌大侠了，这家伙根本不是人，不然怎么会有这么大的劲呀？他不敢再跟少杰对掌，而是施展在少林寺学的大力金刚掌，向少杰发起猛攻。但是他发现眼前这个大白熊似乎练过旁门左道的功夫，大力金刚掌打在他身上居然没反应，就像打在了棉花上，力道无声无息地被化解了。这让他很难受，越打越别扭。但他毕竟江湖经验比少杰丰富，而且练的是正宗少林罗汉拳，拳法快，变化莫测，让少杰很难占到便宜。少杰感觉和这个支锅老大交手很是吃力，别人挨他一掌就趴那儿了，半天爬不起来，这个支锅老大则不然，练过金钟罩铁布衫，似乎就是个刀枪不入的铁罗汉，用现代语言形容就是抗打击能力极强，大力熊掌打在他身上，他顶多摇晃一下，转手就反击。少杰稍一迟缓就被他打了一掌，要不是他有太极解力的功夫，挨这一掌就得残废。

飞毛腿和打死牛最恨眼前这个熊掌大侠，他们认为几次抢劫他们的蒙面人十有八九就是他，现在正好是除掉他的机会。眼见支锅老大难以取胜，他们就在后面鼓动西山老大出马。但是西山老大碍于面子，不想马上出手，他也怕支锅老大挑他的眼。

飞毛腿眼珠一转又有了坏主意。他悄悄绕到少杰身后那棵大榕树下，想暗算吴霜，他打算把吴霜拿下，用她来要挟少杰。他慢慢向吴霜靠近，准备给她来个突然袭击。

吴霜傻乎乎地看着少杰和支锅老大动手，眼睛都直了，根本没防备有人从背后暗算她。飞毛腿到了吴霜的后背，张开双臂，正准备给吴霜来个狼抱。也就在这一瞬间，不知道从什么地方飞过来一个小石头，“啪”的一声，不偏不斜正打在飞毛腿的鼻梁上，顿时他的鼻子就鲜血直流，痛得他大叫一声：“哎哟！”

吴霜回头一看，发现飞毛腿在她身后，吓得出了一身冷汗，急忙向飞毛腿打了一竿。飞毛腿手捂着鼻子，向后一纵身，躲过了吴霜的七星竿，转身就跑。这时打死牛蹿了出来，挥掌就打吴霜。吴霜急忙招架，但是她显然不是打死牛的对手，被打得步步后退，险些栽倒。

这时只听“嗖——啪”！又飞来一块石子，正打中打死牛的脑门儿。打死牛痛得龇牙咧嘴，捂着头大叫：“谁呀！谁打的石头！”

西山老大见飞毛腿和打死牛都挨了暗算，知道来了高人，赶紧上前挡住吴霜，两掌就打得她倒退几步，手中的七星竿差点儿被打飞了。

之后他没有继续向吴霜发招，而是朝树林里喊道：“哪位高人到了，请现身吧，别在暗地里扔石头呀，这可不是高手所为。”

西山老大的话音刚落，从树林里走出两位老人，一个是湘西神母，另一个是少杰那个疯疯癫癫的师大爷崔三爷。

湘西神母和少杰的师大爷一现身，在场的人有认识这二位的，都吃惊地议论纷纷。

湘西神母大声道：“请各位住手！老尼有话要说。”

少杰和支锅老大正打得难解难分，一听湘西神母到了，都停了手，各自向后退了一步。

湘西神母看了看众人道："你们大老远的到我的地盘儿来，不拜我的码头也就罢了，还刨我们苗家的祖坟，是不是太过分了？"

西山老大上前打量了一下湘西神母，拱手道："在下是西山老大，久闻湘西神母的大名，我们到这儿来多有冒犯，还请神母多包涵。"

崔三爷看了看西山老大道："什么西山老大？我还没称老大呢，你敢在我面前称老大？看打吧你！"说着就双拳上举，向西山老大砸了下来。西山老大大惊，这老头儿分明用的是三皇炮锤门里的"夫子三拱手"，很是厉害，急忙向后一跃，跳出去足有两米，勉强躲过了这一招。他暗自吃惊，这老头儿什么来头，怎么二话不说就动手呀？然而此时不容他多想，崔三爷的第二招已经到了。他急忙用铁砂掌相迎，哪知对方并不躲闪，而是和他对了一掌，"啪"！两掌在空中闪电般撞在一起，虽然是肉掌，却发出了如金属撞击的声音，震得在场的众人耳朵嗡嗡响。

崔三爷一看对方接了自己的铁砂掌，而且显然功力不错，瞪大了眼睛道："嘿！你练的是铁砂掌？太痛快了，再对一掌！"说着又打过来一掌，快如闪电。

西山老大和崔三爷对了一掌，感到对方功力十分深厚，自己从手掌到胳膊，从胳膊到腰，从腰到大腿，跟过电似的发麻，知道这老头儿是个生猛的角色，至少有五六十年的铁砂掌功夫。眼见老头儿的第二掌又到了，他可不敢再硬接，急忙躲闪。老头儿招式虽然厉害，但他消极防守，也勉强能自保。

少杰看着师大爷和西山老大交手，见老人虽然这么大年纪了，还有这么深的功夫，暗自赞叹。但他也看出来了，这个西山老大可不是一般人，他临危不乱，面对高手仍然应对自如，手眼身法步哪样也不乱，少杰不由得为师大爷担起心，毕竟老爷子上了岁数，时间长了恐怕体力不支。

这时不远处冒起了火光和浓烟，一个盗墓贼气喘吁吁地跑来向支锅老大道："老大，不好了！有人放火烧了咱们的帐篷和设备！"

支锅老大脸色大变，吃惊道："啊？谁干的？"

盗墓贼道："不知道，没看见人。"

这时忽然从山顶发出"轰隆"一声炸药爆炸的巨响，乱石瞬即从上面飞了下来。

少杰一看不好，急忙拉起身边的吴霜，纵深一跳，躲到一块大石头后面。刹那间，乱石已经砸了下来，有不少人躲闪不及，被砸得东倒西歪，头破血流。

少杰急忙透过尘土寻找师大爷和湘西神母，但没见到这二老的身影。这时山上的爆炸声又起，少杰知道这是有人在山上埋了炸药，分明是想要他们的命。他四下看了看，拉起吓傻了的吴霜，快步向山根跑去，他知道山上的石头向下滚落有个角度，山根是死角，正好能躲避砸下来的石头。他们踉踉跄跄跑到山根，缩着身体，眼看上面落下来的石头跟雨点儿似的，附近惨叫声响成一片。

少杰用身体护着吴霜，吴霜被吓得直哆嗦，向少杰道："这是怎么回事呀？地震啦？"

少杰道："是有人埋了炸药，咱们得离开这儿。"说着拉起吴霜，身体贴着山根向前跑去。跑了没多远，看见有人在前面，他也不管是谁，就跟了上去。又跑了一阵，渐渐远离了危险地带，少杰这才定睛察看，原来，他一直跟着跑的人竟是湘西神母和他的师大爷。

少杰忙向他们躬身施礼道："少杰拜见两位前辈。"

湘西神母向少杰一摆手道："这地方很危险，有人在山上埋了炸药，咱们得赶紧离开这儿。你们跟着我，别说话。"说着就猫腰向前疾走。

少杰拉着吴霜，跟着湘西神母快步向前跑。足足跑了将近一个小时，眼前出现一个山洞，湘西神母和崔三爷进了山洞，少杰和吴霜也跟了进去。

这山洞宽大而深邃，四壁怪石嶙峋，里面还传出阵阵流水声。湘西神母停了下来，看了看众人，长长地松了口气。

少杰忙向湘西神母道："多谢神母相救。"又向师大爷道："多谢师大爷出手相助。"

这时少杰忽然想起韩露还在外面，不禁为她担忧起来。他向湘西神母道："前辈，我的同事还在外面，我得去找找她。"又向吴霜道："我去找韩露，你在这儿等着。"说着就向外走。

湘西神母道："你别出去，外面很危险。"

少杰道："没事，我会小心。"说着就跑出了山洞。

少杰快步跑回先前盗墓贼扎帐篷的地方，只看见一片乱石和被砸得七零八落的帐篷，盗墓贼和韩露都不见了踪影。他高声叫着："韩露！韩露！你在哪儿?"可四下只有空谷回声。少杰有些焦急，心神也有些乱，他继续在乱石中寻找，可还是没有发现韩露。他分析了一下韩露放火烧了盗墓贼帐篷以后应该走的路线，如果她发现山上有人放炸药，应该先到山根处躲避，然后再沿着山根向山谷外走，于是他决定沿着这条路向前找。这时身后传来吴霜的叫喊："大白熊！你在哪儿?"

少杰知道准是吴霜追上来了，就停下来道："我在这儿!"

吴霜气喘吁吁地跑过来，撒娇地向少杰道："你讨厌，不带着我，一个人跑出来。"

少杰道：“这儿不安全，你快回去吧。”

吴霜道：“我不，我不想和那个老妖婆在一块儿。我要和你一块儿找韩露姐姐。”

少杰无奈地摇头道：“唉，你韩露姐姐也不知道是不是逃出去了。这儿一个人影也没有。”

吴霜哭丧着脸道：“怎么办呀？韩露姐姐是不是被压在石头下面了？”

少杰也担心这个，听吴霜这么说，也不答话，只低头在乱石堆中寻找。二人几乎在这一带进行了地毯似的搜索，并没有发现韩露。这让少杰多少宽心了些，只要韩露没受伤，以她的机智和武功，应该不会出大问题。但是她在哪儿？他和吴霜商量，既然韩露不在这儿了，或许已经出了危险地带，不如回去找湘西神母，她是本地人，应该有办法找到韩露。于是二人又回了山洞。

湘西神母听了少杰的叙述，不动声色，她那种遇事不惊的定力，让少杰感觉到这个武林前辈准是经过风雨见过大世面的人。湘西神母认为，山上有人事先埋放了炸药，就是有预谋地要把这些盗墓贼和少杰等人都埋在这儿。不管他出于什么目的，干这事的人十分阴险。而且可能不会只用此一招，或许还有更凶险的事在等着他们。现在必须赶快离开，以防万一。至于韩露是不是能逃出去，现在谁也帮不了她，只能看她的本事和造化了。

少杰虽然不想离开，可是不离开又能如何？他寄希望于韩露也在山外走，或许她已经到了平安的地方。

湘西神母问少杰，以他的判断，那些盗墓贼去了哪儿？少杰分析，盗墓贼肯定已是惊弓之鸟了，谁都看得出来，这是个陷阱，这地方也许根本没什么古墓，只有别人设下的重重机关，随处都隐藏着杀机。所以他们最大的可能是撤离了，估计已经在回古镇的路上了。

少杰的师大爷崔三爷虽然疯疯癫癫的，但他似乎事事都听湘西神母的。他向少杰道："你不是要抓盗墓贼吗？既然他们都回到了古镇，咱们还在这儿干吗？还不赶快回去抓他们？"

少杰一听也对，如果这些盗墓贼都回到了古镇上，现在不赶紧抓，等到这些人四处一跑，到哪儿找他们去？于是四个人决定马上就走。

在往回走的路上，湘西神母知道路径，倒是不用担心迷路。少杰边走边寻觅韩露的踪迹，希望能在路上遇见她。少杰等人来到一条小河边，来的时候这儿有个独木桥，河里没有水，现在一看，河里水流湍急，木桥却没了，似乎是被人拆了。

湘西神母并不在意有没有桥，她让少杰去找几根粗竹子来，用藤条绑牢，放在河面当桥。少杰和吴霜按照湘西神母说的，找了几根五六米长的大毛竹，不一会儿就做了一个大竹排，往河上一搭，桥就成了。

少杰让湘西神母和师大爷先过了河。可等到他和吴霜刚走到桥面上，忽然传来一阵轰鸣声，紧接着山上的洪水汹涌冲来，直扑这个简易的小桥。

少杰惊呼一声："不好，洪水来啦，快过去！"话音未落，洪水已经到了，小桥开始剧烈摇晃。少杰和吴霜进退不得，眼看桥就要被洪水冲塌，吴霜吓得大声尖叫。

湘西神母此时已经上了岸，回头看见少杰和吴霜遇险，她飞快地从挎包里掏出一个飞爪，抖手一甩，飞爪便向少杰飞过来。少杰手疾眼快，伸手抓住了飞爪。湘西神母用力向回一拽，少杰借力向前一跳，居然拉着吴霜跳上了河对岸。此时身后的竹桥瞬间就被洪水卷走了，少杰和吴霜都惊出一身冷汗。

少杰忙向湘西神母拱手道谢。湘西神母并不理睬少杰，收起飞爪，继续向前走，眼皮都没抬。少杰心想，这个神母和他师大爷都有些古怪，不过这两人倒是挺般配。

湘西神母带着众人走进一个峡谷，她在峡谷进口的地方向四下看了看，回身向少杰和吴霜道："这是设伏兵的地方，你们跟紧了，小心山上有人往下滚石头。"

少杰抬头向山上看，只见两边是刀削般的石壁，足有几十米高。峡谷中没有像样的路径，而且很狭窄，这要是有人从上往下砸石头，那准是凶多吉少。他犹豫了一下向湘西神母道："前辈，这条路太凶险，咱们能不能绕道走？"

湘西神母想了想道："道是有一条，不过要穿过一个山洞，这个山洞有时候会有水，有时候没水，这个季节应该能走。"

崔三爷道："有什么可怕的，走个路还前怕狼后怕虎的。你们要是怕有人往下扔石头，我先在前面走，如果没事你们再跟着过来。"说着他昂起头，大步向前走，可是刚走几步，还没到峡谷的中间，山上就传来滚石的轰隆之声。老头儿一看不好，掉头又跑了回来，对着山顶大骂道："什么狗屁东西，有种的下来跟你爷爷我较量较量！"

湘西神母皱眉道："这儿不是久留之地，咱们绕道走吧，那个山洞离这儿不远。"说着领着众人掉头钻进了一片丛林，来到一座山前，果然有个洞穴呈现在眼前。这洞穴下方是个瀑布，现在水不大，瀑布也就成了涓涓小溪。湘西神母率先进了洞，众人紧跟着她钻了进去。

洞里有流水的声音，少杰打开警用强光手电照路。但是走了约有半个小时，前方的路居然被乱石堵住了。

湘西神母上前看了看堵路的乱石，冷笑道："这些石头是刚刚被堵在这儿的，显然是有人在外面用炸药炸塌了洞口。"

吴霜道："那咱们回去吧？"

湘西神母白了吴霜一眼道："你以为咱们还能回去？不信你去看看，回去的洞口现在肯定已经被堵上了，那么小的洞口，两斤炸药就够了。"

吴霜一听不禁骂道："嘿，够狠的，让咱们有来无回。这是谁呀？处心积虑地想害死咱们。"

湘西神母道："我们的仇人基本不会用这种卑劣的手段，估计是这位熊掌大侠得罪了什么小人。"说着看了看少杰。

少杰心里明白现在最重要的是赶快回到古镇抓打死牛这帮盗墓贼，至于是谁给他们挖的陷阱还没工夫去弄个究竟。他让湘西神母在这儿等一会儿，他回去看看进来的洞口有没有被堵死。少杰沿着来的路径向回走，到了进来的洞口一看就傻了眼，洞口已经被众多的大石头堵死了，估计对方是用了开山用的土炸药。他只得回去向二老汇报，另想办法出去。

湘西神母细想了一下，说这个洞穴她以前走过两次，有一次遇上暗河水大，她是从一个天井出去的，于是领着众人去找那个天井。众人又在黑暗洞穴里走了一阵，果然发现了亮光，这亮光是从洞穴的顶上照下来的，是这个峡谷的裂缝。

少杰抬头看了看头顶的那片亮光，不禁有些犯愁。这天井不小，可是太高了，而且四壁全是光溜溜的，根本没有攀爬的可能。湘西神母也有些发愣，当年她爬这个天井的时候，四周有不少藤条，还有小树。现在怎么变得光溜溜的？而且两边的岩石上长满了青苔。她拿出飞爪，试着向上抛，想用飞爪抓住崖壁上的缝隙，可是连试了几次飞爪都滑了下来。

就在众人一脸绝望的时候，忽然发现从天井上慢慢垂下一根藤条，这根藤条显然是用几根长长的藤条连接起来的，足有七八米长。

吴霜看着藤条，高兴地向众人道：“上面有人，来救咱们了。”少杰疑惑地自语道：“是韩露?”

吴霜见藤条已经快到地了，上去抓住藤条，脚蹬着岩壁慢慢向上爬，不一会儿就上了天井。她翻身出了洞穴，四下查看，并没有人，她有些诧异，大叫道：“有人吗？是谁放的绳子?”没有人回应。她见绳子的一头拴在树上，就向洞里的人喊道：“你们爬上来吧！”

少杰等人都借助藤条慢慢爬了上来。少杰问吴霜，有没有看见韩露，吴霜一个劲儿摇头。少杰纳闷，是谁放的绳子?

湘西神母也觉得这事有些离奇古怪，但是不管怎么说，今天算是死里逃生了。她定神四下看了看，向少杰道：“今天四处都是埋伏，这是精心设计的连环陷阱。八成是支锅老大设的骗局，想借你的手先灭掉这三个盗墓帮派，然后再把你也消灭了。”

少杰想了想道：“可是救咱们的人又是谁呀？他怎么知道咱们被困在山洞里了？如果是支锅老大设计的陷阱，那他应该先跑，可是从现场的情况看，他也不知情，他的人也被爆炸的石头砸了。”

湘西神母领着少杰等人回到古镇，少杰联系当地分局，迅速调集防暴队进山抓捕盗墓贼，寻找韩露的下落。

在盗墓现场附近的树林里，民警抓到了一个被滚石砸伤的盗墓贼，此人交代：他是支锅老大的人，支锅老大是个练武的和尚，当年在少林寺出家，后来还俗当了盗墓贼。他练的是金钟罩铁布衫的功夫，擅长少林黑虎拳和罗汉拳，这群人里数他武功厉害。这次他们和支锅老大到这儿来，真正的目标是向王墓。向王墓在哪儿只有支锅老大知道。因为前几次他们行动时被人埋了雷，支锅老大就想了个引蛇出洞的计策，先到这儿来，虚设一个工地，四处布置了暗哨，想暗中查看内部的奸细是谁。可是他们不但没找到奸细，反而被奸细给暗算了。有人在山上埋了炸药，差点儿要了他们的命。

少杰他们继续在附近查找，但是盗墓团伙的人无影无踪，韩露也不见了。少杰分析盗墓贼既然在这儿虚设了一个工地，真正的工地应该也在这一带，便向湘西神母请教向王墓的位置。

湘西神母说，向王是宋代当地的英雄，他起兵造反，还自称天子，后来被杨家将打败。可按当地土家族的传说，向王是跳悬崖死的，没有墓。

少杰觉得传说不一定准，可能是当地人怕盗墓贼来，故意说向王是跳崖死的，向王的墓十有八九就在这一带。

支锅老大确实是带着盗墓团伙去了向王墓，但是这个向王墓所在的位置十分难找，一路都是山崖丛林，众人刚刚经历了恶斗和山崩，多数人身上都有伤，走了半天就都走不动了，一个个怨声载道。支锅老大预感到危险并没有解除，那个暗中埋雷的人可能还会进一步暗算他们，而且那个熊掌大侠也可能追上来。于是他和西山老大、山东鲨鱼商量，这次的活儿是不能干了，费用他全负责，另外再给受伤的人一笔医药费，然后大家就各自分头撤退，但绝对不能回古镇。他们查看了当前的位置，发现这儿离四川很近，就决定分头进入四川，躲开追兵。

众盗墓贼拿了支锅老大给的辛苦费和医药费，当夜就作鸟兽散。天没亮的时候，这些人就从湘西消失了。

那韩露去了哪儿？原来，韩露放火烧了盗墓贼的帐篷以后，本想去帮助少杰，没想到山上有人点燃了炸药，她躲在山根里，侥幸逃过一劫。巧的是，她躲藏的地方距离西山老大和打死牛等人很近，于是她始终在暗中跟踪着这些人。可眼见西山老大和打死牛这些人从山里出来上了一辆过路的农用三轮车，她感到事情要麻烦，因为这些农用三轮车破旧不堪，连车牌子都没有，事后很难找到。她想搭个车继续跟踪，可是再没有车过来，她不禁长叹一声，知道这回是很难抓到这群盗墓贼了。

第二天早上，少杰接到了韩露的电话，他一直悬着的心才放下。虽说从韩露嘴里知道这些盗墓贼都搭车跑出了他们的包围圈，但只要韩露平安，其他的都不是事。这些盗墓贼跑得了初一，跑不了十五。他从地图上分析，这些盗墓贼逃跑的方向应该是四川，他随即通知四川警方，让他们沿路设卡盘查，查找这些盗墓贼的下落。

韩露回到古镇，少杰便和她到古玩店向湘西神母道谢，可是店里的伙计说，神母已经去北京了，说是去看望老朋友。少杰猜想可能是师大爷陪着湘西神母云游去了，只能下次见到这二老再道谢了。

第十六章　张献忠沉银

少杰回到北京以后，他师哥闻龙请他和韩露喝酒，慰劳他们。少杰把在湘西跟那个少林和尚交手的经过对闻龙说了，闻龙也有些吃惊，他是开武馆的，在武术界认识不少高手，可是像少杰说的，能和他打个不分高低，这种人并不多见。他叮嘱少杰，以后再跟这个少林和尚交手，一定叫上他，他们师兄弟联手，准能把这个盗墓老大捉拿归案。

少杰这次去湘西，可以说是一无所获，还险些丢了性命。眼看着涉案的盗墓贼都在眼前，可是一个也没抓回来，这让他不甘心。他整天和四川警方联系，寻找那些盗墓贼的踪迹，可是得到的答复让他很是失望，这些人进川以后踪迹杳然，神秘地消失了。

少杰向闻龙打听近来文物收藏市场有没有新的动静。闻龙说了个信息，让少杰很感兴趣。闻龙说这几天在文物市场上出现了不少张献忠大西政权铸造的西王赏功金银铜币，带晚明或大西政权刻铭的五十两大银锭也出现过。他拿出一个银锭，说是重庆的一个徒弟从收藏市场上收的，特意原价转卖给了他。

少杰看了这个银锭有些吃惊，问闻龙这是不是假的。闻龙摇头说，以他的眼力，这东西是真的。现在收藏界对这批东西有两种看法，一种认为这批东西都是高仿的伪品，另一种认为这批东西都是新出土的，经当地古玩商之手流向全国。现在这类东西在市场上越来越多，一般的收藏家都认可了这批东西，也大概知道了这批东西的来历。这些东西都出自一个地方，就是四川成都，那地方肯定有大量的盗墓贼在活动。

四川对少杰来说太敏感了，不能不让他联想到那些从湘西逃走的盗墓贼。这难道是巧合？他让闻龙详细给他讲讲张献忠沉银的事，难道真有人盗了张献忠的墓？

闻龙就知道少杰肯定对张献忠沉银的事感兴趣，就对他说："这批东西肯定不是从墓里挖出来的，是从江里捞出来的。因为历史上对张献忠沉银江口的事记载很多，有不少人曾经去打捞过。从清初到解放以前仅官方就组织过几次大规模的打捞，民间自己去盗挖的更不计其数，但因都不知道具体的沉银地点，大多收获不多。四川地区流行一首民谚：'石牛对石鼓，白银万万五，谁人识得破，买尽成都府。'说的就是张献忠沉银的地点。不过民国时期有人在成都挖出了石牛和石鼓，但也没找到沉银究竟在哪儿。"

少杰一听这信息太重要了，忙问闻龙道："这么说近期有人找到了这个沉船的地点，所以收藏市场上出现了这些张献忠的沉银？"

闻龙道："对，你说打死牛这群人突然失踪了，我估计八成和这些沉银有关，他们是在全国各地盗墓的高手，这事十有八九是他们干的。”

少杰眼睛一亮，又问闻龙有没有听说张献忠沉银的大概位置。

闻龙想了想道：“我看了看传说中张献忠沉银的位置，发现江口自古以来就是成都南部的一个攻防重镇，有考古队一直在那儿，20 世纪 40 年代，那一带就发现过汉代崖墓，偶尔也有挖沙、捕鱼发现的金银。2005 年，江口曾经发现一只木鞘，考古队的人认为这东西正好印证了张献忠木鞘藏银的传说。”

少杰听师哥这么一说，精神大为振奋，点头道：“师哥真是收藏界的专家，说得很有道理。”

闻龙和少杰碰了一下杯，喝了一口酒，接着说：“曾经有一个玩儿收藏的朋友跟我说，他听说北京和成都的一批钱币收藏家勾结起来，花大价钱雇了专业潜水员装扮成渔民，白天在岷江上装作捕鱼，晚上就带着专业设备下水干活。他说得有鼻子有眼儿的，当时我觉得他是吹牛，后来看到这个银锭以后，我觉得他说的确实有可信之处。”

少杰一听北京有人出钱资助盗墓贼，这难道就是他苦苦追寻的那个盗墓团伙的掌眼？他赶紧问闻龙道：“据你对收藏界的了解，你推断一下，北京这些收藏家应该是谁？”

闻龙想了想道：“据我的推断，有这种实力的，应该是空手道武馆的山本。”

少杰有些吃惊，他和韩露就曾经怀疑山本在中国开武馆的真实动机，可就是找不到证据。这家伙从不干违法的事，就是花钱收东西。他会出钱资助盗墓团伙？如果能把在成都盗窃张献忠沉银的人抓到，那自然能顺藤摸瓜，找到北京这个出钱资助他们的人。他把自己的想法向闻龙说了，闻龙答应在他的几个武馆里招募志愿者，要身强力壮武功出众的，去成都协助少杰抓支锅老大。

吴霜听说少杰和韩露要去成都抓盗墓贼，缠着少杰带她去玩儿，少杰坚决不同意。但是吴霜自有打算，她自己先坐高铁直奔了成都，想着在那儿吃够了成都小吃以后，少杰和韩露估计也就到了。她先在网上查到了成都著名的小吃街，下了高铁住进一家连锁酒店，然后就开始逛街。在逛宽窄巷的时候，忽然遇上两个熟人，开始她还以为自己看错了，可是仔细一看，吃惊不小，这两个坏东西一个分明就是那个号称打死牛的人，另一个是更坏的，叫飞毛腿的坏蛋。这两个人在街上喝了酒，正商量找地方打麻将去。吴霜这回长了心眼儿，赶紧拿出手机给少杰打电话。

少杰已经到了成都，正在省厅联系办案的事。四川警方也接到了公安部有关张献忠沉银被盗的情况通报，向少杰介绍了有关张献忠沉银的情况：张献忠是明末民变首领之一，1640 年率部进兵四川，1644 年在成都建立大西政权，后称帝，号大顺，主要割据于四川，并劫掠了全川之财。1646 年，清军南下，张献忠在西充凤凰山中箭而死。而他所拥有的财富也在一夜之间不知去向，甚至没人说得清这笔财宝究竟是真有其事，还是一个巨大的谎言。但在这数百年间，围绕它的猜测和寻找从未停止过。传说张献忠将劫来的金银财宝藏在成都附近，以石牛和石鼓作为暗记。当时张献忠携带着自己所有的金银珠宝从成都南下，在四川彭山县江口镇老虎滩遭遇突袭，船队沉没，大量的金银珠宝也落入江中。

2005 年，彭山县城开建引水工程，一个施工队在岷江老虎滩河床上用挖掘机开挖铺设管道，发现了十枚银锭，银锭身上有铸造时打上的“崇祯十六年八月，纹银五十两”字样。据彭山县文管部门初步鉴定，这批被挖掘出土的银锭为明代官银，无论从银锭本身还是其外包装，都与史料记载相吻合，世人都相信张献忠三百多年前曾在这儿沉银。2010 年 11 月底，有人在距四川彭山县城仅两三公里的江口采沙场附近江中挖出一只重十二斤的黄金盘。这个意外的发现，让传说中的张献忠巨额财宝再露端倪。

发现张献忠沉银地点有个很长的过程，警方也侦破过涉及这方面的案子。文物部门曾经在传说中的沉银地点进行过考古勘察，但是在水中的遗物并不是数百年来原封不动地留在原地，而是随着各种外力因素漂移，部分遗物会被自然搬运到沉没点附近的区域，随着江边基建、水利工程施工，有的东西被当地老百姓捞了出来。这些出水文物比较集中的区域，被认为是张献忠江口沉银的主要地点。这些信息早就得到了当地文管部门的重视，江口沉银遗址已经被确立为彭山市文物保护单位，但也仅是如此，并没准备发掘，这就给了盗掘者以可乘之机。这一地区长期出土零散的大西政权遗物，早就引起了文物商人和收藏家的注意。2008 年到 2010 年，国内的文物市场正属于行市上升膨胀的阶段，市场对文物的需求量非常大，再加上一些地方的监管很不到位，这就引发了大规模地对张献忠沉银的盗挖盗掘。刚开始这些人还蛮小心的，挖出来的东西一点儿一点儿往外卖，后来逐渐就肆无忌惮了，出水的文物先卖到成都，再通过成都的文物商人卖到全国各地。江口沉银遗址出土的金印、金册等重要文物，在成都能卖一千多万，有人把买来的东西转卖给陕西的老板，这样一来逐渐就引起了文博界的关注。警方曾经抓获了几个盗挖沉银的犯罪分子，但是受巨大的利益驱动，还是不断有人铤而走险。

少杰和四川警方商量行动方案的时候，吴霜打电话来，说在宽窄巷看见了打死牛和飞毛腿。少杰一听大喜过望，他让吴霜别惊动这两人，暗中跟着他们，他马上赶过去。

吴霜暗中跟着打死牛和飞毛腿，看见这二人进了一家麻将馆。少杰和韩露不到半个小时就到了宽窄巷，他们查看了打死牛和飞毛腿进去的麻将馆，商量这回得放长线钓大鱼。到成都来的盗墓贼肯定不止这两个，西山老大和支锅老大估计也来了，得先弄清楚这群盗墓贼的住处，然后集中警力给他们来个连锅端。

少杰三人在麻将馆对面一个茶馆喝茶，盯着麻将馆里的动静。喝了一杯茶，少杰这才有时间认真看了看吴霜，发现她今天打扮得比上次顺眼，看上去很利索。

吴霜见少杰打量自己，美滋滋地笑道："怎么样，我不是来添乱的吧？你还不愿意带我来，这回你怎么说？奖励我点儿什么？"

少杰笑而不答。韩露笑道："你这回是真立大功了，回去向局里打个报告，授予你一个先进治保积极分子的光荣称号。"

吴霜撇嘴道："奖励我一个红袖标啊？我可不要，我想吃正宗的成都火锅。"

少杰道："这太容易了，等抓了这些盗墓贼，我好好请请你们。我师哥也准备带着他的学生来，咱们好好热闹热闹。"

正在三个人聊天的时候，打死牛和飞毛腿出来了，这二人似乎手气不好，唉声叹气，还相互埋怨，然后就上了一辆出租车。少杰随即开车跟着他们，发现他们住的地方离城区很远，正是闻龙所说的那个可能是张献忠沉银点的江口附近。他们也没住酒店，住的是一栋出租房，这房子是个独栋的小楼，在一座小山上，楼的附近满是竹林，十分隐蔽。少杰看见打死牛和飞毛腿进了小楼，暗自感叹，难怪四川警方没有发现这帮盗墓贼，原来他们在这儿有据点，而且相当的偏僻。幸亏吴霜误打误撞遇上了他们，这也是该着他们倒霉。

四川警方根据少杰通报的情况，一方面布置警力监控打死牛和飞毛腿的落脚点，另一方面对张献忠沉银点进行二十四小时侦查。果然民警在江口发现了可疑人员。为了将这伙盗墓贼一网打尽，警方并没有惊动他们，而是在暗中观察跟踪。

闻龙带着十几个学员来到了成都，所有人都是他从重庆武馆里挑选出来的。这些学员听说要协助警方抓盗墓贼，个个精神十足。闻龙为了稳妥起见，还邀请了四川武术界的几位高手前来助阵，他怕少杰和盗墓贼交手的时候吃亏。据他的判断，无论是那个少林和尚出身的支锅老大，还是练铁砂掌的西山老大，一般人想要生擒他们实在不容易，弄不好还会被他们伤了。

经过一段时间的缜密侦查，四川警方已经摸清了盗墓团伙的活动规律和基本人数，制订了抓捕方案，时间就定在这天晚上 12 点。

支锅老大从湘西撤退到四川以后，当天就接到北京老板的指示，让他继续带着这三拨人马去成都江口，说在那儿发现了历史上传言的张献忠沉银。

支锅老大立刻把这个情况对西山老大和山东鲨鱼说了，三人商定三拨人悄悄行动。他购买了潜水设备，租了渔船。三拨人轮番上阵，每天化装成打鱼的，潜入水中打捞。他们以前也有在海上打捞沉船的经验，而且下海捞沉船是山东鲨鱼帮的强项。几天下来，捞出来的东西让他们欣喜若狂，有银锭、金板、古钱币，那银锭一个就足有五十两。这可把他们美坏了，乐得天天喝大酒，吃火锅，完全忘了还有熊掌大侠在追踪他们。

按照四川警方的抓捕方案，由防暴队和刑警队负责抓捕，派出所的警力加上闻龙带着武术界的志愿者在外围，形成一个大的包围圈，把盗墓贼居住的小楼严密包围起来，防止有人在抓捕过程中漏网。

晚上抓捕行动开始以后，少杰和韩露与防暴队员破门而入，有几个盗墓贼进行了抵抗，但是防暴队和刑警队向小楼里发射了催泪弹，很快就制服了负隅顽抗的几个盗墓贼。但是让抓捕人员没有想到的是，在小楼里只抓到五人，多数人都没了踪影。少杰现场审问抓到的盗墓贼，这几个人说这个小楼是支锅老大的私宅，他在楼里挖了一条通往山下的地道，一听到动静不对，他当时就带着人从地道跑了。

随后防暴队员找到了小楼的地道口，并通报外围人员组织巡逻，盘查过往的可疑人，围捕逃跑的盗墓贼。

支锅老大带着众多盗墓贼出了地道口，出口在山上的竹林里，十分隐秘。他和西山老大商量，把近来弄到的东西分成四份，大家各拿一份，另外一份给北京出钱赞助的老板。然后他们分别从三个方向趁天黑向山下跑。

支锅老大对这一带的山路很熟悉，他领着人从山上的小路逃跑，因为这条小路十分僻静，估计不会遇到警察的盘查。而他指给西山老大和鲨鱼帮的路却存在着危险，因为那两条路都是在地图上找得到的路，警察能不在路上设卡子？他这是让那两路人马吸引警察的注意，自己好从小路逃之夭夭。但是他没料到，正当他领着人在这竹林小路上奔逃的时候，忽然前面有人挡住了去路。此人黑纱蒙面，拦在路中间，月光下只能看见他身材高大健壮，像是一座铁塔。

支锅老大的人只顾奔逃，没防备前面有人，一个盗墓贼迎头撞上了这个蒙面人，被蒙面人一拳打了个仰面朝天。

支锅老大很吃惊。这人是谁呀？他上前一拱手道："朋友，道踩宽着点儿。"这是黑道的行话，意思是别挡我们的道。

蒙面人声音很低沉，向支锅老大道："把张献忠的东西留下，你们滚，免得等会儿警察来抓你们。"

支锅老大一听不由得火冒三丈，冷笑一声道："兄弟怎么知道我有张献忠的东西？你是哪路的朋友？"

蒙面人道："你听说过熊掌大侠吗？"

支锅老大一听浑身直打冷战，他和熊掌大侠交过手，那家伙太生猛，根本就是只大白熊。可是转念一想，不对呀，那个人据说是警察，不会到这儿来抢东西呀，这是个冒牌的？不管他是不是冒牌的，只要一交手就知道真假了。他把手中提的皮箱交给一个手下拿着，这箱子里装的都是这些日子从江里捞上来的宝贝。也就在这一瞬间，那个蒙面人突然出手，一掌迎面向支锅老大劈了下来。支锅老大本来想把东西交给手下以后，运足了气和对方交战，没想到这个蒙面人太不地道，居然趁他不注意暗中偷袭。他匆忙招架，打算用左手招架，挡开对方的胳膊，然后顺势上步，右手一个抡劈，打断对方的胳膊。但是他左手一挡，就听"啪"的一声，两只胳膊空中碰撞，如同两个铁棒子相撞，支锅老大被震得胳膊发麻，眼睛直冒金星。他暗自叫苦，这个蒙面人也是练铁砂掌的，而且功力不在他之下，真没准儿是那个生猛的大白熊。这让他愣了片刻，向后退了两步，想看清对方。就在他犹豫的一瞬间，那个蒙面人动作飞快，打了支锅老大一掌以后脚下就没停，直奔那个拿皮箱的盗墓贼。那个盗墓贼只顾看老大和蒙面人交手，没防备对方向他扑了过来。他一愣神，那蒙面人已经到了他面前，抬手一掌，正扇在他脸上，把他打飞了出去，一头扎在树坑里。

支锅老大一看不好，知道对方不是要和他交手，而是要抢那箱子东西。他返身向蒙面人打了一拳，这招叫“黑虎掏心”，打上至少能让蒙面人肋骨断三根。但是蒙面人根本不想恋战，他一手抓住箱子，另一手用的是三皇炮锤门里的反背锤，一下就砸下了对方打过来的拳，而后顺势翻腕，拳背砸向了支锅老大的鼻梁。这一招变得太快，换了别人这一拳就砸上了，准能把鼻梁骨砸碎。但是支锅老大一看对方的拳砸过来，一低头，用铁头功硬接了对方这一拳。但蒙面人这一拳其实是虚的，他见对方低头，趁机向边上一跃，跳到了路边的竹林里。支锅老大抬头一看，急了，向上一蹿，追了上去。这时只听山上一阵喧哗，追踪的民警打着强光手电围了上来。支锅老大一看，也不敢再追那个蒙面人了，带着人赶紧沿着小路向山下跑去。

西山老大和打死牛等人从山上下来的时候，遇上了派出所民警设的卡。西山老大知道自己要是被警察抓住，不枪毙也得判个无期徒刑，于是带着这些亡命徒硬闯。民警鸣枪示警，他们也豁出去了，结果有几个笨手笨脚的被民警生擒活拿，而西山老大和打死牛、飞毛腿杀开一条血路，逃了出去，还把支锅老大分给他们的东西也带走了。

鲨鱼帮的人遇上的是四川武术界的志愿者，这些人有峨眉派的、青城派的，还有崆峒派的，没有一个是练花架子的，全是狠角色。双方一照面就开打，直打得鲨鱼帮的人哭爹喊娘。这群人被抓的最多，只跑了个山东鲨鱼。而他们分到的张献忠沉银也被志愿者如数缴获。

支锅老大本以为自己是熟门熟路，已经摆脱了警察的追捕，可是他一出山就傻了，迎面站着一排壮汉，穿的都是一样的练功服，上面印着字：会友。他知道重庆有家会友武馆，可是这些人怎么上这儿来了？过去没得罪过他们呀。他正吃惊，从路边的车上下来几个人，一个是会友武馆的馆长闻龙，另一个他认识，正是在湘西和他交手的那个熊掌大侠，他身后还有两个美女，一个是韩露，另一个是吴霜。

支锅老大一看见这几个人，知道今天很难逃出去了。他们已经在山上跑了大半夜，个个筋疲力尽，现在又遇上这个生猛的大白熊，怎么跟他打呀？他有些困惑，如果刚才在山上抢了他东西的人不是这个大白熊，那冒充熊掌大侠的那个人是谁？怎么那人和大白熊的武功十分相似？

少杰笑眯眯地走上前，向支锅老大等人拱手道："各位辛苦，咱们真是有缘，我在湘西找你们，你们却跑到这儿来吃火锅，也不告诉咱哥们儿一声。"

支锅老大见少杰奚落他，瞪着眼睛道："你想怎么样？"

少杰笑道："我看你也别跟我交手了，你看我今天找来的帮手，个个都是武术界一流的高手。你还能逃吗？我看算了，省点儿劲吧，免得当众丢人。"

支锅老大冷笑道："我可不是被吓大的。"说着就摆了个少林罗汉拳的架势，准备作困兽斗。

少杰身边的闻龙一看支锅老大摆的这个架势，知道遇上了硬茬子，看来非打不可了。他上前一步，向支锅老大一拱手道："会友武馆馆长闻龙，向少林高僧请教。"

支锅老大一看眼前这位自称是会友武馆的馆长闻龙，此人在武术界大名鼎鼎呀，不禁暗自叫苦，但还是冷冷地说："闻馆长，久闻大名。"

闻龙淡淡地说："得罪了，请接招吧。"说着像是在施拱手礼，忽然双手向上一扬，跟着就向支锅老大砸了过去，这正是三皇炮锤门里的技击绝技"夫子三拱手"。支锅老大看出来门道，急忙闪身躲开对方的第二拱手，但是稍迟了一步，闻龙的双拳已经砸到了他的双拳上。他急忙用"罗汉拜佛"招架。这二人拳掌相交，招招惊心动魄。

少杰在一边看着师哥和支锅老大交手，他是行家，知道以闻龙的功力，最多能和对方打个平手，好在闻龙是以逸待劳，而这个支锅老大显然是有些疲惫。但是这个支锅老大毕竟是在少林下过多年苦功夫的，而且是拼死一搏，闻龙并没有必胜的把握。于是他向身后的志愿者和民警一挥手，喊声："把这群盗墓贼都拿下！"在场的众多志愿者本来就憋足了劲儿，民警也做好了准备，听少杰这么一说，一拥而上，直扑支锅老大手下的盗墓贼，双方打成一团。

少杰和韩露、吴霜把支锅老大围在中间，少杰打冷拳，韩露踹冷脚，再加上吴霜的七星竿乱搅和，支锅老大哪还抵挡得住。他想夺路而逃，但是稍一分神，被闻龙一掌打在后心上，他眼皮向上一翻差点儿吐了血，当即趴在地上不省人事了。

支锅老大被抓，他手下的人也只得放弃了抵抗，被志愿者和民警一个个按在地上，戴上了手铐。

回到四川省公安厅，少杰和韩露清点各路人马抓来的盗墓贼，竟然没有西山老大和打死牛、飞毛腿这三个陕西云陵盗墓案的主犯，这让他们十分沮丧。

少杰连夜审问支锅老大，这位支锅老大对少杰也不想隐瞒什么，有什么说什么。他首先声明自己不是真正的支锅老大，只是收了人家的钱，代行支锅老大的职责。真正的支锅老大在北京，此人的姓名他并不知道。

少杰问他的武功是从哪儿学的，为什么当了盗墓贼。这个冒牌的支锅老大对少杰说，他 6 岁就被父母送到少林寺学武功，24 岁的时候耐不住寺庙的寂寞，跑出来在社会上卖艺谋生。后来他在街头打架斗殴，一帮盗墓的人见他武功不错，就拉他入伙，他从此开始跟着这帮人盗窃古墓。有一回他在陕西东市场卖古董的时候，有个北京的老板派人来商量跟他合作。之后每次盗墓前他都会和这位北京的老板谈妥价钱，盗墓得手以后，老板会派人来找他收东西。

少杰问他们从江口打捞上来多少东西。这个冒牌的支锅老大说，他们打捞上来的东西都分了，西山老大带着打死牛和飞毛腿拿着东西从后山走了，他拿着东西走前山，结果遇上一个蒙面人，此人自称熊掌大侠，武功十分厉害，趁乱把放东西的箱子抢走了。天太黑，他根本没看清对方是谁。

少杰听了大惊，他怀疑这个冒牌的支锅老大在编故事，这怎么可能？他6岁在少林寺武校练武，24岁出来，将近二十年的功夫，居然被人抢劫了？

冒牌支锅老大一脸无奈，他说如果少杰不信可以问他的手下，当时当着手下的面，让对方抢走了东西，实在让他丢人。但是那个自称是熊掌大侠的人掌上很有功夫，一个迎面掌劈下来，他用手一架，倒退了三步，差点儿坐地上，也就是他在少林练过，不然那一掌拍他头上，他的头盖骨就得碎了。

少杰愕然了，心想：他说的迎面掌，难道是熊掌里的“黑熊拍门”？不会吧，据他所知，现在武术界会练熊掌的并不多，除了自己以外，就没见过有第二个人会。

少杰撮火，蒙面人抢劫了少林的高手，还自称是熊掌大侠，显然这个人是知道熊掌大侠这个外号的，而且他也有这两下子，八成也会练熊掌。可他怎么知道警察要在那天晚上抓盗墓贼？难道是师哥请武林高手助阵，这个人混进了志愿者里？他找到负责带领志愿者的民警，这个民警说，闻馆长介绍来的这几个武林高手很棒，一直在现场参加围堵盗墓贼，没有离开过。

那这个蒙面人是从哪儿来的呢？据闻龙说，他把守的路口没有发现可疑人。出去的人都得经过当地民警查验身份证，然后才能放行，没有看见有人提着大皮箱出去。

少杰和韩露反复研究了审讯记录，仍找不出问题所在。韩露分析，在北京的那个支锅老大，应该是收藏家之类的人。那个自称熊掌大侠的强盗，应该是武林中人，而且不是一般的高手。少杰和韩露商量，回到北京一定要找到那个神秘的支锅老大。

少杰和韩露处理完案子的事准备回北京，闻龙有武馆的事要留在四川。此时少杰心里想的只有一件事，尽快找到那个北京的支锅老大，尽快抓到打死牛这帮人，把他们弄走的文物追回来。除此之外，他还一直在想几个问题：是谁写了举报信？是谁在湘西设了一个个的陷阱？又是谁用藤条把他们从山洞里搭救出来的？这些问题联系起来，又让他联想到那个抢劫了少林武僧的蒙面人，这个人去没去湘西呢？他和这几个盗墓团伙有没有关系？难道这个人也始终在追踪这群盗墓贼？或许他就是那个在湘西给他们挖陷阱的人？

第十七章　穿云拨雾掌

少杰和韩露回到北京就开始查那个隐藏在幕后的支锅老大，这个人既然在北京，就应该是收藏界的人。他不出面盗墓，可是出钱请人盗墓，是个隐藏很深的盗墓支持者和主使人。从各种迹象分析，山本的可疑之处最多。

少杰和韩露暗中跟踪山本，发现他经常晚上去朝阳门的一个小酒吧，这引起了少杰和韩露的注意。这个叫梦幻酒吧的地方没多少人喝酒，装修也没什么特色，有什么特别的地方吸引山本经常到这儿来？他们暗中观察，发现山本在这里喜欢听一个叫毕海燕的歌女唱歌，这个歌女虽然不太会唱歌，但是颇有几分姿色，浑身充满了女人特有的魅力。这个东北美女难道是吸引山本到这儿来的原因？山本每次来都会看着酒吧对面的一栋老式小楼发呆。这楼似乎是解放前的建筑，难道这楼里有什么东西让山本惦记上了？

少杰和韩露来到梦幻酒吧对面的那栋老式的小楼，向居委会大妈打听情况。居委会的大妈告诉少杰，这个小楼解放前是个私人住宅，后来日本人来了，有一些日本商人住在这儿。这个小楼很恐怖，经常闹鬼，还有人从这儿跳楼，每年都死几个。

少杰和韩露十分纳闷，这个年代哪来的鬼呀，是不是有人编故事呢？为什么非从这儿跳楼？二人围着这个小楼转了两圈，没发现有什么异常。韩露分析，这个小楼解放前住过日本人，山本看着小楼发呆，可能是怀旧，或许他和这个小楼有些渊源。

为了进一步弄清山本的本来面目，少杰请吴雪帮忙，让她以学习空手道为名，到山本的武馆去当卧底。吴雪很爽快就答应了，她觉得少杰抓盗墓贼，也是在帮她找被盗的名画。这天她报名参加了空手道培训班，培训时间是晚上 7 点到 9 点，不影响她做生意。

韩露评价吴雪虽然性格内向，温柔文静，但她喜欢练武，而且具有一般女孩子没有的练达和心计，非柔弱女子可比。她看过吴氏姐妹练功，觉得吴霜的武功是纯正的八卦，而吴雪就不然，她的武功虽然看着是八卦，但是有时候会显露出峨眉派的东西。她们姐妹相貌身材完全一样，又是同一个师父，怎么练出来的东西不一样？这让韩露十分不解。

吴雪晚上在空手道武馆学习，发现这个武馆的教练多数是日本人，只有一个中国人。学员有男有女，大家都是为了健身和喜欢空手道才到这儿学习的，并没有发现什么异常的现象。山本只是开班的时候给大家讲了几分钟的话，然后就再没出现过。吴雪有时候会借上厕所的时候到武馆的小楼里看看，偶然一次看见山本在书房练习书法，他的书法颇有功力，写的是很少有人练的一种帖，叫爨宝体。这种书法介于隶书和楷书之间，看上去有些怪怪的。吴雪也经常研习书法，在她看来，只有性格古怪的人，才能写出这种古怪的字。

吴雪在空手道学习班学了一个星期，没有发现任何可疑情况。她向少杰汇报以后，说了自己的想法，她认为但凡搞收藏的，都有个嗜好，就是晚上夜深人静的时候，把自己的藏品拿出来看。她想找一天晚上到山本的书房看看，如果他在看自己的藏品，而且他的藏品中有张献忠沉银的东西，那就说明他就是那个为少林武僧出资的支锅老大。少杰觉得吴雪的设想可行，但是她要去山本的书房，应该有个说得通的理由，万一被发现也有个说法。还要求她哪天准备行动，要事先给他发个微信，他也做好接应她的准备。因为这毕竟是侦查行动，有一定的危险。

这天晚上吴雪看见山本书房的灯亮着，就给少杰发了微信，然后趁大家不注意的时候，躲进了卫生间。这时已经到了学习班下课的时候，待其他学员都走了，她从卫生间里悄悄走了出来，见四周没人，便轻手轻脚地上了小楼。她走到二楼，来到山本的书房外面，发现山本仍在写书法，而且是在临帖，临的还是那个爨宝体的帖。他临帖的时候十分专注，似乎在练字的同时还练气功。吴雪知道，如果练习书法的时候气从后腰向上走，然后再到手臂和腕子，写出的字就十分有力量，出神韵，同时也把气功练了，这就是某些书法家长寿的原因。韩露又向前走，发现前面有个上楼顶的梯子，她就沿着梯子轻轻上了楼顶平台，想看看上面有什么奥秘。

当吴雪走上屋顶平台的时候，眼前的一幕让她目瞪口呆，此时平台上有几个日本年轻学员站成一排，都穿着空手道武馆的服装。他们见吴雪上来了，一起向她行礼道："请吴雪小姐赐教。"说着就把她围在中间。

吴雪这才明白，原来她的一举一动都在人家的监视之下。她并不慌乱，向这些日本人还了个拱手礼道："冒失前来拜访，失礼了。"

一个年轻的学员向吴雪道："听说吴雪小姐是八卦门的传人，我们很想跟吴雪小姐切磋武功。"说着也不等吴雪回话，上前就是一个侧蹬腿。这是空手道常用的招式。吴雪后撤半步，闪身顺势就抓住了这个小伙子的脚脖子，向前一拉，这个小伙子就摔了出去。又上来一个学员，对着吴雪拳打脚踢，可是没沾到吴雪的边儿，却被吴雪一脚踹到了小肚子上，一个屁墩儿坐在地上。

这些年轻学员显然武功稀松，吴雪并没有把他们放在眼里。但是没想到这群学员忽然一拥而上，对她形成围攻之势，逼得她不得不使出八卦的真功夫，在楼顶上转着圈与对方周旋，然后寻找机会个个击破，这耗费了她太多的体力。

危机时刻，吴霜拿着七星竿匆匆走上平台，她一看姐姐和这么多日本空手道的学员交手，不禁大叫道："嗨！你们这么多男人合伙打一个女孩子，算什么本事！"

日本学员一看又来了一个美女，而且两人长得一模一样，都挺好奇，不由得停了手。

吴雪吃惊地问吴霜道："霜霜，你怎么来了？"

吴霜道："我是被狡猾的大白熊骗来的，他说姐姐晚上在这个武馆吃日本料理，问我吃不吃。没想到姐姐在这儿教小孩子练武术。这个大白熊，准是喝多了，说胡话呢。"

这时一个健壮的学员道："请这位小姐赐教。"说着上前与吴霜交手。可他的拳脚还没打到吴霜，就被吴霜的七星竿打中，顿时嘴歪眼斜。众学员大怒，一起上来围打吴霜，吴雪也加入了战斗。

就在吴氏姐妹在楼顶的平台上和众多日本学员交手的时候，武馆里来了两个不速之客，这二人是翻墙进来的，一个是打死牛，另一个是飞毛腿。他们是来拜访山本的，因为西山老大分给他们一部分张献忠的沉银，他们合计着要把这些东西卖个好价钱，山本是最有钱的，卖给他准能大挣一笔。他们本来是想白天来的，但是怕遇上警察，就晚上来了。而且这两人知道山本的武馆里摆着一幅张大千的画，想着晚上到这儿来可以见机行事，要是被发现了就跟山本谈生意，把银锭卖给他。

这二人来到武馆，发现这儿没一个人影，不禁贼性大发，在练功大厅里找起那幅张大千的画。他们俩摸黑找了半天，总算找到了画，但是画在一个挺大的镜框里，还得把画从镜框里取出来，这让他们颇费周折。

此时吴氏姐妹跟这些空手道的学员交手，没想到不知从哪儿又冒出几个教空手道的教练，这几个人都是有些功夫的，他们把吴雪和吴霜围住，两姐妹就有些抵挡不住了。吴霜情急之下就喊叫起来："大白熊！快来救我！"

正在练功大厅里偷画的打死牛和飞毛腿本来就做贼心虚，忽然听见楼顶的平台上有个女孩子大叫"大白熊"，吓得这二人一哆嗦。

打死牛惊慌地四下看了看，向飞毛腿道："大白熊？不会吧，他到这儿来干吗？"

飞毛腿比打死牛还清醒一点儿，他眨眨眼道："这是那个疯丫头瞎诈唬呢，她准是跟日本人打起来了，喊救命呢。"

吴霜正大呼小叫时，山本出现在平台上，他看了看被围在中间的吴氏姐妹，向手下人一挥手，这些人都闪到一边，停止了对吴霜和吴雪的攻击。

山本上前向二人道："二位美女到我这儿来，怎么不跟我打个招呼？”

吴霜道：“是狡猾的大白熊让我来的，说晚上我姐姐在这儿吃日本料理。”

山本皱眉道：“你是说白少侠？他一定拿你开心呢。狡猾的大白熊没来，倒是有个叫什么一掌打死牛的来了。”说着向楼下喊道：“二位请上来吧，别躲躲藏藏的了。”

打死牛和飞毛腿一听山本的声音，知道已经没法盗画了，只得硬着头皮上了楼顶的平台。吴霜和吴雪一看二人，都有些吃惊。

山本盯着打死牛和飞毛腿道：“这么晚了，你们二位怎么来了？”

打死牛看了看两位美女，又看了看山本，冷笑道：“我们想跟山本先生学习日本的空手道，可是没想到打扰你泡妞了。”

山本一听打死牛出言不逊，有些恼火，正色道：“她们是我的客人，与二位无关。”

飞毛腿道：“她们是我们的仇家，跟我们当然有关系。”

山本道：“我不管你们跟这两位女孩子有什么仇，这是我的武馆，不是你们报仇的地方。”

打死牛道：“我们想借用一下您的这块风水宝地，跟这两位美女切磋武功。你们不是正在切磋武功吗？我们也想向这两位美女学习学习。您看如何？”

吴雪怒视着打死牛道：“你想干什么？”

飞毛腿大笑，上前伸手去抓吴雪。吴雪出手飞快，狠踢了飞毛腿一脚，痛得他大叫，便对吴雪拳打脚踢，下了狠手。吴雪急忙躲闪。二人打成一团。

这时，楼下的街上忽然警笛大作，几辆警车呼啸而来。

打死牛和飞毛腿相视愕然，这两人就怕警察，也顾不上别的了，三十六计，赶紧跑，飞身就从楼上跳了下去。

片刻，几个警察冲上了楼顶平台，但是晚了一步，打死牛和飞毛腿都没了人影。

来的是辖区派出所的所长，他和山本认识，向山本道："山本先生，有人报警，说你的楼上有人打架斗殴。"

山本忙赔笑道："所长同志误会了，我们是武馆，当然要比武，绝对没有打架斗殴的事情。"

所长看了看吴雪和吴霜道："二位女士，你们没事吧？"

吴雪也不想把事情弄大，向所长道："没事，我们在切磋武功。"

所长等人查看了一下屋顶平台，并没有发现打死牛和飞毛腿。所长拿出对讲机向指挥中心汇报了出警情况，然后就领着民警下了楼。

这时吴霜从地上捡起七星竿，嘟囔着："狡猾的大白熊，不请我吃日本料理，还骗人。"

吴雪道："我请你吃日本料理。"说着就拉着吴霜下了楼。她心里明白，少杰蒙吴霜，肯定是他不方便来，就让吴霜来解围。

对山本的侦查收获甚微，吴雪的唯一收获是发现了打死牛和飞毛腿想找山本做生意，这证实山本有收赃的嫌疑。但嫌疑不是证据，目前他们没找到一点儿有关山本参与或者出资支持盗墓贼的证据。

韩露建议少杰继续在武术界找打死牛和飞毛腿的线索。少杰很赞同韩露的分析。如果在山本这儿找不到突破口，在武术界摸排打死牛这些武贼也是不错的选择。而且他近来更加关注武术界的动静，他分析，那个蒙面人能出现在抓捕盗墓贼的地方，很可能一直在跟踪这些盗墓贼，然后趁警察抓贼的时候暗中下手抢劫文物。这个蒙面人应该既是武术界的人，也是收藏界的人。他和北京这个出钱资助盗墓贼的支锅老大一样，深藏不露。从逻辑推理的角度来说，这两个人也可能是同一个人，既是支锅老大，也是暗中追踪盗墓贼，伺机渔翁得利的武林高手。

这天闻龙的徒弟根生到古玩城看货，无意之中进了吴氏姐妹的文玩店，吴霜在店里，打扮得十分娇艳。根生一看这个女老板太漂亮了，又见店里有张黄大师的画，就找借口跟吴霜搭讪，问这幅画多少钱。这幅画是少杰借来钓鱼使的，根本就不能卖。吴霜看根生打扮得很土，不像有钱人，就诚心戏耍他，问他能出多少钱。根生说能出两百万。吴霜让他再加个零。这下把根生吓着了，感觉这画贵得有点儿离谱。但是从此他对文玩店的女老板念念不忘，也对那幅黄大师的画始终放不下。

这天晚上根生在武馆练功的时候，将这事对师父闻龙说了。

闻龙一听就笑了，对根生道："那两个女孩子可不好惹，都是练武的，是东单武馆尹派八卦的传人，你可别招惹她们。"

根生以为师父拿他开心，心想那两个花枝招展的女孩子能有多大本事？再厉害也是女的，还能把我怎么着？

根生上学的时候就有偷鸡摸狗的坏毛病，所以才结交了飞毛腿这样的贼朋友。他对吴霜店里那幅黄大师的画念念不忘，一念之差，老毛病犯了。晚上他来到古玩城外面，看了看地形，趁着四下没人，就沿着管道爬上了古玩城的楼顶，又从楼顶通道进了古玩城。他发现古玩城监控室的保安在睡觉，就偷偷摸到了吴氏姐妹的店外。他正准备爬到店里，忽然背后有人轻轻拍了拍他的肩头，他吓得一哆嗦，回头一看，有个高大健壮的蒙面人站在他的身后，此人抬手就是一巴掌，正扇在根生的脸上。根生被打得在原地转了一圈，感觉半边脸疼痛异常，眼前直冒金星，脑袋一阵发晕，晃晃悠悠地慢慢倒在了地上。

第二天，根生捂着脸来到武馆，向师父要跌打损伤的特效药。闻龙一看，吃惊不小，只见根生脸上有一个红肿发黑的手掌印，就问他是谁打的。根生不敢说自己去偷画被蒙面人打了一掌，只能支支吾吾编瞎话，说他昨天晚上泡妞儿去了，没想到被一个蒙面人暗算了。

闻龙给根生上了炮锤门特制的跌打损伤药，他判断，打根生这个人至少练了二十年的铁砂掌，不然不会留下这么深的血印子。他告诫根生，以后少干坏事，少得罪人，免得被人暴打。

根生不听师父的忠告，而是耿耿于怀，寻思着得报这一巴掌之仇。他请打死牛、飞毛腿喝酒，想让他们出面为他出气。

打死牛一看根生这副模样，讥笑他道："你哪像个练武术的呀，被人一巴掌差点儿扇下去半张脸。"

根生捂着脸道："我遇上的不是人，是一只熊，大黑熊。"

飞毛腿一听大黑熊，觉得这个蒙面人是不是那个号称熊掌大侠的人呀？忙问根生打他的人是谁。根生就把在古玩城被打的经过向打死牛和飞毛腿说了。飞毛腿一听就知道根生说的是谁了，他劝根生以后千万别去古玩城泡大白熊的妞儿，那俩美女不能惹。

根生不相信是师叔打的他，因为他跟师叔的关系很铁。可是这个蒙面人是谁？他怎么会大晚上的在古玩城里？

韩露在公安局练功房练了一趟八卦门的穿云拨雾掌，十分优美。少杰看了大赞道："好一趟穿云拨雾掌。我看咱们的案子也到了穿云拨雾的时候了。"

韩露何尝不想穿云拨雾，但是迷雾重重，什么时候才能拨开这些云雾？她见少杰似乎胸有成竹，知道他必是有了好主意。

这天吴雪来到潘家园市场，遇上了根生，根生一见到吴雪，百般殷勤，向她道："你可是贵客，上次我到你们的文玩店，多看了你两眼，结果就挨了一熊掌，差点儿扇掉了我半边脸。其实我就是想看看那幅黄大师的画，没别的意思。"

吴雪看着根生那肿得跟紫茄子似的脸，不禁笑道："你挨了一熊掌？不会吧？你遇上大白熊了？"

根生道："不是，熊掌大侠是我师叔，他不会打我。我遇上的是一只大黑熊，在你们店里藏着。"

吴雪忍不住大笑道："我的店里可没藏着大黑熊，你准是编故事呢。你要看那幅画随时可以去，我请你喝好茶。按武林的辈分，如果大白熊是你师叔，我就是你师姑。"

根生一听乐得半边脸通红，忙向吴雪道："对对，是师姑。我明天就去店里拜访，看看那幅画。咱们在生意上多合作。"

第二天，根生高高兴兴地买了水果和点心，来到吴氏姐妹的文玩店。吴雪给他看了那幅黄大师的画。根生跟吴雪大侃，自称他在潘家园也是个人物，老有港商买他的东西，他可以帮吴雪找买主。吴雪也挺愿意和他合作，说是卖了画可以给他10%的佣金。

随后根生给打死牛打电话，说有一幅黄大师的画，让他们看看有没有买主。打死牛让根生把照片发到他的手机上，他得找人鉴定一下是不是真的。根生知道打死牛认识不少玩儿收藏的，他说找人鉴定，实际上就是找买主，然后他至少要加价百分之五十往外卖。

这天根生的摊位上来了一位港商，自称姓陈，说是收藏玉器和名人字画的。根生把吴雪那张画的照片给他看了，这位港商很感兴趣。双方约定好周日带钱看货，地点是港商在昌平的别墅。

周日，根生美滋滋地开车带着吴氏姐妹去了昌平，按港商说的地址，来到一栋偏僻的山中小别墅前。

港商热情接待了根生和吴氏姐妹。他先看了看画，确认是真迹，然后就去楼上取钱。他这一取钱时间就长了，根生有些着急，向楼上喊了一嗓子："港商哥们儿，你怎么还不下来呀？"

小楼上没人应声，但是有了脚步声。片刻，几个人从楼上走了下来。根生一看，惊得半边脸都紫了。吴氏姐妹看到从楼上走下来的人，也吃惊不小，都把七星竿握在了手里。只见西山老大领着打死牛和飞毛腿从楼上慢慢走了下来。

西山老大得意地看了看吴氏姐妹，向根生道："你很会办事，今天我们是财色双收呀。"

根生知道这个西山老大是打死牛的师父，那是盗墓行当里知名的人物，一想今天要坏事，强挤出个笑道："您是西山老大，久仰您的大名。"

西山老大没理睬根生，而是看着吴氏姐妹，一脸淫笑道："在湘西的时候你们就跟那个大白熊一块儿干了不少坑害我们的事。今天你们来了，咱们得一笔一笔地把账都算清楚了。"

吴霜瞪着西山老大道："你不就是那个什么狗屁西山老大吗？你少吓唬人，你不是大白熊的对手，欺负女孩子算什么本事？"

西山老大被吴霜这么一说，面子上有些挂不住，瞪着吴霜道："谁说我不是大白熊的对手？你把他叫来，看我怎么收拾他。"

吴霜拿出手机道："好，我给他打电话，有本事你别害怕。"

西山老大身后的飞毛腿可害怕大白熊，这要让吴霜把电话打出去，就上了她的大当。他飞快地窜了出来，伸手就抓吴霜的手机。吴雪眼疾手快，抬手就给了飞毛腿一七星竿。打死牛也知道七星竿的厉害，上前向吴雪拍了一掌。双方在大厅里打了起来。

根生自觉是自己带着吴氏姐妹来的，如果她们有了闪失，没法跟师叔交代，于是上前阻拦打死牛和飞毛腿。但是他跟这二人有交情，跟西山老大可没交情。西山老大对着根生当胸就是一掌，这是几十年功力的铁砂掌，根生哪儿扛得住，他感觉胸口一热，差点儿吐了血，眼前一黑，倒在了地上。

吴氏姐妹与西山老大等人死战，但对方人多，且武功高强，两人根本抵挡不住。吴霜一看招架不住，急得大叫："大白熊！快来救我！"

这时有个蒙面人破门而入，用身体护住了吴雪和吴霜。西山老大和打死牛、飞毛腿都吃过蒙面人的亏，现在这个人又来了，真是仇人相见分外眼红。

西山老大冷眼细看这个蒙面人，见此人身材高大健壮，站在那儿稳如泰山，显然没把他们放在眼里。他冷笑了一声道："你几次暗算我们，我正想找你，你居然敢打上门来，这可是你自投罗网。"说着狠狠向蒙面人拍出一掌，蒙面人闪身躲过，飞起一脚踢向了西山老大的下体。二人你来我往，又快又狠。

西山老大听说过熊掌大侠是三皇炮锤门里的人，可是和这个人打了几个照面，发现此人似乎并不是三皇炮锤门里的，他用的是一套娴熟的陈氏太极。

西山老大和蒙面人在屋里施展不开，一直打到院子里。蒙面人拳法乱七八糟，居然还会用八卦的穿云拨雾掌。西山老大挨了几拳，十分恼火地喊道："你这都是什么乱七八糟的武功？"

蒙面人讥讽道："老子练过三大门派的武功，你好好跟着师父我学吧。"然后又开始用武松醉酒，摇摇晃晃，突然使了个戳心脚，正戳在西山老大的胸口，痛得他龇牙咧嘴。打死牛一看师父被打，赶紧上来帮忙，吴氏姐妹上前用七星竿猛打，打得打死牛手忙脚乱。

西山老大被蒙面人踢了两脚，发狠地双掌猛劈。蒙面人有些招架不住了，他急忙变招，冷不丁使出三皇炮锤门里的绝技“夫子三拱手”。西山老大一看对方一拱手，不禁大惊，他一愣神，被蒙面人打了个措手不及。蒙面人的第三拱手正打在西山老大的太阳穴上，如重锤打铁，西山老大脑袋嗡地一下，摇晃了一下，仍然支撑着没倒下。蒙面人又是一个“健步推山”，把西山老大打得飞了出去，狠狠地撞到一块山石上。他顿时口吐鲜血，昏倒在地。

打死牛一看师父被打倒了，转身就跑，被蒙面人追上，从背后打了他一掌，打死牛一个马趴，重重摔在地上，挣扎了几下没站起来。

吴霜一看蒙面人打倒了西山老大和打死牛，上前用七星竿指着他道：“你是谁？把蒙面的布摘下来！”

吴雪在一边笑道：“他是谁你不知道？你刚才叫谁快来救你？你还不咬他一口？”

吴霜仔细看了看蒙面人，恍然大悟，扑上去就咬蒙面人的胳膊，蒙面人忙求饶道：“别——别真咬呀。”说着摘下了蒙面布，此人正是少杰。

吴霜抱着少杰的胳膊问他道：“狡猾的大白熊，你怎么知道我们在这儿？”

吴雪笑道：“他这么狡猾还能不知道？这本来就是他的坏主意，他说根生认识打死牛，让我和根生做生意，把打死牛引出来。”

吴霜拧了少杰一下道：“你讨厌，不早出来，吓死我了。”

少杰道：“堵车，你们的车过了红绿灯，然后路口就撞车了，我是长跑过来的。”

这时警笛长鸣，几辆警察开进别墅，韩露领着众多民警下了车。她来到少杰等人面前，显得有些焦急地向少杰道：“路上堵车，三辆车撞到一块儿，急死我了。”

吴霜高兴地向韩露道：“没事，我们已经把打死牛和他师父都搞定了。”

韩露看了看倒在地上的西山老大和打死牛，招呼民警把这两个人都送到医院，并嘱咐民警一定要看住了他们。她又问少杰飞毛腿在哪儿。少杰这才发现，这小子肯定是趁乱跑了，数他腿最快。韩露赶紧布置民警在附近搜捕飞毛腿，但是这个家伙已经没了踪影。

少杰带着民警搜查这个小别墅，在地下室里，民警查到了几个大箱子，里面有陕西云陵被盗案丢失的文物，还有其他案子的被盗赃物，包括黄大师家被盗的名画、黄大师本人的画，以及一部分张献忠沉银案的被盗文物。

少杰审问西山老大的时候，他如实交代，说他真不知道谁是北京的支锅老大，一般都是支锅老大主动派人找他，告诉他工地在哪儿，出了东西支锅老大会派人来取。他们这行忌讳打听，所以他也没问过谁是出钱资助他们盗墓的老大。少杰又问他是不是有蒙面人抢劫过他们的东西，坏过他们的事。西山老大交代，他们几次被这个蒙面人暗算，这个蒙面人无论是身材和武功，都很像他这位熊掌大侠。

西山老大交代问题的时候，总是看着少杰，目光和少杰一样，满是疑惑……

陕西云陵被盗案、黄大师被盗案和张献忠沉银被盗案基本算是破了。虽然还有遗憾，部分被盗物品还没有追回来，但也值得少杰和韩露喝酒庆祝了。

这天少杰请了闻龙和吴氏姐妹喝酒，感谢他们相助破案。

吴雪问少杰有没有找到谁是出钱资助盗墓贼的支锅老大，少杰说北京这个支锅老大十分狡猾，比狡猾的大白熊还狡猾，抓了这么多盗墓贼，居然谁也不知道他的底细。还有曾经抢劫了打死牛和少林武僧的那个蒙面人，也是一个谜。

吴霜瞪着少杰道："你就是那个蒙面人，坏事都是你干的。"

众人听了都哈哈大笑。

韩露道："幸亏有你们姐妹俩帮忙，不然还真抓不到打死牛，可惜跑了个飞毛腿。"

少杰道："他跑不了，早晚还得被咱们抓到。来，喝酒!"他向闻龙道："近来可没少麻烦师哥，你们武馆的学员都有功劳，都是我的好帮手。"

闻龙笑道："当然，我们都是朝阳群众嘛。"说着和少杰碰了一下杯，一饮而尽。

吴霜问少杰道："我说狡猾的大白熊，你准备到哪儿去抓那个北京的支锅老大，还有那个抢东西的蒙面人?"

少杰给众人倒上酒，诡秘地微微一笑，意味深长地说："这事，且听下回分解。"

第二季　黑白熊掌

第一章　山本眼中的鬼宅

辽宁朝阳县的彭军从小在家乡拜师习武，练的是少林大洪拳和小洪拳，还得过县里的武术比赛冠军。长大以后他当了兵，因为会武术又被选去当了特种兵。他本想在部队提干，可是因为没什么文化，到了年头就被复原回乡了。他是带着退伍军人的光环回来的，就不想再种地当农民了，看到别人都外出打工他也就去了县城。可是他没什么挣钱的本事，就到一家歌厅当了看场子的。他有个师弟叫大虎，年龄和他差不多，他们从小一起练武，是铁哥们儿。大虎是亡命徒，有名的村霸，也是个盗窃抢劫什么都干的人物。彭军和大虎小的时候就一同出去打架，名震一方。后来彭军当了兵，学了好，但是回来好长时间找不到称心的工作，整天与大虎吃吃喝喝，又开始走上了歪道。

没多久，这两个人都有了女朋友，彭军找的是歌厅里有名的美女歌手毕海燕，大虎找的也是歌厅的歌手，叫唐丹。毕海燕爱慕虚荣，看着有的女人开着奔驰车出出进进的好生羡慕，也想当女老板，想开个自己的歌厅或者酒吧。她整天向彭军念叨，让他想办法挣钱，实现她当老板的梦想。于是彭军和大虎就带着毕海燕和唐丹来到了北京。毕海燕在唱歌的时候认识了北京梦幻酒吧的老板，她和唐丹就在梦幻酒吧当了歌女。彭军和大虎找了个歌厅，还当看场子的。

少杰和韩露虽然抓了打死牛和西山老大这些盗墓贼，可是并没有找到支锅老大和掌眼，这两个人是盗墓团伙的顶层人物。还有那个神秘的蒙面人，此人不但武功高强，而且还时不时地打着熊掌大侠的旗号，专门抢劫盗墓贼，这也让少杰睡不踏实。

少杰和韩露从西山老大嘴里知道山本曾经想买他们的石磬，山本眼力很好，而且很有钱。这更加重了少杰和韩露对山本的怀疑。二人商量得盯着山本，起码弄清他为什么总到朝阳门的梦幻酒吧去，为什么总是对着梦幻酒吧对面的小楼发呆。

山本关注的朝阳门小楼其实很普通，是个灰色独栋的四层老式楼房，从样式和窗户的花纹还能依稀看出当年也是一栋洋气的房子，只是年代久远，墙皮脱落，并且长了一些荒草，使它在朝阳门大街繁华的路边显得有些破旧。

这天晚上，山本又来到朝阳门的梦幻酒吧，听歌女毕海燕唱歌，之后便请她一起喝一杯。毕海燕对这位经常来捧场的客人自然不敢怠慢，风情万种地坐到了山本的身边，恭恭敬敬地给他倒酒，显得很规矩，并没有一般风尘女子那种轻浮。

山本到酒吧来从不失君子风度，也从不提过分的要求，就是简单地喝一杯清酒，从不多喝。而且他也不多看女人，对她们暴露出的魅力似乎并不感兴趣。他甚至有些心事重重。他给毕海燕要了一杯红酒，向她举了一下杯。

毕海燕受宠若惊地赶紧举杯，与山本碰了一下杯道："谢谢先生。"

山本看着毕海燕道："我看每天晚上都有一个很帅的小伙子来接你，他是你的老公?"

毕海燕笑道："对，是我老公。"

山本又问道："你们是东北老乡？一块儿到北京打工?"

毕海燕叹了口气道："俺们那儿是穷山沟，不出来咋办？一辈子窝在那儿，有什么出息?"

山本看着毕海燕，若有所思，对她说："人的命运靠奋斗可以改变，你将来准有出人头地的那一天。"

毕海燕就爱听"出人头地"这个词，她起身向山本道："和您见面说明我们有缘，我给您演唱一首歌，表达我对您的敬意。"说着走到演歌台，拿起话筒为山本演唱了一首《北国之春》。她演唱的时候目光始终没有离开山本，而山本听着这首歌，目光中似乎更增加了一丝难以察觉的忧虑……

根生自从被西山老大一掌打伤了以后，在医院躺了好长时间。伤好以后他总觉得对不起吴氏姐妹，他本来是想讨好她们，帮她们卖画，可是没想到中了打死牛和飞毛腿的圈套，差点儿害了吴氏姐妹。听说后来是他师叔熊掌大侠来了，一掌把西山老大拍了个半死。不然他的罪过可就大了。于是他想着得请请吴氏姐妹，也得跟她们解释解释，那是打死牛和飞毛腿不仗义，不是他想害她们。这天他来到古玩城，刚进门就有人在他的肩膀上拍了一下："根生!"

根生就觉得这肩膀差点儿被拍塌了，疼得他咧着嘴回头看，一看是他的师叔熊掌大侠，不禁拉着哭腔道："我说师叔，您在我肩膀上拍这么一下，就跟大黑熊拍一下没什么区别，差点儿把我拍散架了。”

少杰笑道：“你也是炮锤门里的弟子，怎么这么怂啊？”

根生道：“可不是我怂，是您这巴掌太重了，我这小肩膀，哪扛得住您拍呀。”

少杰早知道根生暗地里跟盗墓团伙有来往，而且跟打死牛和飞毛腿是酒肉朋友。现在飞毛腿负案在逃，根生八成知道他的下落，因此直截了当地问他道：“你跟打死牛和飞毛腿这两个盗墓贼是朋友，但是这俩人可没把你当朋友。上次你中了他们的圈套，差点儿害了我的两个师妹，这笔账我还没跟你算呢。”

根生忙向少杰拱手道：“师叔饶命，那可不是我成心想害她们，我也是被打死牛和飞毛腿骗了。我跟他们就是生意上的来往，可真没参与他们盗墓的事。”

少杰盯着根生道：“那你说，飞毛腿跑哪儿去了？”

根生为难地看着少杰道：“他是飞毛腿，比谁跑得都快。我真不知道他跑哪儿去了，要是知道我能不告诉您吗？这么着师叔，我帮您打听着，只要一有他的消息，我立刻向您报告，立功赎罪，您看怎么样？”

少杰料想根生也并不知道飞毛腿的下落，他点了点头道：“你是得立功赎罪。我问你，最近潘家园那边有什么动静？有没有人托你卖从古墓里盗出来的东西？”

根生眨眨眼，似乎想起了什么，他拿出一张照片道：“昨天我的摊儿上来了一个人，想让我代销一个小陶俑，要价还挺贵。我觉得那东西十有八九是假的，没答应他，但是他给了我一张照片。”说着就把那张照片递给了少杰。

少杰接过照片仔细看了看，这上面的陶俑是个手里拿着鱼叉的黑人。

根生道：“我看这八成是非洲的东西，肯定不是中国古墓里的，中国的古墓里不会有黑人，您说是不是?”

以少杰对古玩的鉴赏能力，也看不出这张照片上的陶俑是什么东西。但他不想放过任何线索，向根生道：“这个东西是不是真的我也看不出来，得请我师哥看看。要不这张照片先借我用用，明天还你。”

根生忙说：“您拿去用，不用还了，反正我拿着也没用。”

少杰把照片小心地放到兜里，这张陶俑的照片让他有了一些想法，可以利用这张照片继续他的计划。

晚上，少杰约韩露和闻龙到梦幻酒吧喝酒。闻龙从不去酒吧喝酒，一般都是在小酒馆喝。但是他知道少杰特意约他到朝阳门这个小酒吧来，准是有别的事。果然被他猜中了，他们一进酒吧就看见了山本。

山本一看两位大侠带着韩美女来了，知道这三位准是找他来了，赶紧张罗他们坐下，让服务员上了一杯红酒两杯二锅头。然后向少杰道：“白少侠到这儿来找我，准是有要紧的事。”

少杰心说，这个山本真狡猾，比狡猾的大白熊狡猾多了。他喝了一口酒，从兜里小心翼翼地拿出根生给他的那张照片，向山本和闻龙道：“我最近在学习古玩鉴定，这儿有张照片，请二位专家给鉴定一下，这照片上的东西是哪个朝代的，我也学习学习。”说着把照片放在了桌上。

山本拿起照片看了看，眼睛顿时一亮。他又把照片递给闻龙，点着头道：“好东西，唐代的陶俑。”

闻龙拿起照片看了看，向山本道：“是好东西，如果我没看走眼的话，这照片上的陶俑应该是唐朝西安一带的东西。”

山本和闻龙异口同声给出了相同的结论，让少杰有些吃惊，这个黑人造型的陶俑怎么会是唐朝的？要真是唐朝的，那准是从古墓里盗出来的。他向闻龙和山本道：“这个陶俑可是个黑人，怎么会是唐朝的？”

闻龙笑了笑道：“这你就不懂了吧，唐朝时期长安是个国际城市，世界上不少国家的人来这儿做生意，有的人甚至死了以后就葬在长安了。所以唐朝的墓葬里经常会出现外国形象的陶俑。这个黑人不是非洲人，应该是马来西亚人，是个昆仑奴。”

韩露不解地问：“是昆仑山来的奴隶？”

闻龙摇头道：“昆仑奴和昆仑山可没关系，中国历史上的昆仑奴主要来自西贡，就是现在外海昆仑岛上的亚洲马来黑人。西贡自公元三世纪以来就是亚洲最大的奴隶市场，主要向中国销售奴隶，这种贩奴行为一直持续到明代。而古人发音不准确，误将‘柴棍’读为‘昆仑’，所以才有了昆仑奴的名称。”他又看了看那张照片，问少杰道：“这照片你是从哪儿弄来的？又抓到盗墓贼了？”

少杰道：“这是根生的东西，我跟他要的，学点儿考古知识。”

闻龙道：“这个陶俑至少是二级文物，很有考古价值。”

山本点头道：“现在保存完好的这种昆仑奴陶俑存世很少。”

韩露拿起照片看了看道：“我怎么看这人都像是从非洲来的，您怎么知道他不是非洲人？”

山本道：“我看过一本书，叫《唐代的外来文明》，这书里说，非洲黑人和南海黑人有区别，虽然他们都是黑皮肤和卷发，但两者在外形上有差异。被称为昆仑奴的南海黑人不是非洲的尼格罗人种，是尼格利陀人，又叫矮黑人，一直到现在这些类似非洲黑人的部落仍然散居在马来半岛以南的海岛上。唐代的黑人到中国来，一种是作为年贡送到京城长安，一种是作为土著蛮鬼被卖到沿海或内地，还有一种是跟随东南亚或南亚使节来的，跟现在的菲佣类似。”

韩露向闻龙和山本赞道：“你们两位真有学问，都比只会狗熊掰棒子的大白熊强。”说着向少杰一撇嘴，以示轻蔑。

少杰翻了一下白眼儿，叹道：“书到用时方恨少啊，我不正在努力学习嘛。书山有路勤为径，学海无涯苦作舟。”

山本点头道：“练武的人能静下心来看书，这也是陶冶情操，对武功也有好处。但玩儿收藏光看书不行，得看真东西，然后再去看书。”

少杰苦笑道：“我上哪儿看真东西去？山本馆长是不是家里很有钱？你们家过去准是开古玩店的，所以你能一边看一边学。”

山本笑了笑道：“你还真说对了，我们家就是开古玩店的，我父亲是个收藏家，他有时候给我讲一些古董知识。不过他们那个年代收藏花不了几个钱，因为那些东西在乱世没人要，大家得先吃饱肚子。”

闻龙道：“别说解放前了，‘文化大革命’的时候，齐白石的画才五块钱一张。现在，五百万都买不来。”

少杰道：“对，盛世收藏，现在中国是盛世，所以大家都玩儿这个，价钱就上去了。山本馆长准是靠收藏发了大财。”

山本摇头道：“我玩儿收藏只花钱，很少挣钱。好东西我自己留着，从来不卖。”

山本总是在梦幻酒吧看着对面的小楼发呆，这个小楼确实有故事。

小楼里住着一位古玩城的女老板，名叫马玉。她的古玩店和吴氏姐妹的店在一个楼里，但是不在一层。马玉是个风流美女，27岁，皮肤白皙，略显丰满，鹅蛋脸高鼻梁，大大的眼睛总是含情脉脉的，透着一种迷人的阴柔。马玉以前在歌厅当小姐的时候挣了不少钱，后来嫁了个开古玩店的老公，更是腰缠万贯。她老公娶了她刚一年就因为车祸死了，从此她从老板娘变成了老板，也变得更加风流。马玉也是个善良的女人，经常做善事，给灾区捐钱，见了要饭的也必给大票。这善良加上风流就更加让男人们爱得神魂颠倒。

第二章　伸向女老板的黑手

这天山本到梦幻酒吧喝酒，歌女毕海燕和他搭讪闲聊。山本问毕海燕，她的老公在北京干什么工作。

毕海燕苦笑了一下道：“我老公在北京很委屈。他小时候就跟着他爷爷练少林拳，还得过县城武术比赛的冠军呢。后来去部队当的是特种兵，狙击手，打枪可准了，还练过飞檐走壁、擒拿格斗，会驾驶各种汽车，可风光了。他要是没本事，我也不会嫁给他。”说到老公，毕海燕有些神采飞扬，眼睛都放光。

山本听着似乎也很感兴趣，点头道：“中国的特种兵素质很高，尤其是擒拿格斗，很有中国特色。”

毕海燕苦笑了一下道：“是啊，这么一个人才，复员回到我们那个小山村，英雄无用武之地，只能跟着我到北京来发展，可是也没找到可心的工作，就在我们老乡开的酒吧看场子，一个月也挣不了多少钱。唉，他老说挣钱给我开酒吧，让我当女老板，我看这辈子是不行了，下辈子吧。”

山本看着毕海燕，觉得她老公如果真是她说的那样，倒也是个可用的人才，他现在也缺这种能打打杀杀的人。他对毕海燕道：“你老公当过特种兵，看场子太可惜了。我在北京开了个武馆，他要有兴趣，可以去找我，我看能不能给他安排个教练什么的。我那儿的教练基本都是日本来的，我倒是很想找几个中国的武术人才。”说着给了毕海燕一张名片。

毕海燕接过名片一看，上面写着：“山本空手道武馆馆长”，她兴奋地看着山本道：“如果能让我们家大彭到您那儿去当教练，那真是太好了。我今天遇见贵人了，您是我的贵人。”

山本淡淡一笑道：“贵人不敢当，这也许是咱们有缘吧。”

山本这个人言而有信，说话算话，这天打电话给毕海燕，让彭军去空手道武馆面试。山本见彭军又高又壮，相貌也端正，感觉挺不错。但他办事很讲程序，对彭军说，他的武馆聘用教练的基本程序是实战，就是找一个空手道武馆的教练交手，如果能打败教练，或者和教练打个平手，基本就可以录用。不管是谁介绍来的，这个程序都得走。

彭军练的少林洪拳实战性很强，而且他把中国武术里的技击和西方拳击散打结合，既有中国传统武术的气功和手眼身法步的根基，也有现代拳击散打的简洁实用。山本让他和空手道教练比武，他一点儿都不怵，格斗对他来说是家常便饭。山本找了个功夫很不错的教练和彭军交手，结果这个教练和彭军打了没有三个照面，就被彭军一脚蹬了个跟头。

山本看完不住点头道：“不愧是特种兵出身，你这拳击散打少林拳什么都有。好，一切从实战出发。”

彭军自从到了山本的武馆，山本对他格外器重，给他开的月薪是一万。彭军十分知足，打心里感激山本的知遇之恩，从此在山本手下尽心竭力，不久其实就成了山本的心腹。山本出去办事经常带着彭军，彭军就成了山本的贴身保镖。

其实山本聘用彭军是醉翁之意不在酒，他有自己的长远打算，这当然和梦幻酒吧对面的小楼有关。

马玉因为是开古玩店的，家里的装饰也是古色古香，墙上挂着不少名人字画，百宝格上还摆着古玩玉器之类的东西。她从没想到这些古玩会把贼招来。

这天晚上马玉出去喝酒跳舞，很晚了还没回来，她家里便来了不速之客。此人戴着黑口罩，用特殊工具打开了马玉家的房门。虽然马玉家摆着不少古董，桌上还有不少现金和首饰，但这个蒙面人对这些并不感兴趣，似乎在找什么更有价值的东西。他从立柜里找出一些画轴，逐一打开看，看完又不屑地丢弃在地上。

晚上快12点的时候，马玉回来了，她拿出钥匙开门，但刚把钥匙插进钥匙孔，门就自己开了。她吃了一惊，推开门进屋打开灯向里一看，不禁愕然了，只见屋里一片狼藉，衣柜和箱子都开着，衣服扔得到处都是。她有些慌乱，急忙拿出手机准备报警。

这时突然有人从背后勒住了她的脖子，低声威胁道："别出声。"并用一把匕首架在她的脖子上。马玉吓得眼睛瞪得大大的，浑身哆嗦着，没敢喊叫。戴黑口罩的人堵住了马玉的嘴，用胶带把她绑在椅子上，然后打开门悄悄离开了，并没有拿任何东西，也没有进一步伤害马玉。这个贼似乎不是一般的贼，他到马玉家，也不是为了一般的东西来的。

这个神秘盗贼虽然用胶带把马玉捆绑在了椅子上，但是绑得并不紧，即便如此，马玉也用了好长时间才挣脱。她慌慌张张找到了掉在地上的手机，拨打了报警电话。

深更半夜，朝阳门小楼楼下来了几辆警车，刑警队和派出所的民警匆匆来到马玉家，有拍照的，有勘查现场找犯罪证据的，紧张而有序。

社区民警小顾是个矮胖子，刚从警校毕业当了社区民警，就遇上管界里出了入室抢劫的案子，有些沮丧。他向受害人马玉了解案发的经过，问到她家来的这个蒙面人是胖子还是瘦子，是高个儿还是矮个儿，长得什么样。

马玉惊魂未定，当时她基本是什么都没看见，就感觉那个人力气挺大，但是对她并不粗暴，甚至在捆绑她的时候还小心地规避了她的敏感部位。整个过程都在她的身后，她都没机会正面看这个人一眼。

勘查现场的民警告诉小顾，这个入室抢劫的人用了技术开锁，从案发现场看，这不是简单的入室盗窃，作案人什么痕迹都没留下，指纹、脚印都没有。而且他没有伤害事主，捆绑她的胶带也只缠了两圈。这似乎是熟人作案。

小顾十分郁闷，叹着气向马玉道：“唉，家贼难防啊。马老板，现场已经勘查完了，你可以清点一下，看看丢了什么东西。”

马玉苦笑了一下，向在场的民警道：“我刚才已经清点过了，什么都没丢，连放在桌上的几百块钱都还在，一分没少。”

在场的民警都面面相觑，有些不相信自己的耳朵。小顾瞪大眼睛看着马玉道：“我说马老板，你说没丢东西？不会吧？贼把你家翻了个底儿朝天，什么都没偷？那他来干吗，搞卫生？”

马玉看着被翻得乱七八糟的东西，冷笑道：“这贼想偷的不是一般的东西，我放在家里的这些古董他都没看上。”

小顾吃惊道："贼还挑肥拣瘦？是高档贼？只偷好东西？你这儿是不是有特值钱的古董？我看你别把值钱的东西放家里了，现金也赶紧存银行里去。你是富婆，招贼。"

马玉苦笑道："我早就让贼惦记上了，还不是一个两个，是一群贼。"

这时有个白发苍苍的老太太出现在门口，她看上去得有七八十岁了，但目光炯炯有神，似乎还有些诡异。她看了看马玉家被翻得七零八落的样子，用冷冰冰的声音向民警道："这个楼是鬼楼，经常闹鬼。"

小顾知道这个老太太有些精神不正常，是这儿最老的住户，据说她解放前就住在这个楼里。他看着老太太，向她笑了笑道："大妈，您可别吓唬我，我本来就胆小。"他平日就听说过不少关于这个楼闹鬼的事，但是半信半疑，现在想来这个小楼有时候确实怪怪的。

朝阳门小楼出了怪怪的案子，自然惊动了少杰和韩露。他们认为这个案子也许和山本有关，他整天看着小楼发呆，把小楼看出事来了。对于小楼闹鬼的传说，少杰自然不信，他估计所谓的鬼，都是活人，这些人都在打这个小楼的鬼主意。第二天早上他就和韩露来到了这个小楼，自己勘查了现场。

少杰和韩露发现，这个解放前盖的小楼有个特别的地方，有个开放式的屋顶平台，在上面放上椅子便是夏季乘凉的好地方。少杰和韩露在小楼的平台上分析案情的时候，也不知道什么时候那位白发老太太悄悄上了平台。她目光混沌，披头散发，但身上的衣服很干净，而且衣服的料子看上去似乎是真丝的。她打量了少杰和韩露一下，表情神秘地向他们道："这个楼是凶宅，经常有人从这平台上跳下去。我年轻的时候就住在这个楼，这个楼是民国时期一个收藏家盖的，专门在这个楼里藏宝贝。但是这个楼有魔咒，经常闹鬼。现在的老住户就剩下我一个人了。”

韩露被这个神经兮兮的老太太说得有些毛骨悚然，看着她不敢说话。少杰看着这个白发老人，心想，这个老太太岁数不小了，按年龄，她应该知道这个楼过去的事。她为什么说这个楼闹鬼？现在日本青龙白虎帮的山本显然在关注着这个小楼，马玉家被盗跟山本有没有关系？这个老太太举止怪异，她是何许人？她说的这些，是在向他们暗示什么呢？

然而，当韩露和少杰想和这位神秘的老太太攀谈的时候，她却竟自下楼去了。

少杰和韩露研究了马玉家的案子，认为这个案子最大的疑点是她家什么都没丢。用社区民警小顾的话说，这个贼是到马玉家搞卫生来的。勘查现场的民警认为是熟人作案，而且这个作案人有特殊的目的，不是简单的谋财。

韩露分析，马玉的熟人很复杂，她过去是歌厅小姐，认识不少社会上不三不四的人，且她开古玩店，和收藏界的人来往频繁，估计和盗墓贼也有来往。少杰估计，除了山本以外，似乎还有别的人在打这个小楼的主意，他们想在这个楼里找什么？这个美女老板马玉似乎和这个谜有直接的关系。

毕海燕和彭军在朝阳门小楼租了一间房。这儿离梦幻酒吧很近，毕海燕晚上回家方便。这天晚上毕海燕没上班，就在屋顶平台上吊嗓子。她穿着紧身连衣裙，乳房高耸，浑身散发出一种少妇的成熟韵味。近来彭军在山本那儿当教练，挣钱多了，给她添置了不少衣服，她更加显得魅力多姿了。

毕海燕在楼顶平台上唱歌的时候，那个白发老太太静悄悄地出现在她的身后。毕海燕正唱得陶醉的时候，忽然发现黑暗中老太太正目光阴森地看着她，吓得她浑身一哆嗦，惊叫道："啊，你怎么老跟幽灵似的，吓死我了。"

老太太用阴冷的声音道："你占了我唱歌的地方。"

毕海燕心说这地方又不是你们家的，怎么叫占了你的地方？不禁瞪着老太太道："你的地方？这楼顶的平台是公用的，什么时候成你的了？"

老太太道："我从年轻就在这儿唱歌，已经几十年了。"

毕海燕道："那也不能说明这是你家的地盘儿呀。"

老太太讥讽地说："你五音不全，嗓子也跟破锣似的，不配在这儿唱歌。"

毕海燕一听更怒了，气恼地向她吼道："你这个老太太说话怎么这么难听呀？我唱得不好，你唱得好？跟鬼哭似的。"

老太太道："咱俩有一个是鬼，而且是鬼迷心窍了。"

毕海燕不知道为什么这个老太太说她是鬼，顿时气得脸煞白，她再不想跟这个疯疯癫癫的老太太纠缠，悻悻地下了楼梯。

老太太看着毕海燕的背影，冷冷地说："不做亏心事，不怕半夜鬼叫门。"说完站在平台的边上，看着远方，低声唱了一首三十年代的情歌。她居然用的是日语，而且声音比毕海燕还要清脆，显然年轻的时候有一副好嗓子。月光下，白发老人的身形影影绰绰，如梦如幻。

少杰和韩露想弄清朝阳门小楼闹鬼的真相，晚上约好了到这个楼的平台上看看。到了平台上，见上面站着那个白发苍苍的老太太，在用日文唱歌，歌声凄凄切切，老人的神色在月光下显得幽深莫测。

少杰和韩露不禁相视一下，都有些吃惊。韩露吓得直缩脖子。少杰吐了一下舌头，向韩露做了个鬼脸。二人慢慢走到老太太身后，静静地听着老太太唱歌。

良久，老太太回过头，看了看少杰和韩露，点头道："你们这么晚了到这儿来听我唱歌?"

少杰强挤出一个笑道："是是，您的歌唱得真好，真动听。"

老太太用阴恻恻的目光看了看韩露，又看了看少杰道："你们来找那个去马玉家的贼，对吧？找到了吗?"

韩露有些发怵地看着老太太道："没有，还没找到。"

少杰试探着问老太太道："去马玉家的贼好像是马玉的熟人，您知道这个楼里有什么人可疑吗?"

老太太道："这个楼里的人老死不相往来，不过那个酒吧小姐不是什么好东西，偷鸡摸狗什么事都敢干，不是一般人。"

韩露忙向老太太问道："酒吧小姐？她叫什么您知道吗?"

老太太道："她叫毕海燕，在对面酒吧里唱歌。"说完看了看少杰和韩露，神情诡异地笑了笑，慢慢走下了平台。

朝阳门小楼上的疯老太太会唱日本歌，而日本青龙白虎帮的山本总盯着这个小楼。少杰感觉这里面似乎有什么联系。还有那个在马玉家"搞卫生"的蒙面人，他是不是抢劫了打死牛和少林武僧的那个人？他有一种预感，在小楼出现的"鬼"八成和盗墓团伙的支锅老大有关系。

他反复分析了案情，发现即便找到在马玉家作案的蒙面人，也不一定能揭开山本关注这个小楼的谜团。马玉是卖古董的，她也有可能收藏了很值钱的东西，让她身边的人见财起异。这个蒙面人如果和山本的目标不同，他就和山本没关系。但是少杰也心存侥幸，希望这个蒙面人就是抢劫打死牛和少林武僧的那个人。他在暗中进行着一个计划，就是上次请闻龙和山本鉴定的那个昆仑奴陶俑。根生给他那张照片的时候，他就估计这里面有故事。根生蒙他，他当然不会信。他知道根生跟盗墓团伙的人有联系，不然那张照片是怎么来的?

根生确实没向少杰说实话，他给少杰看的那张昆仑奴的照片确实是飞毛腿给他的，那东西是飞毛腿从西山老大那儿顺的。那天飞毛腿眼看西山老大快不行了，即刻准备逃跑。跑的时候没忘顺手牵羊，拿了西山老大几样东西，其中就有这个昆仑奴陶俑。

这天飞毛腿约根生在一个僻静的小饭馆喝酒，问他那个陶俑有没有买主。根生其实根本没把那个陶俑当正经东西，以为那是个假货，所以才把照片给了少杰。听飞毛腿问那个陶俑的事，就支应说没见到识货的，再等等，有了音讯就告诉他。他问飞毛腿现在跟谁混，飞毛腿说过去认识一帮弟兄，是北京岛主的人，也是干盗墓倒古董的。

根生听说过岛主这个人，可是没见过，忙问飞毛腿这个岛主是谁。根生说他也不知道岛主的真实姓名，就知道这个人武功很高，黑道的人没有不怕他的。这个人不但手黑，而且经常暗中埋雷，完全不像正经练武的人，光明正大。他的手下人如果对他不忠，指不定哪天就被他废了。

根生对江湖八卦特感兴趣，又问这个岛主的武功比西山老大怎么样。飞毛腿没见过岛主，自然不能瞎说，想了想道："据说他们不是一个路子，岛主练内功，西山老大练外家硬功。可都是这么说，谁也没见过。岛主手下有不少人，都是干盗墓的。可是我在盗墓这行干了不少年，从来没见过这个岛主，八成他就是西山老大说的那个支锅老大。而且我听说古玩城那个美女老板马玉就是岛主的情人，所以马玉的生意才那么好。"

根生道："这个岛主跟古玩城的双胞胎美女有没有一腿？上次我想弄她们的画，结果被人拍了一熊掌，差点儿拍掉我半拉脸。是不是他干的？"

飞毛腿摇头道："那俩妞儿是大白熊的人，跟岛主没关系，你泡她们还能不挨熊掌？别说你了，西山老大怎么样？还不是让大白熊给拍了个半死？"

根生苦想了半天，怎么琢磨也不像是师叔拍了他一掌。那个蒙面人的身高和师叔差不多，可是师叔怎么可能打他？师叔那人不错，虽说是警察，可是待人很随和，而且挺仗义的。如果不是师叔，那是谁？是这个岛主？哪天非打探清楚他是谁，然后到师叔那儿举报他去，让师叔给他报这一掌之仇。但是不管他怎么向飞毛腿打听，始终没得到准确的回答，或许飞毛腿也不知道这个岛主的真实身份。但是有一样根生记住了，马玉是岛主的情人，从马玉那儿准能探听到岛主是谁。

第三章　二鬼拍门

这天晚上，唐丹对大虎说自己看上了女老板马玉的玉镯。大虎经常和黑道上的人打牌，对马玉当然熟悉。他知道马玉整天跟黑道上的头面人物混在一块儿，不少黑道上的老板都敬她三分，因为她是岛主的人，得罪了她会惹麻烦。大虎对唐丹说，那个卖古董的女老板马玉他知道，她手里可不止有好镯子，恐怕还有不少值钱的东西。但是她这个人不能惹，不是一般人。

但是唐丹执意要马玉那个镯子，别的不要。她撒娇地说让大虎把马玉戴的那个镯子抢来给她。唐丹平日就鼓动大虎为了她盗窃抢劫，开赌场抽头。她不懂什么法，在她们老家，谁胳膊粗就是法。她把什么都给了大虎，大虎就得满足她的需求。

大虎想着明抢马玉是万万不行的，但是既然唐丹说了，这就得当个事办。明的不行就来暗的。他知道马玉住在朝阳门的鬼楼里，跟彭军是街坊，就想着哪天晚上悄悄去一趟。溜门撬锁对他来说不是事，到马玉家把那镯子顺来给唐丹，应该问题不大。他把自己的想法向唐丹说了，唐丹高兴地在大虎脸上吻了一下道："我爱死你了！"

都说马玉风流成性，其实她很少主动去勾引男人，倒是有不少男人对她纠缠不休，有为她的魅力倾倒的，也有的是看上了她的钱财。她心里有准儿，知道谁是真心爱她的，谁是虚情假意，另有所图。她自己真心喜欢的是一个比她小很多的画家，名叫石军。这个石军，瘦高的个子，白得像女人，性格内向甚至有些腼腆。马玉像大姐一样疼他，经常带他出去郊游，甚至给他当裸体模特，还要出钱帮他办画展，但是每当石军要求和她结婚的时候，她总是一口回绝。她不想有家庭拖累，也不想要孩子，她想过自由自在的生活。

石军恨死了马玉身边的男人，他不甘心，不想当被马玉包养的角色，他要当大画家，挣大钱，然后再娶马玉。可是他画的画没人买。后来马玉给他出了个能挣大钱的主意，就是临摹古画，把临摹的古画当真的古画卖，就能挣大钱。石军有这个才气，后来他临摹的古画居然连北京的岛主都打了眼。

这天石军说要给马玉画像，还把他最好的朋友山中石也叫了来。这个山中石和石军在美院的时候关系最好，也知道石军傍着美女老板马玉，就经常陪石军到马玉家来玩儿。

马玉穿得楚楚动人，薄纱连衣裙紧裹着丰满的玉体，线条十分诱人。石军一边画，一边欣赏着她的美貌。后来干脆眼睛发直，笔停着不动，把画画儿的事都忘了。

山中石看石军发愣，就走过去看了看他的画，见他画的是个古装美女，便问道："哎，你画什么呢？怎么画成古装的了？"

石军脸一红，低声向山中石说："我怎么看马姐都像是仙女下凡，太美了。"

山中石低声问石军道："你是不是爱你的马姐已经到了发狂的程度？"

石军说："已经到了发疯的程度。"

山中石说："那你不准备向她求婚？"

石军道："我想向她求婚，可怎么个求法儿？"

山中石用手指了指石军的画说："你在这画的前面加上一枝玫瑰花，她会明白的。"

石军道："送她一枝玫瑰花，对，就这么着。"他立即提笔在马玉的画像前画了一枝玫瑰花。

画完后，马玉兴奋地跑过来道："我看看，我这发型画出来效果怎么样。"她走到石军的画板前，一看就惊喜地说："咦？怎么让我穿上古装了？"

石军得意地说："这叫仙女下凡。你没注意你脚下那朵花吗？"

马玉看了看说："一枝玫瑰，好看。"

山中石道："不只是好看，这有不寻常的含义。"

他看了看石军，笑笑说："玫瑰象征着爱情，这张画的作者在你的脚下特意画了一枝红玫瑰，意思就是他在向你求爱。"

马玉听了咯咯地笑了起来，向石军道："送我一枝玫瑰，可送错地方了。你应该留着这枝玫瑰，等你找到准新娘的时候送给她，送给我这个老大姐干什么，我可做不了你的新娘，只能是你的大姐。"

石军和山中石相视一下，都有些尴尬。石军沮丧地说："看来我要一辈子打光棍儿了。"

石军心里明白，自己想独占马玉是白日做梦。他知道马玉和一个叫岛主的人关系甚好，他没见过这个岛主，只知道他有黑道背景，是个倒卖古董的，而且会武术，据马玉说他有万夫不当之勇，是披着羊皮的老虎。他很好奇，很想见见这个披着羊皮的老虎什么样。

这天石军就在马玉家对面的梦幻酒吧喝酒，他不胜酒力，一杯啤酒就已经让他感觉走路有些轻飘飘的。他来到马玉家，轻轻地敲了敲门，里面没有声音，他耐心地继续敲，良久，里面传来马玉的声音："谁呀?"

石军说："我，石军。"

马玉头发蓬乱、衣衫不整地打开门，看见石军有些脸红，说："哟，是你呀，进来吧。"

石军说："在家画画太累了，想到你这儿散散心。"说着和马玉进了屋。

马玉道："我不是跟你说过吗？你要上我这儿来，事先跟我打个招呼，要不和别人碰上多尴尬呀。"

石军不快地说："我就是要这会儿来，就是要把他们都撵走。"

马玉吻了石军一下道："你别不知足了，马姐对你已经够好的了。"

石军恳切地说："你嫁给我，我们在一起生活多好。"

马玉叹口气说："唉，我想嫁的男人都是有家的，他们和我做情人还可以，一提到婚嫁就往回缩。他们还口口声声说爱我，可就没一个愿意为我离婚的。我也不想强求谁娶我，一个人也挺自在。"

石军生气地说："谁敢娶你我就杀了谁。"

马玉笑了，说："你还想杀他们？他们都是做黑道生意的，你不让他们杀了就不错了。"

石军吃惊地问："什么叫黑道生意?"

马玉说："跟盗墓贼勾着倒卖文物，这还不是黑道生意?"

石军不解地问："那你还嫁这样的人？"

马玉说："你不懂，现在哪有靠正道发财的。在社会上混，什么生意都得做。像你这样书生气十足，在社会上连饭钱都挣不着。"

唐丹催着大虎去马玉那儿弄镯子，大虎就是有一百个不愿意也得去。这天晚上天阴沉沉的，一丝月光都没有，似乎是要下大雨。大虎打探到马玉在外面花天酒地，估计很晚才能回家，他觉得机会来了，心一横，决定到马玉家捞一把。

大虎在朝阳门小楼的楼下东张西望，围着楼走了一圈，看了看马玉家的阳台，然后鬼鬼祟祟地走进楼道，来到马玉家门口，看了看那新装的防盗门，而后继续向上走。到了平台上，发现这儿静悄悄的，他就拿出绳子，找了个通气口把绳子系牢，之后把绳子慢慢系下去，直到马玉家的阳台上。

毕海燕也经常鼓捣彭军去弄钱，说是人无外财不富。山本也有意让彭军把朝阳门小楼的秘密探听清楚，虽然山本始终还没告诉他这小楼里有什么秘密，但是彭军早猜到这个小楼里准藏着宝贝，八成就在马玉那儿。他和毕海燕商量，等哪天马玉不在家的时候，就到她家探宝。这天晚上马玉没回来，天也阴着要下雨，他就悄悄摸到了马玉家的门口。这个时间正是大虎从楼上把绳子系到马玉家阳台上的时候。说来也巧，他和大虎两人不约而同地在一个地方干起了发财的事，只是一个在楼顶上，一个在楼道里。为防止意外，彭军先轻轻敲了两下门，听了听里面没动静，才拿出一大串钥匙，开始捅马玉家的防盗门。此时大虎也已经开始行动了，他拉着绳子向下降，慢慢降到了二层马玉家阳台的前面。

也该着大虎倒霉，他的绳子是从白发老太太家的窗户前面下去的，正让老太太看见。这老太太看到有人系着绳子从楼上下来，就来到屋顶的平台上，看见了大虎系在通风口的绳子。她二话不说，从边上拿起一个消防斧头，狠狠向绳子砍了几下。

大虎正悬在空中，刚想用手抓马玉家的阳台，这时绳子突然断了，这下他可惨了，“嘭”的一声，重重地摔在楼下。好在他是从二楼摔下去的，这要是从四层上摔下去，他的小命就没了。可即便如此，也痛得他龇牙咧嘴。他知道准是有人暗中黑他，不禁捂着腰，咬牙骂道：“哎哟，你大爷的，谁这么损呀！”

彭军没有像大虎那么倒霉，他撬开了马玉家的锁，在她家东翻西找，把一些古玩之类的东西装进一个大的塑料编织袋，还顺走了马玉放在柜子里的两瓶洋酒。

女老板马玉家又失盗了，社区民警小顾十分沮丧。他对赶来勘查现场的少杰和韩露说，上次那个贼是来搞卫生的，什么都没拿。这回这个贼是真贼，什么都拿，连柜子里的洋酒都拿走了。

少杰和韩露看了马玉家被撬的门锁，发现有人用钛合金的专用工具破坏了锁芯，从外表看并没有明显的痕迹，显然这个贼是个撬锁的高手。

这时那个白发老太太悄然出现在楼道里，她就像是飘过来的，什么声音都没有，而且表情怪异。少杰等人看见她都不由得感到吃惊，不知道她是什么时候来的。

白发老太太向少杰等人道：“昨天晚上楼顶上闹鬼，有个鬼从上面掉下去了。”她说话的时候像在讲鬼故事，开始声音很低，忽然又高上去了，让在场的人听了不免有些毛骨悚然。老太太说完就走了，走路的时候依然没有声音。

少杰不相信这年头有鬼，但还是和韩露、小顾上了屋顶平台。果然在平台上发现了被砍断的绳子。

少杰向楼下看了看，向韩露道：“我的天，这贼从这儿下去，可能是想去马玉家阳台，然后再钻窗入室。”

韩露眨眨眼道：“可是谁把绳子给砍断了？”

小顾道：“当然是革命群众了，我的管界群众警惕性挺高的。”

韩露瞪了小顾一眼道：“警惕性高？那他为什么不打电话报警？”

少杰和韩露合计，这个贼从半空中掉下去，准摔个半残，怎么会又从正门进去了，还破坏了锁芯？这个过程显然不合逻辑。

在小楼下，少杰在地上看见一根长长的粗绳子，说：“这个贼看来摔得不轻，连绳子都没顾上拿走。”

韩露有些不解道：“既然他摔伤了，怎么还能到马玉家盗窃？”

小顾道：“当然是两个贼，一个贼想从阳台上进去，没成功，另外一个贼就从正门撬锁进去了。”

少杰笑了笑，向小顾道：“那他们为什么不一开始就撬锁进去？”

小顾眨眨眼道：“是啊，这俩傻东西。”

韩露问少杰道：“你说为什么会出现这种情况？”

少杰道：“我估计这根本就不是一伙贼，只不过是同一个晚上来的。一个贼从屋顶平台上弄了根绳子，结果被人暗中算计了，摔了个半残，跑了。另一个贼是撬锁进去的，赃物应该在这个贼手里。”

他建议小顾在这个小楼附近加装监控探头，得用些技术手段抓这两个“鬼”。

彭军和毕海燕都很兴奋，他们清点着从马玉家盗窃来的财物，看着一件件文玩玉器，目光中都充满了贪婪。但他们不懂行，也不知道哪件东西值钱。

毕海燕拿出一个翡翠扳指向彭军问道：“这是什么？”

彭军看了看道：“这是翡翠扳指，成色不错。”

毕海燕高兴地向彭军道：“明天你找个信托商行鉴定一下，看看这东西是哪个朝代的。马玉是开古玩店的，这应该是个古董，要是过去皇上用过的，那可值老钱了。”

小楼鬼影祟祟，焦点都是美女老板马玉。少杰和韩露向马玉了解被盗物品的情况，马玉一脸疲惫，向他们说，这回真丢了不少东西，不过这个贼似乎不太识货，把她平常在店里卖的那些仿制品拿走不少，都不怎么值钱。唯独有一样东西丢了还真让她心痛，是一件清代晚期的翡翠扳指，成色非常好。

少杰问她这个翡翠扳指按现在的市场价值多少，马玉说在她的店里卖，要价至少三十万。

三十万不是小数，韩露让马玉把那个翡翠扳指的照片发给她，其他被盗物品虽然不值钱，有照片的也尽量发给她，侦破案子的时候用。

少杰最关心的不是这个不懂行的贼，而是那个到这儿“搞卫生”的贼。他问马玉道：“你这个翡翠扳指值三十万，上次那个贼为什么不拿？”

马玉心里明白，但不便对警察说，只是苦笑着向少杰道：“上次那个贼恐怕还真没看上这东西，或者说他不是冲着这东西来的，他是另有所图，只是没找到。”

少杰看着马玉，目光中充满了疑惑。那个眼高的贼到底在马玉家找什么？

马玉对眼前这个高大英俊的警察印象非常好，于是对他道："我知道你一定不相信我的话，或者怀疑我这儿有什么特值钱的东西被贼惦记上了。"

少杰语气肯定地说："不是怀疑，是相信你肯定有特值钱的东西，准是这东西把贼招来了。这个贼知道你有这件宝贝，应该是你的熟人。"

马玉点了点头道："第一次来的那个贼应该知道我有这件宝贝，不过他是不是我的熟人我还没想清楚。"

少杰道："你能跟我说说你这件东西是什么吗？"

马玉摇了摇头道："不太方便。"

少杰猜到马玉不会告诉他，因为毕竟这是她的绝对隐私。于是问她都跟谁说过她有这件东西。马玉肯定地回答，她跟谁也没说过，她也怕招贼。

少杰提醒马玉，她家两次被盗，不像是流窜作案，她可能是交友不慎，结交了一些不怀好意的人。韩露嘱咐马玉，她既然知道身边的人居心不良，就应该离他们远点儿。真正保护她的是警察，希望她经常和警方保持联系，提供一些有价值的破案线索。

彭军毕竟没有销赃的经验，他想把从马玉家偷来的翡翠扳指卖了，就去信托商行给人家看，问这东西是哪个朝代的，能卖多少钱。信托商行的业务员仔细看了看那个翡翠扳指，对彭军说，这扳指好像是清晚期的，年代虽然不是太久，可是成色不错，他可以十万块钱收。

可彭军觉得卖十万块钱太少了，他准备再到潘家园去试试，也许在那儿能卖个好价钱，就收起扳指，匆匆离开了信托商行。但是他不知道，信托商行属于特种行业，是公安局重点管理的单位，有被盗物品出现，公安机关会在第一时间得到信息。

少杰得到特行部门的信息通报，有人到信托商行问一个翡翠扳指的价钱，这件东西与马玉家被盗的翡翠扳指十分相似。只是来人问了问价钱就走了，并没有卖。店员说卖东西的人是一个高高的帅哥，有东北口音。只可惜这个信托商行没有装监控探头，没有现场录像资料。

少杰一琢磨，这个销赃的是个年轻的东北小伙子，这样的人满大街都是，到哪儿找他去？不过看来这个贼急着出货，估计还得露面儿。

彭军去了潘家园市场，想在那儿找买主。他瞄上了几个在潘家园扫货的年轻小伙子，这几个人似乎是倒卖古董的，特别喜欢在古董摊上转。他不敢在人多的地方卖偷来的东西，就跟着这几个人，准备找个清静的地方再和这些人谈。

彭军瞄上的几个人还真是做古董生意的，不单倒卖古董，还参与盗墓，是潘家园的常客。这几个人都二十多岁，分别叫田小风、孙军、田三和黑九子。他们和根生很熟，有时候把盗墓得来的东西拿到潘家园卖，根生帮过他们不少忙。这天他们是来问根生给他的古董有没有买主。可根生最近忙，对这几个东北盗墓贼拿来的东西没认真卖。于是这些人在潘家园转了一圈儿就准备找个地方喝酒去。他们从潘家园市场出来，走到一个居民区的小路上的时候，彭军快步追上了他们，上前搭讪道："几位老乡，收古玩吗？"说着警惕地四下看了看。

田小风等人停下来打量彭军，听他的口音似乎也是东北来的，于是问道："你也是东北来的？"

彭军道："当然是东北人，我在市场里看见你们在淘古玩，知道你们是干这个的。我有几件东西估计你们感兴趣。"

孙军是老江湖了，对陌生人有着天然的警觉，审视地看着彭军道：“你也是玩儿这个的？”

彭军笑了笑道：“我刚入行，不能说是行家，但是手里有真货。”

黑九子是个只会打架的粗人，一听说对方手里有真货，挺感兴趣，问彭军道：“你手里有什么货，让我们看看。”

彭军道：“你们可以先看看照片。”说着拿出几张照片让这几个人看。

田小风是盗墓的出身，有些眼力。他看了彭军手机里的照片，认为他的东西多数是仿品，唯独那个翡翠扳指成色不错，便问道：“东北老乡，你这个扳指要多少钱？”

彭军道：“你要是行家，一看就知道，这可是清朝的老东西，怎么着也得二十万吧。”

田小风等人听了面面相觑，他们心里都有一个声音，那就是：买卖来了，得干他一下。

第四章　青龙一姐

彭军说他的扳指值二十万，这价钱要得有些高，黑九子觉得不靠谱，撇着嘴向他说："哥们儿，这东西值二十万？"

彭军道："当然，这是真东西。"

田三多少懂点儿玉器，知道彭军要的价钱基本靠谱，向他道："大哥，咱们既然遇上了，就是有缘。这么着吧，你给我们看看真货，价钱再商量。"

彭军道："看货好说，你们说什么时候吧，咱们在潘家园门口见。"

田三道："今天晚上 9 点吧，还在这儿。"

彭军道："行。不过你们可得带上钱，咱们现金交易。"

黑九子撇嘴道："行。给你看现金，咱们一手钱，一手货。"

黑九子什么时候花钱买过古董？他们做的都是无本的生意，

要么到古墓里去挖，要么上门去偷、去抢。他们一合计，晚上就在潘家园门口，把个那卖扳指的爆捶一顿，然后把那个扳指贡献给岛主，得个十万八万的奖励，够他们喝酒的了。

黑九子、田三、田小风、孙军找个饭馆吃了饭，喝了几瓶啤酒，看着时间差不多了，就慢慢向潘家园市场溜达。天一黑潘家园市场就清静了，他们就在大门外的路边抽烟，等着那个卖翡翠扳指的人。田小风手里还拿着一个包，鼓鼓囊囊的，看上去似乎是装了不少钱。

9 点的时候，彭军从潘家园里边的树林里闪了出来。他穿着一身练功服，无声无息地来到黑九子等人面前。

田小风看了看彭军道："哥们儿，东西带来了吗?"

彭军低声道："你们带钱来了吗?"

田小风拍了拍手中的包道："钱都在这儿。"说着把包打开一个小缝，露出了里面的现金。

彭军看了看黑九子等人，面无表情地说："把包放下，你们滚蛋。"

黑九子等人真不敢相信自己的耳朵，以为听错了，面面相觑，然后都笑了。

黑九子笑眯眯地向彭军道："我说哥们儿，你吃错药了吧?你说什么?我们滚?把包留下?"

彭军低声道："你没听见吗?"

黑九子盯着彭军道："你谁呀?哪条道上的，不想活了吧?"他的话音未落，就听"啪"的一声，彭军飞快地打出了一个摆拳，那拳头是三角拳，三个手指在前形成一个尖，正点在黑九子的太阳穴上。黑九子是个一米八多的壮汉，这一拳愣把他打得向后转了半圈，仰面摔倒。

这突然的变故发生得太快，但田小风等人反应也不慢，见黑九子被对方一拳打倒，立刻扑了上来，对着彭军挥拳就打。哪想到彭军身手十分敏捷，三拳两脚，把田小风等人都打得东倒西歪。转眼之间，四人全被打倒在地，痛苦不堪。

彭军拿起田小风放在地上的包，掂了掂，转身欲离开。可他刚一转身，忽然发现身后站着一个身材高大的人，此人不知道怎么来的，他一脸大胡子，在夜色中隐约可以看见他目光中闪着炯炯寒光。彭军一愣，刹那间这个大胡子的掌已经打了过来，用的是“健步推山”。彭军想躲闪，但对方出掌的速度奇快，根本没有躲闪的时间。“啪”的一声，彭军被打得向后退了几步，险些栽倒，就觉得胸口剧痛，差点儿吐了血。他反应极快，顺势向后拧了个旋子，防备对方第二掌的同时，转身就走。虽然受了重伤，但彭军知道不走再挨一掌就得死在这儿。他早看好了逃跑的路径，几步跑到树林里，脚一蹬就翻上了潘家园市场的院墙。那个大胡子并没有追赶，看着彭军消失在夜色里，就转身离开了，也没有理睬黑九子等人。

黑九子等人看着这个大胡子，一脸的惊愕。田小风道：“我的天，岛主的武功果然厉害。”

彭军忍着伤痛跑到三环路上打了个车，没敢去医院，怕那帮黑道上的人找来，想到山本的武馆里有最好的跌打损伤药，而且山本也颇懂医道，就直接去了空手道武馆。

山本查看了彭军的伤势，很是吃惊，赶紧给他服了武馆特制的跌打损伤药。然后问他道：“你跟熊掌大侠交手了？”

彭军咬牙忍着疼对山本说：“我不知道他是谁，天黑没看清楚，就看见他满脸大胡子，个儿挺高，很壮。”

山本一听更吃惊了，疑惑地自语道：“难道是岛主？”他看着彭军问：“你怎么得罪他了？他可是盗墓贼里的支锅老大。”

彭军道：“我去潘家园市场卖东西，没想到他们黑吃黑。”

山本苦笑道：“他们是盗墓贼，哪有不黑吃黑的，连我他们都敢黑，何况你一个人。他今天手下留情了，没想杀你，只把你的胸膈骨打伤了，如果他再多用三分力，你的胸膈骨一断，压迫心脏，当场就得吐血而亡。”

彭军道：“那个人的武功确实厉害，一掌打过来我想躲都躲不开，又快又狠。”

山本摇头道：“以你现在的武功，当然不是他的对手。你练的是自由搏击，纯外家功夫，没有内功护体。岛主的铁砂掌至少练了三十年。他祖上是清朝皇宫里的带刀护卫，大内高手。他在缅甸有玉石矿，前几年他在日本卖玉雕，不少日本黑道上的武士都吃过他的亏。以岛主的功夫，当今恐怕只有熊掌大侠能和他打个平手。”

彭军不解地问山本道：“您认识这个人？”

山本摇头道：“我也是听日本道上的朋友说的，没见过他。有人说他没胡子，那满脸的大胡子是假的。他在海上承包了一个小岛，搞旅游开发，所以叫岛主。实际那海岛上藏着他盗墓得来的东西，外人要想偷他的那些宝贝可不容易。这个人很神秘，谁也不知道他的真实身份，也没人知道他承包的海岛在哪儿。只有你们那个街坊马玉知道他的本来面目，他们的关系不一般。”

彭军有些吃惊道：“马玉认识他？”

山本道：“是啊，岛主也在打那个小楼的主意，他跟马玉做生意是另有所图。”他沉思良久，向彭军道：“这几天你在我这儿养伤，暂时先别回家了。我让日本那边寄一些药过来，给你调治一下。你是拣了一条命。以后别去潘家园了，那个岛主手很黑。”

毕海燕等山本来听歌，山本还真来了，是晚上客人很少的时候来的。他似乎满怀心事，要了一杯酒，一个人看着对面的小楼发呆。毕海燕上前与山本打招呼，山本只是笑了笑，让她坐在边上，陪他喝一杯，并问了她一个问题：那个小楼上的白发老太太是真疯还是假疯？

毕海燕恨透了那个整天和她作对的疯老太太，她不知道山本为什么会对那个疯老太太感兴趣，她煞有介事地向山本道："那个老太太是真疯，经常深更半夜的在小楼的平台上唱歌，跟鬼哭似的。"

山本听了皱了皱眉道："她唱的是日本歌？"

毕海燕道："对，是日本歌，唱的什么我们谁也听不懂。"

山本点头道："你应该是听不懂，她唱的是那个年代的歌，现在的日本人也不一定有几个人会唱，这说明她对日本人还是有情意的。"

他又问道："那个老太太就是一个人生活吗？没有子女？她靠什么生活？"

毕海燕道："她一辈子没结过婚，哪来的子女。她现在就靠出租房子生活，那楼里好多房子是她的，每个月的租金可不少呢。"

山本又问道："那个马玉住的房子是老太太租给她的吗？"

毕海燕摇头道："马玉那房子是她老公从老太太那儿买的，老太太有钱，卖一套房子，钱存银行里，利息就吃不完。"

山本点了点头道："马玉的房子是这个老太太的，这就对了。"他没再问什么，结了账就走了。

等山本走了，毕海燕才想起还没卖那个翡翠扳指呢。

黑九子等人在潘家园挨了打，幸亏岛主出面救了他们。黑九子不甘心，准备找武林高手出面报仇。田小风认识东北老乡大虎，论他的功夫，在东北老乡里面是数一数二的，而且大虎仗义，只要请他喝顿酒，打架的事准帮忙。这天田小风做东，黑九子等人陪着，请大虎喝了一顿大酒。田小风说了被打的事，大虎听了有些犯嘀咕，田小风说的这个人怎么那么像彭军呀？难道彭军也入了黑道？他更好奇的是那个传说中的岛主。他向田小风打听岛主是谁，田小风其实也不知道岛主的真实身份，甚至不知道他的真名。只知道他是个文物鉴定专家，盗墓这行的老大。有时候能在旧货黑市上见到他，都叫他老大或者岛主。老大住哪儿也没人知道。他发现了古墓就在网上用暗语联系，而且经常换联系方式。他们有时候收了古董就在潘家园等老大鉴定，他要是来了，一眼就能看出是真是假，但是谁也不知道老大什么时候来。

大虎当然不会跟自己的师兄彭军交手，但是他仍答应了田小风，为他们出面，灭了那个东北老乡。

这天朝阳门小楼来了个绝色美女，二十岁出头，身材窈窕，大大的眼睛，白皙的皮肤，一头金色的长发披在肩头，衣着亮丽而高雅，看上去相貌比马玉还漂亮。她边上楼边看门牌号，来到一家门口犹豫了一下，按了门铃。那位白发老太太打开了门，问："小姐你找谁？"

金发女郎道："我找马玉。"

老太太道："马玉住我的楼下，二层2号。"

金发女郎歉意地笑笑说："对不起，打扰您了。我来过一次，忘了门牌号。"说着返身下了楼。

金发女郎来到马玉家门口按了门铃，开门的是马玉，她隔着防盗门看着眼前的人，疑惑地问："小姐你找谁？"

金发女郎淡淡地说："马玉小姐，你不认识我了？半年前我可到你这儿来过一次，还买了一幅八大山人的画。"

马玉想起来了，眼前这位金发女郎是岛主的秘书，那个美丽的日本女郎，笑道："噢，我想起来了，请进，请进。"

金发女郎进了马玉的家，马玉给她沏了一杯茶，问道："小姐怎么称呼？上次忘了问你了。"

金发女郎说："我叫张丽，你没听他提起过我？"

马玉愣了一下，似乎明白了，这个漂亮的女孩子是来向她讨债的，一笔情债，不禁苦笑着说："我明白了，你是为他而来，对吗？"

张丽看着马玉，显然不想遮遮掩掩，表情凝重地向马玉道："我想和你探讨一个字。"

马玉似乎没听明白，问道："探讨一个字？什么字？"

张丽郑重地说："情。"

马玉自然明白这个情字的内涵，她笑道："我明白了，你是重真情的人，我抢了你的情人，你来和我讨说法，想问我是不是对他有情，或者懂不懂爱情，对吗？"

张丽看着马玉，并没有说话。

马玉苦笑一下说："说实在的，现在我也不明白，他说他爱我，对我是一片真情，可我从来没有相信过他，真的，这是我的心里话。"

张丽依然冷冷地说："我不信，他离开我难道不是你勾引了他？"

马玉心里有些烦乱，点上烟抽了一口，向张丽道："你说我勾引了他，也是冤枉我了。我从来不主动勾引男人，是他自己找上门来的，真的。"

张丽皱了皱眉道："他和我曾经海誓山盟，可是自从到你这儿买了那幅八大山人的画以后，就对我越来越疏远，我不明白，这是为什么?”

马玉点头叹道：“唉，痴情女子负心汉。我看得出来，你是个重情义的女人。可是你为情所累，自己折磨自己。”

张丽表情有些痛苦，起身看了看马玉家墙上挂的五美图，向马玉道：“你这张五美图中的女人，都是红颜薄命，看来你也是个苦命的人。”

马玉苦笑着站起身，站在五美图前感慨地说：“红佛、绿珠、西施、杨玉环，一个比一个美，一个比一个命苦，最后都死于非命。我比她们也好不到哪儿去。我以前是歌厅小姐，好不容易嫁了个有钱的老板，可结婚一年不到他就出车祸死了。唉，我命苦，早就看破红尘了。”

张丽看着马玉，目光中多了些同情和怜悯，语气缓和了许多，说：“看来你也是个不幸的人。”

马玉苦笑一下道：“看得出来，你是一个不错的女人，我将来万一选择了你爱的人，我现在就向你表示抱歉。”

张丽愣了，感叹道：“难道男女之间真的就没有真情吗?”

马玉想了想道：“真情？有，当然有真情。我身边就有对我一往情深的男人，你看见这张画了吗？这个画画的只画我一个人，他就是能为情牺牲一切的人。”

张丽好奇地问：“可是你对他没有情，对吗?”

马玉笑着说：“不能这么说，我对他也是有情的，但不是专一的情。我刚才说过，我用情不专。”

张丽有些张口结舌：“你……”

良久，马玉深深地吸了一口烟，把烟吐向天空，看着渐渐散去的烟雾，忽然看着张丽问：“我听他说你在日本的时候是青龙白虎帮的一姐，你是职业杀手吗?”

张丽摇了摇头道："我没杀过人。"

马玉看了看张丽道："你似乎不是日本人，你的中文说得很好。"

张丽道："我本来就是中国人，我的父母当年去日本打工，我是在日本出生的。"

马玉对张丽的身世很好奇，因为有人说她是杀手。杀手应该是相貌凶恶，一脸冷漠。可是张丽是个美艳的女人，很有女人味儿。她好奇地问："你父母在日本打工？是做生意吗？"

张丽道："他们在日本开了一家武馆，教中国武术。他们两个人都是练武术的，日本有不少中国武术的爱好者。"

马玉心想，人真不可貌相，这个看似柔弱的女孩子，兴许真是身怀绝技的杀手。她又问张丽道："你为什么不在日本发展？日本的经济不是很发达吗？"

张丽道："我的父母不让我在日本生活，而且不让我嫁日本男人。他们希望我回到自己的国家来，做个中国人。"

马玉问："你在中国留学？听着很新鲜，你学什么专业？"

张丽道："学考古。"

马玉笑了，说："我明白了，你跟我是同行，但是比我专业。难怪岛主说你是她的秘书，他收藏古董，你学古玩鉴定，有共同语言，而且你还能帮他鉴定藏品，防止他打眼。"

张丽笑了笑道："我没能帮他防止打眼，在你这儿不就打了眼？"

马玉知道她指的是什么，自我解嘲地一笑，没有说话。

张丽和马玉谈了很久，最初的敌意渐渐消失了，两人有很多共同语言，甚至有些惺惺相惜。张丽走的时候答应马玉，以后有时间再来看她。

张丽从马玉家出来的时候天已经黑了，她听说马玉住的这个小楼的楼顶平台经常闹鬼，很好奇，就上了平台。这平台上静悄悄的，站在这儿，看着远处的万家灯火，她思绪万千，想到了远在日本的父母，当年为了生活千辛万苦地远渡重洋，自己现在无依无靠，情感屡屡遭受打击，如果父母在身边，她一定不会这么孤独。小时候父母曾经教她唱过一首日本民歌，似乎是一首思念亲人的歌。于是她便站在楼的边缘，低声用日文哼唱起来，她的声音有些凄凉，眼泪也静静地流淌下来。

白发老太太不知什么时候走上了平台，无声无息地站在张丽身后不远的地方。良久，张丽拭了一下泪，忽然看见一个白发老太太站在身后，吓了一跳。

白发老太太忽然开口道："姑娘，这首歌很老了，应该是你父母教你的吧？女人在痛苦的时候就会唱这首歌。大半夜的，你一个人在这儿干吗？你不会想不开要从这儿跳下去吧？"

张丽打量一下老太太，只见她穿一身白，在夜色中像幽灵一样恐怖，尤其是她的眼神十分诡异，不由得后退了两步。

老太太道："你来找马玉？找到了吗？"

张丽这才想起来的时候走错了门，是这个老太太指的路，她从恍惚中清醒过来，点了一下头道："找到了，谢谢。"

老太太诡异地微微一笑道："想不想听我给你唱一首日本歌？"

张丽有些疑惑，虽然她不想听，但是觉得这么拒绝老人家有些不礼貌，就点了点头。

老太太走到楼边上，对着夜空轻轻用日文唱了一首歌。张丽在日本长大，但是没听过这首歌，歌词大意她基本听懂了，是一首思念亲人的歌曲。而且这个老太太似乎年轻的时候是唱花腔女高音的，现在依稀能感觉出她的嗓子很好，唱高音的时候并不费力。她被这老太太的歌声吸引住了，感觉这个老太太很神秘，必定有着非同寻常的经历，不然歌声中不会有这么多的哀怨。

就在这时，楼梯口上有个黑影一闪，似乎有人在暗中偷听。

张丽十分警觉，马上喝问道："谁？"

从楼梯走上来四个穿中国功夫服的小伙子，他们来到张丽和老太太面前，一个小伙子向张丽道："这位女士，我们有话向这位老人请教，不好意思，请你回避。"

张丽愣了一下，担心这么晚了这些人对老太太不利，所以站着没动，仔细打量着这些人。

这时老太太回过头来，对着几个年轻人道："你们帮主好大的架子，他怎么不亲自来？"

一个小伙子向老太太一拱手道："我们帮主请您到对面酒吧喝一杯清酒。"

老太太哈哈一笑道："我可没闲工夫陪小辈喝酒，有事让他上来说，别躲躲闪闪的。"

小伙子道："我们帮主说在这儿说话不方便，请您老借一步说话。"

老太太有些怒道："岂有此理，真不懂规矩。"

张丽看着这几个小伙子，觉得他们有点儿强人所难，甚至有逼迫老太太的意思，便向他们道："这就是你们的不对了，老人家不想去，你们就别死乞白赖的了。"

一个小伙子白了张丽一眼道："这跟你没关系，请你少管闲事。"

一个小伙子上前向张丽一拱手道："小姐，得罪了。"说着拉开了空手道的架势。可就在这一瞬间，张丽突然飞起一脚，正踢在小伙子的下巴上。"啪"的一声，小伙子仰头栽倒。另外三个小伙子对视一下，一起向张丽冲上来，拳脚相加，十分凶猛。张丽在原地旋转，用的是武当太乙神剑门的身法，对方的拳脚居然都打空了。此时张丽身形一晃，已经来到对方的身后。只听啪、啪、啪三声，三个小伙子的后腰上都挨了一脚，身体向前一冲，全趴在楼沿上，差点儿栽到楼下去。

这时楼梯口又出现两个人，正是吴霜和吴雪，这二人手里都拿着一根七星竿。

第五章　女老板之死

张丽在朝阳门小楼的平台上和几个小伙子交手的时候，吴霜和吴雪来了。原来，这几天少杰和韩露要在这小楼抓“鬼”，吴霜听说了以后吵着来看热闹。吴雪怕吴霜惹事，也跟来了。

大晚上的张丽分不清敌友，见又上来两个美女，手里拿的是七星竿，认定他们准是一伙的，于是冷冷一笑：“嗬，又来了两位女将，真不愧是岛主，手下虾兵蟹将一大堆。”

吴霜一听眼前这个黄头发女孩子出言不逊，上前用七星竿一指她道：“嘿，你这个黄头发的女鬼，今天让你尝尝本姑娘七星竿的厉害。”

张丽一听这吴霜出言不逊，气得柳眉倒竖，摆出了一个武当派的架势，双手在胸前一错，正是阴阳掌。

这时少杰和闻龙、韩露悄悄走上了平台，一看吴霜要和一个黄头发的女孩子交手，少杰向闻龙和韩露做了个手势，示意他们别出声，三人悄悄躲在了平台的暗处。

这时吴霜和张丽拉开了架势，吴霜性格急躁，不等张丽弄明白对手是谁，她的七星竿已经直点张丽的太阳穴。而张丽没等吴霜的七星竿打过来，她的阴阳掌已经打过去了。这掌分一上一下，上面的属阳，下面一掌属阴，各有虚实，对方拦上面的掌，上面就是虚，拦下面，上面是实。吴霜是武当八卦门的，自然知道阴阳掌的厉害，不敢怠慢，七星竿舞了个梅花千朵，风雨不透。二人你来我往，动了真功夫。

少杰在边上看着吴霜和张丽过招，低声向闻龙和韩露道："好！这节目好看。"

此时张丽施展出太乙游身掌，打得吴霜连连后退。吴雪一看吴霜抵挡不住了，一步跳了过去，用七星竿直点张丽双眼间的印堂穴。张丽吃惊不小，赶紧招架。吴霜趁机反扑，与姐姐合力围攻张丽。

张丽跟吴雪一过招，发现这两个女孩虽然长得一模一样，可是武功路数大不一样。这个吴雪一招阴一招阳，虚虚实实，使的似乎也是武当太乙神剑门的招式，这让她大感吃惊。

闻龙是武术界的人，可眼前这个黄头发女孩子他还是头一次见。而且他看出这女孩子用的是武当太乙神剑门的武功，更觉得诧异，因为他在北京从没见到有人练这门武功。这个黄头发的女孩子看上去拳法娴熟，功力也相当不错。

此时白发老太太急了，厉声向张丽等人大喊道："都别打了！再打我叫警察了！"三个女孩子一听都停了手。

老太太走上前，拉起张丽的手道："走，到我那儿喝茶去。"说着就拉着张丽下了楼。吴霜和吴雪都被这老太太的一嗓子给弄糊涂了，也不敢上去阻拦。

少杰、闻龙和韩露见老太太和张丽下了楼，这才从楼顶的暗处走了出来。

吴霜一看少杰来了，高兴地上前抱着他的胳膊笑嘻嘻地说："大白熊，你怎么才来呀，我们刚把那个黄头发的女鬼打跑了。"

少杰笑道："你真是胡来，你怎么知道她是女鬼，没准儿她还是你师姐呢。"

闻龙也道："是啊，我看这个黄头发女孩子用的是武当太乙神剑门的招式，应该是你们武当派的。"

吴霜眨眨眼道："真的？我怎么没看出来？"

这时那四个从地上爬起来的小伙子上前向闻龙和少杰拱手施礼。一个小伙子道："闻馆长好，白大侠好。"

少杰看了看这四个人道："你们不是山本先生武馆里的教练吗？怎么上这儿来了？"

小伙子道："我们馆长让我们请这位老太太到楼下的酒吧喝一杯清酒，可是那个黄头发的女孩子管闲事，打我们，幸亏吴雪和吴霜师妹来了，不然我们今天就惨了。"

闻龙道："你们不认识那个女孩子？"

小伙子道："不认识，从来没见过。"

少杰点头道："武当太乙神剑门，厉害，不是一般的厉害。"

山本的手下人没有请到小楼的疯老太太，回去向山本复命，山本听了煞是吃惊，他问那个嘴上红肿的教练，是不是挨了一迎面脚。教练懵懂地点了点头，说是那女孩子脚快得根本闪不开。

山本沉思良久，向手下的几个教练道："这个女孩子是武当太乙神剑门的，她的迎面脚从十岁就开始练，每天踢五百下，踢了十几年，现在出腿的速度应该很快。你们以后见了她不要和她动手，就说青龙白虎，她肯定不会打你们。”

几个教练看得出来，山本馆长定是和那个黄头发美女有些渊源，不然怎么对她这么了解？

彭军的伤好了以后，山本给了他一个任务，说朝阳门小楼里的疯老太太收藏了一些古董，就藏在小楼的某个地方，要他想办法把那个小楼可能藏宝的地方都暗中查访一遍。

马玉家连着两次被盗，社区民警顾胖子毛了，整天组织红袖标在小楼附近巡逻。他把小楼近期的异常情况报告给了少杰和韩露，这二人感觉无风不起浪，他们本来就想抓这个小楼里的“鬼”，便和顾胖子制订了一个方案，准备在那儿蹲守几天。

在小楼上蹲守容易暴露，少杰勘察了小楼附近的地形，发现小楼对面还有个楼，与这个小楼相距不到百米，在那个楼的楼顶可以看到小楼上的情况。于是少杰让小顾安排，他晚上就在小楼对面的那个楼顶上隔岸观“鬼”。韩露则在楼下路边的车里，随时准备支援少杰。

彭军接到山本的指令很不以为然，他根本不信疯老太太家有宝贝，但是既然拿了人家的工资，就得给他干活儿，于是他开始在小楼里寻宝，还趁老太太买菜的时候撬了她家的门锁，结果什么值钱的东西都没捞到。他知道马玉家有油水，可是自从听说马玉是岛主的人，他就再不敢去她家了，他害怕，怕遇上那个大胡子。

少杰等人在外围监视小楼，众多的眼睛眼睁睁地看着小楼的动静，可小楼里除了送快递的，送外卖的，基本没什么可疑的人出现。但奇怪的是，小楼的入室盗窃案子仍在他们的眼皮底下发生了，这让顾胖子颇为恼怒。但是少杰明白，他们在外面盯得这么紧，小楼依然闹贼，只有一个可能，就是这个贼住在小楼里，这叫家贼难防。这个小楼里住的人并不多，侦破范围可以大大缩小了，他暗中得意，小楼里闹鬼的谜终于要揭开了。

彭军向山本汇报，声称自己把小楼所有的角落都找了，什么都没找到。山本明白，彭军已经惊动了警方，不能再贸然行事，于是给了彭军一笔奖金，让他暂时偃旗息鼓。

少杰准备欲擒故纵抓内鬼的时候，彭军却放假和毕海燕到外地浪漫去了，小楼太平了。顾胖子问少杰是怎么回事，少杰分析了近期围绕小楼的发案情况，估计这种平静是暂时的，更大的风雨或许正在酝酿之中。他和韩露商量，撤出了蹲守的警力和治安志愿者，观察一段时间再说。

少杰一方面关注着在小楼作案的那个溜门撬锁的贼，另一方面也在查找那个黄头发的美女。他认为这个练武当太乙神剑门武功的女孩子到这个小楼上来不是偶然的，她是从哪儿来的？这个小楼闹鬼跟她有没有关系？

这天早上，白发老太太从楼上下来，路过马玉家门口的时候，看见她家的门半开着。因为近期总闹贼，老太太怕她家再丢东西，就过去轻敲了一下门，向里面叫道："马玉，关好门，最近可老闹贼。"里面没回音。

老太太叨叨着，又轻轻敲了一下马玉的门道："马玉，起来了吗？"还是没人应答。一阵风吹来，马玉家的门居然自己开了。老太太有些担心，迈步进了马玉家。见马玉的卧室开着，她向屋里叫声："马玉！"往里一看，顿时惊得目瞪口呆，只见马玉被绑在床上，双目紧闭，已经死了。

老太太大叫起来："不好啦！杀人啦！"这声音比一般人的

声音高八度，十分恐怖。

美女老板马玉被杀，惊动了市局刑警队，李队长带着少杰和韩露等人来到现场。众人进了马玉的房间，只见她四肢被绑在床上，嘴里堵着毛巾，双目紧闭，歪着头，薄如蝉翼的睡衣被撕得已不能遮体。

少杰和韩露心里都很沉重，马玉死得太突然了。而且前不久他们刚把蹲守力量撤下来，没几天就出了这么大的事。少杰在门口的地上认真查看，见门边有一片花瓣，他小心地拣起来闻了闻，感觉还有香味，说明昨天晚上来找马玉的人应该是拿着花来的。他又从地上捡起一根长长的头发，这头发是黄色的。他小心地把头发用纸包好，又来到过道，在地上发现了土的痕迹。他俯身用纸把土收集起来，然后走进客厅，发现客厅茶几上有一个装着半杯可乐的玻璃杯子，还有个烟灰缸。他把烟灰缸中的烟头拿出来看了看，把其中一个用纸包了起来。

负责勘查现场的民警向李队长和少杰等人介绍了初步勘查的情况：死者颈部有明显的掐痕，属窒息性死亡。从现场看是典型的强奸抢劫杀人。死者的手机、钱包、首饰都被抢了。

少杰觉得现场有些矛盾的地方，作案人既然已经把马玉绑住，她就失去了反抗的能力，为什么还要把她掐死？难道是杀人灭口？或者说死者可能认识凶手？而且凶手要是抢劫，为什么不把柜子上的古董拿走？他拿起一个盘子看了看，向李队长道：“这是清朝康熙年间的，这要不是仿制品得值几万，凶手为什么不要？如果是我，先拿这个盘子，比她的手机值钱。”

韩露道：“也许凶手不识货。”

少杰摇了摇头说：“我看不一定，这人抢劫可能是顺手牵羊，把值钱的拿几样。要是真正以抢劫为目的，那死者家里值钱的东西可多了。不过也不排除凶手是想把水搅混，转移我们的视线。”

少杰从马玉的书柜里拿出一个画轴，打开一看，是一张马玉的裸体像。少杰冷笑道：“这个女老板挺风流的。”他看了看画的署名，“署名玉石，这个人自称是马玉脚下的一块石头，够多情的。”

李队长让社区民警小顾介绍被害人的基本情况，小顾说：“死者叫马玉，28岁，以前在一个歌厅当三陪小姐，后来嫁给一个开古玩店的老板。这老板特有钱，可是他们结婚不到一年，这老板就出车祸死了。马玉接手了这个古玩店，生意一直红火，但有人举报她倒卖文物，只是没有证据。前些日子她家连着发了两起入室盗窃的案子，少杰和韩露正在查，没想到又出了这事儿。”

李队长问小顾道：“据你所知，她生前有没有和别人有过经济纠纷，或者欠人家账不还什么的？”

小顾说：“没有，她是不会欠别人钱的，这我太清楚了。她为人很不错，左邻右舍都说她做买卖公道，对人有礼有面儿的，也没听说她和谁有深仇大恨。”

李队长皱眉道：“从现场看，熟人作案的可能性很大，因为她是一个寡妇，不可能一个人在家的时候不锁门，并且她家的门锁也没有遭到破坏。”

小顾道：“我认为凶手可能是尾随入室的，因为死者的卧室里有明显的鞋印，说明他没有换拖鞋。”

李队长道：“有道理。”他问少杰道：“你说呢？白大侠。”

少杰想了想，向队长道：“如果是马玉从外面回来，凶手尾随她入室，然后强奸了她，这不可能，因为马玉穿的是非常透、非常性感的睡衣，她怎么能穿着这样的衣服外出？而且我发现她客厅里有一个装了半杯可乐的杯子，这说明她用可乐招待过客人，而这客人是换了拖鞋的，因为屋里只有一个带土的皮鞋印。更可疑的是那个可乐杯子上没有指纹，一个人喝了可乐没有留下指纹，这为什么？只能是他把指纹擦了，怕日后留下证据。但如果是他擦了指纹，为什么又在犯罪现场留下清晰的脚印？难道他不知道鞋印是证据？”他从兜里拿出一个玫瑰花瓣，向李队长道：“这是我在门口捡到的，这说明凶手是拿着玫瑰花来的。他应该是敲门入室。”

李队长想了想，问小顾道：“谁报的案？还在吗？”

这时那位白发老太太在门口应道：“是我报的案。”此时她的神态很平静，根本看不出精神上有什么异常。

李队长仔细打量着这个身材瘦小的老太太，他听少杰介绍过，这个老太太会唱日本歌，经常半夜到楼顶的平台上唱，所以不少人说她精神不正常，管她叫疯老太太。他客气地询问老人当时看到的情况，以及最后一次见到马玉是什么时候。

老太太想了想对李队长说，她昨天中午看见马玉回来了，是开车回来的，她把车停在楼下面就上楼了。

李队长又问，她知道不知道马玉平常和什么人来往。老太太说马玉是个寡妇，找她来的净是男人。有的是做生意的，也有的是和她谈朋友的。她以前在歌厅当过小姐，平常也有歌厅小姐来找她。

李队长看出来了，这个老太太一点儿都不疯，起码现在没疯。而且她平常准是眼观六路，对小楼里的人十分了解，就问她在马玉死前这段时间，有没有看到谁到她家来过，尤其是昨天晚上。

老太太说晚上 11 点多的时候，她到楼顶上唱歌，看见一个黄头发的女孩子也在那儿。

少杰看着老太太道：“您说的这个黄头发的女孩子，是不是上次在楼顶上打架的那个美女?”

老太太白了少杰一眼道：“是啊，不是有个女孩子说她是黄头发的鬼吗?”

少杰点头道：“她上次是来找马玉的，马玉死前她又来了。”

李队长看着少杰道：“你怀疑这个黄头发的女孩子？这可是强奸杀人案。”

少杰摇头道：“这不是强奸杀人案，是盗墓贼干的夺宝杀人案。杀马玉的人准是冲着她家的宝贝来的。”他看了看白发老太太道：“您觉得我说得对吗?”

老太太向少杰撇了一下嘴，冷冷地说：“盗墓贼早就想把这个楼拆了，马玉跟他们混到一块儿去，能有好吗？我说过她，她不听啊。”

少杰眼睛一亮道：“您知道她身边有盗墓贼？能告诉我是谁吗?”

老太太白了少杰一眼，转身走了。

李队长和侦查员们讨论了将近一个小时，最终也没有把案子定性。因为少杰不相信这是一个普通的强奸抢劫案子，现场有太多的疑点和漏洞。总之，没有充分的证据，只能靠进一步的侦查。李队长责令少杰和韩露务必尽快查清杀害马玉的凶手，要把前几次马玉家被盗的案子和这个案子联系起来。

少杰和韩露想从那个老太太嘴里得到更多的线索，于是当天晚上 10 点多，少杰和韩露就拉着社区民警顾胖子来到小楼的平台上。果然，那个老太太已经在那儿了。她对少杰等人到来并没有什么反应，还是继续唱自己的歌。

少杰和韩露一看这老太太没有搭理他们的意思，索性站在平台上静静地听她唱。这老太太唱的都是日本歌，而且不是漫不经心地唱，而是投入了百分之百的情感，似乎面前不是黑漆漆的夜幕，而是满场的观众。

老太太唱了差不多一个小时，才回过头来看了看少杰等人。她神情诡异地向少杰和韩露道："你们这对小情侣又来了，是不是也要从这平台上跳下去？"

少杰和韩露相视了一下，都觉得这老太太似乎是又犯病了。少杰试探着问老太太道："您看见过有情侣从这儿跳下去？"

老太太道："是啊，看见过。昨天晚上还有个女孩子差点儿从这儿跳下去，幸亏我来了，她才没跳。"

少杰皱眉道："您是说马玉死之前有人要从这儿跳楼？"

老太太点着头道："是啊，昨天晚上已经很晚了，我看见那个黄头发女孩在楼顶平台上，看上去好像是想不开了。"

韩露赶紧问："后来呢？"

老太太道："后来她看见我，吓得赶紧逃走了。"

少杰看着老太太道："您半夜上平台来干什么？是不是也有什么想不开的事呀？"

老太太又诡异地笑了笑道："我每天半夜到平台上来是唱歌，给我过世的老伴儿唱，这叫夜半歌声。"说完转身慢慢走下了楼梯。

少杰和韩露相视愕然了。

少杰道："我怎么觉得这个楼顶上鬼气森森的？"

韩露四下看了看道："这上面是有点儿不太对劲儿。"

小顾也向少杰和韩露道："我巡逻的时候也在这上见过不太对劲儿的人，大晚上的，行为举止都不太正常……"

少杰白了小顾一眼道："你看见鬼了？给我们描绘描绘。"

小顾道："有一天晚上我带着保安巡逻，看见一个小伙子在楼顶上发神经……"

小顾看见的是年轻画家山中石，他白天和石军在这儿给马玉画像，晚上又来了，在楼顶平台上两眼发直地看着楼下。

小顾觉得他形迹可疑，就走上前问道：“小伙子，你在这儿干吗呢?”

山中石仍然看着楼下道：“我在等着看一个美女，不看她一眼我就睡不着觉。”

小顾向楼下看了看，什么也没看见，便问他道：“这下面黑乎乎的，你能看见美女?”

山中石道：“是啊，我每天到这儿来，就是为了能看她一眼。”

小顾疑惑地问道：“你看美女非得在这儿?你到楼下看不是更清楚?”

山中石看了看小顾道：“你不懂，我每次在楼下都被美女拒绝，所以才上这儿来。”

小顾不解地问：“人家拒绝你，你就到这儿来，来干吗?”

山中石道：“我想从这儿跳下去。”

小顾一听，赶紧劝这小伙子想开点儿，别因为单相思走上绝路，好不容易才把这个这小伙子劝走了。

少杰听了小顾的故事，挺感兴趣，因为这个痴情的小伙子在楼顶上看的人很可能是马玉，他要是神经不大正常，又对马玉单相思，真没准儿能干出入室强奸这类事来。他沉思了一下，问小顾道：“你说的这个线索很有价值，现在来看，凡是惦记马玉的人，都有作案嫌疑。”

第六章　太乙神剑

第二天，李队长让少杰和韩露去查一下那个给马玉画裸体像的人，这个人肯定和马玉不是一般的关系，很可能和这个案子有关。

少杰和韩露先来到书画家协会，想查查在册的画家里面有没有叫玉石的。书画家协会的工作人员很热情，拿来一个名册，少杰和韩露仔细翻阅了一遍，没有叫玉石的画家。

书画家协会的人说，在他们这儿注册过的，都是够得上家的，如果这个玉石是个年轻人，很可能还没入会。

少杰和韩露有些失望，又去了琉璃厂画店，想在那儿打听一下这个玉石。可走了几家画店，售货员都说没见过玉石这个人的画。这人八成没什么名气。

少杰和韩露一筹莫展，怎么办？上哪儿去找这块玉石？

少杰和韩露找那个给马玉画裸体像的人，始终没有结果。而经常在朝阳门小楼对面喝酒的山本近来也有些焦躁。他责令彭军，要千方百计地打听马玉家都丢了什么东西，是谁杀的马玉。

彭军不明白山本为什么要紧着打听马玉这个案子的进展，难道这个案子和他有关？

这天晚上 11 点多了，山本独自一个人来到朝阳门小楼的屋顶平台上。平台上有些阴森恐怖，黑乎乎没有灯光，月光下，只见白发老太太一个人静静地站在楼边上，看着远方的点点灯光，轻轻地唱着一首日本民歌。

山本来到老太太身后不远的地方停了下来，静静地听着老太太唱歌。良久，老太太蓦地回过头，看着山本，目光逐渐变得异常阴冷。那目光停留在山本的脸上，似乎凝固了。

山本仔细打量着眼前的白发老太太，然后躬身施礼，用日文问候了她，并自报了家门。

白发老太太听完山本的自我介绍，忽然近似疯狂地狂笑起来，这笑声比哭还要难听，似乎是一种悲极而泣的诉说，怨恨和悲凉都在这一阵狂笑之中了。

山本没有在意老太太的癫狂，他用低沉的日语向老人说了一阵，似乎是道歉之类的话。

老太太听完山本的话，没有再看他，返身回到楼边上，看着远方，又低声唱起了一首日本歌曲。那歌声充满了哀怨，似乎还有几分思念。

马玉被杀的案子鬼气弥漫，少杰知道岛主和山本都在打马玉的主意，都说马玉有件传家宝，可是连续两起入室盗窃都没有把她的这件宝贝偷走，现在马玉人没了，这件宝贝呢？马玉的死肯定和这件宝贝有关，也和那位神秘的岛主有关。还有那个漂亮得像电影明星的黄头发女孩子，她的黄头发为什么会留在了马玉死的现场？他想尽快找到这个黄头发的女孩子，还有那个岛主。

韩露去了趟武当山，查武当太乙神剑门在北京的传人，得到的信息是：三十年前有个叫张健的北京人在武当山太乙神剑门学艺，武功非常出众。学成后赶上改革开放出国热，张健带着家人到日本打工去了，后来就在日本开了武馆，定居在那儿。

少杰和韩露把调查的结果串联起来分析：小楼的老太太会唱日本歌，山本从日本来到这儿，整天看着小楼发呆，而那个黄头发美女练的是武当太乙神剑门的武功，那门武功曾经被一个北京人带到了日本，这个黄头发美女来找马玉……这一切肯定是有内在联系的。在白发老太太、岛主、山本、黄头发美女，以及马玉之间，一定存在着某些瓜葛。而导致马玉被杀的原因，和这些瓜葛必有关系。

这天晚上少杰带着吴霜去了梦幻酒吧，在酒吧里看到了山本那张焦虑的脸。

山本一看见少杰和吴霜进了酒吧，脸上的表情立刻就舒展了，忙招呼二人坐他的桌，问少杰怎么想起到这儿来喝酒，这地方似乎并没有二锅头。

少杰笑着说：“吴霜今天挣钱了，请我和韩露到这儿来听歌，说是这儿有个女孩子情歌唱得不错。”

山本道：“韩美女怎么还没到？你们不是一块儿来的？”

少杰道：“她说晚一点儿来。”

这时酒吧的门口出现了一个亮丽的身影，正是黄头发的张丽。她进来向酒吧里巡视一下，发现山本正和一个穿得十分时髦的女孩子坐在一起，怔了一下，转身又出了酒吧。

少杰在张丽一进门的时候就看见了她，不禁脸上露出一丝得意之色。他拿出手机拨通了韩露的电话，笑着说："韩露，我们准备现在就去东直门簋街，吃窝头抹臭豆腐。"

韩露正在酒吧门口的一辆越野车里，一边盯着从酒吧里出来的张丽，一边拿着手机，有些不快地向少杰道："你讨厌不讨厌，除了臭豆腐就不能吃点儿别的？你少喝点儿酒啊，我得走了，她可是开奔驰来的。"说着挂了手机，等张丽的车开上主路，她便开车跟了上去。

酒吧里山本不禁笑道："我算是服了你了，跟这么高雅的女孩子在一起，整天吃臭豆腐。要不你叫上闻龙馆长，我跟他也好久没见了。"

少杰也正想叫师哥，于是给闻龙打了个电话。闻龙倒是很痛快，马上就答应了。

山本的司机在门口，这个司机现在换人了，正是毕海燕的丈夫彭军。他们一行开车去了东直门簋街。而韩露则开车跟着张丽的奔驰，一下就上了高速。

张丽的车在高速上狂奔了一夜，基本就没休息。韩露一路追着张丽的车，又累又困，不知道她要上哪儿。直到天亮的时候，张丽的车才下了高速路，来到海边的一个渔港。

韩露始终和少杰保持着联系，说看这架势，这个黄头发美女要开车去日本。少杰也吃惊不小，这太出乎他的意料了，他本以为张丽应该回家，这样他们就能弄清楚她的落脚点。可是她没有回家，居然长途跋涉去了海边。从地图上看，她去的方向应该不是某个大城市。这让少杰有些始料不及，这么远他无法及时支援韩露，只能嘱咐她小心。他想起了岛主这个名字，难道这个黄头发美女是去见岛主？如果是这样那可真是天赐良机。

张丽来到位于渤海边的一个渔港，从车上走了下来。

一个渔民迎着张丽走过来，问她道："小姐上海岛旅游吗？坐我的船便宜。"

张丽犹豫一下，问那个渔民道："我想去卧剑岛，你能去吗？"

渔民听了摇头道："卧剑岛？那个岛还没开发呢，不能去。"

张丽道："卧剑岛离这儿远吗？"

渔民道："不远，二十海里。"

张丽道："那儿有人居住吗？"

渔民道："原来有几户人家，后来都走了，就剩下几间老房子，都空着呢。"

张丽满心疑惑，问渔民道："我的一个朋友说他在卧剑岛搞旅游开发，你怎么说没有人呢？"

渔民笑道："我可不是蒙你，你准是记错岛名了，卧剑岛真没有开发，是个荒岛。岛上有个山，形状像倒着的宝剑，所以叫卧剑岛。"

张丽想了想道："你带我过去看看，船钱我加倍给你。"

渔民见张丽十分固执，便答应带她去卧剑岛看看。张丽就上了这条小渔船，扬帆出海了。

韩露眼看着张丽上了一条小渔船，不知道她要去哪儿，又不敢贸然跟着，怕惊动了她。她给少杰打了个电话，跟他商量怎么办。少杰怀疑张丽出海是找那个岛主去了，建议韩露就在渔港等着，等张丽回来再说，他会尽快赶到那儿去。

张丽坐着小渔船到了小岛边上，跟渔民说好，她在岛上最多停留一个小时，然后再坐他的船回去。

张丽沿着小岛的石板路款步走上小岛，只见这岛上有一座山，云雾缭绕，山峰时隐时现，远远看去真像一把横卧着的宝剑，给人以神秘的感觉。岛上有一片破旧的村落，过去显然是有人居住过的，如今这些石头垒的房子已经破败不堪，门窗基本都没了，有的房子已经倒塌，显然没有旅游开发的迹象。她在岛上转了一圈，没有见到一个人影，有些失望，有些悲凉，想痛哭一场。但无论如何也得见他一面，向他讨个说法。

看看时间差不多了，她就回到来时停靠的岸边，寻找那条小船。可是怎么找也没有那条船的踪影。她忽然恍然大悟，自己被他流放到这个岛上了。她更加悔恨，但为时已晚。她拿出手机，发现自己出来两天了，居然没想起给手机充电，手机电量已尽。她不禁仰天长叹，难道自己真的要被困死在这荒岛上吗？这时她忽然嗅到了一股浓烈的海腥味，抬头看了看天，只见乌云密布，浓浓的乌云在天上飞跑，如世界末日即将到来，十分恐怖。她在日本见过这种天气，知道乌云飞速移动是台风到来的前兆。她不禁暗自叫苦，现在最重要的是找个避风雨的地方。她急忙回到岛上，发现一个石头房子保存得尚好，就进了屋子，搬来石头堵住窗户，又找来一个破门板，把门口挡住，用木头顶牢固。此时明丽如锦缎般的海水忽然暴怒了，风、雷、电、向着云卷上去的波浪、泡沫、嘶声、啸叫声混合在一起，好像许多怪物忽然被释放了，闹成一团。巨浪冲上海滩，卷走了树木和茅屋，随后一个大过一个，形成一串悠长的山脉。

张丽坐在石屋里，闭目修炼内功，她仿佛忘记了世上的一切，眼观鼻，鼻观口，口观心，任由风在吼叫，雨在咆哮。

张丽一去不回，韩露十分着急，估计张丽极有可能被台风困在某个小岛上了。现在没有别的办法，只能等台风过了以后再说。

少杰很快赶到了渔港，和韩露商量对策。他们找到渔港负责渔船的部门，从那儿了解到，是有一个黄头发的女孩子租船出海，她要去的地方是卧剑岛，可是渔船在岛边等她的时候，台风来了，渔民的船险些被刮翻，好不容易才回来。那个女孩子现在应该还在卧剑岛。少杰和韩露想找个船去卧剑岛，可是正值台风暴雨，二人也无计可施，只能望洋兴叹。

就在少杰和韩露一筹莫展的时候，渔港的小镇上来了两位老人，一个是湘西神母，一个是少杰的师大爷崔三爷。这二老也在少杰住的快捷酒店住了下来，陪同二老来的人居然是吴雪。

吴雪在酒店的餐厅遇上了少杰和韩露，开始少杰以为是吴霜追着过来玩儿，再仔细看认出是吴雪。少杰和韩露颇感差异，韩露问吴雪怎么到了这个地方。

吴雪说她的师父有个好友，是湘西神母，到北京来找一个女孩子，这个女孩子是从日本来的，叫张丽，是武当太乙神剑门的弟子。她想起上次在朝阳门小楼上和这个太乙神剑的女孩子交过手，对她印象深刻，就陪同两位武林前辈来了。

少杰这才明白，准是吴霜跟吴雪说了，不然吴雪也不会领着湘西神母和师大爷追到这儿，这也算是机缘巧合。

少杰和韩露到客房拜见了湘西神母和崔三爷，神母向少杰了解了张丽的情况，知道她坐船出了海，或许被困在了卧剑岛上，心里十分不安。她让吴雪在这儿等到台风过去以后，租船到卧剑岛把张丽接回来。她自己和崔三爷还有别的事要办，吃过早饭就要走。

张丽被困在卧剑岛上，好在她从小在日本长大，对吃生海鲜并不陌生。她发现这个卧剑岛其实真应该开发成度假休闲的地方。这儿有个海滩，台风过后海滩上到处是贝类、螃蟹，甚至还有野生的牡蛎。她行走江湖当然知道怎么钻木取火，废弃的渔村锅台还在，找个瓦盆就能煮水喝，捡来的海鲜简单一烫吃起来十分鲜美。她每天都坐在海边，希望能看到过往的渔船。可说来也怪，一个星期了，居然没有渔船从小岛边上过。她有些沮丧，甚至有些焦躁。

这天清晨，岛上风和日丽，她想着到那座卧剑山去看看，那山在云雾之中，郁郁葱葱的，应该是个有美景的地方，便向山上走去。快到山前的时候，她忽然发现卧剑山上有一个红色的身影在移动，隐约可见是个穿着艳丽服装的美女，在云雾中，似是驾着祥云的下凡仙女，如梦如幻。她以为自己出现了幻觉，使劲儿揉了揉眼睛，再看时，那仙女已经逐渐清晰。仙女飘然来到张丽近前，脸上似乎带着一丝迷人的微笑。张丽定睛看这仙女，不禁愕然了，这个女孩子分明是不久前在朝阳门小楼上的疯丫头，不禁顿生疑窦，这女孩子难道也是岛主的人？于是试探着问道："姑娘，你怎么在这儿？"

眼前的女孩子摇头道："你说的应该是我妹妹吴霜，我是吴雪，上次在小楼上我领教过你的武功。"

张丽想起来了，上次在小楼上和那对双胞胎姐妹交手，感觉后上来那个女孩子的武功很是难缠，莫非是她？她仔细看吴雪，见她虽然和那个疯丫头长得一模一样，但是风度和气质确实大不相同，这个显然稳重，而且眼神里面多了几分成熟和练达。

吴雪微微一笑道："我知道你已经在这儿被困一个星期了，我是奉师父之命来接你回去的。"

她半信半疑地问道："你师父是哪位？他怎么知道我在这个岛上？为什么让你来接我？"

吴雪脸上依旧带着三分笑意，柔声说："我师父是湘西神母的朋友，我受神母之托来找你。”

张丽似乎有些明白了，小的时候听父亲说过，他在湘西有个师姐，号称湘西神母，难道是父亲托这位师姑来找自己？她忙躬身向吴雪施礼道：“这么说你我应该是同门，你比我年轻，我应该称呼你师妹了？”

吴雪也拱手向张丽施礼道：“拜见师姐。”

张丽道：“多谢师妹前来搭救，不知师姑怎么知道我被困在这个岛上了？”

吴雪道：“我们在这个渔港打听你，遇上熊掌大侠，他说你坐船去了卧剑岛，赶上了台风，一个星期没回来。他找到那个送你上卧剑岛的渔民，那渔民说是曾经送一个黄头发的女孩子上了卧剑岛，后来船被台风吹跑了，他好不容易才回到渔港，差点儿死在海上。”

张丽脸上露出一丝苦笑，心想这个渔民显然在说谎。她问吴雪道：“神母师姑在哪儿？我得当面向她道谢。”

吴雪道：“刚才我看见你的时候，给她打了电话，她说找到你以后让我送你回北京。她要和朋友去办事，不见你了。”

张丽一脸悲凉，拱手向大陆的方向拜了三拜道：“多谢师姑相救，来日必当面向师姑道谢。”又向吴雪道：“师妹，那个熊掌大侠是什么人？他怎么知道我出海没回来？他跟踪我？为什么？”

吴雪看了看张丽，微微一笑道：“熊掌大侠不是坏人，他和女朋友正巧到这儿来旅游，看见你坐船出去了。一听我要找你，就把这事告诉我了。”

张丽不相信事情这么简单，自己是临时起意想到这儿来的，怎么碰巧这个熊掌大侠也在这儿？莫非他也是岛主的人？她看着吴雪，脸上满是疑惑，问道：“我以前听说过这个熊掌大侠，武术界的人都说他是京城武林第一高手。有这事吗？”

吴雪道："一点儿不假，他的武功确实很出众，而且人品也好。"

张丽和吴雪向海边走，她问吴雪道："你和吴霜是孪生姐妹，怎么武功看上去很不同？"

吴雪笑了笑道："我除了练八卦，还得过湘西神母的传授，也练武当太乙神剑门的拳法。吴霜没有练过神剑门的武功，也不知道我会这门武功。这事我没对任何人说过，希望师姐也别对外人说。"

张丽这才明白，原来这个吴雪很有心计，得了湘西神母的真传，却不对外张扬，连自己的亲妹妹都瞒着。这和她那个咋咋呼呼的妹妹大为不同，可谓真人不露相，露相非真人。

张丽始终对那位熊掌大侠很好奇，很想见见这个被武林人传得神乎其神的人物，便向吴雪询问熊掌大侠的情况。吴雪似乎不想在张丽面前过多地提及熊掌大侠，更不想让她见到熊掌大侠，只对她说熊掌大侠是个好人，喜欢他的女孩子很多。说到这儿，她看了看张丽道："你长得太漂亮，所以最好不要见熊掌大侠，他身边那个女朋友会吃醋。"

张丽觉得吴雪多心了，自己又没想和那个熊掌大侠谈恋爱，他女朋友怎么会吃醋？再说这个熊掌大侠有那么大的魅力吗？好像哪个女孩子见了他都会爱上他似的。但是吴雪这么说，更增加了她对熊掌大侠的好奇，想着哪天非见见他不可，看看他到底有什么过人之处。

吴雪和张丽来到小岛边上，已经有一条渔船在那儿等候，二人便上了船返回渔港。张丽找到自己的车，问吴雪是怎么来的，吴雪说她也是开车来的，准备在这边采购一些海鲜，逛逛旅游景区，就不陪她了。于是二人就此告别，约好回到北京再聚。

之后张丽找了一家像样的宾馆，洗澡休息了半天，然后开车回到了北京。回京后她有些感冒发烧，在家躺了三天才逐渐恢复。她心情沉重，不知该回日本还是继续留在这儿求学，于是晚上独自一人来到梦幻酒吧，可一杯红酒喝下去，心情更加压抑。她忽然想到那个小楼的平台上有位会唱日本歌的老人，此刻她会不会又在平台上唱歌？她结了账，来到小楼下，见四下静悄悄的，并没有听到歌声，就轻轻走上了小楼的平台。

第七章　岛主猎熊

张丽来到朝阳门小楼的平台上，这儿没有老人的身影，她有些失落，心中涌起一阵孤独的凄凉情绪。她正看着楼下发呆，忽然感觉背后有人轻咳了一下，顿时从懵懂中警醒，回头一看，只见月光下站着一位小伙子，身材高大健壮，皮肤白皙，大眼睛高鼻梁，看上去帅气十足。此时他的目光中满是关切，正目不转睛地看着她。

张丽面前的小伙子正是少杰，他是在酒吧暗中跟着张丽上了小楼的。自从在马玉被杀的现场发现了一根长长的黄头发后，他就认定张丽是重大嫌疑人。他和韩露暗中跟着她，想以她为突破口，找到那个杀害马玉的真凶。

张丽还没开口，少杰便开口关切地问道："美女，你大晚上的上这儿来干吗？这个地方经常有人跳下去，你可别干傻事。"

张丽正有跳下去的想法，居然有人上来阻止。她又上下打量了一番眼前这位小伙子，感觉他面很善，似乎并无恶意，便长叹了一声道："是啊，不能干傻事。幸亏遇上你这个好心人。"

少杰道："你遇到什么过不去的坎儿了？还有什么比命更重要的吗？"

张丽道："生活艰辛，情感迷茫，干什么都没意思。"

少杰笑道："您开着奔驰还说生活艰辛，那我这扫地的还怎么活？"

张丽道："这奔驰不是我的，是老板的，他借给我开的。"

少杰道："你们老板把这么好的车借给你开，八成跟你关系不一般。"说着紧盯着张丽。

张丽看了看少杰，苦笑道："我知道你的意思，你一定认为我是老板的小蜜。唉，我不是个好女人，所以想从这儿跳下去。"

少杰点头道："你一定欠了一辈子还不清的债，不然你干吗要跳楼？"

张丽摇头道："我从来不欠别人的钱。"

少杰坏笑道："我说的不是钱，是情债，是你欠某个女人的，或者是某个女人欠你的。总之你捋不清楚，就想干脆跳下去得了。"

张丽看着少杰愣了，良久才说："我发现你这个扫地的真有意思。你怎么知道我为情所困？"

少杰道："我看琼瑶的小说看多了，得出一个结论，凡是想自杀的女孩子，都是因为情。"

张丽点了点头道："你说得对，我是因为情，或者说是情债。"

少杰向张丽道："这么晚了，美女还是回家吧，这地方似乎不安全。"

张丽看着眼前这个帅气的小伙子，忽然觉得他像个练武的，双眉倒插如剑，一身英气。可是再细看，她又推翻了自己的判断，他的脸似乎白了点儿，有不少书卷气，说出话来一口一个美女，又有点儿油嘴滑舌的，便问他道："这么晚了，你到这个小楼上来干吗？不会是来看夜景吧？"

少杰自我解嘲地笑着说："我在酒吧听歌，看美女，后来这美女到这儿来了，我就鬼使神差地跟着来了。"

张丽听了扑哧一笑，觉得这个小伙子挺滑稽。

少杰打量着张丽亮丽的脸庞，点头道："你笑的时候比愁眉苦脸的时候更漂亮，美女呀。"

张丽微笑着道："我已经好长时间没笑过了。"

少杰道："我就是想让你笑，千金难买一笑啊。你这一笑，说明你不想从这楼顶跳下去了，我就可以走了，再不走来几个强盗，把我兜里的钱抢走不说，弄不好还得把我从这楼上扔下去。"说完转身就向楼下走。

张丽看着少杰的背影，心中充满了好奇，烦恼全消。她失口向少杰道："哎，你先别急着走，这会儿还没来强盗呢。再说，要是来了强盗你也不能一个人跑呀，总不能把女孩子留在强盗面前吧。"

少杰停下脚步，向张丽道："对，大男人不能先跑，要保护女孩子。不过我不是武林高手，不能英雄救美，没那两下子，所以见了强盗只能逃跑。"

张丽撇嘴道："你可真够逗的，我还头一次见到大男人在我面前自称是怂蛋包。你是做什么工作的？"

少杰想了想道："我？我是扫大街的。"

张丽又撇嘴道："胡说，你不说实话。"

少杰笑了笑道："我很少在女孩子面前说实话。"

张丽听出眼前这个帅气的小伙子在调侃她，不禁直视着他，仿佛要观察他内心的深处，良久才微笑着说："你不愿意说你是干什么的也没什么，咱们素不相识，你不信任我也正常。不过你叫什么总不用保密吧？"

少杰笑道："这当然不用保密，一般情况下女孩子都管我叫狡猾的大白熊。你也叫我大白熊吧。"

张丽眨着眼道："大白熊？你怎么叫这个名字？大白熊，这名字我好像听过。"

少杰道："我当然没你名气大，只能算是小有名气。"

张丽道："我有什么名气呀，一个普普通通的人。"

少杰道："你比我有名气，你不知道我叫什么，可是我知道你叫什么。你叫张丽对吧？是个日本人。"

张丽疑惑地看着少杰道："你知道我的名字？谁告诉你的？"

少杰道："是美女马玉告诉我的。"

张丽吃惊道："你认识马玉？"

少杰道："对呀，我爱看美女，总去古玩城。"

张丽道："你去古玩城看美女？那你说，是我漂亮还是马玉漂亮？"

少杰想了想道："怎么说呢？应该是你比她漂亮，可是她比你有魅力，更有女人味儿。"

张丽凝视着少杰，良久才长叹了一声道："是啊，她比我有魅力，更有女人味儿，所以男人更喜欢她那样的女人。"

少杰道："可惜她已经香消玉殒了，你也不用吃她的醋了。"

张丽瞪着少杰道："你怎么知道我吃她的醋？"

少杰笑而不答。

张丽眯着眼瞧着少杰道："你这个人很神秘，准不是个好人。"

少杰点头道："对，有个美女说我一肚子坏水儿，专门骗女孩子。"

这时平台上走上来几个壮汉，都穿着练功服，一脸杀气。

少杰一看，惊得目瞪口呆，向张丽道：“得，你长得太漂亮，把劫财劫色的强盗招来了。”

一个壮汉操着山东口音道：“你是张丽？”

张丽冷冷地说：“没错，你们想干什么？”

另一个壮汉上下打量着张丽，点头道：“真够漂亮的，看来这生意得做。”这人一听口音也是山东的。

张丽艺高人胆大，根本不把这几个人放在眼里，一脸不屑地问道：“是他让你们来的？”

壮汉仍然是一口地道的山东味儿：“我不知道雇主是谁，本公司收钱办事。”

少杰上前护住张丽，向几个大汉叫道：“不许欺负人！你们要欺负女孩子我可要报警了。”他的话还没说完，一个壮汉飞起一脚，正蹬在少杰的肚子上。少杰在张丽面前自称不会武功，自然得装得像那么回事。他装着站立不稳，后退几步，一屁股坐在地上，咧嘴捂着肚子直哼唧：“哎哟，你们敢打人，我上派出所告你们去。”他挣扎着想站起来，可是没站起来，又坐在了地上。

一个壮汉笑呵呵地说：“咱们得先玩儿玩儿这个小妞，再让他们殉情。”他的话音未落，张丽一个迎面脚踢了过来，正踢在这壮汉的下巴上，一下把他踢了个仰面朝天，门牙当时就飞出来俩。

其他几个壮汉一看张丽动了手，一拥而上。只见张丽飞腿挥拳，眨眼之间这几个山东来的壮汉全倒地上了，一个个鼻青脸肿，不停地哼哼。

张丽上前拉起少杰，少杰龇牙咧嘴地说：“没事，我得上派出所告他们去。”

张丽拉着少杰向楼下走，边走边说："你上什么派出所，赶紧走吧，别找事。"

到了楼下，少杰提出请张丽到小楼对面的梦幻酒吧喝一杯，压压惊。张丽有些心烦意乱，也正想喝一杯，就和少杰进了酒吧。

此刻张丽的心情是复杂的，世态炎凉之感，就像秋雨敲窗，秋风入隙，让她从心里往外冷。而少杰的出现，又让她对这个帅气的小伙子充满了好奇。他认识马玉，说的话不知道哪句是真的，哪句是调侃人的。她情不自禁地把他和自己曾经倾心爱过的那个男人做比较，面前这个小伙子长得比他帅得多，而且年轻，只可惜他不会武术，是个"银样镴枪头"。当年父亲曾经跟她说，她要找的男朋友应该是会武术的，而且武功一定要比她强，这也是她找男朋友的第一标准，眼前这个"银样镴枪头"显然不符合她这条最重要的标准。可是自己为什么对他这么感兴趣呢？吸引自己的是什么？他的帅气，他的幽默，还是他的油嘴滑舌？

少杰喜欢看美女，从美女的眼神里能看出她是善良的人还是恶人。他时不时地偷觑张丽，想从她的目光中捕捉那瞬间的邪恶，但是他发现，这个女孩子美丽的大眼睛里充满了悲凉和幽怨，没有一丝一毫的恶意。他见过她的迎面脚，这一脚至少有十年以上的功夫。她出拳打人的时候也是毫不留情，招招凶狠，从这点来看，她是敢下狠手杀人的那种女人。但是她目光中偶然流露的柔情，又让人觉得她应该是善良而温柔的女人，她似乎为情所困，是个痴情的女人。这让少杰想起她刚才问的那个问题，是马玉漂亮还是她漂亮，难道她和马玉之间是情感纠葛？那些远道从山东来的流氓杀手，是受谁的差遣，为什么要杀她？

少杰在酒吧里收到了韩露的微信，她已经带人把小楼平台上的人抓了，这些人交代是受雇于一个叫岛主的人，岛主出价十万，杀张丽灭口。这些人不知道岛主的真实身份，就知道他是盗墓这行的人。韩露在微信结尾的时候还祝少杰交到桃花运，显然有些酸溜溜的。

警方在酒吧又采集到了张丽的一根头发，经过鉴定，和马玉被杀现场那根黄头发出自同一人。显然马玉死之前张丽去过现场，或者参与了对马玉的谋杀。

而张丽自从离开梦幻酒吧就没了人影。这天韩露对少杰说，跟踪张丽的人把她跟丢了，她的反跟踪能力很强。

少杰感觉情况不妙，估计有两种可能，一种是她被岛主灭了；另一种是她躲起来了。现在不是一拨人在跟踪她。一个杀手被追杀，亡命天涯是正常的。但是他坚信，以张丽的武功，一般人很难杀了她。如果她还活着，早晚得回来，她还有情缘未了。

就在少杰和韩露查找杀害马玉凶手的时候，潘家园的根生来了电话，说是他给少杰看的那张陶俑的照片，有个人看了要买，这个人很在行，一看就说那个陶俑是唐代的昆仑奴。少杰心中暗喜，自从根生给了他那张照片，他就知道根生肯定跟盗墓团伙有联系。于是他和韩露商量，破案留根，要通过根生找到盗墓团伙。少杰嘱咐根生打听清楚这东西是谁的，不管是买主还是货主出现，马上告诉他。根生当然知道师叔要抓盗墓贼，可是这货是飞毛腿的，不能跟师叔说，说了他会怀疑自己跟盗墓贼是一伙的。而且他也不想把飞毛腿卖了，毕竟是多年的朋友，还指着他挣钱呢。但是买主他可以告诉师叔，因为买主跟他不存在交情的问题。这天市场上来了一帮山东人，到根生的摊上淘货，居然有个识货的，问这个陶俑多少钱。根生按飞毛腿报的价加了一倍，那些人很感兴趣，但要看了真东西以后再议价。根生赶紧把这个情况告诉了少杰，并对少杰说卖主把东西快递来了，没露面。他编瞎话张嘴就来，但是骗不了少杰。少杰有放长线钓大鱼的计划，也不揭穿根生，只是让根生落实了交货时间就告诉他。

根生跟对方谈的看货地点就是潘家园市场，时间是上午10点。少杰接到通知就暗中盯上了潘家园，韩露则带了不少警力穿着便衣在市场设伏。可是到了看货的时间，那帮山东人没来。现场埋伏的警力只能撤了。韩露问少杰下一步怎么办，少杰让韩露先走，他要暗中盯着根生，看看他捣的什么鬼。

傍晚的时候，根生收摊准备去酒馆见飞毛腿。他把昆仑奴陶俑小心翼翼地包好，放在书包里，骑着电动自行车出了潘家园。少杰也骑着电动自行车，不紧不慢地远远盯着根生。

根生骑车经过一片拆迁工地，那里四处都是拆得七零八落的房子，道路也是坑坑洼洼的，连路灯都没几个亮的，昏昏暗暗，每次根生走这儿都加倍小心，生怕轧上个砖头摔出去。这时前面的路上出现几个壮汉，横挡在路中间，由于灯光太暗，根生差点儿撞上去。他不禁大吃一惊，急忙刹车，知道遇上劫道的了，可是想跑已经来不及了。

这时一个壮汉上前笑着说："老板，陶俑带着没?"

根生一听这山东口音，正是那帮要买陶俑的山东人，心中不禁暗骂。但仍赔着笑脸道："各位老板，是你们呀。白天我等了你们一天，你们怎么没来呀？那货……那货被货主拿回去了。"他不敢说陶俑在身上。

这几个山东人显然没信根生说的，一个壮汉道："你真会开玩笑，这东西还没卖，货主就拿回去了？你骗三岁的小孩子行。

这么办吧，你把东西留下，我们就不办你了，不然我们就在这儿，挖个坑，把你埋了，你看怎么样？”

根生眼珠一转，嬉皮笑脸地说：“各位老板，我哪敢骗你们呀，这么贵重的东西我哪敢带在身上呀。不信你们看这包里，什么都没有。”说着打开了书包。

一个壮汉上前探头向书包里看，根生突然对着那壮汉的鼻梁就是一拳。他毕竟是闻龙的徒弟，多少也是练过的，这一拳出其不意，居然把那个山东大汉打了个满脸花。根生转头就跑，跑得比兔子还快。那群山东人哪肯罢休，在后面紧紧追赶。

根生正拼命奔逃，忽然看见前面的路上有个高大的身影站在路中间，他以为是山东人拦着他，吓得差点儿没趴下。可再仔细一看，前面的人正是自己的师叔熊掌大侠。他激动得要哭，大叫道：“师叔救命，有人要杀我！”

这时那群山东人已经追上来了，少杰也不说话，上前就是一掌，把前面的一个壮汉打得身体侧着就飞了出去。后面的几个先是吃惊地停下来，定睛一看就少杰一个人，也不问青红皂白，上前就打。这几个人也是练过的，可都是三脚猫的功夫，转眼之间就噼里啪啦全让少杰给打趴下了。

根生正得意地咋呼，忽然从黑暗中走出一个蒙面人，只见他高大健壮，走路十分稳健。

蒙面人上前道：“阁下就是大名鼎鼎的熊掌大侠？”

少杰打量着眼前这个蒙面人，脑子里飞快地闪过几个念头，他曾经追寻的蒙面人当中，有抢劫过少林武僧那个，有抢劫过打死牛那个，还有抢劫过马玉那个等，眼前这个应该是他们当中的一个。他笑了笑，应道：“大侠不敢当，那是武林朋友的戏说，不能当真。”

蒙面人冷笑了两声道：“果然是你，今天咱们有缘，有笔账得跟你算算。”

少杰不动声色地看着蒙面人道：“不知我欠了你什么账，请阁下赐教。”

蒙面人冷笑着低声道：“熊掌大侠，你已经有三个漂亮妞儿了，还泡我的妞儿，这太过分了吧？”

少杰一下明白了，此人应该是那个岛主，或者叫支锅老大，他所说的妞儿应该是张丽。他不禁上下仔细打量这个蒙面人，冷冷一笑道：“我没猜错的话，你是岛主，对吧？”

对方并没有应声，而是向少杰施了个拱手礼。少杰一看不好，抬手就是一掌。他的掌虽然出得快，但是对方的掌已经到了，也快得出奇。这也就是少杰，换个人见对方施礼，只要一愣神，这掌就挨上了。两人的掌迎面相撞，啪！二人都向后退了一步。

少杰暗暗叫苦，眼前这个人的掌力奇大，几乎赶上他的师大爷了，至少有三十年铁砂掌的功夫。他只是一愣神的工夫，对方的脚已经踢过来了，这是侧身的低脚，分明是“童子拜佛”，直奔少杰的下阴，这要是让他踢上，得断子绝孙呀！少杰急忙侧身，一个“海底捞月”，左手想勾对方的脚脖子。没想到对方一脚是虚晃，后面的“力劈华山”才是真的。眼见对方的掌横着劈了过来，少杰想躲已经来不及了，只能接了这一掌。这回他没敢硬接，而是用了太极拳的懈劲，身形一转，把对方致命的一掌化解于无形，然后借势狠狠给了对方一熊掌。那蒙面人三招没得手，少杰的熊掌倒拍过来了，他也有些措手不及，硬用单掌迎击少杰的熊掌。这下他可吃了亏，“啪”的一声，他就感觉两臂酸麻，不由得后退了好几步。少杰一掌跟着一掌，还没等对方站稳，第二掌又拍过去了。这蒙面人显然是老江湖，后退的时候用的是败中取胜的招数，身体向后退的时候顺势仰身，左腿就飞起来了。少杰正向前冲，忽见对方的脚踢向了自己的肚子，吃惊不小。他本想乘胜追击，补上一掌，一举击败对手，哪承想没这么容易，不躲对方这一脚，自己非被踢断了肠子，赶紧收手躲闪。少杰和对方斗勇的同时还得斗智，这让他十分吃力，感觉这个岛主总用意想不到的阴招，一不留神就得着了他的道。

蒙面人几招过后有些吃惊，暗叹这个熊掌大侠果真有两下子，居然柔中带刚，不但有铁砂掌的功力，还有太极沾粘随的功夫，顿觉差异，他年纪轻轻怎么练了这么多功夫？今天本来自己的计划相当周全，这个熊掌大侠绝无逃生的可能，没想到自己低估了对手，要想灭了这个大白熊，还得另谋良策。

少杰和这个蒙面人一动手就知道，自己很难取胜，这个人的武功非同一般，这时要是师哥在，两个人合力才有把握擒住此人，现在只能靠动心眼儿了。他正琢磨办法，忽然路上的灯全灭了。他怕对方趁机暗算，急忙双掌护胸。只在这一瞬间，那个蒙面人身影一晃，转眼就消失在拆迁工地的废墟中了。

少杰暗叹这个蒙面人计划周密，连撤退的方式都算计到了，显然是他的人掐断了电线。从这个细节来看，这个岛主不但武功过人，还工于心计，非等闲之辈。

少杰没有抓到岛主，抓了一群山东来的强盗，回去一问，他们也是讨债公司的，是有人花钱雇用的他们。少杰明白，这一切都是那个岛主精心策划的，这很可能和他与张丽的接触有关。

少杰本想利用根生给盗墓贼设套，没想到盗墓贼却利用根生给他设了个套。显然盗墓贼已经不再信任根生，指着他钓鱼似乎是不可能了。现在马玉被杀案的重要线索基本都断了，支锅老大和掌眼也没有了踪迹。山本还是没有动静，想从他那儿探寻小楼的秘密也不容易。少杰和韩露一时失去了追踪目标，陷入重重迷雾之中。

李队长知道少杰和韩露摸排的工作量很大，决定调派警力协助他们，力求全面细致地排查，不放过一个可疑的人。

少杰心里有些着急，他在等着一个人的再一次出现，这个人就是美女张丽。此时张丽去了哪里呢？

第八章　海盗藏宝洞

韩露比少杰心细，她分析，马玉家一定有什么东西被人惦记上了，这才引来了杀身之祸。如果能知道她有什么贵重的东西，再看看这东西丢了没有，就可能找到破案的线索。她建议再勘查一下案发现场。

少杰觉得韩露的分析有道理，就和她来到了马玉家。可二人在马玉家翻找得满头大汗，还是一无所获。

韩露有些沮丧，向少杰道："她到底丢什么了？那件值钱的宝贝是什么呢？唉，没辙。她丢的宝贝只有两个人知道，一个是她自己，一个是偷她东西的人，别人是甭想知道了。"

少杰灰心地倒在床上说："唉，狡猾的大白熊也有没辙的时候。"他仰头看见马玉床头上挂着一张照片，是马玉靠在床头的半身大幅生活照，照片中，马玉脸上带着迷人的微笑。她身后的墙上有一幅画，是装裱好的画轴。少杰下意识地回头看了看墙上，可现在那地方是空的，只有一个挂画的钉子。他眼珠一转，跳了起来，摘下马玉的照片仔细看。

韩露不满地说："哎，看什么呢，她再漂亮你也没机会啦。"

少杰兴奋地说："嘿，真是踏破铁鞋无觅处，得来全不费工夫。你看她身后那幅画。"

韩露凑过来看了看说："这画没什么特别呀。"

少杰说："这你就外行了，我最近没少看古玩鉴定和收藏方面的书，也算半个行家了。我看这画是幅古画，少说也可能值几百万。你看这画的签名，这是八大山人的画，是国宝。"

韩露问："是八个人一块儿画的?"

少杰说："嗨，什么八个人，八大山人是一个人的名字。他是明末清初的大画家，出生在弋阳王族，从小爱画画，后来清军入关，他就当和尚去了。他在山里隐居了二十多年，把精力都用在研究书画上了。他愤世嫉俗，所以他画的画都有些怪模怪样的，而且签名的时候总是把八大山人四个字连在一块儿写，看上去像是'哭之笑之'几个字。这画价值连城，少说是二级文物。"

韩露道："哟，看不出来，你还挺有学问的。"

少杰说："当然，我整天和我师哥在一块儿，多少知道点儿国画收藏方面的事。我估计马玉特地在这幅画前面照张相，是表示对这幅画的拥有。她平时也许会把这幅画收藏起来，可是懂行的人一看这照片，就知道她有这幅画，那个第一次到她家入室盗窃的人，和这次上门杀她的人，很可能都是冲着这幅画来的。"

韩露佩服地说："你真有两下子，不愧是侃山神探。"

少杰说："什么叫侃山神探呀，咱有真本事。"

韩露说："又开侃。我看呀，咱们先找找这幅画，也许这幅画没丢呢？"

少杰说："这画已经要了马玉的命，怎么会没丢呢？如果没丢，也不会在她家里。"

韩露说："先找找试试。"

二人翻箱倒柜地找，最后还是没找到。韩露泄气地说："唉，还真让你说中了。这画准是让人抢走了，没准儿已经卖出国了。咱们上哪儿找去？"

少杰信心十足地说："不会的，这是文物，没那么容易就出去了。我以画找人，找到画就找到杀马玉的凶手了。"

韩露问："上哪儿找这画和凶手去？"

少杰说："这个人抢走了马玉的画，又把马玉杀了，他应该就是马玉被杀前等的人。咱们要马上控制各个古玩市场，一有出手这幅画的，立刻就抓。我估计，这个人一定是马玉的情人，也有可能是情人级的生意伙伴儿。此人好色不说，还贪财，爱钱胜过爱色，所以就为财而杀了情人。咱们再进一步查查，看看都有谁是马玉的情人。然后再上马玉的摊位那儿了解一下，看看都有什么人和马玉做生意，从生意伙伴儿变成情人的有的是。"

少杰拿着马玉和那幅画的合影，来到文物商店，准备找专家鉴定一下真假。专家说从笔法和内容看是真的，不过不敢打保票，让他们把照片放这儿，回头再找几个专家看看。少杰又让其给这幅画估个价，这涉及给人定罪的问题。专家说这画少说得五百万，而且这是文物。

从文物商店出来，少杰问了韩露一个问题：山本总是看着朝阳门小楼发呆，他惦记的会不会也是这幅八大山人的画？

韩露没想过这个问题，但如果山本惦记的也是这幅画，马玉死后他应该偃旗息鼓了，可是他依旧经常去小楼对面的梦幻酒吧，这么看来他惦记的似乎又不是这幅画。

少杰又问了韩露一个问题：马玉的死和山本有没有关系？

韩露被少杰问得如坠云里雾里，有些发蒙。但是她觉得，近来少杰成熟多了，似乎心眼儿也多了，用句赞美的词：比以前更狡猾了。

朝阳门小楼上又闹鬼了。

这天晚上，月光昏暗，白发老太太坐在窗前看着远处的灯火发呆。此时从楼上慢慢垂下一根粗绳子，从她家窗前下去到了马玉家。片刻，一个黑影从绳子上溜下来，到了马玉家的阳台上。

老太太已经是第二次看到这类情景了，上次她到楼顶上砍断了绳子，今天又来了一个。

蒙面人从马玉家的阳台进了屋子，用小手电照亮，轻手轻脚地打开立柜，慢慢翻找着几个画轴，黑暗中，他看上去身材瘦高，头发有些长。

这时忽然从门口传来一个女人阴森森的声音："你找什么?"

蒙面人吓得一哆嗦，差点儿坐地上。他呆呆地四下巡视，想找到声音的来源。

女人的声音又响了起来："你是谁？半夜三更来干什么?"这声音比刚才更大了，听上去令人毛骨悚然。

蒙面人吓得扔下小手电，两步跑到阳台上，顺着绳子溜下楼，连滚带爬地逃之夭夭。

白发老太太上了楼顶平台，用消防斧砍断了在平台上的绳子，嘴里不停叨叨："见鬼，见鬼!"

小顾把小楼闹鬼的事报告给了少杰，少杰就和韩露来到小楼上访问那个白发老太太。

老太太今天似乎精神很正常，她向少杰和韩露说了昨天夜里看见的蒙面人，并说这个蒙面人胆子很小，吓唬他一声，他就跑了。

少杰向老太太了解马玉的情况，老太太说马玉人挺好，就是生活作风上不注意，交往的人太复杂，有好几个男朋友。韩露让老太太说具体点儿，比如说这些男人都长得什么样，经常来的是哪个。老太太说有一天早上马玉带着一个小伙子回来，那小伙子长得挺精神的，白白净净，跟书生似的。还有一个开奔驰来的人四十来岁，穿得挺讲究的，像是个做生意的，挺有派头。

从小楼上下来，少杰和韩露在小道上漫步。少杰向韩露道："马玉丢了画，绝对是和她熟悉的人干的，最后见过马玉的人嫌疑最大，他们都有可能谋财害命。不过我认为，这个案子应该是个情案。"

韩露从来没听说过给案子定性成情案的，刑事案件分类很简单，盗窃、强奸、抢劫、凶杀等，她问少杰为什么说这是个情案。

少杰笑道："当然是情案，我认为马玉不管是因为什么死的，这后面必有情缘在里头。如果一个男人娶了马玉，就同时拥有了她的一切，包括那幅八大山人的画。所以不管是想得到马玉的人，还是想得到那幅画的人，都会对马玉实施情感攻势。"

韩露眨眨眼说："我还是不明白，谋财害命不就是把她杀了以后把画抢走就行了？还用什么情感攻势？"

少杰摇摇头说："没这么简单，我不认为这是简单的强盗抢劫。"

古玩商店的赵玲来电话通知少杰，他送去鉴定的照片，专家认为是八大山人的珍品，至少值五百万。少杰大喜，和韩露一商量，现在最好的办法是以画找人。他赶紧把照片复制了几张，分给了根生和吴氏姐妹，让他们留意，看看有没有人在市场上出售这幅画。

张丽为躲避岛主的追杀，离开了北京。她没有回日本，而是到了长沙，找到了师姑湘西神母。神母让张丽在长沙先暂时避避，她知道岛主这个人在北京和山东的黑道上有些名气，是盗墓这行的支锅老大，张丽孤身一人在江湖上行走很不安全。好在她到中国学的是考古专业，在她的古玩店也能接触不少古董。湘西神母身边还有一个武林高手，正是崔三爷。平日张丽向师姑请教武功，崔三爷也对她指点一二。所以张丽也就称呼他师大爷。她有一次向师姑打听熊掌大侠这个人，湘西神母似乎对熊掌大侠印象不错，说他的武功可谓出类拔萃，是武术界的后起之秀，并且他是个警察，专门抓盗墓贼。说的时候她看着张丽，那目光十分锐利。张丽被师姑看得直打冷战，忙向师姑解释，自己是学考古的，以前认识了一些收藏界的人，也认识了一些盗墓贼，但是自己绝对没有参与他们的事。

神母知道张丽和盗墓贼有来往，不然那个支锅老大为什么要追杀她？而且她也知道张丽在日本有黑道背景，是青龙白虎帮的人。她让张丽离盗墓贼远点儿，不然遇上熊掌大侠，把她抓到监狱里去坐牢。张丽至此知道熊掌大侠是个警察，心想今后得离他远点儿。

这天湘西神母得到江湖朋友的通报，说是岛主在山东沿海出现，那个岛叫卧剑岛，传说岛上有过去海盗的藏宝洞。他带着鲨鱼帮的人上岛寻宝，不知道找到没有。

湘西神母上次到海边找张丽的时候就知道了这个卧剑岛，这回听说岛主在那个岛上，想着得去岛上看看，毕竟她也是开古玩店搞收藏的，那岛上的藏宝洞对她太有吸引力了。另外，她也想见见岛主，向他挑明了，不许他以后再派人追杀张丽，这是她师弟的女儿。神母和岛主的师父有些交情，而且以她在江湖上的威望，相信岛主肯定会给她这个面子。她向崔三爷道："老疯子，你准备准备，咱们去山东卧剑岛走一趟，去见见岛主。"

少杰这位疯癫师大爷和湘西神母是一对江湖情侠，一个不婚，一个不嫁，整天在一起游历江湖，自由自在。二人性格也都有点儿古怪，湘西神母虽然不像崔三爷那么疯癫，但也是个看谁不顺眼就抬手打人的角色，当日吴霜就领教过她的厉害。

张丽对卧剑岛有藏宝洞半信半疑，因为上次她被困在那个岛上，她去山上看过，没见到有什么山洞。可是既然岛主说他买了那个岛的开发权，肯定是有自己的打算，难道是因为那岛上的藏宝洞？要真是这样，这个开发权实际就是盗墓权。从这点来说，不能不说岛主十分精明。可是既然岛上有海盗藏宝洞是个传说，那就有真有假，如果传说不准，那岛主可就白忙活了。

第二天晚上，湘西神母和崔三爷就带着张丽坐上了高铁，来到山东海边上，并事前通知了吴雪，让她也过来。

神母等人在海港休息了一天，然后就租船前往卧剑岛。到了地方，神母让开船的渔民领着他们在岛上找那个传说中的海盗藏宝洞。那渔民说得实在，那个藏宝洞是个传说，要是真有这个洞，他早进去把宝贝搬走了。可是这前后上千年了，谁也没找到这个洞。但是神母很固执，还是让渔民带着他们在岛上转了一圈，只见周围确实都是废墟，除了一些倒塌的房子，没什么值得看的地方。显然这个岛地理位置不避风，台风来了房子很容易被刮倒，这也许是岛上居民迁走的原因。神母又让渔民领着他们去岛上的卧剑山，正是清晨，在淡淡的薄纱似的烟雾掩映下，这座山显得有些神秘。

就在湘西神母等人欣赏山上美景的时候，从山上的云雾之中走出十几个壮汉，个个衣服上都有一个鲨鱼的标志。

吴雪看见有些吃惊，忙向湘西神母道："师父，不好，冤家对头在这个岛上。"

湘西神母不动声色，冷笑道："山东鲨鱼这帮盗墓贼在这儿。"

崔三爷一看山东鲨鱼帮的人，一下高兴了，哈哈笑道："我可好久没拍沙袋了，手直痒痒，正好拿这些盗墓的坏东西当沙袋，去去晦气。"

这时山东鲨鱼帮的人已经来到离湘西神母等人不远的地方，他们个个手里拿着洛阳铲、铁锹、铁镐之类的盗墓工具。一个领头的壮汉操着山东口音道："各位怎么到我们鲨鱼帮的工地上来了？是不是也想找那个藏宝洞啊？"

另一个壮汉道："上次在湘西，那是你们的家门口，让你们占了便宜，现在这是在我们的家门口，你们还想讨到便宜吗？"

崔三爷笑呵呵地上前道："你们哪来这么多废话，哪个想先死，快点儿过来受我一掌。"

鲨鱼帮的人面面相觑，谁也不敢上来。

崔三爷不耐烦地催促道："快点儿，快点儿，我赶紧把你们都拍死，还得去找宝贝呢。"说着就把掌立了起来。

鲨鱼帮的人一看老爷子立掌，急忙把手中的家伙举了起来。

那个领头的腿子一咬牙，向手下的人道："这个老东西厉害，咱们得一块儿上，把他剁了！"说着举起手中的铁锹，大喊一声："上啊！"带着鲨鱼帮的人就向上冲。

这时只见湘西神母手一抬，那个领头的壮汉脑袋当时就被一块石头打中，啪！把他打得眼冒金星，鲜血直流。也就在同时，吴雪也打出一块飞蝗石，正打在一个盗墓贼的鼻梁上，瞬间那个盗墓贼的鼻子就长出一个紫红的大包。他"哎哟"一声，痛得龇牙咧嘴。

崔三爷性如烈火，双手向上一拱就窜了上去，啪地一掌，一个盗墓贼就飞出去了。有个壮汉拿铁锹向崔三爷头上猛砍，可是崔三爷扬手抓住了铁锹把，反手用铁锹拍了对方一下，"咚"的一声，那个盗墓贼还没反应过来，就被铁锹平拍在脑门儿上，头晕眼花倒在地上。有个拿洛阳铲的，冲上来从侧面想给崔三爷后腰上来一铲。可是张丽这时已经跳了过来，一脚正踢在这个盗墓贼的后臀尖上，把他踢了个狗吃屎，洛阳铲也撒了手。

盗墓贼本是想依仗人多势众，把老爷子办了，可是还没到跟前，已经有四个伤了。那个领头的在湘西就吃过崔三爷和湘西神母的亏，无心恋战，呼哨一声，领着手下人就向山上跑。湘西神母让崔三爷不要再追，任由他们去了。

随后渔民带着湘西神母等人沿着一条小路上了卧剑山，在山上发现了好几个盗洞，有的盗洞的土还是新鲜的，显然是鲨鱼帮的工地。湘西神母看了看山势，向众人道："从风水学的角度看，鲨鱼帮的人打洞的位置应该不错，可是他们搞错了一个问题，藏宝洞不是墓葬，应该和风水没关系。海盗藏宝一般是选天然的洞穴，不是造个墓。"

张丽听了湘西神母的话觉得有理，便问带路的渔民，这山上有没有天然洞穴。渔民想了想，摇头说没有，他到这个地方寻宝不是一回两回，山上什么天然洞穴都没有。

湘西神母沉思良久，向众人道："咱们走吧，别影响那些钻地鼠挖洞。"

众人上了渔船，湘西神母让渔民开着船围着卧剑岛转三圈。渔民不知道这老太太什么意思，就开着船围着卧剑岛慢慢转悠。湘西神母坐在船头上，看着卧剑岛若有所思。当船行至一个礁石林立的地方，湘西神母让放慢船速，靠到礁石边上细看。

这个岛的南面是卧剑山的峭壁，怪石嶙峋，崖壁上有不少鸟巢燕窝之类，海鸥成群地发出阵阵叫声。

船到了礁石附近，渔民开始紧张，因为礁石附近有旋涡，一不留神就会撞到礁石上。

这时吴雪看见崖壁上似乎刻着两行字，定睛细看，惊呼道："师父！那山崖上有字！"

众人沿着吴雪指的方向看去，果然看见不远的山崖上，贴近海面的地方刻着有两行模模糊糊的字迹。湘西神母让渔民把船靠近山崖，等船到了近前，渐渐能看清那镌刻在石壁上的字迹，写的是：

"潮起潮落初一天狗吃月亮，月明月暗十五嫦娥品桂香。"

崔三爷看了没明白，问吴雪道："丫头，这字是什么意思？"

吴雪皱着眉头，反复吟咏，良久才向湘西神母和崔三爷道："这是一副对联，上联'潮起潮落'应该指的是时间，'天狗吃月亮'，应该是某个地方被淹没；下联的'月明月暗'指的也是时间，'嫦娥品桂香'应该是指美好的事。我觉得这对联刻在礁石上，应该是个记号。对联的内容就是在某个时间，能见到美好的东西。"

崔三爷哈哈大笑道："对，还是丫头有学问，这准是说藏宝洞在这儿，初一和十五的时候就能看见这个藏宝洞。"

湘西神母微笑着点了点头道："有门儿。"她看了看张丽，问她道：“你说呢，你不是学考古的吗?”

张丽沉思了一下道：“我看不应该是初一和十五，这是两个大潮的时间。我觉得要逆向理解，应该是最低潮的时候，能看见这个藏宝的地方。”她问渔民道：“今天正好是十五，大潮是几点?”

渔民想了想道：“今天的大潮已经过去了，现在正退潮，再过一会儿就是最低潮，然后再慢慢向上涨潮。”

张丽面露喜色，向湘西神母道：“师姑，再过一会儿咱们就有可能看见这个藏宝洞。它应该在海面以下，在最低潮的时候露出来。”

众人一听忙朝崖壁的海面下看，果然，没一会儿工夫，一个山洞时隐时现，渐渐露出水面。

吴雪道：“我的天，难怪寻宝的人都无功而返，原来这洞在海里，一年没几天能见到洞口。”

湘西神母大喜，让渔民把船开到洞穴口，众人钻进了洞穴。这个洞口虽然很小，但是里面很宽敞。虽然平时都在海平面以下，可是出了水面四壁光亮，而且有的地方闪着金灿灿的光，如金矿般辉煌耀眼。

那个开船的渔民眼睛都亮了，吃惊道：“我的天，这准是一千多年前那个海盗藏宝洞，里面准有金银财宝。”说着就向洞里走。湘西神母想阻拦，但是已经来不及了，只见这个渔民没走几步，忽然踩中了机关，“轰隆”一声，掉进了陷阱。同时机关被触发，洞口传来刺耳的嘎嘎声，接着洞两边流出大量的流沙，然后又滚下巨石，把洞口牢牢地封死了。

张丽吃惊道：“不好，洞口被封住了，如果咱们不能及时出去，海水一涨潮，咱们就得被淹死在这里头。”

湘西神母返身查看了洞口，摇头道：“这是流沙和巨石，根本弄不开。”但她在湘西经常走山洞，也到过各种地下洞穴去探宝，因此面对眼前的险境并不惊慌。

崔三爷可有些急了，大叫道：“谁这么损呀，还在这儿设了机关。”

湘西神母并不说话，取出电筒照着，让崔三爷到陷阱那儿，看看那个渔民的情况。崔三爷到了陷阱边上，拿电筒向里面一照，见那个渔民还活着，这陷阱里原来有竹签，可是年代久远，竹签早已腐朽，因此渔民只是摔了一下，并无大碍。崔三爷用腰带把他拉了上来。

湘西神母与众人一合计，现在唯一的办法是进洞找出口，如果在涨潮之前能找到这个洞另外的出口，他们还有命在。于是众人就跟着湘西神母慢慢摸索着向洞穴里走去。

洞穴深不可测，而他们可以感觉到，脚下的海水已经在慢慢长高，情况十分危险。

湘西神母走在前面，一边用电筒查看洞穴，一边用飞蝗石敲击着洞壁。走了约有半个小时，此时脚下的海水已经涨到膝盖了。这时湘西神母听到一个地方的墙壁与别的地方发出的声音略有不同，不由得停下来，回头向崔三爷道：“老疯子，用掌把这堵墙打开。”

崔三爷上前运足了力气，后退三步，然后对着湘西神母用电筒照着的地方，使出一个“健步推山”，“嘭”！一声巨响，石壁坍塌，眼前现出一个大洞，洞里传来阵阵流水声。

湘西神母微微一笑道：“这儿是条暗河，咱们顺着暗河向上走，准能出去。”说着就钻进了这个洞。

众人跟着湘西神母向上走了一段脚下就有了流水，方才向上涨的海水也没了。前方出现一个岔道，湘西神母在洞壁上做了记号，然后带着众人进了岔道。没走多远，眼前的一幕让众人惊呆了，只见地上到处都摆放着整整齐齐的瓷器，一片片、一排排的，摆满了洞穴。

崔三爷惊呼道：“我的天，咱们找到海盗的藏宝洞了，这儿全是宝贝。”

湘西神母点了点头道：“这些海盗准是抢了不少运瓷器的远洋货船，而且是大船，不然怎么有这么多瓷器?”她向张丽和吴雪道：“你们都是懂行的，看看这些东西都是哪个朝代的。”

张丽和吴雪上前看了那些瓷器上的款识，都认为是南宋的。估计是当年丝绸之路海船上的，是出口欧洲的，可能是海盗在那边抢了海船，把东西藏在这儿了。这些东西不怕水，所以能保存下来。

湘西神母觉得她们说得有理，让众人再查找一下，看看除了瓷器还有没有什么别的东西。

众人在洞穴里查找，但除了瓷器，其他什么值钱的东西都没有。湘西神母推断，这些海盗可能把金银财宝都拿走了，而瓷器的量太大，就藏在这儿了，年代久远，这些海盗可能出了事，这些瓷器也就在这儿一存就是上千年。

吴雪拿起一个瓷盘，看了看，向湘西神母道：“这个盘子是南宋官窑的，就这么一个盘子，拿出去就能换一栋海边的别墅。这儿的瓷器起码有上万件。”

湘西神母道：“难怪有人说岛主要把这个岛的经营权买下来，会做生意呀。”说着她看了看张丽道：“他是不是很精明?”

张丽看着师姑，心里顿觉甜酸苦辣，不是滋味儿。

第九章　假痴不癫

张丽听湘西神母问她岛主是不是很精明，显然弦外有音，不禁脸一红，有些尴尬地说："是，他这个人精于算计。"

湘西神母道："是啊，咱们这些人加起来也算计不过他。当今武术界论心计，只有会友武馆的闻馆长能和他有一拼。"

崔三爷道："他？我就瞧不上这种人，满肚子花花肠子，整天就知道收集这些破瓶子烂罐子。"

吴雪道："我看熊掌大侠能对付这个岛主，他也机智过人。"

湘西神母笑道："那个孩子傻实在，他不是岛主的对手。"

吴雪道："他那是假痴不癫，装傻，其实他精明着呢。"

湘西神母咧嘴道："一提他你眼睛都亮了，中了他的邪了。你和张丽都有这个毛病，太痴情，早晚在这方面吃苦头。"

吴雪的脸一直红到了脖子，低头不再说话。

湘西神母估计时辰不早了，就让渔民在前面探路，众人在后面跟着。

这回渔民加了小心，生怕再掉进陷阱里去。众人在这洞穴里走了约有一个多小时，结果发现洞穴越来越窄，后来干脆人都过不去了，只见脚下的流水从那狭小的夹缝里流出来，但是要想顺着这儿出去是不可能了。渔民有些绝望地对湘西神母说，这地方估计到头了，人根本过不去，除非是野猫兔子之类的能钻过去。湘西神母也不禁眉头紧锁，难道这个洞真是死胡同？原路返回是不行了，通向大海的道路已经被流沙封死了，再加上有海水，怎么办？

湘西神母微微闭上双目，凝神静气，在场的人都看着她，大气也不敢出。良久，湘西神母睁开眼睛道："这个洞已经被封死了，可是还有新鲜空气进来，而且我听见了山林的树叶声，还有鸟叫的声音，说明这儿是和外面连着的。"

张丽感叹道："师姑这顺风耳的功夫真厉害，您看咱们在哪个方向找出口？"

湘西神母道："往回走二十米，向上观察，注意洞的顶子上有没有洞穴。"

众人按着湘西神母的吩咐，向回走了二十米左右，开始仰头在洞穴的顶部查找。果然，崔三爷发现洞顶子上有个约一米左右的盗洞，不禁大喜道："嘿，这是哪家的盗墓贼挖的盗洞啊？"

湘西神母仔细观察了一下这个盗洞，笑道："这是新挖的盗洞，准是鲨鱼帮的人干的，他们可真有本事，定位够准。"

崔三爷从洞中找来几块大石头，搭起来正好能够到洞口，他率先爬进了盗洞，然后其他人也跟着爬了进去。这个盗洞很长，足有三十多米，众人费了很大的力气才爬了出来。张丽是最后一个出来的，出来一看，这洞口处正是鲨鱼帮在山上的工地，地上还有铁锹、洛阳铲之类的工具，但是鲨鱼帮的人都没了踪影。

崔三爷找到了鲨鱼帮的临时帐篷，从里面找到了一些矿泉水和食物，大家这才感到肚中饥饿，正好拿鲨鱼帮的东西充饥。

吴雪担心鲨鱼帮的人会回来，但是湘西神母说这些人被老疯子打坏了，准是回到陆地去疗伤了，而且还得找岛主搬救兵，一时半会儿回不来。

众人吃饱喝足，湘西神母让崔三爷用现场遗留的炸药把盗洞口炸了。崔三爷爱干这事，“轰隆”一声，不但盗洞没了，连半拉山都让这些炸药给炸平了。

众人回到海边，找到礁石上拴着的小船，乘风破浪，高高兴兴离开了卧剑岛。湘西神母考虑到海盗藏宝洞事关重大，让吴雪给熊掌大侠打个电话，让他抓捕鲨鱼帮的盗墓贼，联系有关部门保护宝藏。

吴雪有些兴奋，拿着手机一口一个白师兄，边上的张丽细心观察，发现吴雪给熊掌大侠打电话的时候，眼睛真是亮的。这让她更好奇了，吴雪不是说熊掌大侠有个漂亮的女朋友吗？那她干吗还这么痴情？熊掌大侠真这么有魅力，能让吴雪这样的美女中邪？她真想看看这个所谓的大侠到底什么样。

少杰从吴雪的口中得到两个让他惊喜的消息，第一是他们在卧剑岛找到了海盗藏宝洞，发现了大量一千多年前的文物；第二是青龙白虎帮的一姐张丽和他们在一起，她可是马玉被杀案的重要嫌疑人。他立刻向队长报告了情况，由北京警方通报山东警方，抓捕鲨鱼帮的盗墓贼，并查封海盗藏宝洞。这一切都办完了，他找到韩露，说是想去喝一杯。韩露知道少杰又有坏主意了，建议他邀上闻龙和山本，再叫上吴霜。少杰也正有此意。

酒兴正浓的时候，少杰拿出手机，让闻龙和山本看看里面那幅八大山人的画，请他们给出个价钱。闻龙仔细看了看，说这张画从照片上看没问题，基本上可以认定是真迹。从拍卖行的价格看，这张画应该在五百万以上。山本看了这张画，也认为是真迹，他给的价钱更高，说如果有人五百万卖给他，他立刻就收。

吴霜见过这张照片，因为少杰让她注意有没有出手这幅画的。她咋咋呼呼地向山本道："这画是美女老板马玉的，她就是因为有了这幅画，才招来了杀身之祸。"

闻龙和山本一听吴霜这么说，都不由得看着少杰。

闻龙道："真的？不是说她是被强奸杀死的吗？"

少杰摇头道："没这么简单。"

山本也问少杰道："凶手抓到了吗？"

少杰还是摇头道："凶手依然逍遥法外，我和韩露正在找线索。"

吴霜向山本道："我说山本馆长，你整天在马玉家对面喝酒，看着她发呆，是不是你把她杀了，然后把画抢走了？"

山本一听，差点儿被喝了半截的酒呛着，他瞪着眼向吴霜道："你想害我呀？警察正找不到凶手，你可别瞎说。"

吴霜不依不饶地向山本道："我说错了吗？你是不是每天晚上都看着马玉她们家的楼发呆？你准是被她的美貌给迷了。"

山本哭笑不得地摇着头道："我那不是看美女，我是看那个老太太。"

吴霜撇嘴道："你看人家老太太干吗？你变态呀？"

山本长叹一声："唉，说了你们也不信，我怀疑那个老太太是我的大妈。"

此言一出，在场的人都惊呆了。吴霜摸了摸山本的脑门儿，瞪着大眼睛道："哇噻，你没喝多吧？你发烧了没？"

山本一个劲儿摇头叹气道："你们不知道，我母亲在我小的时候就总跟我父亲吵架，说他老想在中国的那个老婆，我父亲也承认，他就是想中国的老婆。"

韩露好奇地看着山本问："那你怎么知道小楼上那个疯老太太是你大妈？"

山本道："我查呀，我父亲在世的时候，让我到中国来当和尚，还说有时间一定要到这个小楼来看看。我从他的相册里看到了这个老人年轻时候的照片，她和我父亲的合影，穿的是旗袍。"

韩露和少杰的目光对视了一下，二人心有灵犀。韩露又问山本有没有去问问那个老太太，山本说他问过，老太太不承认，说她从来不认识日本人，照片上那个穿旗袍的女人不是她。

少杰道："那个老太太会唱日本歌，我听过，唱得特专业。"

山本悲叹瑟缩，讷讷难言，目光中有犹疑也有彷徨。

闻龙试探着问山本道："你的父亲在中国是不是经营古玩的？"

山本道："是啊，我们家就是开古玩店的，从这点来说，我和吴霜是同行。"

吴霜好奇地问山本道："那个年代兵荒马乱的，你父亲的古玩店能开张吗？"

山本道："能，生意还不错呢。他当时收藏了很多甲骨文。"

少杰道："我看过地方志，记载这小楼是民国时期一个收藏家盖的，他以收藏清宫大内档案名噪一时，而且他还是研究收藏甲骨文的著名学者。晚清时期《老残游记》的作者刘鹗发现了龙骨上的文字，是在药店，后来开始收藏甲骨。收藏家刘鹗、罗振玉、王国维、郭沫若这四个人共收藏了将近一万片甲骨。

后来罗振玉到了河南南阳，发现了大批有文字的龟甲，都买了回来。当时社会上形成了甲骨收藏热。中国先后出土的甲骨有十多万片。现在有一部分在故宫，还有一部分在台湾，日本也有 5745 片甲骨。我估计你父亲要是经营古玩的，应该认识这四个收藏甲骨的名家。”

山本道：“我父亲说他 1945 年住在这个小楼，有个收藏家把一千多片甲骨卖给了他。可是这些东西他没带回日本。”

闻龙道：“这么说这些甲骨应该在那个疯老太太手里？”

山本无奈地摇头道：“这个老太太不承认解放前是我父亲的老婆，更不承认手里有甲骨。”

吴霜道：“这可不好，这个小楼总是闹鬼，估计是那些寻宝的盗墓贼盯上了你父亲留给那个老太太的东西。”

山本叹道：“是啊，有盗墓贼、有强盗，还有溜门撬锁的小偷。他们都空手而归，可见这些东西可能早就不在这个小楼里了。”

韩露问山本道：“你打算怎么办？再跟那个老太太谈谈？”

山本摇头道：“不行，这老太太精神不正常，也可能是失忆了。”

吴霜道：“那可麻烦了，只不定哪天这老太太死了，就会把所有的秘密都带走。”

山本哭笑不得地向吴霜道：“我说吴霜小姐，你能不能说点儿我爱听的，别老吓唬我。”

吴霜眨眨眼道：“啊，行，我祝疯老太太万寿无疆，万寿无疆！”

少杰笑道：“你这是祝福人家还是咒人家呀？”

山本道：“她是嘴上祝福人家万寿无疆，心里却希望那老太太今天晚上就摔个跟头，从那个平台上掉下来。”

吴霜撒娇地拧了山本的胳膊一下道：“我有那么狠吗？她要是从楼顶掉下来，准是你干的。”

山本揉着胳膊，咧嘴道：“我的天，你怎么又练鸡爪功了？”

吴霜又撒娇道：“你才练鸡爪功呢，本姑娘练的是九阴白骨爪。”

山本笑道：“我的天，你准是被湘西神母打过，把这词都学来了。”

少杰和韩露听了山本的话，都有些诧异。

韩露好奇地问山本道：“你还知道湘西神母？”

山本道：“她是我师父的朋友，我当然知道，而且她也是开古玩店的，我们还做过生意呢。”

少杰道：“看来你在中国武术界还真认识不少高人，得过真传。”

山本笑道：“对呀，所以我能看出吴霜练的是鸡爪功。”

吴霜把手弄成鹰爪状，抓住山本的头顶道：“我给你来个九阴白骨爪。”

少杰笑道：“你最好给他来个凤爪，我们就有下酒菜了。”

众人正说笑，山本的手机响了，他拿起手机接听，然后对少杰等人说，湘西神母到他的武馆去了，他得赶快回去。他问少杰等人要不要见见湘西神母，少杰知道湘西神母准是和师大爷在一起，那老头儿他真是不敢见，忙摇头说不去。

山本走了以后，少杰嘱咐师哥闻龙，一定在收藏界留神那幅八大山人的画。闻龙知道少杰的用意，今天他给山本看那幅画的照片，显然是想试探山本有没有见过这幅画，但从山本的表情看，他还真没见过这幅画。

韩露估计张丽准是跟着湘西神母回到了北京，问少杰有什么打算，少杰一阵坏笑，在韩露耳边说了三个字，差点儿把韩露气晕过去。要不是他身上有臭豆腐味，她真想咬他一口。

湘西神母找到山本，说张丽要毕业了，学的是考古，可以协助山本做生意，托山本照顾她。山本和张丽本来在日本就是同道，现在神母又说了这话，他就建议张丽在武馆里当女子教练，专门教女士练空手道。张丽想到现在江湖险恶，在山本这儿当教练也是权宜之计，就答应了。神母把张丽安排停当，就和崔三爷回湘西了。而张丽把马玉被杀那天的事，以及她和神母在卧剑岛的经历跟山本说了，山本十分震惊，他分析马玉极有可能是岛主杀的，而岛主为了自保，一定会杀张丽灭口。此人无情无义，为了钱财什么事都干得出来。他让张丽近期少出门，以防岛主的人暗算。他对张丽说，刚才他和熊掌大侠在一起喝酒，熊掌大侠拿出一幅八大山人的画，说是马玉的，马玉就死在这幅画上。

张丽一听山本和熊掌大侠在一起，忙向他打听熊掌大侠其人，以及他身边是不是有一个非常漂亮的女朋友。山本说熊掌大侠不但武功出众，而且一表人才，是女孩子都会喜欢他。他身边总是有美女，一个比一个漂亮。至于哪个是他的女朋友，恐怕他自己也说不清楚。刚才在饭馆，他身边就有两个绝色美女，都是喜欢他的女人。

张丽听山本这么说，有些困惑了，吴雪说熊掌大侠身边有个爱吃醋的女朋友，怎么现在听山本的意思，熊掌大侠似乎没有固定的女朋友，果真如此吗?

少杰在韩露耳边说的是：美人计。

少杰算定张丽晚上会到朝阳门小楼来听疯老太太唱日本歌。等天一黑，他就拿着两瓶啤酒，独自来到小楼的平台上。

张丽已经来了，而且似乎是喝多了酒，脸上有些红。她来的时候那个老太太没在，她就站在小楼的平台上，看着在乌云中时隐时现的月亮，心中涌起一阵孤独和凄凉，还有些空虚和无聊。少杰出现在她身后的时候，她感觉到了，但是没有回头，只是淡淡地问了一声：“大白熊是你吗？”

少杰笑道：“正是，熊走路的声音一定很沉重，让你在十米之外都能听见。”

张丽慢慢回过头，发现少杰站在离她不远的地方，手里拎着两瓶啤酒，不禁微微笑道：“你还带酒来了，想边喝酒边听日本歌？”

少杰道：“我是想请美女喝酒，估计你不会拒绝吧？”说着把啤酒的瓶盖打开，递给了张丽一瓶。

张丽接过酒瓶，也不客气，对着瓶子就喝了一口，然后点了点头道：“还是故乡的酒好喝。”

少杰道：“举头望明月，低头思故乡。可你却不知道自己的故乡在哪儿，跟当年的李白一样。”

张丽看着少杰，觉得他说得很对，自己真不知道故乡在哪儿。父母在日本，可是她的根在中国。她赞赏地看着少杰道：“看来你除了爱看美女以外，也是个爱读书的人。”

少杰道：“是啊，窈窕淑女，君子好逑。谁要是说自己不喜欢美女，他准是个伪君子，或者是个太监。”

张丽扑哧一声笑了，说：“你脸皮真厚，酒色之徒还号称君子。”

少杰道：“你又笑了，刚才你还满脸愁云，我一来你就眉开眼笑，说明我这个人很有魅力。”

张丽哭笑不得，摇头道：“你的脸皮比熊皮还厚。不过你确实能让我笑，和你在一起无拘无束。你能告诉我你的真名字吗？”

少杰道："我从来都是用真名骗女孩子，行不更名，坐不改姓。鄙人叫白少杰，白熊的白，少年的少，豪杰的杰。"

张丽又笑了，看着少杰道："我还是叫你大白熊吧。你不会武功，却起了个武侠的名字。"

少杰道："我虽然不会武功，可我也是英雄豪杰，我可以喝一瓶二锅头，然后昂首挺胸地走出酒馆。将来你行走江湖的时候可以带上我，我在酒桌上当大侠，打架的时候你再上。"

张丽道："行走江湖可不是游山玩水，江湖险恶，随时都可能遇到危险。"

少杰道："这有什么，你武功高强，我是逃跑冠军，有什么可怕的?"

张丽白了少杰一眼道："你跟我走江湖，有事你先跑了，那我带着你干吗?"

少杰道："我陪你喝酒呀，和我在一块儿你不闷得慌。而且我还可以你给站脚助威。"

张丽笑道："有你这个朋友在身边确实会很开心，不过你应该学点儿武功。我现在是山本空手道武馆的教官，哪天你去我那儿学点儿空手道吧。"

少杰心想这可不行，他在张丽这儿号称不会武功，假装文人，可是那个空手道武馆的人都认识他，到那儿去还不穿了帮?他有心拒绝张丽，可是又找不到适合的理由，弄不好会让她起疑心。他正犹豫，张丽追问道："你去不去呀?发什么呆呀。"

少杰心想只能到时候随机应变了，硬着头皮应道："去空手道武馆，行，太行了，让你看看我怎么翻白眼儿，这是本大侠的绝活儿。"

张丽拿着瓶子正要喝酒，一笑差点儿把酒喷出来。

这时，在小楼的下面，从一辆面包车上下来一群壮汉，都穿着黑衣服，其中一个像是领头的，最后下车的是个瘦小伙子，正是飞毛腿。

领头的让飞毛腿先到平台上看看那个黄毛丫头在不在，飞毛腿应声进了小楼。他蹑手蹑脚地上了楼梯，到了楼顶，果然看见张丽在平台上。她身边有一个又高又壮的小伙子，他一看此人，不禁倒吸了一口凉气，吓得差点儿坐地上，这不是熊掌大侠吗？飞毛腿就怕这个大白熊，当初亲眼看着他一掌把西山老大给打飞了，西山老大多好的武功啊，居然落得这个下场。这个大白熊怎么和黄毛丫头在一块儿？今天这活儿没法干了，赶紧跑为上策。他慌慌张张地跑下了楼，脸色苍白地向坐在车上的老大道："老大，不好，黄毛丫头在楼上呢，可是咱们不能动她，得赶紧撤。大白熊在那儿呢，那家伙手黑着呢，西山老大就是被他灭的。"

车上的老大吃惊道："你是说熊掌大侠？他怎么在这儿？"

飞毛腿道："他泡妞儿呗，那个黄毛丫头长得漂亮啊。"

老大犹豫道："这可麻烦了。我问问岛主，看他怎么说。"他拿出手机，向岛主说了现场的情况，岛主的话很简单：赶紧撤，别惹那个大白熊。

第二天晚上，少杰一个人去了山本的空手道武馆。看门老人见是馆长的朋友来了，恭恭敬敬地把他让了进去。少杰也没有声张，看见张丽正教一群女士在练空手道的基本功，没有上前打扰她，就在边上坐了下来。张丽看见少杰来了，向他微微一笑。

这时有几个武馆的教练走了进来，一见少杰来了，忙上前向他鞠躬行礼。张丽看了有些不解，问这几个教练道："你们认识白先生？"

一个教练道："白大侠谁不认识呀？"

另一个教练问少杰道："白大侠今天怎么有时间到我们这儿来了？"

少杰道："我来看美女呀，听说你们这儿来了个绝色美女，我赶紧就来了。晚上我请张美女喝酒，你们也一块儿吧？"

一听喝酒，这几个教练面面相觑。

少杰撇嘴道："你们不给我面子是不是？"

一个教练道："不是，我今天肚子不舒服，我得赶紧上厕所。"说着捂着肚子跑了。

另一个教练向少杰赔笑道："白大侠看美女，我就不打扰了。"也转头跑了。

张丽看着这几个教官，感到有些莫名其妙。

少杰向张丽道："你看，他们一见我白大侠，全吓跑了。"

张丽撇嘴道："哼，既然是大侠，一会儿我找几个女孩子，跟你交交手，看看你怎么翻白眼儿。"

少杰故作吃惊道："啊，找几个美女捶我一顿？那我赶紧跑吧。"

张丽一听直撇嘴，轻蔑地说："你真是个怂蛋包，看把你吓的，就差尿裤子了。"

少杰道："本大侠不是胆小，我是好男不与女斗。"

张丽哭笑不得地笑道："得得，你也别练空手道了，练你的嘴就行了。"

岛主的人上一次在朝阳门小楼上准备对张丽下手，遇上熊掌大侠没敢轻举妄动，但是岛主给的活他们得继续干。就在少杰来到空手道武馆看美女的时候，这些人也来了。他们开着一辆奔驰七座商务车，在空手道武馆附近停下来，等着张丽出来，想跟踪她择机下手。可等到空手道培训班结束的时候，张丽出来了，但是她身边跟着的正是熊掌大侠。

飞毛腿一看少杰陪着张丽从空手道武馆出来，目瞪口呆，对领头的老大说："黄毛丫头又和这个大白熊在一块儿，咱们赶紧走人，别找倒霉。"

领头的老大是岛主手下的得力干将，也是练过的，他并不知道少杰的厉害，对飞毛腿的话有些半信半疑，用怀疑的目光看着少杰道："这个小白脸有那么厉害吗？"

飞毛腿冷笑着对他道：："你要是不信，可以过去跟他比画比画，看看他一掌能打断你几根骨头。别说你了，就是岛主来了，也不一定是他的对手。"

老大道："我这个人不是被吓大的，我还真不信他一掌能把我哪根骨头打折了。"

飞毛腿冷笑道："行，好样的。这么办，今天晚上你带着弟兄们一起上，我在车上接应你们，看看你们有几个能全须全尾地回来。"

老大很是不服气地说："不用一起上，我就一个人跟他较量较量。"

这时张丽把少杰送到门口，转身又回了武馆。少杰一个人向飞毛腿他们停车的地方走了过来。

飞毛腿道："他来了，你过去跟他切磋切磋。"

老大道："你还别激我，我也是少林寺武校出来的，怕过谁呀。"说着拉开车门，径直向少杰迎了上去。

少杰看见有个又高又壮的汉子迎面走了过来，从这个人走路的姿势就能看得出来，这是个练家子。他就加了小心。这时那个壮汉忽然用肩膀撞了少杰一下。这是少林派的功夫，用肩膀和胯打人。一般的人被这么一撞，准被撞个跟头。可是他撞了少杰以后发现不对，自己的肩膀就像是撞在了墙上，被震得一阵酸痛。他出招没停手，跟着侧身就是一脚，但是这一脚还在半路上，就觉得一个大巴掌已经拍到了他的侧面肋骨上，他大惊，暗叫不好，对方的手太快了，他来不及躲闪，只能把丹田气向上一顶。只听“啪”的一声，他就觉得肋骨上像被几十磅的铁锤砸了一下，眼一黑，一个趔趄摔倒在地。

少杰没想伤对方，只用了三分力气。但是他打的是对方的软肋，那是最不禁打的地方，所以虽然只用了三分力气，对方已经受不了，差点儿吐血。

就在少杰得手的一瞬间，一个戴黑口罩的人从侧面闪了出来，对少杰下了杀手。

第十章　打罗圈架

少杰在空手道武馆门口和岛主的人动手，就在他得手的一瞬间，一个戴黑口罩的人从侧面闪了出来。

此人出手如电，一个“黑虎掏心”，直奔少杰的胸膈骨，这要打上，胸膈骨一断，少杰就得吐血而亡。少杰久经战阵，急忙含胸侧身，躲过这一拳，跟着就还了对方一掌，这一掌横扫千军，挨上就得被打掉半边脸。戴黑口罩的人也不含糊，居然向后一窜就躲过了少杰这一掌。少杰从戴黑口罩的人第一招就看出他用的是岳家拳，这种拳法是当年岳飞所创，杀伤力很强。他猜想这个人出现在空手道武馆的门口，准是冲着张丽来的，弄不好就是那个神秘的岛主。今天无论如何不能让他跑了。

但是不容他多想，戴黑口罩的人又上来了，这回用的招数虚虚实实，快中有慢，完全是密宗无影拳的路数。少杰一看不好，遇上了硬茬子，急忙以熊掌迎战。双方你来我往，谁都没占到便宜。这时那个倒在地上的老大一看不好，挣扎着爬了起来，上了路边的奔驰车，让飞毛腿赶紧开车。

那个戴黑口罩的人似乎并不想和少杰过多纠缠，一看奔驰车开走了，他也虚晃一招，纵身上了路边的院墙，身形晃动，转眼就消失在黑暗之中。少杰看那人黑影一闪就没了踪迹，也忌惮那人的武功，没敢贸然追赶，怕挨了暗算。心中不禁感叹，此人能当支锅老大，在盗墓贼中呼风唤雨，也是个有真本事的。

少杰和戴黑口罩的人交手，被另一个人看得清清楚楚，此人正是山本。他和彭军开车从外面回来，正看到少杰和一个戴黑口罩的人交手，这个人武功不在少杰之下，拳法十分诡异。山本暗自吃惊。等那个人上房走了，少杰也开着车离开，他才下车回到武馆。

山本琢磨那个戴黑口罩的人十有八九是岛主，张丽得罪了他，是非常麻烦的事。好在今天有熊掌大侠出手干预，想必此人轻易不会再来，但他还是有些担心张丽的安全。他找到张丽，嘱咐她近期少出门，因为他在门口看到了一些可疑的人，可能是岛主的耳目。他没有说岛主已经跟熊掌大侠交了手，他怕张丽有精神负担。张丽却对此不以为然，她正想找岛主，跟他要个说法，他为什么这么无情无义，派人追杀她？为什么杀了马玉，抢走了她的画？因为一幅画就杀人，难道人命还不如一幅画吗？

山本看张丽对面临的危险不以为然，也只能祈祷她交好运了。张丽却向山本提了个请求，要他介绍她见见熊掌大侠。山本听了不禁一愣，张丽也对熊掌大侠感兴趣？熊掌大侠身边的几个美女各有千秋，这时候张丽要是再掺和进去，以她这种痴情的性格，不会有好结果。他犹豫了一下，没有直接回答她的问题，只是含糊其辞地说：“熊掌大侠是别人家的风景，你看看就行了。”

晚上张丽一个人躺在床上反复揣摩山本的话，什么叫熊掌大侠是别人家的风景？熊掌大侠也没有结婚，只是身边有不少漂亮的女人，这就是别人家的了？吴雪也是这个意思，说熊掌大侠身边有个爱吃醋的女朋友。这分明是不想让她靠近熊掌大侠。她辗转反侧，居然失眠了，想象着这个熊掌大侠是个什么样的人。她始终认为，一个招女人讨厌的男人肯定不是好人，从这个角度来看，熊掌大侠必是优秀的男人，所以才会赢得女人们的垂青。她又想到了那个滑稽的大白熊，这个人其实蛮帅的，人也挺好，就是不喜欢练武术，这不是她要选择的男人。这个大白熊还有些可恨，一顿能喝一瓶二锅头的酒囊饭袋，满嘴跑火车，还整天出现在她的身边。她迷迷糊糊睡去的时候，梦中出现了一只从森林里走来的白熊，她上前问这只白熊：“你是熊掌大侠吗?”那个白熊摇头晃脑地说：“我不是熊掌大侠，吾乃狡猾的大白熊是也!”

飞毛腿和山东鲨鱼帮的这些人拿了岛主一大笔钱，要除掉张丽。可是两次都没沾到她的边儿，还伤了领头的。幸好岛主亲自出面与熊掌大侠交手，不然这回他们非得被抓到公安局去。他们一合计，明着干肯定是不行了，得来暗的，找到那个大白熊不在她身边的时候，暗中下手。于是他们就在武馆附近设了一个眼线，专等张丽出来，然后再跟踪，择机下手。

张丽在卧剑岛没找到岛主，到他以前的文化公司去，那儿也已关门歇业。他的手机更是关机换号，一切做得都很严密，再想找到他已经很不容易了。但是张丽有自己的办法，她过去和岛主在一起做生意的时候，发现潘家园有一帮混混是岛主的马仔，就是田小风、孙军这帮人。只要能找到这些人，准能找到岛主的踪迹。

少杰和韩露认定张丽和那个岛主有杀马玉的重大嫌疑。二人商量的美人计，就是通过张丽找到岛主。少杰想方设法和张丽交上了朋友，虽然一时还没从她那儿找到岛主的线索，但是通过在山本武馆前面和那个戴黑口罩的人交手，少杰判定，黑道的人很可能也在打张丽的主意，要杀人灭口。这也正好给了少杰和韩露机会，只要瞄着张丽，黑道的人准会自己冒出来。用少杰的话说，这打的是罗圈架，都是螳螂都是蝉。

少杰约张丽晚上到朝阳门小楼的平台上听日本歌，再喝一杯啤酒。因为山本要去小楼对面的酒吧喝酒，顺便就把张丽带过来了。但小楼上没有人，不知道为什么那个老太太又没上来。少杰带了啤酒来，就和张丽在小楼上边喝边聊。

少杰约张丽出来自然有他的目的，二人闲聊了一会儿，少杰忽然问张丽道："我很好奇，你这么漂亮的女人怎么也会失恋？是他辜负了你，还是你红杏出墙了？"

张丽白了少杰一眼道："你才红杏出墙。"

少杰道："那为什么？"

张丽若有所思地看着远方道："因为马玉，也因为一幅画。"

少杰一听心中暗自吃惊，看来张丽真知道不少跟马玉有关的事。他不露声色，又问道："我明白了，马玉看上去比你更有女人味，你的男朋友和她做古画的生意，然后他就见异思迁了，对吧？"

张丽看着少杰，有些吃惊，他怎么知道得这么详细？不禁点头道："你说得基本对，你是怎么知道的？"

少杰道："我经常到这个楼对面的酒吧看美女，那儿说什么的都有，我是听来的。”

张丽好奇地问：“你在那儿还听到什么了？”

少杰道：“我还听说警察正在找那个杀马玉的凶手。”

张丽皱眉道：“我也在找这个凶手。”

少杰不由得心中一震，她怎么会在找凶手？难道她没参与杀马玉这件事？那现场的黄头发是怎么回事？她找凶手干吗？他愕然地看着张丽道：“你也在找这个凶手？你帮警察抓坏人？”

张丽摇头道：“我找这个人跟警察没关系，我只是想向他要个说法。”

少杰何等精明，一听张丽这么说，立刻明白了七八分，点头道：“我知道了，那个杀马玉的凶手八成是你的那个男朋友，你想问问他，为什么背叛你们的感情，为什么杀了马玉，对吧？”

张丽颇感差异，心想他怎么知道我心里想的事？这个大白熊也太精明了。她眼睛瞪得大大的看着少杰，良久才疑惑地问他道：“你怎么知道我是这么想的？”

少杰笑道：“我是从你的表情里看出来的，我经常看美女，能从她们的眼睛里看到她们的内心。”

张丽半信半疑地看着少杰的眼睛道：“你研究女人的眼神？那你看看我现在在想什么？”

少杰道：“这太容易了，你在想你的前男友跑到哪儿去了，他派来的杀手最近怎么没露面。”

张丽更吃惊了，这个狡猾的大白熊还真有两下子，居然被他看出来了，不禁钦佩地点着头道：“你说得真对，你是研究心理学的吧？”

少杰摇头道：“我偶尔研究美女心理学，研究怎么骗女孩子。”

张丽扑哧一声笑出了声：“你研究怎么骗女孩子？我还头一次听见有人自称是骗子。”

少杰想转着圈从张丽嘴里套出一些岛主的信息，便问她道："你这么漂亮，为什么会找一个无情无义的男朋友？他是不是很帅，比我还帅。"

张丽笑道："他还真没有你帅，你这个人虽然是个吹牛大王，但是在帅这个问题上并不吹牛。当初我认识他的时候，他给我的印象很好。我觉得他就是我心中想找的那种男人。"

少杰道："你是怎么跟他认识的？"

张丽道："我刚从日本来的时候，在学校学考古。晚上没事去酒吧街玩儿，遇上了小流氓。"

那是几年前的事了，张丽到三里屯酒吧街去玩儿，晚上在工体北门等出租车，这时候来了几个流氓。他们见张丽一个人，而且相貌漂亮、衣着时尚，便上来调戏她。张丽强忍着没有出手，因为她不想惹事，觉得跟这类人发生冲突不值当。但是这几个东北土流氓以为张丽软弱可欺，越来越放肆。正当张丽准备出手的时候，一个男人走了过来，这个男人看上去四十来岁，高大健壮，一脸大胡子。他上来也不说话，对着几个流氓就是一阵拳脚，出手快得都看不见他打人，就见到这几个流氓眨眼之间全成了熊猫眼，一个个倒在地上直哼哼，刚才欺负女孩子那副嚣张劲儿全没了。

这个大胡子打量了一下张丽，问她去哪儿，他可以开车送她一程。张丽看出了这个大胡子用的是岳家拳，而且功力很深，打心里钦佩武功这么好的男人。她说回人民大学的宿舍，不便麻烦对方，并向他道了谢。这个大胡子很爽快，说是正好顺路。张丽不好再推辞，就上了大胡子停在路边的车。这是一辆豪华奔驰车，张丽从他的车判定这个男人应该是个有钱的成功人士。在车上，大胡子问了张丽学的专业，听说她是学考古的，非常感兴趣，说自己是搞收藏的，以后希望张丽能帮他鉴定一些藏品。张丽是学这行的，就留了对方的电话。她问大胡子的名字，大胡子说大家都叫他岛主，因为他买了山东卧剑岛的旅游开发权。张丽感觉这个人有些神秘，不想把真实姓名告诉别人，自然有他的想法。后来她就和这个岛主经常联系，岛主总是拿一些古董让她鉴定，她的经验虽然不太丰富，但毕竟是学这个的，跟岛主很是投缘。再加上她来中国的时候，她的父母叮嘱她，找男朋友一定要找会武功的，而且武功要比她强。她没在岛主面前说自己会武当太乙神剑门的武功，觉得他武功这么好，自己别班门弄斧。所以至今岛主也不知道她学过武术。后来两个人的关系发展得越来越近，岛主曾经说要娶张丽，还对她海誓山盟，让她深深地爱上了他，甚至开始规划将来毕业以后和岛主去海岛过与世无争的生活。可是没想到有一次他们到马玉家买了一幅古画以后，岛主就变了。说到马玉的时候，张丽忽然长叹一声，不再往下说。

少杰听完张丽的故事，感觉马玉的死肯定不是她所为，甚至她也不是帮凶。她应该只是一个知情人，甚至她也和马玉一样是受害者。他不禁感慨地说："你的故事很有传奇色彩，有点儿向古典章回小说。"

张丽看着远方，似乎沉浸在对往事的回忆中不能自拔。沉默良久，她长叹一声，仿佛过去的种种都随着这一声长叹被挥之而去了。她转头看着少杰问道："你说男人是不是有了钱就学坏？为什么有的男人把古董看得比心爱的女人还重要？"

少杰笑道："这很正常，这就是钱的魅力，或者是古董的魅力。你是学考古的，应该理解。我的一个好朋友，他就是这样，为了收藏，不买车，不找女朋友，所有钱都买古董了。"

张丽无奈地摇头道："不能理解，我觉得世界上最珍贵的是情感，其他都不重要。"

少杰脸上泛起一丝坏笑，说：“我也是个不太重感情的坏人，经常见异思迁。你需要的时候我可以陪伴在你的身边，但绝对不会打你的坏主意。”

张丽觉得少杰太有意思了，一般男人都在美女面前伪装成好人，他却自称是坏人，真是怪怪的。但是少杰越说自己不是好人，张丽越觉得他这人还不错，起码实在，没坏心眼儿。她听说少杰肯陪伴自己，忽然想起一件事，就问他道：“我想找那个岛主，你能帮忙吗？”

少杰信誓旦旦地说：“帮美女我是非常愿意的，不过你找他干吗？一个无情无义的人，你把他忘了不就得了？”

张丽固执地摇头道：“我就是要找他，当面问问他，为什么这么对我。”

少杰感觉张丽这么做有些痴，一个想杀你灭口的人，你能跟他要到什么说法？他摇头叹气道：“痴情女子负心汉，看来你是不撞南墙不回头。你想怎么找这个岛主？我能帮你什么忙？”

张丽想了想道：“我知道他有几个马仔经常去潘家园，是倒卖文物的，找到这几个人就能知道他在哪儿。”

少杰满口答应道：“这没问题，不过我先声明，鄙人不会武术，要是你和那些人打起来，我没准儿先跑了，我是逃跑冠军。你掩护，我撤退。”

张丽被少杰气得无可奈何，怎么还有这么胆小的男人，亏他长得高高大大的。

山本不放心张丽，让彭军过去看看。没一会儿彭军回来报告，说张丽和那个熊掌大侠在平台上喝啤酒。山本一听就愣了，他敏锐地意识到，警方准是怀疑张丽参与了谋杀马玉的案子。不过又一想，也好，张丽和熊掌大侠在一块儿，岛主雇来的杀手准都被他吓跑了。难怪那天看见熊掌大侠和支锅老大在武馆外面交手，原来是这么回事。可转念一想，又为张丽担心起来，她是个情痴，熊掌大侠又是个对女人情感不留心的人，张丽要再陷进去，那可麻烦了。但这也是没人能拦得住的事，全看缘分。

就在少杰和张丽在小楼的平台上聊天的时候，那个白发老太太悄然无声地走上了平台。张丽一看老太太来了，忙鞠躬行礼，向老人问好。少杰也学着张丽的样子给老太太鞠躬。

老太太看了看少杰，又看了看张丽，然后表情诡异地向他们道："前几天晚上马玉家闹鬼了，是个会飞檐走壁的男鬼。"说完慢慢转身下了楼。

少杰看着老太太的背影，心想这"鬼"是那个岛主还是别的贼？马玉已经死了，这是路人皆知的事，这个"鬼"来干吗？难道马玉的宝贝没有被岛主拿走？

第二天，少杰让社区民警小顾查看朝阳门小楼的监控录像，果然发现深夜有个戴黑口罩的人进了这个楼，形迹十分可疑。小顾去马玉家查看，见门上的封条好好的，没有动过的痕迹。他找老太太问当时的情况，老太太说"鬼"是个风流公子，翩翩少年，是来找马玉约会的。小顾向少杰和韩露汇报了调查的情况，说"鬼"八成是从窗户爬到马玉家去的。

韩露觉得顾胖子真是个笨东西，什么有价值的线索也没了解到。但是少杰认为顾胖子提供的情况很重要，他觉得那个老太太说得很对，那天来的没准儿就是个风流公子，翩翩少年。

少杰这天到师哥闻龙的武馆喝酒，让他设法打听武术界有没有练岳家拳的高手。闻龙听了少杰和岛主交手的经过，也颇感吃惊。他让少杰设个套，想法引诱这个岛主出来，然后他们兄弟联手，准能打败他。少杰琢磨是这个理儿，可是怎么才能把岛主引出来？闻龙给少杰出了个主意，到卧剑岛找他去，他不是卧剑岛的岛主吗，总有露面的时候。少杰觉得不妥，因为卧剑岛的宝贝被湘西神母找到以后，文物考古部门已经上了岛，岛主还会在那个岛上？估计他准跑了。

闻龙把学员根生叫了来，问他在潘家园知道不知道一个叫岛主的人。根生是大侃爷，在师父面前更是侃起来滔滔不绝。他说岛主这个人在潘家园颇有名气，黑道上的人都怕他，也都服他。这个人武功厉害，而且对收藏很有研究，尤其对古代瓷器有研究。不过这个人平常总戴个假胡子，真人长什么样没人见过。

闻龙吩咐根生，在潘家园做生意的时候要打听打听这个岛主，要是能找到岛主，马上报告，重重有赏。

根生可没指望师父奖励他，奖励也准是一大杯二锅头，那是万万要不得的。他知道自己的好朋友飞毛腿最近正跟着岛主混，他准知道岛主在哪儿，必要的时候，能从他嘴里探听到岛主的信息。上次自己被人算计，是师叔仗义出手相救，这回自己也得仗义一回，帮师叔找找这个岛主。

周末下午，张丽给少杰发了个微信，让少杰陪她去逛潘家园。他们在潘家园旧货市场上转了一圈儿，就向卖古玩的摊位走了过去。少杰忽然想到根生在这儿，要是这家伙说漏了嘴，那可就穿帮了，张丽要知道他是警察，非逃得无影无踪不可，那他的计划可就落空了。眼看快到根生的摊位了，少杰心里直扑腾。

根生看见了少杰和张丽，颇感意外，今天师叔怎么带着一个黄头发的美女来了？没和师姑一块儿来？这是什么情况？他老远就跟少杰打招呼，百般殷勤，一口一个师叔，但是他不知道张丽是谁，就称呼她大姐，热情地让张丽看他的货。

张丽觉得奇怪，问根生道：“你怎么管他叫师叔，管我叫大姐？”

少杰忙抢着说：“他师父是我的大哥，从那儿论就得叫我师叔。你年轻，所以得叫大姐。”

张丽白了少杰一眼道：“那我不是比你小了一辈儿？”

根生忙改口道：“对，您说得对，我错了，我应该叫您师姑。师姑您买点儿什么？我给您打五折。”

张丽在根生的摊位上挑了一件福禄寿的水晶手串。少杰抢着付钱，但是张丽拒绝了。她说这手串是给她母亲买的，不能让少杰掏钱。根生按成本价收张丽四百块钱，张丽本不想让他打折，但是根生十分热情，说本应该不收她的钱，但是怕师姑不高兴，只能收她的成本价。少杰怕在根生这儿待时间长了弄不好会穿帮，就拉着张丽继续向前逛。

张丽买了手串心情不错，问少杰他的大哥是干什么的。少杰没敢说是开武馆的，说他大哥也是经营古董的，在收藏界颇有名气，这些卖古玩的都认识他，哪天给她引见一下。

二人继续向前走，张丽忽然看见了一个人，急忙拉着少杰躲到了摊位的后面。少杰知道，她准是发现目标了。

张丽看见的人正是岛主的几个马仔，走在最前面的是田小风和孙军，后面是田三和黑九子。这几个人正在推销岛主让他们卖的东西，是一幅古画，岛主说了，这画要是卖出去，给他们几个二十万的提成。这可不是小数，他们当然得努力找买主。

少杰仔细看了看田小风等人，问张丽道：“怎么办？咱们报警？可是咱们没证据，警察怎么抓他们？”

张丽白了少杰一眼道："报警干吗？咱们找的又不是他们。咱们跟着这几个人，看看他们在哪儿落脚。"

少杰心说，这就对了，跟着这几个傻东西，让他们带路，离找到岛主就不远了。

田小风等人先到了根生的摊位上，给了根生一张照片，正是马玉家被盗的那幅八大山人的画。他们让根生帮着找买主，说是如果找到买主，给根生的酬金是一万。根生满口答应，但是他看着这张照片可是犯了嘀咕，这不正是师父要找的马玉家被盗的东西？他差点儿叫出了声，腿肚子直转筋。等这些人一走，他就把那张照片通过微信传给了少杰，并说了田小风等人的基本情况。

少杰收到根生的信息很振奋，他把这个信息转给了韩露，让她核查田小风等人姓名的真假。韩露很快回了微信，经核对，照片上的画正是马玉家被盗的那幅，但田小风等人的姓名全是假的，地址无从查找。

少杰收到韩露的微信心里有了准儿，他不愁找不到田小风等人的住处，有张丽呢，跟着她什么都有了。

田小风等人在潘家园市场还真找到一个买主，这个人号称是玩儿收藏的，看了田小风等人手机里的照片，问了价钱，觉得可以接受，但是得看了真迹才能确定是真是假。田小风他们手里当然没有真迹，就留了对方的电话和名字。那人叫贾俊生，自称是收藏家，看上去还不到 30 岁。

田小风等人出了潘家园就去了一家饭馆，开始喝酒。张丽和少杰也进了这家饭馆，而那个自称是收藏家的贾俊生随后也进来了。

少杰看见了田小风等人和贾俊生在市场上谈生意，正琢磨这个人是谁，应该了解一下，没想到他也进了饭馆，于是就拉着张丽坐到了贾俊生边上，说这张桌子靠窗，亮堂。

张丽把刚买的水晶手串拿出来把玩，爱不释手。

这时那个贾俊生在边上看着张丽的手串，靠上来恭维道：“小姐这个手串成色不错，每个珠子的颜色都很重，真漂亮。”

张丽看了看贾俊生，见这个人有些瘦，脸色苍白，西服笔挺，头发油亮，看上去有些油头粉面的，顺口问道：“您也是到潘家园来淘东西的？”

贾俊生道：“我可不是淘一般的货，我是收藏家，我得买值得收藏的。”

张丽听贾俊生自称收藏家，有些反感，凡是能称“家”的，都应该是别人称呼你，哪有自己称呼自己是“家”的，这叫自我吹嘘。她轻蔑地瞟了贾俊生一眼道：“您是收藏家，那您今天收到什么宝贝了？”

贾俊生拿出手机，打开给张丽看，说：“遇上几个卖画的，这幅古画才要价三百万，你给长长眼，是真是假？”

张丽看了一眼手机上的照片，先是愣了一下，旋即不假思索地说：“这画是假的，三百万买八大山人的画，不可能是真的。”

少杰一听八大山人，忙凑上前道：“我看看，八大山人的画应该很值钱。”他看了看贾俊生手机上的照片，心里为之一震，心想岛主的人在潘家园卖赃物，张丽怎么说这画是假的？他眨着眼问张丽道：“这幅八大山人的画品相不错呀？你怎么说是假的？”

贾俊生也有些吃惊道：“不会吧小姐，我可很少有打眼的时候，你根据什么说这画是假的？”

张丽冷笑道：“我不是说了吗？三百万不可能是真的。”

贾俊生道：“在潘家园可有捡漏的时候，卖画的人说是家中有病人，要急着出手这幅画。”

张丽道：“你看到真画了吗？”

贾俊生道："还没有，他们说过几天给我信儿，让我去看看真迹。"

张丽道："你看了再说是真是假吧。"

贾俊生道："那当然，我不看真画肯定不会买，我玩儿收藏不是一天两天了。不过听小姐这么说，我还真得看仔细了。"

张丽微微一笑道："但愿你别打眼。"

少杰和张丽吃完饭就出了饭馆，在张丽的车上等着田小风这些人出来。少杰心里犯嘀咕，便问张丽是怎么知道那幅八大山人的画是假的。

张丽的脸色变得凝重起来，心中油然涌起一阵隐痛。她长叹一声道："唉，说来话长，不提这事了。"

少杰知道这幅画背后准有张丽不想回忆的往事，也不便再问。不久田小风这伙人酒足饭饱出来了，上了一辆破旧的捷达车。少杰记住了这辆车的车牌号，用微信发给了韩露。

张丽开车暗中跟着田小风等人的车，来到郊区一个偏僻的小区。她怕惊动了对方，并没有把车开进小区，而是掉头回来了。

少杰一看这个破旧脏乱的小区，估计那个岛主不会在这儿住，而且这群人估计也不是太有钱，他们手里的画十有八九不是他们的。他问张丽下一步准备怎么办，张丽想了想，说这事她会请山本帮忙，让他手下的人跟着这些人，直到发现她要找的目标为止。

第二天，少杰和韩露盯上了田小风他们住的这个小区。傍晚的时候，他们发现田小风等人开着捷达车出了门，直奔北京的郊区。少杰和韩露开车跟了上去，少杰希望这些人能把他们带到岛主那儿，那就能找到杀害马玉的元凶了。

第十一章 小岛谜案

田小风等人拿着一个画轴，正是那幅八大山人的画。

黑九子不太懂行，问孙军道：“这八大山人的画有什么好？值那么多钱。”

孙军其实也不太懂，向黑九子道：“这你就得向岛主学了，从字画儿到瓷器，没有他不知道的。”

田小风说：“要不他能发财，咱们发不了。他现在住哪儿？”

孙军道：“不知道，他谁也不告诉。钱太多，怕人算计他。”

田小风说：“哼，咱们跟了他一年了，还不信任咱们，太不够意思。”

黑九子道：“这是盗墓这行的规矩，谁也不能打听别人的家住哪儿，真名叫什么。不然警察抓了一个，其他人也跑不了。”

他们把车开到了郊区的一个小岛边上停了下来，这个小岛是一个农户承包养鱼用的，岛的四面都是水塘，看鱼塘的人在岛上盖了个小屋，只有一个简陋的小木桥和外面连接。田小风他们看上了这地方的隐蔽和清静，便跟看鱼塘的老头儿租来当仓库使。那个看鱼塘的老头儿还养了一只大狗，就成了给他们义务看仓库的了，外人不敢进小岛来，因为那狗十分凶猛。田小风他们约贾俊生到这个小岛上来看画，也是因为上次吃了彭军的亏，怕再遇上黑吃黑的。

贾俊生是打车来的，他还是穿着西服，拿着派头，一副大老板的样子。

少杰和韩露暗中跟踪而至，他们发现山本的人也来了，开的是一辆中型面包车，停在离小岛不远的路边，车窗里面黑乎乎的，看不清车上有多少人，也不知道张丽来了没有。

少杰和韩露商量，是先抓了这群盗墓贼，还是等岛主出现再说。少杰认为还是等等再说，最好是能等那个岛主露面。

贾俊生担心上当，因为在饭馆里那个黄头发美女说这画是假的，让他心里发毛，生怕自己打了眼。可是发财心切，又让他存有捡漏的心理。他正在犹豫的时候，岛上出事了。

小岛的外面来了一个骑摩托车的人，戴着大头盔和风镜，看不出他的本来面目，只能看到他身材高大健壮。他把摩托车停在路边，要到岛上去，看岛老人不让，戴头盔的人也不说话，一拳就把老人打得晕倒在地。那只大狗扑上来，被这个人一脚踢到了水塘里，再没上来。

小屋里，田小风正给贾俊生讲这画的笔法，忽然见进来一个人，立刻警惕地问："你是谁？谁让你进来的?"

戴头盔的人用低沉的声音道："你们几个把画留下，马上滚!"

田小风等人一听，就知道是怎么回事了，而且听声音似乎还是上次那个东北老乡。他们被彭军抢劫过一次，这回早有了防范，黑九子从墙角拿起一把蒙古大砍刀，抡着就上来了，没想到被戴头盔的人一脚蹬了个后滚翻，刀差点儿飞了。田三、孙军和田小风各自抄起了棒球棍，和彭军在狭小的岛上展开了混战。

韩露问少杰怎么办，少杰怀疑这个戴头盔的人就是那个神秘的蒙面人，要是能抓到这个人，很多没破的案子、没追回来的文物就有了着落。

韩露有些着急，催促少杰上岛抓这个蒙面人。但少杰让她先等等，让他们先打，这叫鹬蚌相争，渔翁得利。

岛上打得十分惨烈，彭军显然有些轻敌了，他没想到对方准备了家伙。但他手快，招数也阴毒，先夺过田小风手中的棒球棍，一下就打在他后脑上，把他打倒在地，跟着又打倒了孙军和田三。黑九子那砍刀舞动得风雨不透，但还是让对方打了一棍子，正打他腿上，打得他四脚朝天，后脑勺着地。

贾俊生想趁乱去摘那幅画，可是戴头盔的人上去就是一脚，把他踢得趴在地上，再不敢动弹。

彭军正要上前摘那幅八大山人的画，这时少杰和韩露出现在门口。少杰笑呵呵地向他道："朋友，功夫不错呀。"

彭军抬头一看，大吃一惊，后退几步，忽然一个背摔，居然从后窗户撞了出去。少杰和韩露赶紧出门分头堵截。韩露在房子左侧堵住了他，可是他抡起棒球棍就打，逼得韩露直转圈儿。之后他趁机逃出了小岛，骑上摩托车就跑。

少杰和韩露出了小岛，开车追赶摩托车，可是没走多远，路上出现了极度的拥堵，彭军从自行车道飞奔而逃，而且他的车没有号牌，少杰和韩露只能干着急，没办法。看着摩托车消失得无影无踪，气得少杰直想骂人。

这时他忽然想起那幅八大山人的画，急忙掉头回到岛上，但是此时路边山本武馆那辆车已经不在了。二人上岛一看，不禁目瞪口呆，只见岛上一片狼藉，田小风等人都倒在地上，那个买画的贾俊生也满头是血趴在那儿，而墙上挂的画却无影无踪了。

山本武馆的人回去向山本汇报，说彭军失手了，因为熊掌大侠和韩美女来了。而他们一看熊掌大侠来了，也就赶紧开车走了，怕引起警方的主意。

山本微微一笑道："遇上熊掌大侠你们还能全身而退，不错了。"他正担心彭军的安全，这时彭军回来了，把事情的经过对山本说了。

彭军向山本汇报的时候，张丽正好来找山本，想打听有没有在那个小岛上发现岛主，听说彭军遇上了熊掌大侠，就好奇地问山本道："熊掌大侠也到那个小岛上去了？他去干吗？"

山本笑道："他当然是去抓盗墓贼，可是我看他什么也抓不到，那几个人估计也就是支锅老大手下的小喽啰，支锅老大不会轻易露面。"

张丽问彭军道："你跟熊掌大侠交手了吗？他的武功真的很厉害吗？"

彭军道："我没跟他交手，听说他的武功不错，不过我想也可能是有人瞎忽悠。"

山本道："可不是瞎忽悠，你以后遇上熊掌大侠千万别跟他交手。他得过不止一个高人的真传，软硬功夫都有。我估计现在他师兄闻龙恐怕都不一定是他的对手。那天我看见他和岛主动手，岛主也没占到便宜。"

张丽有些吃惊道："您看见岛主了？他怎么会跟熊掌大侠动手？"

山本道："我是偶然遇见的，没看清那个蒙面人是谁，但是我估计那个人是岛主，因为他用的是岳家拳。"

张丽道："哦，这说明岛主在北京，而且熊掌大侠在抓他。"

山本道："是啊，岛主是盗墓贼，而且马玉的案子跟他有关系，熊掌大侠抓他也是顺理成章的事。"

刑警队抓了看岛老头儿和田小风、孙军等人，可是那个买画的贾俊生在医院疗伤的时候不配合民警做笔录，还自己从医院偷偷跑了。因为他不是盗墓贼，只是买东西的，所以警方也就没继续追查他。

民警审问田小风等人，他们的交代让少杰有些犯晕。田小风说他们都不知道岛主的真名。他们是盗墓团伙里面地位最低的，就是挖土跑腿卖力气的，一个工程一天给他们几百块钱。这岛主不到四十岁，看上去人挺帅气。他平常都戴个假连毛胡子，个儿也挺高的，得有一米八多，说话是北京口音。干他们这行的有规矩，不能打听别人住的地方，也不能问在哪儿上班。平常联系都是岛主用公用电话找他们，他们不能主动找岛主。

民警问那幅八大山人的画是怎么回事，田小风说那画是岛主让他们卖的，说卖了给他们二十万奖金。民警追问那幅画的下落，田小风等人的交代都一样，都说那画被一个戴头盔的人抢走了，他们也是被这个人打伤的。这个结果让少杰和韩露都不能相信，这不可能，因为他们一直在追那个戴头盔的人，画不可能是被他抢走的。

谁在岛上趁乱把画偷走了？少杰和韩露想到当时看到山本的人坐在一辆中型面包车上没下来，难道是他们？

少杰约张丽到簋街吃窝头鱼，张丽正因为烦心事太多想喝酒，很痛快地答应了。

簋街的饭馆众多，少杰找了个清静的地方，正琢磨要怎么向张丽打听那幅八大山人的画，这时麻烦事来了，他的手机响了，是吴霜打来的，问他在哪个包间。少杰暗自叫苦，她怎么来了？

张丽看出少杰面露难色，问他怎么了。少杰说有个难缠的女孩子不请自到。

不管少杰愿意不愿意，吴霜进来了。她一眼就看见少杰和张丽在一起，这个黄头发的女孩子她见过，还在小楼上和她交过手。大白熊怎么会和她在一起？她有些纳闷，老大不高兴。

张丽一见来的女孩子认识，但也怕认错，因为在卧剑岛的时候她就认错了，这回来的是吴霜还是吴雪？不管是谁，她还是礼貌地起身和她打招呼，深深鞠躬道："不好意思，上次在卧剑岛一别，好久没见了。"

吴霜是个天真的女孩子，本来对张丽怀着敌意，可一听她这么说，知道她和吴雪在卧剑岛成了朋友，也不再想着以往的过节，笑道："你认错了，和你上卧剑岛的是我姐，我是吴霜。"

张丽这才仔细打量吴霜，发现她果然和吴雪不一样。吴雪不化妆，衣着也很朴素；眼前这位穿的是时髦的高档服装，手上脖子上全是首饰，还喷了法国香水。她不禁微微一笑道："我想起来了，在小楼的平台上咱们交过手。"

少杰一听这事，忙上前打岔道："这叫不打不成交，既然你们认识，我就不介绍了。"他给吴霜拉过一把椅子，又吩咐服务员加菜。

吴霜大大咧咧地向服务员道："你们这儿有焦溜肥肠吗？来一个。"

张丽看吴霜这副大大咧咧的样子，觉得她挺可爱，心想这女孩子可能就是个说话没分寸的人，这种人往往没心没肺的，也没有坏心眼儿。

少杰疑惑地问吴霜是谁跟她说他在簋街吃窝头的。吴霜说她遇到山本在古玩城买东西，让他请客吃溜肥肠，山本就让她到簋街去找大白熊，她就赶紧来了。少杰这才明白，准是张丽对山本说了，山本犯坏，让吴霜来搅局。

吴霜问少杰道："大白熊，你到这儿来喝酒为什么不叫我，也不叫韩露姐姐？"

张丽一听韩露，白了少杰一眼道："韩露是谁？也是被你骗的女孩子？你一共骗了多少女孩子？"

少杰一脸坏笑道："第一个是你，第二个是吴霜，第三个就是韩露，当然还有美女马玉。"

吴霜斜眼看了看少杰，又看了看张丽，撇嘴道："你这个大白熊，一肚子坏水儿。我问你，你请这位黄头发的美女吃饭，打的什么坏主意？"

张丽觉得吴霜老叫她黄头发，听着别扭，就对吴霜道："你怎么老叫我黄头发？我叫张丽。按说你姐姐管我叫师姐，你也应该叫我师姐。"

吴霜摇头晃脑地说："行啊，张丽小姐。你是日本人，是山本的老乡，到中国来是为了找古董对吧？"

张丽摇头道："我不是日本人，我的父母都是中国人。"

少杰道："你在中国学考古，你们空手道武馆的馆长山本在日本是开古董店的，他也收藏中国的古董，他没找你给他鉴定古玩？"

张丽道："他的眼力比我好，鉴定古玩在学校里学不到真功夫，全靠经验积累。"

吴霜抢着说："我也是开古玩店的，我的眼力就是在柜台上练出来的。”

少杰道：“我现在给你看一幅画，你说说是真的还是假的。”说着拿出手机，打开让吴霜看马玉家丢的那幅八大山人的画。

吴霜看了看道：“这幅画当然是真的，这是马玉家的，她还在店里挂过好长时间呢。”

少杰又把画的照片让张丽看，张丽一看就认出是在饭馆里那个贾俊生给她看的那幅画，少杰也不知从哪儿把这幅画的照片弄来了。她不屑地说：“在潘家园的饭馆里我就说过，这画肯定是假的，八大山人的画怎么可能卖三百万这么便宜?”

少杰点头道：“你说得有道理，不过那个贾俊生说是去看画，也不知道结果如何，估计这个傻东西准把这画给买下来了。”

张丽笑了笑道：“据我所知，这幅画弄的动静还挺大，那个贾俊生不但没买到画，还差点儿丢了性命。”

少杰故作吃惊道：“真的？你编故事呢吧？不会吧？”

张丽道：“我也是听说的。”

少杰道：“你听谁说的?”

张丽道：“我听山本说的。我不是跟你说过吗，我在找一个人。山本馆长很热心，他也让手下的人帮我找。他的人看见岛主手下的那几个马仔和买画的贾俊生被人打伤了，而且那幅画也没了。”

少杰一听更吃惊了，明明是他的人趁乱拿走了那幅画，怎么会说那幅画没了？他半信半疑地问张丽道：“山本的人看着岛主的人被打了？画也没了？我不信。准是有人打了岛主的人，然后山本的人趁乱拿走了那幅画。”

张丽道：“按理说山本应该有这个打算，可是人算不如天算，这回他是失算了。不知道是谁暗中冒坏水儿，把画拿走了。”

少杰收起手机，自语道：“目前有两个美女，一个说这画是真的，一个说是假的，我应该相信谁呀?”他看着张丽的眼睛道:“你的眼力真的很厉害吗?那你说，这幅画除了价钱不对以外，还有什么地方不对?”

张丽道:“这幅画临摹得很逼真，说明临摹的人很专业，应该是美术专业院校毕业的，而且有机会长时间接触这幅画，或者他有这幅画。不过他的问题出现在印章上，八大山人的印章非常讲究，尤其是在字的布局上有疏有密，有的地方会留白。可是这个人刻的印显然太规矩了，布局没有疏密变化，刀法也不是有粗有细，显然很幼稚。”

张丽这么一说，不但少杰颇为信服，连一向傲慢的吴霜也没了话。

少杰向张丽竖起大拇指道:“高，实在是高。”

张丽白了少杰一眼道:“这也不是我看出来的，是岛主看出来的。当初他也是买了这幅画的赝品，拿回来才发现不对劲。他玩儿收藏这么多年，很少有打眼的时候，但是在这幅画面前他也栽了一回。”

吴霜眨眨眼道:“你跟岛主很熟?那你八成也是盗墓的吧?”

张丽皱眉道:“你说话真不知深浅，我和岛主是朋友，甚至谈过恋爱，但我不是盗墓贼。我是个普通的学生，学考古的。”

少杰一听吴霜说话太难听，忙圆场道:“对，对。张丽是学考古的，不是学盗墓的。不过你和这个岛主谈恋爱，也容易引起别人的误会。”

张丽道:“是啊，上了贼船，想下来都不容易，好几次都差点儿掉海里。”她若有所思，忽然问吴霜道:“山本说那天出事的时候，熊掌大侠也去了，你认识熊掌大侠吗?”

吴霜一听张丽这么问，眼睛瞪得大大的，看着少杰。少杰忙向她挤眼，那意思是别说真的。吴霜看着张丽忽然捂着嘴一个劲儿地笑。

张丽有些莫名其妙地问："你笑什么？你认识熊掌大侠？"

吴霜捂着嘴道："认识，他就是个大骗子，专骗女孩子，不是什么大侠。"

张丽疑惑地看着吴霜道："不会吧？山本说他是当今武林第一高手。"

少杰赶紧岔开话题，向张丽道："熊掌大侠这个人准是武术界杜撰出来的，现在哪还有大侠呀，弄不好跟我一样，是个笨手笨脚的大白熊，一打就翻白眼儿。"

吴霜更是笑得花枝乱颤，捂着肚子道："对，一打就翻白眼儿。"

少杰真怕吴霜给他弄得穿帮，好在她还算机灵，居然把张丽给瞒过去了。

吴霜虽然傻憨，但也是明白人。开始她看见少杰和张丽在一起的时候有些不高兴，可是后来听张丽问熊掌大侠是谁，她心里就踏实多了，明白少杰准是在蒙张丽，想通过她找杀马玉的人。

第二天，少杰把张丽说的情况向韩露说了，韩露也觉得这事太过蹊跷，这怎么可能？估计山本的人没说实话，准是他们拿了画不认账。

少杰反复想了想那天的所有细节，仍然是百思不解。山本和张丽的主要目的是找岛主，不是要抢那幅画。张丽说的情况应该不假，她也没必要说假话。这就让人费解了，现在看来，那幅画的去向成了谜。这个谜包括两点：马玉被抢的画是不是那天在小岛上卖的那张？谁从小岛上把画拿走了呢？难道是岛主隐身在小岛上？

这天晚上，张丽在梦幻酒吧喝酒。她刚喝了一杯红酒，那个在潘家园遇见过的贾俊生来了，他一看见张丽，赶紧上前跟她打招呼，还说他最近发了财，得请张丽喝酒。闲谈之际，他得意扬扬地拿出手机，说买了那幅八大山人的画，花了三百万。张丽看了看那幅画，心说这个傻东西不是被打伤了吗？怎么还是把这幅画买了？

少杰和韩露正在为小岛上的事犯晕，少杰认为问题可能出在小岛上，他和韩露又来到小岛上，对丢画的现场进行了一次细致的勘查。但二人在岛上围着小屋转了一圈儿，没有发现什么可疑的线索。

这时少杰忽然发现了一个被撕下来的画轴，他把画轴拣起来仔细看。韩露凑过来问："这是从画上撕下来的？"

少杰脸上绽出一丝神秘的微笑，问韩露道："你说扔这个画轴的人，为什么要把画撕了？"

韩露道："画不好，或者是画坏了，就把它撕掉扔了。"

少杰摇摇头，心想一幅画有两个画轴，扔也应该扔两个。他看了看房子的方位，分析扔画轴的人出门扔出一个向东，另一个应该向西扔，于是快步向西走，果然没走多远就在地上捡起一个画轴。他把两个画轴仔细比较，向韩露道："你看这画轴上的残纸，新旧程度和用纸完全一样，说明是一张画上的。这就对了，当初我推算有人在岛上偷走了画，可是警察很快就来了，他得在警察来之前就把画偷走，但是那画带在身上不方便，有这个画轴没地方藏。现在可以断定，偷画的人是把画轴撕了下来，把画叠起来揣到怀里偷走的。"他凝眸沉思良久，忽然似有所悟，问题可能出在那个买画人身上。他告诉韩露，很可能是买画人自己打了自己一板儿砖。

韩露不解，买画的人怎么会自己打自己一砖头？少杰向韩露说了自己的推理：田小风等人都被那个戴头盔的人打了，可是谁打那个买画的了？都看见他满脸是血，可是他从医院偷偷跑了，伤成什么样儿谁也不知道，这就值得怀疑。很可能是买画人看岛上乱了，就起了偷画的贼心。他把画轴撕掉，把画叠起来揣怀里，然后用砖头打自己一下，趴在地上装死。等警察来了以后，他不配合做笔录，之后趁乱从医院逃跑了。

韩露一听少杰的推理，觉得真是太妙了，不禁高兴得拍手叫绝。

少杰揭开了古画在小岛上神秘消失的谜团，并没有扬扬得意，他心里还有担心的事。他怀疑即使找到了古画，也找不到杀马玉的凶手。他觉得自己的第六感现在有些乱，迷迷蒙蒙的，两眼一抹黑。

第二天天还没亮，少杰和韩露就在文物黑市上找那个买画人，可他们在黑市上苦等了一个早上，也没有等到这个买画的，只得悻悻而回。之后他们又在黑市上连蹲了三天，还是没有发现那个买画人。韩露有些灰心，觉得没准儿那个买画的已经把画卖了，然后远走高飞了。但少杰坚信能找到这个买画的人，因为目前并没有惊动他，他很有可能还会在旧货黑市上露面儿。

就在少杰和黑九子双方斗心眼儿的时候，案情出了变化。

这天文物商店的赵玲遇到一个顾客，是个面色白皙的帅小伙子，他拿着一个画轴请赵玲看，说是想问问古董店收不收。赵玲一看这画，不禁有些吃惊。画是八大山人的，与上次少杰拿来鉴定的照片一模一样。少杰说这画和一个凶杀案有关，这小伙子手里怎么有这幅画？赵玲问小伙子是不是想卖这幅画，小伙子说想问问价钱。赵玲仔细看了看画，对小伙子说这画是文物，可以收购，不过得鉴定一下是不是真品。如果是真的，一百万块钱收。小伙子嫌一百万太少，卷起画就走了。由于事出突然，赵玲也没有经验，并没有问小伙子的名字和其他情况。等小伙子走了，赵玲觉得这事得跟少杰说一声，赶紧给他打了个电话。

少杰没想到神秘消失的古画会露面，这真是个好消息。他把这事告诉了李队长和韩露。李队长觉得这事有些蹊跷，这个白脸的小伙子是个什么角色？

第十二章　龌龊画家

这天少杰来找张丽说去朝阳门小楼对面的梦幻酒吧喝酒，张丽想起一件事，当笑话对少杰说了，说那天她在这儿喝酒，遇上那个贾俊生了，那个傻小子真花了三百万买了那幅八大山人的画。少杰正找这个买画的人，听张丽这么说，心里暗喜，这说明那幅画确实在贾俊生那儿，但不是他买的，是他从小岛上偷的。他决定设个套让贾俊生钻，让他乖乖地把画交出来。他对张丽说，他特想看看八大山人的画，哪怕是赝品也行，长长见识。张丽说八大山人的画一般人欣赏不了，构图怪怪的，连鸟的眼睛有时候都是向上翻的。少杰问张丽能不能让那个贾俊生把画带来，让他看一眼。张丽答应哪天见了贾俊生，问问他肯不肯把画拿来。其实她也想看看那幅画，因为她和那幅画有太多的渊源，甚至牺牲了自己的初恋。

这天晚上，张丽又来到梦幻酒吧，没多久贾俊生也来了，他一见张丽，就笑嘻嘻地坐到她的旁边说：“美女，你也来了，真是巧呀。”

服务员把酒端上来，贾俊生递给张丽一杯，让她尝尝。张丽不客气地把酒拿过来就喝，边喝边问贾俊生是不是很有钱。贾俊生可找到吹牛的机会了，说大钱不敢说，几百万还是有的。

张丽知道贾俊生言过其实，轻蔑地说：“你别在我这儿吹牛，你以为我不懂你们这行呀。一个春秋时期的陶罐，收的时候几千块钱，出手的时候也就能卖一万块钱。一年下来也赚不了多少钱。”

贾俊生有些惊奇，发现张丽对古玩的行情门儿清，他问张丽以前都做什么生意，是瓷器还是字画。张丽说什么生意都不做，但是她学的是考古。

贾俊生一听来了情绪，说自己是收藏家，经常到潘家园捡漏。以后有机会跟张丽合作，请她掌掌眼，顺便欣赏他收藏的宝贝。他这儿有战国时期的陶罐，有唐朝的瓶子，还有鼻烟壶，哪个朝代的都有，全是真货，还可以弄古画儿。他这儿有一幅价值三百万元的画儿，就是上次他给张丽看的那幅八大山人的画。

张丽听贾俊生又提到那幅八大山人的画，想起少杰想看画的事，就对贾俊生说，她很想看看那幅画，因为据她所知，那幅画是赝品。贾俊生上次听张丽说过那幅画是赝品，他也想让她看看，一是在她面前显摆一下，二是让她说说这幅画假在哪儿。于是就答应了张丽，说明天晚上他把画拿来，他们可以在朝阳门小楼的平台上鉴赏，那地方清静。

第二天张丽和少杰来到朝阳门小楼楼下的时候，天已经黑了。这个时候山本正在小楼对面的梦幻酒吧里听毕海燕唱歌，而彭军借口打电话出了酒吧。他给师弟大虎打了个电话，说是朝阳门小楼的平台上有一对年轻的情侣在买画，卖画的是个收藏家，卖的是一幅八大山人的画，价值大概是五百万左右。大虎正因为欠了一屁股赌债而发愁，前几天向彭军借了点儿，但还是不够他还赌债的。一听彭军说有价值五百万的发财机会，心想一不做二不休，干他一把得了，于是叫了两个赌友，打车来到了朝阳门小楼。

彭军之所以要大虎来抢画，有他自己的想法。他给山本开车，山本和张丽在车上说的事他听得真切。上次他在小岛上眼看就得手的画，居然被别人拿了去，他感觉在山本面前有些丢了面子。现在让大虎出面搅局，大虎要是得手，多少也能分他点儿钱，至少能把欠他的钱还给他。

贾俊生按照和张丽约定的时间，拿着那幅八大山人的画来了。可刚一下车就被埋伏在附近的韩露发现，她指挥民警把贾俊生拉进了汽车。

少杰和张丽没等到贾俊生，可是等到了三个酒鬼，正是大虎和两个赌友。大虎喝得红头涨脸的，上了小楼，指着少杰和张丽，让他们把钱都拿出来。

张丽有些心烦，哪儿来的土流氓，大晚上的到这儿来抢劫。她上去就是一个迎面脚。大虎没防备，没想到这个美女还会武术，被打了个措手不及，后退几步头正撞在楼边上，“咚”的一声，撞得他眼前直冒金星。

少杰假装上前阻拦两个强盗，结果被一个小伙子一把推倒。少杰暗中使坏，向后倒的时候，用了个千斤坠，正坐在大虎身上，把大虎刚喝的酒都压得冒了出来。少杰看张丽和另外两个壮汉对打，爬起来又假装上去帮忙，大虎爬起来用力一推少杰，少杰就装摔倒，就势扑倒了大虎另外一个帮手。他把那个小伙子压在身下，用手指在这个小伙子的鼻子上拧了一下，差点儿把小伙子的鼻子拧下来，疼得那个小伙子大叫一声，鼻涕眼泪一个劲儿掉。大虎扑上来打张丽，张丽跟他对打并不占上风，还好少杰趴地上暗中给大虎使绊，让大虎又摔了个跟头。

这时那个白发老太太出现在平台上，她扯着嗓子大喊："警察来啦！抓强盗啊！"

这一喊，吓得大虎掉头就跑。他带来的两个帮手一看大虎跑了，挣扎着站了起来，也逃之夭夭了。少杰暗自好笑，不知道从哪儿冒出两个酒鬼强盗跑来搅局，估计韩露在楼下，这三个傻东西跑不了。他没想到，这时候韩露已经抓了贾俊生，开车离开了。大虎和两个帮手得以逃脱了。

那个老太太喊了一嗓子就走了，像是吊了一回嗓子。

少杰和张丽继续在小楼上等贾俊生，等到过了 11 点也没见到人影。少杰说那傻东西可能根本就没有那幅画，所以就不敢来了。张丽也觉得是这么回事，那天彭军说了，那个买画的被打了，没买到画。这么看来，贾俊生就是个侃爷。

贾俊生被抓了以后，八大山人的画也终于露出了它的仙容。少杰和韩露把画拿到办公室打开来仔细欣赏，二人虽然不太懂画，但也觉得这画真是太美了，是少见的艺术珍品。对于少杰和韩露来说，这幅画的分量格外重，因为它后面有个血淋淋的凶杀案，而且它的价值还关系到怎么给贾俊生定罪的问题。这画要真是文物，贾俊生还真没准儿得吃官司。

李队长指示少杰和韩露，要请专家给这画做鉴定。于是少杰和韩露先去了文物研究所。文物研究所的一位长髯老者拿着放大镜仔细看这画，看了几遍以后摇摇头对他们说这画是假的。少杰和韩露都有些吃惊，面面相觑，还真让张丽说对了，这是一张赝品。

老专家接着说：“我个人认为这画不是真迹，主要是这画上的章不是八大山人的。这章刻得功夫不够，字迹布局呆板，没有疏密变化，用刀也没有粗细变化，显得有些稚嫩。画临摹得不错，看得出来画画儿的人是下了大功夫的。”

少杰卷起画，谢过老专家，和韩露离开了研究所。二人在街上溜达，都有一种失落的感觉。韩露提议再上赵玲的文物商店鉴定一下，也许那个老专家看走眼了。少杰一想也对，还是多找几个专家鉴定为好，于是又和韩露来到琉璃厂。

文物商店的售货员赵玲请了一个老专家帮助鉴定。老专家摊开画仔细观看，看了半天，语气坚决地对少杰和韩露说：“这画是假的，肯定是一张赝品。”少杰和韩露这回算是彻底死了心了。

老专家说：“凭我的经验，临这张画的是一个年轻人，有才气，艺术造诣不浅。可他没有经验，忽视了小的细节，像这名款的章，下刀要有粗细变化，布局也要留白。”他赞赏地点点头，“这个人不能算是个画家，可以说有一定的水平，可能是院校毕业的大学生，绘画的基础很不错。”

少杰听了老专家的话若有所思，他收起了画，请赵玲跟他去公安局看看贾俊生，辨认一下是不是到她这儿来卖画的人。

赵玲跟着少杰和韩露来到看守所，但她一看见贾俊生就摇头，说那个卖画的比贾俊生白多了，个儿也高，比他长得精神，是个奶油小生。

看来贾俊生就是一个倒卖文物的，和马玉的案子没什么关系。韩露犯了愁，问少杰上哪儿找那个白脸小偷儿去。但少杰一时也想不出个好办法。

警察审问贾俊生，他一味抵赖，说这画是花三百万买的。但警察对付贾俊生这样的人有的是办法，没几个回合贾俊生就败下阵来，不得不交代。事情的经过基本和少杰的推理一样，那天岛上一乱，他就把画摘下来，撕下画轴，叠起来揣进怀里，又用砖头打了自己一下，假装受伤躺在地上，把岛上的人都骗了。

就在少杰和韩露为案子的线索发愁的时候，峰回路转了。

这天吴雪的古玩店里来了个年轻人，看上去二十五六岁的样子，中等个儿，彬彬有礼的，自称是美院毕业的，想在她的店里卖画，代销的价格由店里定，卖了以后四六分成。吴雪让这个年轻人把他的画拿出来看看。这个年轻人拿出一张油画，画的是个美女。吴雪一看这个美女，吃惊不小，因为画上的美女正是前些日子被杀的女老板马玉。她立刻想到少杰正在找杀马玉的凶手，这个人弄不好就是少杰要找的人。吴雪为人处世很沉稳，她不露声色，让年轻人把画留下，并留个电话。这个年轻人自称叫山中石，是某个杂志社的美术编辑。她拿出手机把那张马玉的油画拍了下来，给少杰发了微信，把有人在她这儿卖马玉肖像画的事通知了他，并把山中石的工作单位、电话都发了过去。

少杰收到微信，看着手机里马玉的画像，笑着对韩露说："上次朝阳门小楼的那个老太太说马玉家又闹鬼，那个鬼是个翩翩少年，我看八成是这个少年露面了。"

韩露看了看马玉的肖像，认为可能是那个给马玉临摹古画的画家出现了，得抓住这个线索，搞清楚马玉案子的真相。

少杰和韩露来到吴雪的店里，吴雪说那个画画儿的刚走，这个人特黏糊，坐在这儿闲聊，很烦人。

少杰含笑向吴雪道：“你还别嫌烦，这个人估计以后会天天来，弄不好你下了班，出门就遇上他。”

吴雪白了少杰一眼道：“你盼我点儿好行不行，我就烦这样的人，没话找话。”

少杰发现吴霜没在，问吴雪她去哪儿了。吴雪说吴霜做美容去了。少杰这才松了一口气，低声向吴雪面授机宜。吴雪虽然一百个不愿意，但毕竟是少杰求她帮忙，再不情愿也答应了。

果然，晚上下班的时候，吴雪一出古玩城的大门，正看见那个山中石在门口，笑眯眯地看着她。山中石一脸谦卑，说为了感谢吴雪小姐帮他卖画，他想请吴雪吃一顿便餐。吴雪淡淡地说：“既然你这么有诚意，正好我也想去外面吃点儿东西。”于是就让山中石开车跟着她的车，把他带到了簋街一家小饭馆。

在饭馆里，吴雪想着还得帮少杰办事，就问山中石他是怎么和马玉认识的。因为她也是马玉的朋友，两家的店隔着不远。

山中石喝了点儿啤酒，脸已经红了，有了几分醉意。他不住地摇头叹气，酒后吐真言，向吴雪说了不少关于他和马玉过去的事。

山中石和同学石军是好朋友，石军有个情人就是马玉。马玉总是喜欢让别人画她，石军有的时候会拉着山中石一块儿去马玉家的楼顶平台上，给她画肖像。

马玉对石军确实好，每次出去郊游、写生，都是马玉掏钱。石军为了讨好马玉，取了个笔名，叫玉石。他把马玉的玉放前头，他放后头。现在市场上有时候能见到玉石的画，就是他画的。马玉被杀以后，他去看过石军，石军哭得眼都肿了，而且精神也垮了，好像世界末日到了似的，整天不吃不喝的，就是看着马玉的画像发呆。但他还在画画，画的全是马玉。

吴雪有些不解，既然石军和马玉这么好，为什么不和她结婚？山中石说这事他就说不清楚了。这马玉挺风流的，追她的人得有一大串儿，可她谁也不嫁。她自己有古玩字画的店，每天上她那儿买东西的人很多，有些人为了跟她套近乎，打她的歪主意，也上她那儿买东西。她的买卖主要还不在门市上，赚钱的生意都在下面。马玉有时候也帮石军卖画，石军和马玉在一起学得满脑子商人气，老是临摹名家的画，然后在马玉的摊上卖。他研究临摹很下功夫，临摹出的画一般人分不出真假来。

吴雪似有所悟，那幅八大山人的画应该是石军临摹的，这是个重要的线索，看来得会会这个石军了。于是她让山中石给她介绍一下石军，她想认识认识这位画家，请他给画画。

山中石正想找机会讨好吴雪，一听吴雪要和石军认识，满口答应。他觉得吴雪有一点很像马玉，就是喜欢让人画。

第十三章　情网恢恢

少杰和韩露对马玉的案子进行了分析，从掌握的情况来看，那个给马玉画裸体像的人，应该就是马玉养的小白脸儿石军。他会临摹名画，且能临摹到乱真的地步，那幅八大山人的真画可能就在他的手里，他谋财害命的可能性很大，但也不排除情杀的可能。因为马玉是个多情的人，不排除情人间因为争风吃醋而杀人。少杰让吴雪继续正面和石军接触，暗中查找那幅八大山人的真迹。

这天山中石来到石军家，见石军正聚精会神地画一张马玉的《飞天图》，画上的马玉如嫦娥奔月般向天空飞去。他明白石军是在用画怀念马玉，劝石军看开一些，不能老生活在伤感之中。他把吴雪要请他吃饭的事说了，而且把吴雪描绘得漂亮无比。石军虽说没有见女孩子的心情，但让山中石说得起了好奇心，答应周末晚上去见吴雪。

周末，少杰、吴雪还有山中石在毛家菜馆等石军，少杰暗中安排文物商店的赵玲也来到菜馆，让她辨认石军是不是那个去卖画的人。众人在菜馆里等了近半小时还不见石军的人影，吴雪有些着急，问山中石是不是把地方说错了。山中石说石军下午去卖一幅八大山人的画，可能卖得不顺利，要不他不会迟到。吴雪一听石军去卖八大山人的画，不由得吃了一惊。她看了看少杰，少杰不露声色，还是漫不经心地品着茶。

少杰问山中石怎么知道石军去卖画了，山中石说他去石军那儿，石军说他卖画是为了办个人画展。以前马玉答应出钱给他办画展，现在马玉死了，他只能自己出钱办了。他看了那幅八大山人的画，临摹得确实不错，卖几十万没问题。他正说着，石军走了进来。他说是路上堵车，不然早到了。

吴雪打量了一下石军，他有一米八的个头，眉清目秀，白得有些像女人，气质也十分文静。石军也打量了一下吴雪，果然像山中石描绘的那样，又清纯又漂亮。

赵玲看见石军进来，一眼就认出他就是那天卖画的小伙子。她向少杰点了点头，少杰心想这回没白来，有戏了。

吴雪吩咐服务员上了菜，并说她崇拜画画儿的，听说石军画儿画得好，非常想和他认识认识。石军在女孩子面前显得有些腼腆，谦虚地说自己画画儿的水平一般，很是惭愧。

少杰仔细打量这个石军，从他的风度和气质来看，真不像一个能杀人的。这么个白面书生，又对马玉痴情至此，怎么会杀她？石军到底和马玉的死有没有关系呢？少杰脑子里有一个大大的问号。他看石军虽然文静，但喝酒却很是痛快，就一个劲儿给他斟酒。石军近来过于压抑，难得释放一回感情，三杯酒下肚表情就舒展了许多。少杰趁机问他是不是去卖画了，听说他有一幅八大山人的画。

石军一听少杰问这幅画，脸上露出一丝苦笑，一口喝干了杯子里的酒，长叹一声道："唉，别提这画了，一提这画我就想哭。"他心中涌起一阵孤独的凄凉，那幅画的故事太让他伤心。也许是少杰给他倒的酒起了作用，他忽然来了画画儿的灵感，拿出画板和画笔在酒桌上给吴雪画了一张素描，画的是一个纯情少女，而这少女的上面有一张大网。

少杰和吴雪回到古玩店，吴雪反复琢磨石军给她画的这张素描，一个少女被网罩着，这是张什么网？她问少杰怎么理解少女上面这张网。少杰不是简单地从画面去理解这张网，他认为少女上面的网是一张情网，马玉就是被情网罩着的。另外还有一张网，很可能就是围着马玉转的男人们，这是争夺马玉钱财的男人组成的网，正是这张网杀了马玉。

少杰准备必要的时候以杀人嫌疑拘留石军，如果他手里有那幅八大山人的真迹，那就得让他说清楚这幅画的来源。不过不到万不得已他不想拘留石军，他想不战而屈人之兵。

这天下午他找到张丽，说是要找个大画家给她画一张像。张丽不知道少杰葫芦里卖的是什么药，却让他说得动了心，就跟着去了。

少杰带着张丽来到石军家，说是有个美女崇拜画家，特来拜访。石军对两位客人很热情，他打量着张丽，觉得她有些眼熟，似乎是在哪儿见过，可一时竟想不起来了。

少杰看着石军，脸上泛起一丝坏笑。他心里明白了几分，石军以前肯定见过张丽，因为张丽过去和岛主到马玉家去过，或许就是那时候岛主买了石军临摹的那幅八大山人的画。

张丽进了石军的画室，见墙上挂了不少画，很好奇，但当她仔细看这些画的时候，不禁两眼发直，脸色一下变得像纸一样苍白。因为墙上挂的都是马玉的画像，马玉被画得很美，栩栩如生。

少杰暗中观察着张丽的表情，脸上挂着一丝不易察觉的冷笑，他心想，此时张丽内心深处一定经受着感情波涛的冲击，这表情足以说明她和马玉不是一般的关系。

张丽有些失魂落魄，她忽然问石军："你为什么只画一个人？"

石军有些尴尬，嗫嚅道："我……我只有一个模特，或者说是只有一个人肯让我画。"

少杰笑着说："我又给你找了个愿意让你画的，你看她，比你原来那个模特不差吧？"

石军笑了笑说："张丽小姐当然很漂亮。"

张丽目光犀利地看着石军说："你说我漂亮？可是没有你原来那模特漂亮，对吧？她比我有魅力，或者说比我有女人味？"

石军不知道怎么回答张丽的问题，在他心中，马玉永远是最美的。可眼前这位小姐确实漂亮，但他不想把这两个女人放在一起比。

"你们都是美人儿，干吗要分个高低？"少杰看石军有些尴尬，怕他说出让张丽不高兴的话，忙上来圆场。

张丽看了少杰一眼，没再说什么。少杰求石军给张丽画张画儿，问他有没有时间。石军本来是不给人画画儿的，可张丽进来就和马玉比漂亮，引起了他对张丽的好奇心，他想给张丽画一张，跟马玉的画放在一起，比比到底是谁更漂亮，或许这对他也是一种精神上的安慰，于是就答应了。

张丽本来是想和少杰出来散心的，并没有真想让人给画像，可当她看了众多马玉的画像时，突然迫切地想让石军也给她画一张。

少杰看着石军给张丽画像，一脸得意之色。他想证明的是张丽和马玉有没有特殊关系，看来效果不错。

第二天，少杰拿着石军给张丽画的画回到了办公室，他对张丽说是先拿回家欣赏欣赏。

韩露一看张丽的画像有些吃醋。少杰赶紧向韩露解释，说这是他的计谋，是想看看张丽站在马玉画像前的反应。

韩露没听明白，不知少杰到底玩儿的是什么鬼把戏。少杰让韩露看这画上张丽的表情。韩露看了半天，也没发现张丽的表情有什么特殊的地方。少杰又让韩露看张丽的眼睛，注意眼睛里有什么。韩露反问少杰在张丽眼睛里看出什么了。少杰淡然一笑，说张丽的眼睛里有一种要和谁争个高低的神情，或者说是一种不服气的神情。韩露不明白，张丽和谁争高低？少杰说张丽在和马玉争高低。

韩露似乎明白了，现在虽然最大的嫌疑人是岛主，但是张丽的嫌疑始终没有排除，少杰在全面了解张丽的人格，以证实她所说的一切是真是假。

石军忙着卖那幅八大山人的画，买主是他在古玩市场认识的两个年轻人。这二人一胖一瘦，自称是专门往香港倒古画的。石军是个书生，不知道市场上的凶险，他和对方约好晚上在街心公园见面，让他们先看画，再付钱。

晚上石军拿着画来见买主，这两个买画的根本不懂画，但仍装模作样地看了半天，之后答应买下。石军说要现金，但这时两个买主忽然脸一变，对着石军一阵冷笑。其中的胖子道：“你真是书呆子，你知道倒卖这种一级文物是什么罪吗？告诉你，少说大刑十年。这画你只能转送给我们，不能要钱。”

石军愕然了，说：“转送？你这是什么意思，不是谈好的价钱吗？”

两个买主相视而笑。胖子拍拍画盒，说："你呀，傻小子，我们岛主说了，让我们把你做了，找个地方一埋。我们看你是个书呆子，不值得为你这样的人犯事，饶你一命。你赶紧躲远点儿，免得我们后悔。"

石军气得直哆嗦，扑上去夺画，胖子一把就推倒了石军。石军爬起来，大叫一声："强盗！还我画！"不顾一切地扑上去，想把画抢回来。他死死抓住胖子的衣领，胖子想挣脱，甩了几下没甩开。瘦子在后面用拳头猛打石军，但石军低着头，死不松手。他就一个念头，打死也别想把画拿走！

这时，忽然从树林里冲出几个民警，迅速把三人围住，不由分说就把他们抓到了派出所。这是少杰的安排。

到了派出所石军有些明白了，这些警察虽说是因倒卖文物抓的他，但他们的真正意图是要抓杀马玉的凶手，显然把他当成嫌疑人了。他感到莫大的冤枉，马玉是他的最爱，他怎么可能杀她？他极力为自己辩解，说马玉死的时候他和山中石在一起，山中石可以为他作证。至于他手上这幅八大山人的画儿，是在马玉家临摹的，是一张赝品，不值钱，根本构不成倒卖文物罪。

警察追问他一共临摹了几幅八大山人的画。石军承认一共临摹了两幅，一幅让马玉给卖了，卖了三百万。另一幅就是他手里这幅，他还没卖成就让警察抓了。这幅画的真迹在马玉手上，她被人杀了以后画就不知下落了，估计是杀马玉的人把画抢走了。还说他前不久去马玉家想找那幅画的真迹，可是他弄个绳子到了马玉家，没想到遇到一个老太太吓唬他，把他吓得魂飞魄散，狼狈而逃。

经过核实，石军确实没有作案时间，基本可以排除他杀害马玉的可能。但警察希望他能为警方提供一些破案线索，毕竟他和马玉不是一般的关系。

石军也确实想协助警察抓这个杀马玉的人，他认真回忆了一下，除了他以外，马玉好像没有给别人看过这幅八大山人的画，就是给别人看也是看画的赝品。马玉跟他说过，只有他知道真画的秘密。但少杰明白，只要看过赝品的人，就可能推断出临摹的人有真迹。

警察觉得马玉的案子与情有关，希望石军提供有关马玉情人的情况。石军知道马玉有其他的情人，但这些情人到底是谁，他也说不准。警方便让他把跟马玉交往的经过说详细一些，以便从中发现线索。

石军对和马玉在一起的日子终生难忘，如今马玉虽已香消玉殒，可一切还历历在目。他给警察讲了个故事，这故事充满了现代人的浪漫。

石军是在卖画的时候认识马玉的，从见到她开始就被她的美貌迷住了。从那以后他一有时间就去马玉的古董店，时间不长就成了马玉的朋友，并在一次给马玉画像以后，和马玉有了男欢女爱的事。从此他发誓要娶马玉为妻，但马玉似乎并不想再嫁。不论石军怎么求她，甚至用自杀威胁她，她也不答应。

石军为情所扰，怀疑马玉还有别的男人。

有一天晚上，石军喝了点儿酒，忘了事前和马玉打招呼，就去了马玉家。马玉说她这儿有客人。石军进屋一看，屋里坐着一个穿西装的中年男人。马玉向石军介绍说这个人是岛主，也是做古玩生意的，还承包了一个海岛，要做旅游开发。

之后岛主和石军寒暄几句就告辞走了，石军心里明白，马玉和这个岛主准不是一般的关系。他向马玉追问，显得有些激动。石军是把婚姻看得很严肃的人，他不能容忍自己所爱的女人另有所爱。他追问马玉是不是已经有了想嫁的人，马玉说她想嫁的男人都是有家的，他们和她做情人还可以，一提到婚嫁就往回缩。石军扬言要杀了所有追求马玉的坏男人。马玉觉得他挺可笑，说他是个不知道深浅的书生，还说追求她的人都是做黑道生意的，有盗墓团伙的支锅老大，也有掌眼，一个比一个黑。石军相信马玉说的是真的，因为倒卖文物的人多数都有黑道背景，什么事都干得出来。后来他就死了这条心，再不提娶马玉的事了。

有一次马玉让他临摹八大山人的画，说这幅画是八大山人晚年的作品，特别值钱，拿到香港至少能卖几百万港币。石军问她是从哪儿弄来的这幅画，马玉说她父亲以前是文化局局长，“文化大革命”的时候，红卫兵破四旧，要烧这画，他父亲说这是一级文物，是国宝，不能烧，可红卫兵不听，他父亲就在晚上偷偷把画拿回家藏起来了。后来红卫兵为了这事批斗她父亲，来她家抄家，她把画藏同学家了，红卫兵没搜到，就把她父亲关牛棚里，她父亲有病，就死在牛棚里了。这画是她父亲用命换来的，本来“文化大革命”结束她想把这画交回去，可一想父亲为了这画把命都赔进去了，干吗要交，不交反正也没人知道。

后来石军就临摹了两幅八大山人的画。

石军说出在马玉家见到岛主的事，少杰知道，现在他离杀马玉的凶手越来越近了。

第十四章　小楼血案

彭军给大虎传递情报，本希望他能在朝阳门的小楼上抢劫那个卖八大山人画的，可是没想到大虎在那个楼顶上被张丽打了个落花流水。大虎也觉得挺丢人，这天他在一个小饭馆请彭军喝酒，二人从小一起长大，又在一块儿练武，无话不说。三杯二锅头下肚，大虎低声问彭军道："哥们儿，听说你最近卖古董哪？是不是你把那个女老板马玉做了，从她那儿弄了点儿东西？"

彭军喝得有些头晕，摇头晃脑地说："她还真不是我杀的，我就是顺手牵羊，从她那儿弄了点儿值钱的宝贝。"

大虎道："哥可真够厉害的，你顺了马玉的东西，不会把警察招来吧？到时候说你强奸抢劫杀人，你可是有口难辩呀。"

彭军一听大虎说得对，这个屎盆子要是真扣到他头上，那可是死罪，而且他是有口难辩，非让警察抓去枪毙不可。他吓得出了一身冷汗，酒醒了一半，不由得向大虎道："是啊，你说得有理，看来我还真得赶紧把这些东西出手。唉，要不是海燕想当老板，我能冒险干这事吗？"

大虎一口喝干了杯子里的酒道："是啊，咱俩都是让女人给逼上这条路的。"

彭军跟大虎喝完酒回家，想着大虎的话，越琢磨越害怕，晚上睡觉都不踏实，总是趴在窗户上向外看，一有警车闪着警灯经过，他就吓得脸色苍白。

毕海燕也理解彭军，毕竟做贼心虚，而且彭军是为了她才去马玉家弄东西的，这也是为了爱情。她便在一边安慰彭军道："大彭，你别这么紧张，现在警察还没找到咱们头上来，或许杀马玉的人已经让警察盯上了。"

彭军叹了口气道："我看不一定，这事大虎说得对，我手里有那个翡翠扳指，警察要是找上门来，准说是我杀了马玉，那我可真死定了。"

毕海燕皱眉道："我看你有点儿太紧张了，大虎是吓唬你，你别听他的。到时候如果警察真找你来，你就把事都推给大虎，说那些东西是大虎的。本来大虎就去过马玉家，还差点儿摔死。"

彭军犹豫道："这不好吧，不够哥们儿。"

毕海燕道："那怎么办？这时候还讲什么哥们儿义气，先保住自己的命再说。"

马玉被杀案的重要嫌疑人岛主行踪诡秘，宁夏警方传来警情通报，其组织的盗墓团伙在宁夏盗窃了西夏一个王陵，据被抓的几个盗墓贼供述，这次盗墓的工地是岛主提供的地点，他是支锅老大。目前被盗的大量西夏文物下落不明。

看到宁夏来的警情通报，刑警队的李队长要踢少杰的屁股，责令他赶快把这个岛主抓获归案。少杰也倍感压力，近期这个岛主消失了，连张丽都找不到他，原来他上宁夏挖洞去了。这家伙满世界跑，还真不好找他。

韩露认为，既然找岛主不容易，就找赃物，有了赃物就能发现新的线索。于是二人就把侦查重点放在了查找赃物上，果然发现了新的线索。

这天网安部门来了情况通报，说网上有个自称是革命群众的人举报，昨天有个人在潘家园卖一个翡翠扳指。他见过这个扳指，是女老板马玉的东西。少杰心头为之一震，这个翡翠扳指是马玉家被盗的时候丢失的，那时候马玉还没被杀，只是按普通的入室盗窃案件处理的。这件东西曾经在当铺出现过，卖东西的是个帅气的东北小伙子，如今这个扳指又出现了，这个人是不是和马玉被杀的案子有关？这个举报人居然认识马玉的扳指，说明他和马玉的关系也不一般。遗憾的是，这个举报人没留下联系方式，是网上匿名举报。

既然举报人说是在潘家园看见的翡翠扳指，少杰就和韩露去了潘家园。他们先去了监控录像室，想在那儿找找线索。少杰和韩露在监控屏幕前仔细观看，把重点放在了卖玉器的摊位上。

少杰把影像定位在根生的摊位上看了很长时间，忽然发现一个熟悉的面孔，这个人正是山本的司机兼保镖彭军，梦幻酒吧歌女毕海燕的老公。只见他到根生的摊位前先四下看了看，显然神情不太正常，之后给根生看了一样东西，和根生攀谈了一会儿就离开了。

少杰和韩露看着这个画面，都会心地笑了。

少杰道："山本的保镖也做古玩生意？他可是东北人，东北帅哥。"

韩露也笑道："他是马玉的街坊，朝阳门小楼估计最近又闹鬼了。你去问问你师兄那个徒弟，听听他怎么给你编故事。”

于是他和韩露就来到了根生的摊位前。少杰早知道根生和盗墓贼有来往，只不过为了破案没有揭穿他。根生一见师叔和师姑来了，自然还像以前一样，百般殷勤。

少杰盯着根生，好久才说：“根生，你是喝一大杯二锅头呢，还是跟我说实话？”

根生一看师叔这表情，知道情况不妙，忙赔笑道：“师叔，我当然选择说实话了，我本来就是个实在人嘛。”

少杰道：“那好，我问你，昨天山本的司机到你这儿卖什么东西来了？你收了没？”

根生眨着眼，想了想道：“对对，这小子是空手道武馆的教练，我见过他。他拿来一个翡翠扳指，我说一万块钱收，可是他要十万才出手。那东西是好东西，可是我没这么多钱，让他放我这儿代卖，他没答应，后来就走了。”

少杰正色道：“当初我可跟你说过这个翡翠扳指，让你发现有人出手这件东西的时候马上报告，可你报告了吗？”

根生赶紧抽了自己一个嘴巴道：“我该死！我把这事忘了。”

韩露上前道：“我看这次先饶你一回，我再给你一些照片，你记着，要是有人出手这些东西，赶快报告。”

根生忙说：“一定一定，多谢师姑，多谢师姑。”

韩露把手机上的几张照片发到了根生的手机上，都是宁夏警方发来的照片，是被抓盗墓贼提供的信息，与西夏王陵被盗文物相似的文物。

少杰去了看守所，把一张照片给田小风看，问他认识不认识这个人，是不是那个卖翡翠扳指的东北老乡。

田小风接过照片看了看，一下就认了出来，说就是这个人，拿着那个扳指追着他们卖，后来还黑吃黑，抢了他们的钱。

少杰又到另一个监室问了孙军一样的问题，孙军也一下就认出了彭军，说这小子身手还挺厉害，他们几个人都不是他的对手，幸亏那天岛主来了，打了他一掌，不然他们非吃亏不可。

这天晚上毕海燕没有演出，又上了平台唱歌，唱的是一首爱情歌曲。她唱的正起劲儿，那个白发老太太上来了，静悄悄地站在她的身后。

毕海燕唱完歌，忽然发现黑暗中老太太目光阴森森地看着她，吓得她浑身一哆嗦，惊叫道："啊，怎么又是你，吓死我了！"

老太太冷笑道："你不要太猖狂，我劝你早点儿离开这儿。马玉的事跟你有关系吧？警察今天没上你家去？"

毕海燕一听惊得脸都白了，什么叫做贼心虚呀，她听老太太这么说，心想这个老太太准是知道什么，不禁愕然道："你说什么？警察在找我？……马玉的死跟我没关系！"

老太太冷冷地说："不做亏心事，不怕半夜鬼叫门。"说完转身下了平台。

毕海燕看着老太太的背影，眼睛瞪得大大的，目光中充满了恐惧。她担心的事终于来了。她惊慌地跑回家，向彭军说了在楼顶遇到老太太的事。

彭军道："警察准是发现了我们卖马玉家的古董，怀疑我杀了马玉。"

毕海燕道："那可麻烦大了，要不就把这些东西交给警察，坦白从宽？"

彭军摇头道："不行，我去交东西，警察准认为是我抢劫杀人，不但不会宽大我，还得判我死刑。"

毕海燕哆嗦道："那可怎么办？"

彭军心一横，发狠道："我只能豁出去了，总比被警察抓去枪毙强。横竖得去坐牢，不如把咱们挣钱的计划提前，然后远走高飞。"

毕海燕明白彭军说的是什么，他们是想过一个既能挣钱又能避开警察的办法，可是那个办法有风险，弄不好真的会被警察抓去枪毙，她让彭军再等等，不到万不得已别这么干。但是彭军坚持认为，现在不这么干也不成了，万一警察找上门来，也只能走这一步。毕海燕看得出来，彭军是想破釜沉舟，豁出去了。

少杰和韩露向李队长汇报了案情，少杰认为从目前掌握的情况看，彭军就是盗窃马玉家的嫌疑人，赃物翡翠扳指在他手里。韩露认为马玉很可能也是彭军杀的，起码他有抢劫杀人的嫌疑。

李队长分析，有赃物不一定就是彭军杀了马玉，目前还缺少他杀人的证据。而且他手里的东西是马玉活着的时候丢的，这也不能说明他杀了马玉。

韩露建议现在就以入室盗窃的罪名抓捕彭军，而且据田小风和孙军说，彭军抢劫过他们，这也是个罪名。

李队长沉思良久，同意现在就抓彭军，但嘱咐少杰和韩露，抓他要计划周密，要等他在家的时候，半夜去，防止他狗急跳墙。

这天晚上朝阳门小楼的楼顶平台上静得出奇，唱歌的老太太也没有上来。在灰蒙蒙的夜色中，有个男人走上了平台，他孤零零地伫立在平台边，看着远处昏暗的灯光。片刻后，这个男人低头点了一支烟，烟头的星火在夜色中闪着亮光。

这时，毕海燕缓步走上平台，向男人叫道："大彭！"

没等男人反应，从对面楼上突然传出一声清脆的枪响，男人晃了一下，慢慢倒了下去。

毕海燕惊呼一声，快步跑上前去。

此时楼下的马路上响起一阵摩托车的轰鸣，一个戴头盔的人开着摩托车飞驰而去。

少杰和韩露正在准备抓捕彭军的行动，忽然接到报案，朝阳门小楼的平台上发生凶杀案，凶手持枪杀人后，驾驶一辆无牌照两轮摩托车逃逸。

警方在高速路口等重点部位布置了关卡，盘查过往车辆，这时一辆两轮摩托车在朝阳小关路口冲卡而过，警察随即驾驶汽车鸣响警报追赶其后。摩托车冲上小路，警车也冲上小路，两声枪响，警车的两个大灯都被打灭，摩托车消失在夜色里。

那个骑摩托车的人借着夜色摆脱了民警的追捕后，躲在郊区的树林里拿出手机打了个电话，说他已经把摩托车藏好了，但出了点儿小意外，刚才在路边打车，遇上大虎了，大虎看见他了。

和这个人通电话的是个女人，她很吃惊，嘱咐他尽快离开，免得再节外生枝。

少杰和韩露赶到朝阳门小楼的发案现场，见几辆警车停在路边，一群警察在楼下勘查现场，有的给尸体拍照，有的在附近寻找脚印。

李队长向少杰道：“刚才朝阳分局报告，凶手打灭了他们警车的车灯，逃了。看来此人枪法很准，不是一般的角色。案子发生在朝阳门小楼的平台上，报案人是事主的妻子毕海燕，你们去见见她。”

少杰觉得事情有些古怪，他向韩露苦笑了一下道：“这楼顶平台又闹鬼了。咱们刚说要抓彭军，他就从楼顶上掉下来了。”

这时一个民警走到李队长跟前，说子弹壳找到了，是仿制的六四式手枪。

李队长看了看子弹壳，然后交给了韩露。韩露道："这个凶手一定是受过专门训练的人，夜里从对面的楼上开枪，正打在目标的脑门儿上，后来还打灭两盏车灯，没准儿是射击队的，也可能是当过兵的。"

少杰道："对，还可能是特种兵。"

队长道："凶手是个残忍的家伙，而且身上有枪，随时可能伤人。"

少杰向韩露道："包括咱们俩。"他挠挠头道，"我得提防着点儿，别一不留神小命交待了。"

韩露白了少杰一眼道："瞧你那胆小劲儿，害怕就戴钢盔。"

少杰道："对，最好能给我一个特结实的钢盔，外加防弹背心儿。"

队长讥讽地向少杰道："你不是大狗熊吗？刀枪不入，今儿怎么了？"

少杰道："遇见高手了，当然得加小心。嘿嘿，保护自己的目的是消灭敌人。我可不想跟这哥们儿似的，挨黑枪。"他指了指已经盖上白单子的尸体说。

韩露向少杰道："咱们刚开始调查彭军，他就被人杀了。那天咱们看见他在歌厅门口打人，那身手可不一般，要不是用枪，还真杀不了他。"

少杰道："他刚得罪人就被杀了，对方够黑的。"

韩露叹道："是啊，是不是岛主那帮人报复杀人呀？"

少杰皱眉道："有可能。这个人的枪法不错，把咱们警车的灯给打灭了。"

韩露道："这说明作案人和彭军是同行，没准儿还是师兄弟呢。”

少杰苦笑了一下道：“我看这事不能说和马玉的死无关，这个小楼里的故事太多。”

韩露困惑地看着少杰道：“你什么意思？这是马玉死后发生的事，和她有什么关系？”

少杰道：“只要是发生在这栋楼里的案子，都可能和马玉的死有关。咱们上楼顶平台看看，这个人是从那上面掉下来的。”

少杰在楼顶平台上向下看，回头对韩露说：“那个枪手从马路对面的楼顶开枪，只用一枪就把目标打楼下去了？”

韩露点头道：“对呀，就一枪，没错。”

少杰摇头道：“不可能，你给我一枪，看我是掉楼下去了还是躺地上了。”

韩露拿出手枪，对着少杰道：“那我试试，看看你是往楼下摔还是往地上躺。”

少杰闭上眼睛道：“开枪吧，本大白熊刀枪不入。”

这时那个白发苍苍的老太太幽灵般地出现在平台上，走到韩露近前，声音沙哑地说：“谋害亲夫！”

韩露吓得一哆嗦，赶紧把枪收了起来。少杰睁眼看见了老太太，也吓得直缩脖子。老太太说完，瞪了韩露和少杰一眼，转身慢慢下了平台。

少杰看着老太太的背影，偷笑道：“她说你谋害亲夫。”

韩露瞪了少杰一眼道：“你滚！”

少杰和韩露到毕海燕家了解情况，毕海燕哭成了泪人，她脸色苍白，不断重复地叫着：“大彭，大彭。”

韩露心肠软，一看毕海燕哭成这样，自己的眼泪也要往下掉，她安慰毕海燕道：“你就别太伤心了，现在重要的是找到凶手。我们很需要你的帮助，你仔细想想，你爱人最近和谁结仇了没有。”

少杰神情淡漠，起身观看毕海燕家里的装饰和布置。屋里有不少镶在镜框里的大彩照，有毕海燕的演出照，也有毕海燕和彭军在浴室的、床上的亲昵合影，看上去两个人爱得很深。过厅里有一张照片吸引了少杰的注意，照片是彭军穿迷彩服举枪射击的特写。少杰看着这张照片，若有所思。

毕海燕想了想，饮泣着说：“大彭干的那行平时肯定得罪过不少人，但也不会招来杀身之祸呀！”

少杰忽然问毕海燕道：“你平常有没有得罪过谁？”

毕海燕道：“我是靠唱歌挣钱的人，我能得罪谁呀？不过我最近倒是和唐丹闹了点儿矛盾。”

韩露道：“唐丹是谁？”

毕海燕道：“她是我的老乡，也是唱歌的，算是我的竞争对手吧。出事前些日子我因为看不惯她向客人卖弄风骚，挤对她几句，后来我们就吵起来了，我还打了她一个嘴巴。她会不会让她的男朋友出面报复我呀？”

韩露问：“她男朋友是干什么的？”

毕海燕道：“她男朋友叫大虎，和我们也是老乡，是歌厅看场子的。我听大彭说，大虎前些日子向他借钱还赌账，大彭借给他不少呢。”

少杰盯着毕海燕问：“有人说你们家大彭在潘家园卖古玩，那些古玩好像是女老板马玉家的。”

毕海燕一听吓得直结巴，惊慌地向少杰道：“没有没有，我们家大彭不做生意。他要是卖古玩，那肯定是大虎偷了马玉的东西，让大彭帮他卖。”

少杰的单刀直入，让毕海燕乱了方寸，可是她的回答居然还是天衣无缝，说明她也是在江湖上混过的，有些心计。韩露疑惑地看着毕海燕道："你有没有看见彭军拿古玩回来？"

毕海燕掩饰着慌乱说："没有，不信你们可以搜，我们家如果有一件东西是马玉的，您就把我抓走。"

少杰问："你是说那个大虎可能是盗窃马玉家的小偷？"

毕海燕道："对，他溜门撬锁、拦路抢劫，什么事都干。"

韩露道："他这么不靠谱，你们为什么和他做朋友？"

毕海燕道："他和我们是老乡，打小一块儿长大的。"

韩露道："那个大虎住在哪儿你知道吗？"

毕海燕道："不知道，我前些日子和大虎的女朋友唐丹打了一架后，后来唐丹就不在这个酒吧干了，也不知道上哪儿了。"

李队长为了朝阳门小楼凶杀的案子开了个案情分析会。

韩露介绍了案件的基本情况：被害人彭军在朝阳门小楼的楼顶平台，被人从对面的楼顶开枪打在眉心上，当场死亡。凶手枪法很专业，像是个职业杀手。

李队长问少杰对这案子怎么看。少杰眨着眼说，彭军过去是给歌厅看场子的打手，后来在山本的空手道武馆当教练，还兼山本的司机和保镖。他们过去看场子的时候，经常干一些为人讨债、争地盘这类的事，得罪过不少人。后来跟着山本，因为山本收藏古董，又经常和盗墓贼发生冲突，有关盗墓的案子还在侦查当中。另外，毕海燕是酒吧歌女，接触的人比较复杂，她的情况还得进一步调查。目前他们掌握的线索不多，凶手作案用的那辆摩托车没有牌照，一时还没查到。据彭军的老婆毕海燕反映，他们的老乡大虎是赌徒，有溜门撬锁的行为。毕海燕和大虎的老婆唐丹有过节，毕海燕怀疑是大虎受唐丹的指使，报复彭军。毕海燕还矢口否认彭军有盗窃马玉家的嫌疑，说这事应该是大虎干的。这个毕海燕颇有心计，说话的时候眼珠子乱转，不挑除她因为长得漂亮，在外面有情人，让情人杀他老公的可能，所以有必要调查一下毕海燕。另外建议传唤这个大虎，把马玉家被盗的案子弄清楚，同时看看能不能找到彭军被杀的线索。

李队长同意少杰的观点，让他们尽快找到大虎和唐丹的下落。他觉得这个案子还有很多古怪之处，那个举报群众，他的目的是让警方抓这个彭军，可他怎么知道那个翡翠扳指是马玉的？少杰也觉得这个人不简单，他是在帮警察，还是想利用警察达到他个人的某些目的？

第二天，少杰和韩露到朝阳门小楼处走访附近的居民，一位戴红袖标的老太太对他们说，大彭和海燕这两口子关系特别好，什么时候都是挽着手走路，每天一块儿上班，一块儿回来。这两个人从来不吵架，就没见过这么般配的两口子。大彭那孩子平时对邻居很客气，什么时候见了面都主动说话。

韩露对少杰说，从毕海燕和彭军两个人的感情来说，毕海燕应该在外面没有情人，情敌杀人的可能基本可以排除。但是少杰听了一个劲儿摇头，他认为毕海燕准有问题，这个人有心眼儿。他让韩露盯毕海燕几天，看看她有什么异常。

可韩露接连几天盯着毕海燕，没发现任何异常，她照常上下班，下了班就回家，哪儿也不去。而且她除了唱歌，老是一脸严肃，很少像别的酒吧歌女那样和客人打情骂俏。

少杰问韩露，一个歌女，像毕海燕这样严肃，是不是不正常？

韩露感觉没什么不正常的，唯一不正常的就是她似乎并不太悲伤。前几天见她的时候，她哭得要死要活的，现在她脸上一点儿悲伤劲儿都没有了。

少杰听后微微一笑，他已经有了主意。

第十五章　梦幻情魔

少杰和民警们在平遥一间出租屋内抓到了大虎和唐丹。押送大虎和唐丹的是山西警方派的一辆依维柯警车，少杰和韩露也坐在车上。

大虎和唐丹都戴着手铐，二人低着头，表情十分颓丧。

少杰看着大虎，忽然向他问道："你这个人看来是个性情中人，讲义气，多少还有点儿人性。我问你，你既然知道善恶，那你为什么要杀你的老乡彭军?"

大虎愣了一下，说："我没杀大彭，谁说我杀大彭了？我开枪打了赌场的人，那是我干的，我逃跑是为了这个。"

少杰道："男子汉敢做敢当，你要是条汉子，做了的事别不认账。"

大虎委屈地说："我当然敢做敢当，赌场的人是我开枪打的，可大彭真不是我杀的。我们是老乡，是多年的哥们儿，我干吗要杀他？”

少杰道：“那我再问你一个问题，马玉家的那些古玩是你弄来的吧？”

大虎道：“这些东西是大彭的，他让我帮着卖，然后给我提成，这是老规矩。”

少杰半信半疑地问：“你说那些东西是彭军的？难道是彭军到马玉家抢劫杀人？”

大虎道：“大彭说那些东西是他从马玉家撬锁弄来的，他怕警察怀疑他杀了马玉，所以着急把那些东西都卖出去。”

少杰盯着大虎的眼睛，问：“彭军死那天是5号，5号那天晚上你在哪儿？”

大虎道：“5号？那天我在饭馆请客，我过生日。没错，我们喝酒直到晚上9点多。不信您去问那饭馆的老板，他可以为我作证。”

少杰点了点头道：“彭军有没有说他偷的那些古玩放在哪儿了？是不是放在家里？”

大虎道：“他好像没放在家里，他说过，放在家里不保险，容易让警察找到。”

少杰笑了笑，忽然目光炯炯地盯着大虎问道：“大虎，彭军现在在哪儿？”

大虎愣了，有些莫名其妙地说：“他不是死了吗？刚才您还问我为什么杀他。”

少杰看着大虎，发出一阵冷笑。

大虎挠了挠头道：“这事我也觉得奇怪，大彭明明被人开枪打死了，可是……我觉得他死得早了点儿。不是，应该是他死的时间不对，海燕说他8点死的，可我9点还看见过他，他在马路边打车，这是怎么回事？”

少杰还是冷笑，淡淡地说：“你终于说了句实话，我没白追你这么多天。”

韩露看着少杰，一脸迷惑地问：“你说什么呢？乱七八糟的，我怎么没听明白呀？”

少杰笑道：“这是个闹鬼的故事，朝阳门小楼常闹鬼，那天你没听老太太说你谋杀亲夫？”

韩露道：“这怎么了？那老太太神经不太正常。”

少杰笑道：“她很正常，她亲眼看见有人把楼顶上的人扔下去了，不然不会这么说。”

按大虎的供述，少杰和韩露去了发案时他吃饭的那个饭馆。饭馆老板说，那天大虎他们确实在他这儿吃饭，他和几个人喝酒，到快9点才走。因为他晚上跟朋友约好了9点见面，他们走了以后他就看了看表，差十分钟9点。

从饭馆出来，韩露向少杰道：“这么说大虎真的没有作案时间，那彭军是谁杀的？而且大虎说他在案发后看见过彭军，这又是怎么回事？”

少杰胸有成竹，只是他在事情没有十足的把握之前，经常选择把自己的推理和判定藏在心里，不对外声张。不过既然韩露已经问了，他就笑着答道：“我已经请有关专家去做鉴定了，等鉴定结果出来，我就告诉你大虎为什么能看见被打死的彭军。”

韩露没明白少杰的意思：“你鉴定什么了？你跟我说说又怎么了？”

少杰坏笑道：“给你留点儿悬念，让你自己动动脑筋，想想是怎么回事。”

韩露白了少杰一眼道：“你废话，彭军已经死了，大虎看见的当然不是彭军。”

少杰笑道：“你把事情想得太简单了，你没发现那鬼楼里的老太太跟幽灵似的，什么都能看见？其实那老太太在屋顶平台上已经说得很明白了。唉，他们都不是好演员，在我这儿演戏不行。”

韩露不解地问：“你说谁演戏？那个杀马玉的人？”

少杰摇头道：“杀马玉的人可不是跑龙套的，开场三出没好戏。现在登场的人，都是跑龙套的。我不信是彭军杀了马玉，真凶还没出场。”

韩露被少杰说糊涂了，目前案件已经进了死胡同，贾俊生、田小风，还有大虎，这些人都不是杀马玉的人，那谁是凶手？她感觉现在案件的头绪太乱了，尤其围绕着朝阳门小楼发生的一些事，让她头晕。她问少杰现在怎么办，怎么才能抓到杀彭军的凶手。

少杰一脸坏笑道：“我跟你说过，抓这个人要欲擒故纵，这是三十六计里的一大计谋。等朝阳门小楼再闹鬼，顾胖子大喊大叫着说鬼来了，那时候咱们再去，你就知道杀彭军的凶手是谁了。”

韩露对少杰的含糊其辞挺不高兴，觉得他卖关子。但是她也发现，少杰有时候假痴不癫，揣着明白装糊涂。

少杰给派出所的顾胖子打了个电话，让他盯着朝阳门小楼的动静，估计那个偷马玉家的贼可能要露面了。然后他对韩露说，朝阳门小楼还有个贼没抓，这个贼是个小鬼儿。韩露感到不解。

少杰笑了笑道：“这个贼也不一般，算是个人物，或者说他也跟杀马玉的凶手一样，是个情魔。”说着拉着韩露，说是去朝阳门小楼看看，问问那个白发老太太最近闹鬼没有。

少杰和韩露把车停到朝阳门小楼下，二人下了车。这时楼下有个胖老太太正和楼里那个白发老太太在聊天。

胖老太太道:“昨天晚上可我把吓着了，我从窗户里向外看，看见楼顶上有个黑影一闪就没了。你猜那人像谁？特像死鬼大彭!”

白发老太太道:“深更半夜的，你眼神不好，准是看错人了。”

胖老太太道：“是啊，我也觉得恍恍惚惚的。我觉着也许是大彭放心不卜他这个年轻的媳妇，夜里回来看看。没准儿是海燕变心了，找了有钱的男人，然后勾引野男人杀了她老公。”

白发老太太道：“对，她是个淫妇，谋害亲夫。”

少杰向韩露一笑，低声道：“你听听，昨天晚上又闹鬼了，还说毕海燕谋害亲夫。”

韩露道：“真是寡妇门前是非多。”

少杰冷笑道：“这么长时间了，这个情魔终于从隐藏的地方冒出来了。跟我这儿演戏，我还真没工夫看。”

韩露不解地看着少杰道：“你说的这个情魔是谁？他和马玉被杀的案子有关系吗?”

少杰道：“他偷了马玉家的翡翠扳指。”

韩露道：“你是说彭军？他不是已经死了吗?”

少杰冷笑道：“死了？那翡翠扳指呢？大虎可说那个扳指没在他那儿，在哪儿?”

韩露道：“是啊，这东西在谁手里?”

少杰指着楼前一辆吉普车向韩露道：“你看这辆车不错吧，这车是毕海燕的，少说值三十万，毕海燕哪儿来的这么多钱买车?”

韩露疑惑地说：“你说毕海燕有窝藏赃物的嫌疑?”

少杰道：“不是窝藏赃物，是窝藏了一个大活人。”

韩露道："那怎么办？咱们先抓这个贼？"

少杰说得到毕海燕家看看动静。毕海燕见少杰和韩露来了，就忙着给他们沏了茶，并热情地说："好久没见你们了，我得谢谢你们，抓到了大虎，我们大彭的仇也算是报了。"

少杰笑了笑道："这都靠你帮忙呀，不然大虎东逃西窜，我们还真不好找他。"

毕海燕道："应该的，你们抓坏人，我当然要协助了。"

韩露道："大虎认罪态度不好，我们专门来向你了解一些情况。他不承认拿了马玉家的东西，说是你们家大彭偷的。"

毕海燕愣了一下道："他胡说，他想把脏水泼我们家大彭身上，没门儿。"

韩露道："我们也不相信大虎的话，所以到你这儿来核对一下。"

毕海燕道："我们大彭这个人虽然打架斗殴，可他从来不像大虎似的，什么都敢干。你们要是不信，可以在我这搜查，搜查出一件马玉的东西，罪名算我的。"

少杰喝了一口茶道："我们当然相信你。"他四下看了看道："对不起，我喝水喝多了，得借用一下您的卫生间。"

毕海燕道："没事，就在这儿。"说着指了指卫生间。

少杰在卫生间里仔细查看了里面的陈设，然后洗了洗手走了出来。

他坐下来问毕海燕道："上次我在过厅看到一张彭军拿枪射击的照片，照得挺潇洒的，那照片怎么没了？你给收起来了？"

毕海燕一听有些慌乱，端茶杯的手抖了一下，支吾道："那张照片呀，我收起来了，大彭的照片我不敢挂，看见他就心里难受。"

韩露也同情地说："你这家里应该重新布置一下，要不看见什么都能想起过去。”

毕海燕叹道：“是啊，这两天我刚缓过来，刚出事的时候老觉得这屋里空荡荡的。”

少杰道：“你这房子真不错，你是多少钱租的？”

毕海燕道：“这房租不贵，两千块钱。不都说这是鬼楼吗？所以便宜。”

少杰点头道：“等我找了女朋友，也到这儿租房子来，真便宜呀。”

韩露道：“瞧你那点儿出息，整天吃臭豆腐，哪个女孩子会要你呀？”

少杰苦笑道：“是啊，所以美女都喜欢彭军这样的，能给女孩子买车。”

从毕海燕家出来，少杰得意满满，感觉收获颇多。韩露问少杰在毕海燕家贼头贼脑地看出什么问题了。少杰说毕海燕家卫生间里的两条毛巾都是湿的，最让他感兴趣的就是那个刮胡刀，似乎是刚有人用过。

韩露眨眨眼看着少杰道：“这和彭军被杀有关系？”

少杰道：“我很想知道她的爱情观和人生观。”

晚上少杰约韩露到梦幻酒吧喝酒，韩露知道少杰的用意，他准是在打毕海燕的主意。

酒吧里灯光昏暗，音乐低迷。毕海燕正和两个中年男人举杯对饮，双方说说笑笑，显得十分亲热。

韩露看见毕海燕和男人喝酒，向少杰道：“这个毕海燕似乎有不少男朋友。”

少杰道：“这很正常，她是唱歌的，得有人捧场才能挣钱。”

毕海燕和一个中年男人喝了一会儿酒，就和这个男人出门上了门口一辆高级轿车。少杰和韩露也出来开车跟上了毕海燕这辆车。

毕海燕和中年男人去了北海公园，二人很浪漫地在公园里漫步。韩露和少杰在暗处远远地跟着他们。

韩露挽着少杰的胳膊，低声问他道：“你说和毕海燕逛公园这个人是不是杀彭军的凶手？”

少杰反问韩露道：“你说呢？”

韩露道：“我认为和毕海燕出来逛公园的男人，都可能是杀彭军的凶手。”

少杰笑了笑道：“那我问你，如果警察正找杀毕海燕丈夫的人，那么这个人会不会明目张胆地和毕海燕逛公园？”

韩露愣了一下，觉得少杰说得似乎有些道理，可又说道：“这可不一定，没准儿他以为风声已经过去了呢？没准儿他认为咱们抓了大虎，就可以公开和毕海燕来往了。”

少杰摇头道：“他要真和毕海燕是情人，那就不用逛公园了，直接去毕海燕家就行了。”

韩露挽住了少杰的胳膊道：“你跟踪她一定有别的目的，说，是为什么？”

少杰笑道：“我跟踪她不是为了找人，而是为了找鬼。”

韩露懵懵懂懂地问：“找鬼？找什么鬼？”

少杰笑道：“你没听朝阳门小楼底下那两个老太太聊天，说最近楼顶平台上老闹鬼。”

韩露道：“那儿是老闹鬼，可是那儿闹鬼你为什么上这儿找来？”

少杰坏笑道：“天机不可泄露。”

韩露狠狠地在少杰的胳膊上拧了一下道：“你讨厌！什么都

不告诉我。"

这时毕海燕和中年男人向公园外面走，韩露向少杰道："咱们要不要查一下这个男人，他不是毕海燕的情人也应该是候选情人。"

少杰凝眸沉思片刻道："不用，再观察一下。咱们明天到她唱歌的酒吧去，听听她都唱什么歌。"

韩露不解地问："她唱什么歌跟彭军被杀有关系吗?"

少杰道："当然，很有关系。我观察她三天，明天就知道谁是杀她老公的凶手了。"

第二天，少杰又拉着韩露到梦幻酒吧来喝酒，这天酒吧里客人不多，少杰和韩露坐在椅子上，静静地听毕海燕唱歌。

毕海燕唱的是一首悠扬的爱情歌曲《你的爱永在我心上》："我是一株孤独的花朵，你是冬天温暖的阳光。你的关怀让我绽放，你的抚慰让我遍洒芳香。我是一株柔弱的幼苗，你是春天温柔的甘露。你的滋润伴我成长，你的体贴让我走向坚强。如今你离我而去，阳光仍旧暖，春雨依然柔，花朵更芳香。你的爱永远留在了我心上。我的祝福、我的爱，将伴着春雨、阳光，日日夜夜，永远陪伴在你身旁。"

毕海燕演唱完，少杰和韩露礼貌地鼓掌。毕海燕走下来坐到韩露身边，微笑着道:"你们怎么有时间来听歌?"

少杰道："我是想巴结韩露小姐，也实在喜欢听你的歌。你唱得这么好，怎么没成名呀?现在伯乐太少了，人才都被埋没了。"

韩露道:"你唱的这首歌我还是头一次听，真好听。"

毕海燕道："谢谢夸奖。"

少杰问毕海燕道："我发现你是带着真情唱这首歌的，你为什么喜欢这首歌?"

毕海燕道："我确实是带着真情唱的，因为这首歌唱出了我对爱情的向往，是我的心声。"

少杰道："我也喜欢这首歌，因为我也在追求爱情。不过我和你对这首歌的理解肯定不同，或者说对爱的理解不同。我喜欢过普通人的日子，不追求浪漫的爱情。我认为爱情往往不是温柔的甘露，也不是温暖的阳光。两个相爱的人在一起用不着那么浪漫，在一块儿过平平淡淡的日子就行了。"

毕海燕笑道："那咱们对爱情的理解还真是不同，你为什么不追求浪漫的爱情？浪漫的爱情不好吗？"

少杰道："我觉得真正的爱情一点儿都不浪漫，很平淡，平淡得让人都察觉不出来爱情的存在。我认为你唱的这首歌表现的应该是普通的爱情，而不是浪漫的爱情。"

毕海燕道："那你的理解和我正好相反，我唱这首歌的时候，就把歌词里的意境理解成最浪漫的爱情。我总是幻想着和心爱的人过浪漫的日子，过永远相亲相爱的生活。"

韩露道："我也觉得这首歌挺浪漫的，你别听少杰的，他不懂什么是爱情。"

少杰委屈地看了看韩露说："我对你多好，你居然说我不懂爱情，太让我寒心了。"

韩露道："去你的吧，要寒心也轮不到你。"

毕海燕笑道："看来白警官是单相思呀。"

少杰自我解嘲地撇嘴道："是啊，在韩美女面前，我是一点儿戏都没有。"

少杰和韩露从酒吧出来，少杰依旧是收获满满的样子，嘴里轻声念叨着："如今你离我而去，阳光仍旧暖，春雨依然柔，花朵更芳香，你的爱永远留在了我心上。"

韩露好奇地问少杰道："你琢磨这歌词干什么？想陪毕海燕

唱歌去?”

少杰道:“我太喜欢这首歌了，学习学习。你听这句词，你知道是什么意思吗?”

韩露斜眼看着少杰道：“当然知道，意思是心爱的人离开她了，但他的爱还在她的心里。这太简单了，谁都明白。”

少杰沉思道:“这歌词里有文章呀。毕海燕这个人很有心计，要不认真琢磨，还真以为她是个纯情女人呢。从她的言谈话语中可以看得出来，她是非常爱她的丈夫的，可为什么她丈夫死了没几天，她就打扮得如此时髦？给谁看？一个爱丈夫的女人，丈夫死了，她会变得很憔悴，目光也会变得黯淡。但是她现在容光焕发的。我观察了她三天，发现她上班的时候会打盹儿，这说明她晚上没睡好。她不会抽烟，可身上有烟味。”

韩露笑道：“你对美女观察得够细致的。”

少杰道：“当然，我在透过某种现象寻找她的真实性格，以及她的道德准则和处世哲学。”

韩露不解地问：“你寻找她的道德准则干什么?”

少杰笑道：“用来证明我的推理。”

韩露一脸迷茫地看着少杰道：“你的牛可吹出去了，现在三天已经到了，谁是凶手?”

少杰自信地说：“这首歌词已经告诉我了，但是谁是凶手暂时还不能告诉你。说了怕吓着你，这可是个闹鬼的故事，你这么胆小的人，不能听。”

韩露不屑地说：“吓着我？不可能。你说是谁杀了彭军，鬼在哪儿?”

少杰道：“那我可说了，你可别害怕。这杀彭军的人，就是——彭军!”

韩露笑了，摸了摸少杰的头：“你没发烧吧？看来有点儿热。”

少杰笑道："没吓着你？"

韩露道："吓着了，是被你吓着了！你抽风！说胡话。"

第二天，少杰开着警车来到保险公司，跟保险公司的人亮明身份，并要求查毕海燕的保险。保险业务员查询以后告诉少杰，彭军确实在他们这儿上了一笔数额很大的人身伤害意外保险，受益人是他的妻子毕海燕。他们正在受理彭军被杀保险理赔的问题，没有发现这起案子有什么异常。

少杰道："以毕海燕和彭军的收入，上这么大额的保险本身就是疑点。"

过了几天，少杰又和韩露去了梦幻酒吧，毕海燕依旧陪着他们聊天。

毕海燕问少杰道："大虎承认杀大彭的事了吗？"

少杰道："没有，他是那种不见棺材不落泪的人，非得有确凿的证据摆在那儿，不然他不会认罪。"

毕海燕试探着问道："会不会不是他干的，你们不会冤枉了他吧？"

少杰侃侃而谈道："这事你尽管放心，我在公安局也是一个人物，号称是神探，虽说这光荣称号韩露不认可，但是我很少有破不了的案子。"

韩露撇嘴道："你是侃山神探，自吹自擂，案子还没破，牛先吹出去了。"

毕海燕道："怎么没破，白警官不是已经把大虎抓回来了吗？"

少杰道："对呀，抓到大虎的时候，他身上有枪，而且在赌场开枪打人的事他已经认了，用不了多久，他的心理防线就得崩溃，哪有不坦白的理。"说着不经意地问毕海燕道："对了，大歌星，保险公司的人说彭军上了一笔人身意外伤害保险，有这事吗？”

毕海燕目光中闪过一丝慌张，偷眼看了看少杰，见少杰一脸平静，似乎是随便问的，才平静下来道：“是，大彭当空手道教练，我总是提心吊胆的，怕他出事。大彭也知道他干的活儿经常得罪人，黑道上的人几次要杀他，为了表示他对我的爱，他就把所有积蓄上了人身意外伤害保险，而且受益人是我。”

少杰感慨地咂了咂嘴，向韩露道：“韩露，你瞧瞧人家是怎么对待爱情的。我的工作这么危险，整天把脑袋拴裤腰带上，明儿你也给我上个保险啊，不用多，一百万就得。”

韩露讥讽地一笑，说：“你值一百万？人家保险公司肯定不会答应，你就值一百块钱。”

少杰听了直翻白眼儿。

第十六章　情归何处

韩露说少杰就值一百块钱，毕海燕听了笑道：“你也太看不起我们白警官了，大小他也是一个警官呀。”

韩露道：“他这样的还想让我给他上保险，真是的，他自己上了保险，恐怕连受益人都找不到。”

少杰道：“受益人是你呀，这可是爱情问题。”他转头问毕海燕道：“大歌星，我想跟你请教一个爱情问题行吗?”

毕海燕笑道：“爱情问题，那当然可以。”

少杰道：“我老找不到女朋友，主要是没房子没车，总之没银两。像韩露这样的美女，说我扔马路上都没人拣。我就不明白，找女朋友是不是非得有房子有车呀? 这爱情问题和物质问题能放一块儿说吗?”

毕海燕微笑着说：“你找不到对象是没遇上有缘分的，我看不是房子和车的问题。不过漂亮女孩子找对象的标准比较高，首先就是成功男人，或者是帅哥。”

少杰眨眨眼道：“成功男人？什么标准才算是成功男人？”

毕海燕道：“有钱呀，漂亮女孩子都爱面子，喜欢开着好车人前显贵，你兜里没钱，就没法让漂亮女孩子喜欢你。”

少杰道：“可我有爱情呀，我会真心地爱她，和她过一辈子也不变心。”

毕海燕道：“那是你的想法，现在的年轻女孩子对生活的追求可不只是有爱情，这爱情得有物质做基础。”

少杰道：“这就让我不能理解了，一个年轻人，哪能一下就成功？房子和车得奋斗一辈子才能挣来，等挣来房子和车，我都成老头儿了。”

毕海燕道：“你可以超前消费呀，先贷款买一辆车，等有了实力再贷款买房子。”

少杰道：“我尽管努力工作，每月的还贷能力也不会超过几千块钱，怎么可能又买车又买房呀？”

毕海燕道：“靠你一个人挣钱当然不行，拉上你的女朋友一块儿呀。”

少杰看了看韩露道：“你听见没有，一块儿努力。”

韩露白了少杰一眼道：“你该找谁找谁，和我没关系。”

少杰道：“看来我每月得挣个几万，不然真没人和我一块儿努力。不过我还是没明白，这和爱情有关系吗？有了房和车才能有爱情？我宁可不结婚，我也不敢沾这爱情。我得找个成天和我在一起吃窝头抹臭豆腐都乐意的人。”

毕海燕笑道：“那太难找了，除非你们特有缘分，她才会心甘情愿地和你一起过穷日子。”

少杰道：“你和大彭属于有缘分的吗？”

毕海燕道："应该是吧，不过他不愿意让我过穷日子，他老觉得让我过穷日子对不起我。"

少杰道："那他一定很能挣钱吧？"

毕海燕愣了一下道："也不是，干他那行挣钱也不容易。"

少杰又问道："你们一定很相爱吧？"

毕海燕道："对，我们很相爱，而且是真心的，我心里只有他，他的心里也只有我。"

少杰道："心里有你就是爱你？这很容易做到。"

毕海燕笑了笑，说："当然不只是心里有我，他可以为我做任何事情，甚至可以为我去死。我也一样，可以为了爱牺牲一切。"

少杰点了点头道："可以为了爱情去死，这才算是有情人，太让人感动了。"

从毕海燕那儿回来，韩露觉得少杰有些不对劲儿，他平常很少谈论爱情问题，怎么跟毕海燕聊起爱情那么认真？她问少杰，毕海燕跟他丈夫的爱情和案情有关系吗？少杰一脸神秘地对韩露说，爱情问题和这个案子太有关系了，如果毕海燕和彭军这份爱是真的，案子就是真的；如果爱情是假的，案子就是假的。

少杰知道韩露一定不相信他的话，就对她道："你没听见毕海燕说物质第一的爱情观吗？还说为了爱可以去死，他们一块儿死才对，不然就对不起这份爱了。"他反问韩露道："你说他们两个人要是爱到了极致，会不会因为爱去干傻事？"

韩露对这点是认可的，她点头道："当然，为了爱跳楼自杀的有的是。"

少杰道："跳楼自杀？太傻。有没有为了爱去让别人跳楼的？"

韩露瞪了少杰一眼道："呸！只有你这样的坏蛋才会干这种事。"

少杰道："是啊，要不我不懂爱情呢。"

少杰要证明自己的一个逻辑推理，就和师兄闻龙请山本吃饭。这两个武林高手请山本吃饭，山本没有不到的时候。他问吴霜和韩露去不去。少杰说这两位美女是必须到的。山本想带着张丽来，一听韩露和吴霜也去，又打消了这个念头，一是怕韩露吃醋，二是怕吴霜说出难听的话让张丽接受不了。

少杰请山本来，就想问他一个事，他把二锅头给山本斟满了就问："你是自己开车来的，还是那个彭军给你开的车？"

山本苦笑了一下，看着少杰道："我的司机彭军被人杀了，你这刑警怎么不知道？"

韩露也瞪了少杰一眼，向山本说："大白熊最近抽风，上次我们抓了彭军的师弟大虎，他就问大虎彭军在哪儿，现在又问你彭军来了没有。"

少杰笑而不答，一口接一口地喝酒。

山本点头道："白少侠才智过人，他有时候想的东西不是一般人能想到的，他会逆向思维。我现在换司机了。不过白少侠问我彭军的事，这事我还得问问他，为什么有人会杀彭军？一个特种兵出身的神枪手，居然被人用枪打死了。这让我十分费解。"

少杰和山本、闻龙碰了碰杯，一口喝干，然后说："向山本馆长问彭军的问题，只不过是想听听山本先生对彭军死因的看法，想知道彭军平时有没有得罪人。"

山本摇头道："我觉得彭军没有得罪什么人，这不可能是仇杀。"

闻龙也举杯敬山本道："这么说应该是情杀了？你不是老听他老婆唱歌吗？"

山本又摇头道："这个我觉得也不可能，因为他们两个人的关系非常好，这我看得出来。"

吴霜道："你说不是情杀，也不是仇杀，那是谋财害命？他有值钱的东西吗？"

山本仍然摇头道："这也不可能，谋财害命得抢他的东西，他没什么值钱的东西，而且杀他的人也没抢他的东西。"

吴霜道："这些都不是，那是什么？你的司机莫名其妙地死了，八成是你杀的吧？"

山本一听差点儿被酒呛着，向吴霜道："我说美女，咱们没仇吧，别害我行不，你白师兄正找不着杀人凶手呢，你可别把这倒霉事记在我的账上。上次你说马玉是我杀的，现在又说彭军是我杀的，我没活路了。"

吴霜笑得咯咯的，指着山本道："你吓得脸都红了。"

山本道："我这是精神焕发。"

吴霜问少杰，山本说他的司机不是情杀、不是仇杀，也不是谋财害命，那彭军因为什么死的？谁把他杀了？

少杰微微一笑，向吴霜道："他不是被人杀的，他是被鬼杀的，我正忙着抓鬼呢。"

山本赞同少杰的观点，认为彭军准是因为朝阳门小楼闹鬼才死的。他建议吴霜晚上到小楼上去看看，没准能遇上点儿什么。

韩露听了一个劲儿笑，觉得这几个人都喝多了。

少杰三杯酒下肚，已经探明了情况，山本跟彭军被杀没有关系。他分析的彭军三种被杀的理由，跟他的分析一致。可见山本对彭军的死也有不少的疑问。

为了侦破彭军这个案子，少杰晚上开车来到朝阳门小楼下面，躲在车里暗中盯着毕海燕家的窗户。晚上12点的时候，毕海燕从楼道里走了出来，四下张望一下，然后上了门口的吉普车，开车上了公路。少杰也启动车，暗中跟了上去。

少杰是夜猫子眼，晚上看东西也很清楚。这是他师父让他练眼神的结果。他师父老对他说：手、眼、身、法、步，这几样要全面发展。眼神的练习就是晚上看星星、盯香头。所以他可以晚上不开车灯跟踪。

毕海燕的车停在了一座立交桥下面，少杰把车远远地停在路边，借着月色看毕海燕的动静。只见毕海燕关掉车灯下了车，穿过公路站在路边。这时，一声轰鸣，从树林里开出一辆两轮摩托车，骑摩托车的人戴着头盔。毕海燕上了摩托车的后座，抱住了开车人的腰，摩托车转眼就风驰电掣地消失在夜色里。

少杰一看愣了一下，心想行啊，够精的，居然跟我来反跟踪。哼，你还嫩了点儿。

第二天，少杰和韩露在电脑前看连夜从交管局调来的监控录像，发现接毕海燕的那辆摩托车顺着大路开了五公里后，进了一个居民小区。

少杰跟派出所联系，询问那个小区有几个门。派出所说那个小区就一个门，从哪儿进去就得从哪儿出来。

少杰问韩露道："你觉得毕海燕深更半夜地和男人见面，这男人应该是谁？"

韩露道："那还用说，是她的情人呗。从他开的这辆没牌照的摩托车来看，杀死彭军的人肯定是他。"

少杰微微一笑，没有说话。

韩露瞪了少杰一眼道："你笑什么？难道不是他杀的彭军？"

少杰道："你总是爱轻易下结论。我跟你说过，我跟踪毕海燕不是为了抓人，而是为了抓鬼。"

韩露不解地问："抓鬼？什么鬼？色鬼？"

少杰道："是魔鬼，我跟你说这小楼有个情魔。他太爱毕海燕了，为了她的幸福，把自己变成了杀人的魔鬼。"

韩露问少杰下一步打算怎么办，要不要抓这个和毕海燕约会的人。少杰认为抓人目前还没有证据，和寡妇约会不犯法。他得先看看鉴定结果。

这天有关部门把少杰要的鉴定书送来了，鉴定结果和少杰的推理完全一致。在朝阳门小楼被枪打死的人和彭军的身高、体型很相似，但脸颊比彭军要宽一公分，下颚短一公分。可以确定死者不是彭军，而是另外一个人。

韩露一听死的不是彭军，吃惊地问少杰道："那死的是谁？难道毕海燕在演戏？"

少杰道："是啊，我不是跟你说了吗，杀死'彭军'的人就是彭军，你还说我发烧。现在咱们得马上去找彭军，我估计毕海燕那天晚上见的人就是他。跟彭军这样的人打交道得带上枪，我要是光荣牺牲了，你得追认我为你的正式男朋友。"

韩露瞪了少杰一眼道："去你的，你不是刀枪不入吗？你这个坏蛋，知道谁是杀人凶手也不告诉我。"

少杰道："我这只是逻辑推理，还没有证据。现在咱们去证实一下，看看这位情魔是不是真的还活在世上。"

韩露道："没准儿他已经跑了。"

少杰道："不会，他还有一大笔保险金没拿，毕海燕没拿到钱，他是不会跑的。"

晚上少杰和韩露开车来到那天毕海燕坐摩托车去的那个小区蹲守，果然发现毕海燕又坐着那辆没有牌照的两轮摩托车进了小区。夜色中，居民区里灯光很暗，毕海燕和那个开摩托车戴头盔的人挽臂进了楼道。

少杰和韩露远远地看着，韩露有些失望地向少杰道：“这个人总是戴着个头盔，看不清他的脸，这怎么办？”

少杰道：“咱们明天早上来，只要遇上他，咱们就上去把他的头盔摘下来，看看他的本来面目。”

韩露道：“那太危险了，你不是说凶手的枪法很准吗？”

少杰道：“他的枪法再准，我也不怕，我大白熊刀枪不入。”

李队长对抓捕彭军进行了周密的部署，为了防止意外，他让少杰、韩露等侦查员都带上枪。根据抓捕现场的平面图，一组在楼前，二组在楼后，少杰和韩露在小区里开车机动巡视。不管谁发现了嫌疑人，立刻发信号，不要轻易靠近。嫌疑人受过正规的射击训练，枪法很准，必要的时候可以击毙他。

按照预定的方案，少杰和韩露把车停在彭军租住的小区门口，在黄昏的时候，一辆两轮摩托车迎面开了过来，韩露忙向少杰道：“他来了。”

这时开摩托车的人抬头看了看少杰和韩露的车，他本来是要停车，忽然加大油门儿从少杰和韩露的车旁开了过去。

少杰惊呼一声：“不好，他准是惊了，这回真的要跑了！”

韩露道：“怎么办？”

少杰猛打方向盘道：“追！绝对不能让他跑了。”说着加大油门儿追了上去。韩露急忙拿出对讲机呼叫在附近埋伏的警车。

两轮摩托车在公路上飞奔，之后猛冲进了一个居民社区。少杰在后面紧追，看到那辆摩托车从另外一个大门呼啸而出，向右猛拐。少杰开车又追了上去，见摩托车又开进了另一个社区。少杰在社区门口停下来，问门口的保安这个社区还有没有其他的门，保安说没有，这是封闭小区，就一个门。

少杰让韩露赶快报告队长，然后拿出警官证向保安示意道：“我们是警察，正在追一个逃犯。你注意一下，如果有一辆两轮摩托车出来，你一定想办法缠住他，尽可能拖延时间。”

保安应道：“知道了，您要抓他？”

少杰道：“对。”说着开车进了小区。

两轮摩托车在社区里转了一圈，没有找到出口，随后开上了一条笔直的小路上，前方已无路可走。这时少杰的车开了过来，堵住了摩托车回去的路。开摩托车的人掉转车头，对着少杰的车，同时把手伸进了腰里。

少杰的车猛地停住，韩露向少杰道：“不好，他在拿枪！”说着也抽出了手枪。

少杰不慌不忙地拉住手刹，解开安全带，向韩露道：“你别下车，我来对付他。”说着拉开车门下了车。

韩露向少杰惊呼道：“少杰！别靠近他，他的枪法很准。”说着也从车上下来，把手枪提在手里。

这时开摩托车的人仍然把手放在腰间，双目逼视着少杰。少杰面带微笑，一步一步走近开摩托车的人。开摩托车的人突然从腰里拔出手枪，指向少杰。少杰也飞快地抽出了枪，指着开摩托车的人。二人僵持着，都紧紧盯着对方。

韩露一看不好，也把枪举了起来，瞄准开摩托车的人。开摩托车的人有些慌乱，又把枪对准了韩露。

少杰一看对方把枪对准了韩露，又向前走了几步，面带冷笑，向开摩托车的人道：“彭军，别把枪对着女士，有本事对着这儿打。”说着用左手指了指自己的胸口。

开摩托车的人有些惊慌道：“我不是彭军。”

少杰语气坚决地说：“你是彭军，你举枪的姿势很专业。这时候你还不敢承认自己是谁，你还是男人吗？”说着又向前走了两步。

开摩托车的人又把枪瞄准了少杰，声嘶力竭地喊道："我是彭军！你想怎么样？"

少杰道："我想送你去你该去的地方！"

少杰越走越近，彭军大喊道："你再往前走一步我就开枪了！"

少杰面不改色道："彭军，你要是真爱毕海燕，就别让她受冤枉。"

彭军不解地看着少杰道："让海燕受冤枉？这话怎么说？"

少杰道："有人说她杀了马玉，因为你们家有马玉的古玩。"

彭军道："马玉不是海燕杀的，也不是我杀的，那些古董是我从马玉家拿的。"

少杰道："你说你们没杀马玉，只拿了东西，可没人信呀。再说，马玉是晚上死的，难道你深更半夜还去了马玉家？"

彭军道："古董确实是我拿的，我撬过马玉家的锁，拿了些古董。"

少杰道："包括那个翡翠扳指，你本来找了个人帮你卖，后来你又缩回去了。还有的东西是马玉死那天你去她那儿偷的，似乎还留下了指纹和脚印。你说你没杀马玉，这怎么解释？"

彭军愣了一下道："是，那天我晚上回家，看见她家的门没关，我知道她有钱，想进去顺点儿东西。可我是进去以后才发现马玉被绑在床上，已经死了。我没敢多拿东西，就拿了她的手机和手包，还有几样古玩。这事和海燕没关系，不信你可以去问问那个神经病老太太，我出来的时候她看见了。"

少杰冷笑道："那老太太眼神有点儿问题，她看见毕海燕晚上把一个男人从屋顶平台上推下去了，就说她谋杀亲夫。看来毕海燕也犯了杀人罪。"

彭军道："海燕没杀人，她就是在那人中枪以后把他推下去了，为的是要摔坏他的脸，不让人看出他的模样。"

少杰摇头道：“你们这场戏有些画蛇添足了，碰巧又让那老太太看见了。这是你们命里该着，算你们倒霉。”

彭军咬着牙道：“既然被你看出来了，反正是个死，咱们就同归于尽吧！”说着就扣动了扳机。啪！啪！啪！三声清脆的枪响，少杰和彭军同时倒在地上。彭军的头盔被打穿，血从眉心流了下来。少杰躺在地上双手捂着胸口，双目紧闭。

韩露惊呼一声，扑到少杰身上，大喊着：“少杰！少杰！”眼泪一下涌了出来。

可少杰躺在地上一动不动。韩露抱住少杰的头痛哭起来。

这时少杰翻了个白眼儿，韩露一看，愣了，叫道：“大白熊，你讨厌！”

少杰坏笑着说：“你得追认我为正式男朋友。”说着坐了起来。“这防弹衣挺管用的。”他一件一件地脱防弹衣，边脱边说：“我这么奸的人，能让他占便宜？”

韩露哭笑不得，用力捶了少杰一下道：“你这家伙！穿了多少防弹衣呀！”

少杰道：“不多，才三件。”

少杰和韩露走到彭军跟前，慢慢摘下了他的头盔，只见彭军满脸是血，已气绝身亡。

这时几辆警车闪着警灯围了过来。李队长从车上下来，看了看地上的彭军，又看了看少杰和韩露道：“你们没伤着吧？”

少杰道：“没有，本大白熊刀枪不入。”

李队长看了看彭军道：“少杰的枪法见长呀。别说，这个彭军和上次那个‘彭军’长得还真像。”

韩露恍然大悟道：“哦，我明白了，彭军为了骗取保险金，把一个体貌特征和他极像的人骗到小楼的楼顶平台上，在对面楼上开枪杀了他，然后和毕海燕合演了一出生离死别的戏。”

少杰道："你真聪明，又进步了。他应该早就有计划，后来发现咱们在查他，怕他偷马玉家古玩的事情暴露，就提前实施了杀人骗保险的计划。"

韩露点头道："对，有道理。他怕咱们认为是他杀了马玉，如果人赃俱获他会有口难辩，所以提前实施了骗保险的计划。"

少杰感叹道："彭军和毕海燕是一对儿情魔，为了享受浪漫的爱情，杀人的事都敢干。那天我在毕海燕家看到一张彭军穿着迷彩服举枪射击的照片，当时我就知道这案了是怎么回事了。"

韩露道："你怎么知道他家有马玉的古玩？"

少杰道："我不知道，我那是诈唬他呢，他一慌全撂了。"

韩露道："你明明知道彭军没死，还带着我追大虎，讨厌。"

少杰道："我当时只是推理，并没有证据，追大虎也是为了排除他作案的可能。而且大虎也确实犯了事，他和唐丹也是一对儿情魔。其实追大虎的时候彭军已经露馅儿了，因为毕海燕刚给咱们提供大虎的位置，大虎就逃了，毕海燕会把这个信息告诉谁？除了彭军没别人。彭军还挺讲义气的，这点比毕海燕强。"

晚上，少杰和韩露来到朝阳门小楼的楼顶平台上，这时毕海燕正站在平台上唱歌，唱的是一首凄婉的爱情歌曲。少杰和韩露静静地听着毕海燕唱歌，并不说话。

一曲唱完，毕海燕回头向少杰和韩露微微一笑道："二位警官，今天怎么有空过来了？"

少杰叹了口气道："有件事得告诉你，这对你来说可能不是好消息。你丈夫彭军真的离开你了，他的眉心挨了一枪，中枪的位置和上次那个替身一样，他也遇上枪法好的人了。"说着目光炯炯地看着毕海燕。

毕海燕一下惊愕了，呆呆地看着少杰。良久，她的眼泪无声地流了下来。

少杰淡淡地说："经过技术鉴定，上次被打死的那个'彭军'并不是你丈夫。你找了一个体貌特征和彭军相似的人，把他约到了这个平台上，让你丈夫开枪打死了他，然后你又把这个人从楼上推了下去，摔得血肉模糊，让人难以辨认真假。你企图用彭军的死掩盖他和马玉这个案子的关系，同时骗一大笔保险金，然后和彭军逃到别处去。你主动揭发大虎，是想借此扰乱警察的视线，分散警察对你的注意力。我抓大虎的时候，你给我提供他们的行踪，可彭军不忍心出卖朋友，背着你打电话通知他们逃跑。你们两头做好人，可这恰恰让我起了疑心。"

毕海燕静静地听着，目光有些迟滞，眼泪不住地流淌下来。

少杰叹了口气道："我真没想到爱情还会让人变成杀人的魔鬼，我看你们在亵渎爱情两个字。你天天唱爱情歌曲，却不懂什么是爱情。"

毕海燕道："我和彭军是真心相爱的，这辈子不能在一起了，下辈子我们还会做夫妻。"

少杰冷笑道："下辈子？是啊，情缘未了。"

毕海燕凄惨地一笑，忽然向少杰道："白警官，我能再唱一首歌吗？"

少杰点了点头。

毕海燕流着泪，轻声唱了一首凄婉的抒情歌曲《我想回家》："我想回家，不再浪迹天涯。我想回家，看望慈祥的妈妈，去见憨厚的老爸。我想回家，重温儿时的乡梦，看看旧时的兰花。我想回家，吃那甘甜的红米，喝那清香的麦茶。我想回家，他乡再好，没有熟悉的家乡话。我想回家，故乡再远，亲人也是永远的牵挂。我想回家，我想回家，去看我心中的他。"

毕海燕唱着唱着，声音开始哽咽，泪水一串串流了下来。

第十七章　白熊吃鲨鱼

彭军的案子破了，但韩露对少杰很不满意，觉得他自始至终都在怀疑毕海燕和彭军，心里有准儿，可不告诉她，拿她当一岁的小孩儿。少杰却说他告诉过韩露，他说过“彭军”是彭军杀的，而且在朝阳门小楼的屋顶平台上，也跟她说过，那老太太说她谋杀亲夫，这就是说，那老太太看见了毕海燕把假彭军推下楼。可是韩露不信。

韩露这才想起来，少杰是这么说过，看来这家伙真是有鬼心眼儿。她追问少杰，马玉被杀这案子，他还有什么瞒着她没说的，马玉是不是彭军杀的。少杰认为马玉肯定不是彭军杀的，这一点毕海燕已经交代得很清楚了。在马玉这个案子中，彭军只是跑龙套的，真正的主角还没出场。

韩露问少杰，马玉的案子主角是谁。少杰想了想说，这个案子的主角应该是张丽和岛主。

山本忽然接到一封信，是岛主写的，内容很简单：久闻山本馆长大名，有几样东西想请山本馆长过目。如有兴趣，9月9日卧剑岛恭迎大驾。

山本知道岛主是盗墓团伙的支锅老大，他手里肯定有真东西。可是这年月和盗墓贼打交道弄不好会被黑吃黑，这事他已经遇上不止一回了。为了稳妥起见，他准备带张丽一起去，毕竟张丽和岛主是爱过的，而且张丽在青龙白虎帮里武功也是一流的。这天他带上所有空手道武馆的高手，开了三辆车，连夜赶往海边。但山本并没有急着上岛，他准备在海边住一晚上，养足了精神再上岛不迟。

傍晚的时候，山本邀请张丽一同到海边散步。张丽知道山本邀请她单独散步必有他的用意，就跟着他来到海边。这儿的海水天相接，浑然一色，深灰色的海平线上阴霾低垂，大风紧吹，浪花浮涌。张丽看着大海，心里很不平静，就要见到昔日的恋人，如今的仇人，她心里也说不出是什么滋味。

山本看着张丽伫立在岸边的岩石上，此刻的她艳丽夺人，清秀和艳美一齐雕琢在她的身上，美得令人目眩神驰。然而她一双漂亮的眼睛显得那样悲伤，冷漠怅惘，使人看了心疼。

这时张丽回过头，问山本道："叫我出来有什么事吗？"

山本点头道："我只是想听听你和岛主的故事，我对岛主的岳家拳非常感兴趣。当然，如果你方便说的话。"

张丽目光黯淡了许多，良久才说："我可以把我和岛主的故事讲给你听。"她娓娓道来，给山本讲了她和岛主的相识过程。

他们在一起以后，有一天岛主带着张丽来到马玉家，说是要买画。马玉把一幅八大山人的画拿了出来。岛主看了一会儿问张丽买不买，张丽并没有看出破绽，让他自己拿主意。岛主犹豫了一下，把三百万打到了马玉的账上，买走了那幅画。

岛主很喜欢这幅八大山人的画，并说这画在香港少说能卖五百万。但是后来他在看画的时候，发现了破绽，大叫坏事了，不对头，画上的印章有问题，刀法没有粗细变化，布局也过于工整，没有疏密之分。他越看越觉得这是一张赝品，是临摹得很不错的赝品。

岛主想拿着画找马玉理论，但张丽说找马玉也没用，马玉很精，当时就有言在先，出门不退货。

岛主恨得咬牙切齿的，自己干了这么多年的古玩生意，在黑道也是有头有脸的人物，还头一次吃这么大的亏。这事好说不好听，他发誓要把损失的钱补回来，还要把面子挣回来。但他并没有直接去找马玉理论，而是对马玉更好了，这就是他的阴险之处。他成天想方设法地接近马玉，而且对张丽也不像以前那么亲热了。张丽看得出岛主的变化，也知道他找马玉准是和那幅画有关。她感到有些莫名的烦恼，不知是因为吃醋还是因为看到了岛主这个人的另一面。

有一次张丽开车送岛主来到马玉家门口，岛主让张丽先回去，他找马玉谈生意。过去谈生意他都让张丽陪着，现在却打发她回去，张丽自然心里有些不舒服，而且有一种不祥的预感。于是她就把车开到不远的地方停下来，坐在车里等，她要看看他和马玉到底干什么去。后来岛主和打扮得非常入时的马玉从楼里走了出来，在路边拦了一辆出租车，来到一个饭店的保龄球馆。张丽在角落里看着岛主和马玉。她不愿意相信岛主会在感情上背叛她，但从他和马玉的亲密程度来看，事情确实在向这种方向发展。

这天岛主说要把马玉卖给他那幅八大山人的赝品卖掉，张丽觉得虽然他们让马玉坑了，但是再用这画坑别人也不好，做生意还是要讲究诚信。岛主觉得她太天真了，现在做生意谁不坑人，而且他也不是坑好人，他认识几个专门倒文物的小伙子，让他们卖去就行。

他说的几个倒文物的小伙子就是黑九子这伙人，他们都是岛主手下的马仔，也是盗墓贼。当时张丽并不知道岛主是盗墓团伙的支锅老大，她还对他好言相劝，希望他不要因为做生意使自己变得太商人味儿了，或者说为了挣钱太黑了。她相信对人以诚相待是中国人的美德，做生意也应该真心地对别人。练武的人都讲一个义字，不讲义属于武德不好。她觉得岛主太工于心计，事事算计，活得太累。可是不管她怎么劝，岛主总认为她太幼稚，不知道江湖险恶。

恋爱中的女人往往会迷茫，甚至会自己骗自己。虽然张丽已经发现了岛主的种种不端，甚至发现他和各省的盗墓团伙都有来往。但她还是把他想象成一个痴迷古董的收藏家，她以为岛主和盗墓贼来往是为了收藏古董。

张丽对马玉的忌妒心越来越强，有一天晚上她跟踪岛主，发现他和马玉来到铜雀舞厅跳舞，之后就在场边的沙发上聊天。张丽就在他们后面找个沙发坐下来，她隐隐听见岛主在向马玉求婚。她气得真想冲过去给他一个嘴巴，她实在不想再看岛主的虚伪嘴脸，起身黯然离开了舞厅。那天晚上她一个人在夜色中走了很久，她伤心至极，从此再不相信男女之间有真情，觉得活着没劲。

张丽打算彻底告别这段恋情，她找到岛主，跟他大吵了一场。但岛主说张丽误会了他，他并不是真心地想和马玉好，跟她接近主要是为了那幅八大山人的画。他觉得马玉有赝品就一定有真迹，因为那画没地方临摹去。但张丽不想听他的解释，她把岛主给她买的首饰都还给了他，愤然离开了他的办公室。

张丽说完就疲惫地向山本道：“这就是我和岛主的故事。”

山本听了张丽的故事感慨万千，他问张丽，岛主和她分手以后，为什么要派人追杀她？按说两个恋人分手，也不至于到非要杀她的地步。

张丽说，有一天晚上，她在梦幻酒吧喝酒，喝多了就想到朝阳门小楼的平台上听那个白头发老太太唱歌。她上楼路过马玉家门口的时候，看见她的门开着，就好奇地向屋里叫了几声，可是马玉没有应声。她就推开门进了马玉的家，发现马玉被绑在床上，已经死了。她吓得不知所措，想报警，又怕警察怀疑是她杀了马玉，正犹豫间她在现场发现了岛主平常戴的一个假胡子。她以前就不喜欢这东西，问过岛主为什么出门总是戴个假胡子，岛主说他因为会点儿武术，总是爱管闲事，好打抱不平，所以得罪了不少黑道上的人，所以他不想让外人看到他的本来面目。而且他也喜欢古人的大胡子，现代艺术家很多也有大胡子。她把那个假胡子拣了起来，慌慌张张离开了马玉家。之后她拿着假胡子去找岛主理论。岛主看了假胡子也有些慌乱，但是他矢口否认马玉的死和他有关。两个人发生了激烈的争吵，不欢而散。她后来遭到岛主雇用的人的追杀，立刻明白了，岛主准是杀马玉的凶手，要杀人灭口。

山本听了这段故事，不禁眉头紧皱。他觉得现在张丽不仅面临岛主的追杀，还有警方对她的怀疑。因为她在马玉死亡的现场出现过，弄不好留下了什么物证。她现在很可能被当作了重大嫌疑人，而追查她的人可能就是熊掌大侠。

山本和张丽带着空手道武馆的人租船上了卧剑岛。山本看着满目荒凉的海岛，知道自己准是掉进了岛主的陷阱，这可不是看古董的地方，是抢古董的地方。他吩咐手下的人加倍小心，防止被人暗算。果然，山本的人上岛没有十分钟，就见几十个手拿铁锹锄头的人出现在他们面前，这些人的衣服上都有个鲨鱼的图案，不用说，是山东鲨鱼帮的人。

一个鲨鱼帮的头子走上前，向山本道："山本先生，我们岛主说了，让您留下买路钱。"

山本不动声色地看着鲨鱼帮的人道："你想怎么着？"

鲨鱼帮的头子道："我们岛主说了，你把那个黄头发的美女留下，否则把你们都扔到海里去喂鲨鱼。"

山本冷笑道："谁把谁扔到海里去还不一定呢。"

鲨鱼帮人的头子一听，回头一挥手，鲨鱼帮的人举着铁锹和锄头就冲了上来。

空手道武馆的人也带着家伙呢，他们带的是软兵器，有九节鞭也有七节鞭，平时都缠在腰上，用的时候摘下来，一甩就开了。这类软兵器可直可弯，头上还有个尖形的铁锥，抡起来杀伤力很大。鲨鱼帮的人见到九节鞭打过来，就用铁锹挡，但九节鞭打到铁锹上就弯了，前面的铁锥正打到头上，转眼之间就有两个鲨鱼帮的人头上开了花。但是鲨鱼帮人多，山本的人被围在中间，虽然他们舞动九节鞭和七节鞭，让这些人不能靠近，但是从局面上看已经陷入被动。

山本往那儿一站，拿出一支烟点上，看上去十分镇静。他抽了两口烟，左右看看不见了张丽，吃了一惊，急忙四处张望，只见张丽正飞快地向一片树林跑去，不禁暗自叫苦，心想她一个人深入虎穴，凶多吉少。

原来张丽刚才正准备和鲨鱼帮的人动手，忽然看见不远处有个大胡子向她招手，她认出是岛主，也没顾上多想，就快步追了过去，岛主转身进了一片树林，张丽也跟着追进了树林。

茂密的树林里有一条小溪，溪边有一片很宽敞的地方，张丽追到这儿不见了岛主，前面有几个人挡住了她的去路。

一个健壮的中年人上前一步，向张丽一拱手道："张小姐请留步。"

张丽道："各位想干什么？"

中年人的衣服上印着"福建泉州南拳武馆"的字样，他笑了笑道："我们是受岛主的邀请，到这个岛上来和日本空手道武馆的朋友切磋武功，在下南拳张，不知道张小姐能否赐教。"

张丽心里起急，她想着尽快见到岛主，向他要个说法，没心思和这几个人纠缠。可是明摆着，这些人是岛主请来的帮手，不跟这些人比试根本过不去。她向南拳张一拱手道："得罪了。"说着就是一个迎面脚，这一脚的速度之快令对方难以躲闪，"啪"地一下，正踢在南拳张的心口上。南拳张连架势都没来得及摆就被踢得倒退几步，重重地摔在地上，后脑勺着地，摔得头晕眼花，半天没爬起来。

见张丽出招如此之快，对面几个人都惊得面面相觑。这时一个高大的年轻人走上前来，向张丽一拱手道："河北常氏查拳传人特来请教。"

张丽知道常氏的查拳是很有名的，这种拳法变化多，秀腿功夫好，善于用腿踢人，其中十二路弹腿十分厉害。她不由向后退了一步，拱手道："请赐教。"她的话音未落，对方的腿已经踢过来了，这是个花架子，俗称摆莲腿，看着好看，并没实际用处。张丽已经退了一步，又向后退了半步，这腿就闪开了。她感觉用这种花架子打人的并没什么可怕，但是她想错了，对方这个花架子根本就是虚的，后面紧跟着蹬、踢、撩几腿闪电般就踢到了，一下接着一下，踢得张丽不得不用武当太乙神剑门的旋转身形，转着圈儿躲闪，一时间只有招架之功，没有还手之力。对方也很吃惊，他这几脚练了十多年，很少有人能躲过去，居然被这女孩子全躲开了，而且她身法诡异，分明有点儿像八卦，可又不是八卦。他这一犹豫，张丽开始反击了，她用神剑门的招式，转着圈儿打对方的侧后，“啪”的一声，这位常氏武馆的人也坐地上了。

对方还有三个人，这三人一看张丽如此厉害，也不顾江湖规矩了，一拥而上，把张丽围在中间，拳脚相加。张丽打了两阵体力有些不支，再加上这三个人一个比一个厉害，一个人衣服上写着“温州螳螂拳武馆”，一个人衣服上写着“宁夏白猿通臂拳武馆”，还有一个人衣服上写着“南少林五祖拳武馆”。张丽被打得连连后退。忽然那个练少林五祖拳的人看准了张丽旋转的线路，左掌虚晃，逼得张丽右转，然后猛打出右掌，正中张丽的肩头，张丽一个踉跄，在地上打了一个滚，挣扎着想站起来，但是没站起来。

练少林五祖拳的人一招得手，哈哈笑道：“哈哈，怎么样，尝到我们少林五祖拳的厉害了吧？”

正在危急之时，树林里走出一个人来，此人正是少杰。他摇摇晃晃，边走边东张西望地自言自语道：“这是什么地方？喝了二两就找不到东南西北了。”

张丽看见了少杰，不由得吃了一惊，他怎么来了？他不会武功，遇上这群如狼似虎的人还能有好？

少杰醉醺醺走过来，看到张丽倒在地上，便指着前面的几个人道：“你们这几个大男人，合伙欺负一个女孩子，你们好意思不？”

那个练五祖拳的人指着少杰道：“你是谁呀？少管闲事。”

少杰笑眯眯地说：“我是谁？人家都管我叫大白熊。”

这五个人听了面面相觑，顿时脸色大变。其中一个练螳螂拳的人道：“你就是大名鼎鼎的白少侠？幸会，幸会。”

少杰笑道：“大名鼎鼎可不敢当，我因为经常吃臭豆腐，所以臭名远扬。不知道各位高手为什么要欺负我的师妹，你们跟她有什么怨仇吗？”

那个练查拳的人道：“我们跟这个女孩子并没什么怨仇，不过岛主邀请我们到这个岛上来和日本人比武，这个女孩子是日本空手道武馆的人，我们只是切磋武功，并不是合伙欺负她。”

少杰冷笑道：“哦，我明白了，是岛主把你们骗到这儿来的，或者是他花钱雇你们来和空手道武馆的人比武，对吧？”

那个练螳螂拳的人道：“是这么回事，不然我们也不会大老远地到这个荒岛上来。”

少杰道：“这里面可能有点儿误会。这个美女不是日本人，她的父母都是中国人，而且是武当太乙神剑门的传人。他们到日本谋生，传播中国武术文化，弘扬中华武术，这可没有错。”他笑了笑又道：“我看各位都是开武馆的，想必和我的师兄闻龙都有些交情，如果能给我个面子，我看这场比武可以结束了。我当裁判，张小姐三局两胜。你们看如何？”

那五个人你看看我，我看看你，谁也没话可说。那个练少林五祖拳的人有些不服气道：“白少侠，按说我们，得给你这个面子，可是我久闻你武功过人，很想跟你切磋切磋，不知道白少侠是否愿意赐教几招。”

少杰笑道：“我见了高人哪有不请教的，还请这位师兄手下留情。”说着他上前把张丽扶起来。

张丽疑惑地看着少杰，她知道少杰不会武功，一打就趴下，他怎么敢答应和这些人比武？而且这些人口口声声说少杰武功过人，对他毕恭毕敬，这是怎么回事？

少杰走到空地中间，向对面的五个人一拱手道：“各位师兄请吧。”

那个练五祖拳的第一个忍不住冲了上来，喊声：“得罪了!”说着抡起胳膊，用的是披挂拳中的抡劈掌。少杰闪身躲过，用的是太极拳的挂手撩阴抓，这招太黑，双手挂开对方的劈掌，顺势去抓对方的裤裆，这要是被抓到，对方非疼死不可，吓得那人向后一跃，退出去得有一丈远。

少杰笑道：“开个玩笑，别当真。”

那个练五祖拳的人气得直哆嗦，边上的张丽也看得目瞪口呆，这个笨手笨脚的大白熊不是不会武功吗，怎么身手这么快呀?

练五祖拳的人这回加了小心，上前出双拳分打少杰的两个太阳穴，但是武术里讲的是快打慢，慢打迟。他的双拳还没到少杰的头上，少杰的掌已经到了，他说声：“熊掌撼树!”一掌正拍在对方的面门上。这下麻烦了，这个练五祖拳的人顿觉眼前发黑，如被雷击了一般，呆呆地在原地转了一圈，直挺挺地倒了下去。

其他的四个人一看少杰如此凶狠，知道熊掌大侠可不是徒有虚名，但是毕竟他们人多，而且也都有两下子，想着一起动手，让你双拳抵不住四手，于是从四面一齐向少杰出招，而且用的都是各门派的杀手锏。少杰似乎是想和这些人逗着玩儿，忽然向上一蹿，说声：“黑熊上树。”两手抓住一个粗大的树枝，向上一悠，人就腾空了，这四个人的招全打空了，而且相互之间自己人打了自己人，四掌相碰，都震得向后退了好几步。此时少杰飞快地双脚齐飞，把其中两人蹬得向后摔了出去。他出手就没停，左一掌，拍中了那个练查拳的，把他拍得横飞了出去，紧跟着闪电般向右拍了一掌，又把那个练螳螂拳的拍得摔了个四脚朝天。

转眼之间已经分出了胜负，少杰向倒在地上的几个人拱手道："各位师兄，得罪了。"

那个练查拳的人挣扎着站起来，向少杰一拱手道："熊掌大侠名不虚传，我们今天认栽。"

另一个练五祖拳的也爬起来向少杰拱手道："白少侠武功高强，今天虽然我们栽在你的手里，但是这不算完，咱们后会有期。"说完五个人相互搀扶着离开了树林。

张丽听这些人称呼少杰是熊掌大侠，又看着少杰出手又快又狠，顿时明白了，这个大白熊就是熊掌大侠。少杰回身看张丽，只见她一脸怒容，用白眼看着他。他嬉皮笑脸，想要向她解释。

张丽道："大白熊！你这个大骗子！"

少杰笑道："我玩儿命救了你，你不请我喝二锅头，还骂我是骗子。这合理吗？"

张丽道："你在我面前装傻，说你不会武功，不是骗子是什么？"

少杰道："对，我是骗子，我不是跟你说过吗，我常骗女孩子。"

张丽扭头就快步向树林外走，少杰在后面紧紧跟着。二人出了树林，正看见山本的人和鲨鱼帮的人混战。山本的人被围在中间，眼看就要抵挡不住了。这时那个鲨鱼帮的头子忽然看见张丽和少杰从树林里走了出来，他吃过熊掌，自然认识少杰，知道这个大白熊一来，他们这些人只有一条路，那就是赶紧跑。于是向手下的一声招呼："大白熊来了！弟兄们撤！"说着他第一个跑了。

其余人一听大白熊来了，再看带头的跑了，一个个扔下家伙，也争先恐后地向海边跑去。

这时少杰接到韩露的电话，说部署在卧剑岛外的警力没有抓到岛主，但发现有一辆可疑的摩托艇离开了卧剑岛，可是那艘摩托艇装了大马力的发动机，速度太快，派出所的船根本追不上。

少杰知道开着摩托艇的肯定是岛主，看来这回又让他逃了。他让韩露把出岛的船都扣留，把鲨鱼帮的人都抓了，这个盗墓团伙也没少干坏事。

山本看见少杰来了，忙迎上去道：“我说白少侠，你是不是来得晚了点儿？我算计着你应该早到了。”

少杰笑道：“我在树林里看美女来着，看见美女和几个武林高手比武，我学习学习。”

张丽白了少杰一眼道：“你讨厌！”

山本向张丽道：“你不是老想见熊掌大侠吗？怎么见了他又说他讨厌呀？”

张丽佯嗔道：“我才不想见他呢，狡猾的大白熊。”

少杰摇头道：“我再狡猾也有失算的时候，一条大鱼从我眼皮底下跑了。”

山本点头道：“是啊，你遇上对手了。那条鱼是属泥鳅的，狡猾的很，不好抓。”他向四下看了看道：“韩美女怎么没来？你一个人上的岛？”

少杰笑道：“她在外面抓鲨鱼，一会儿就来。”

第十八章　黑白熊掌

少杰帮山本赶走了鲨鱼群，回到北京后，山本就请少杰和韩露吃饭，让张丽作陪。

再见到少杰的时候，张丽有些心跳加速，但还是尽量让自己保持着平静。山本觉得张丽有些反常，她平常是爱说话的，今天怎么了？他问张丽道：“我说张丽，人家熊掌大侠玩儿命救了你，你就不说一声谢谢吗？”

少杰也道：“是啊，你陪我喝一杯酒也行啊，干吗不正眼看我？”

张丽微微一笑，长叹了一声，看着少杰道：“是啊，你救了我，我非常感谢，不过有些事我得问你。你就是熊掌大侠，可你在我面前演戏，你明明是警察，可是不告诉我，你假装和我做朋友，却一直在侦查我，对不对？”

少杰微微笑道："对，可是我告诉过你，我说人家都叫我大白熊，我总不能自称是大侠吧？而且我也跟你说过，我经常骗女孩子。"

张丽点头道："是，真不愧是狡猾的大白熊。你是不是怀疑我杀了马玉？"

山门忙道："这事我可向白少侠和韩美女说了，你当时是路过马玉家，你去的时候马玉已经被杀了。"

少杰道："对，我确实是因为你把一根长长的黄头发留在了马玉被杀的现场而怀疑你。不过后来我发现你很善良，还一直在找岛主要说法，这证明了我的推理。不过我还是想在你找岛主的过程中沾点儿光，因为你找他比我找他方便，毕竟你们曾经是恋人。"

张丽无可奈何地苦笑一下道："我就跟傻子似的，始终被你蒙骗。有一次还居然问吴霜，谁是熊掌大侠，让吴霜笑得直喷饭，她一定认为我傻到家了。"

韩露一听提到吴霜，向山本道："对了，忘了叫吴霜和吴雪了。"

山本笑了笑道："这两位美女我都叫了，还叫了闻龙师兄。不过我让他们晚半个小时到，为的是让张丽和少杰把误会解释清楚。"

韩露点头道："山本馆长总是能把事情想得很周全，而且料事如神。"

这时吴霜和吴雪还有闻龙走进饭馆，众人忙起身和他们打招呼。

闻龙发现少杰身边多了个黄头发的美女，分明是在小楼的平台上见过的太乙神剑门的传人，于是向少杰道："你身边又多了一个美女，还没给我介绍呢。"

吴霜道："我来给闻师兄介绍。"她指着张丽道："这位是从日本来的，叫张丽。她在山本先生的空手道武馆当教练。"

闻龙忙和张丽握手寒暄。

吴雪向张丽道："闻馆长是收藏家，你是学考古的，你们应该有共同语言。"

张丽点头道："是，我听说过，闻馆长在武术界和收藏界都很有名。"

山本道："没错，以后你学古玩鉴定，就去问闻馆长，他可是真行家，不比那位岛主差。"

吴霜道："岛主是盗墓贼，怎么能和闻馆长比。"说着很不友好地看了张丽一眼。张丽明白吴霜的意思，只当没听见，低头不语。

闻龙拿起酒杯和众人碰杯，喝了一大口，然后问少杰，那个岛主是不是还没抓到。少杰长叹一声，把杯子里的酒一口就喝了。

这天晚上的月色有些凄迷，张丽站在朝阳门小楼的平台上，月光照着她的脸，看上去安静而美丽，如一尊伫立的雕像。她长久地看着远方，若有所思。

少杰轻轻走上了平台，看着张丽的背影，并没有打扰她。良久，张丽慢慢回过头，打量着少杰道："我猜你一定会来，因为你想抓的人还没抓到。"

少杰凝视着张丽，忽然问她道："你为什么总是皱着眉头？是不是岛主把你伤害得太深了？"

"对，他欺骗了我的感情。"张丽无力地抬起头，看着远方的弯月道。

少杰劝张丽把过去的烦恼都忘了，这样她才能开始新的生活，他笑了笑说："我真心地希望你能高兴起来，别老想着过去那些不愉快的事。情感问题是昨天的，你要想明天的事。”

张丽笑了，说：“对，想明天的事，从昨天走出来。现在我相信有真心二字。说句良心话，认识你以后，我已经开始忘记过去了。而且和你在一块儿，总觉得有一种精神上的安慰。你总是能理解人，和人真诚相见。”说着，她脸上绽出了甜甜的微笑。

少杰看着张丽说：“你终于又笑了，不容易。其实你笑的时候挺好看的，如果你再把头发恢复原貌，那一定会更好看。”

张丽摸了摸头发说：“恢复原貌？你总是不喜欢我的黄头发。”

少杰道：“不太喜欢，我想知道你的本来面目是什么样，我觉得过分的装饰会把人的真实美掩盖了，尤其像你这种天生丽质的人，干吗要把天然的美遮住呀？”

张丽盯着少杰，只是微笑，良久才轻声地说：“你想知道我的本来面目？可我的本来面目并不好，有人说我是青龙白虎帮的一姐，还说我是杀手。其实我就是个普通的喜欢练武术的女孩子。”

少杰点了点头道：“我相信你，也希望你能帮助我找到那个岛主，不管他是不是盗墓团伙的支锅老大，我也得找到他。”

张丽道：“你这么相信我？”

少杰道：“是啊，你是个善良的女孩子。”

张丽凝视着少杰，良久才说：“好吧，我帮你找到岛主。我有个办法能让他出来见你。”

少杰眼睛一亮道：“你有什么办法让他出来？”

张丽微微一笑道：“这得请一个人出面帮忙，就是那个神秘的老太太。”

少杰有些不解地问：“那个老太太肯帮忙吗？她的精神好像

有点儿不正常。不过她的眼睛很好使，总能看见这平台上发生的事。”

张丽道：“我能说服她，只要我给她讲一个山本父亲的故事，她就会帮忙。”

少杰会心地笑了，说：“我明白了，你跟她说日文，再给她唱一首日本情歌，她就答应你了。你真厉害。”

张丽也笑道：“都是跟狡猾的大白熊学的。”

有人给山本发来一个快递，他打开一看是三张照片，一张照的是一个藤条编的箱子，另外两张照的是有甲骨文的龟甲。里面附着一张字条，上面写的是：“此小楼藏宝，为民国收藏家之物。请务必于10月10日晚8时，在朝阳门小楼屋顶平台参加此物品现场拍卖会。”

山本反复看了照片和字条，十分吃惊，眉头紧锁。他把字条给张丽看，想听听她的意见。张丽说这很简单，可以去看看，价钱合适就买，价钱不合适就不买。

山本看着字条，心情十分复杂，如今有人在这个小楼里拍卖甲骨，可能就是当年他父亲藏在这里的东西。

岛主在网上看到一条消息，10月10日晚8点，在朝阳门小楼有个民国收藏家藏品拍卖会，署名是马玉。他十分惊讶，觉得这事很蹊跷，这个拍卖会怎么选在朝阳门小楼的平台上？怎么还署名是马玉呢？难道是他一直找的东西出现了？

会友武馆的闻龙也接到了一份在小楼举办拍卖会的邀请，他感到十分诧异，心想这个小楼难道真藏着宝贝？不管怎么说也得去看看。他给少杰打了个电话，问他去不去朝阳门小楼的拍卖会，少杰说他不懂古玩，也没钱买，不过他很想去看看热闹，有时间一定去。

10 月 10 日这天晚上，山本和张丽带着武馆的几个教练来到朝阳门小楼的屋顶平台。几个教练都穿着练功服，腰间缠着七节鞭或是九节鞭。

小楼的平台上已经准备了两个茶几和几把椅子，茶几上面有日本式样的茶道用具。山本在一个茶几边上坐了下来，他的几个教练在他身后站成了一个扇面形。张丽也坐在茶几边上，给山本倒了一杯茶。

这时岛主带着几个壮汉走了上来，他依然是一脸大胡子，只是今天穿的是中国传统的练功服，腰上系着黑腰带，显然是有备而来。

岛主上来就看到了山本，也看见了张丽，他的目光和张丽相对的时候，异常复杂，五味杂陈。张丽看见岛主的时候，那目光更是火辣辣的，使他不由得颤抖了一下，避开了她的目光。他礼貌地向山本一拱手道："山本先生也来了，幸会。"

山本起身向岛主拱手道："没想到岛主亲自驾临，幸会。"

岛主坐到另一个茶几边上，他的人也都呈扇面形站在他的身后。岛主坐下以后很不友好地看了看山本道："山本先生，听说今天拍卖的东西是中国的国宝呀，我想这东西总不能落到日本人手里吧。"

山本冷笑了一声道："这些东西是我父亲当年存在这个小楼上的，我今天当然要把东西取走。"

岛主撇嘴道："这些东西是从中国老祖宗的坟墓里挖出来的，当年日本鬼子在中国抢中国的国宝，现在还有脸说这些东西是你们的？这儿是中国，不是日本。今天谁想把东西拿走，那要看他有没有这个本事了。"

山本脸色骤变，怒道："这可是拍卖会，谁有钱谁就把东西拿走，难道还想抢劫吗？这儿可不是盗墓的工地，支锅老大在这儿说话可不算数。"

岛主哈哈一笑道："不错，这儿不是工地，不过这个小楼上可经常闹鬼，我听说日本来的鬼早就在打这个小楼的主意了，今天是人是鬼都亮相了。谁能把东西拿走，光凭嘴说可不行，要看真功夫。"说着就拍了拍练功带。

山本也不示弱，冷笑道："中国的真功夫我也是见过的，要比试中国功夫我很愿意奉陪。"

这时岛主手下走出一个壮汉，上前向山本拱手道："在下是岛主的徒弟，绰号北京铁胳膊，愿意向日本的武林同行请教。"

山本手下一个空手道教练上前道："我来向这位仁兄请教一二。"说着向铁胳膊拱了一下手。

山本的手下与岛主手下的铁胳膊说是比试，实际就是自由搏击，用的都是能置人于死地的杀招，战况非常激烈，几次都险些从屋顶平台上摔下去，没一会儿就双双受伤，满脸是血。这时张丽眼看这个空手道教练有些抵挡不住了，就站了出来，向岛主拱手道："岛主，让两位师兄先歇歇，我想请岛主亲自赐教。"

岛主的人认识张丽，一看她走了出来，赶紧停手退到一边。空手道的教练也退到一边。

岛主站起身向张丽道："张丽，咱们是什么关系？虽说咱们之前有些误会，但是情分还在，我可不忍心跟你动手。"

张丽冷笑道："你不忍心跟我动手？哼，就是在这里，你雇来的杀手扬言要把我从这个平台上扔下去。"

岛主道："我从来没雇过什么杀手，更不会对你动手，你在我的心里永远是第一位的。"

张丽瞪着岛主道："你还有脸这么说，真是厚颜无耻。你杀了马玉，还想杀我，你如果是个男人，你敢不敢承认马玉是你杀的？"

岛主有些慌了，忙道："不是，马玉不是我杀的。你别血口喷人。"

张丽道："在马玉被杀的现场有你平常用的假胡子，你怎么解释这个问题？"

岛主道："我和马玉是情人，有东西放在她那儿是很正常的事。"

张丽苦笑道："好一个情人，这就是你刚才说的我在你的心里永远是第一位的？你真是我今生遇到的最虚伪的人。"

这时有人唱着日本歌走了上来，正是白发苍苍的疯老太太。她上了平台向众人道："比武结束，拍卖会开始！"

屋顶平台上的人都看着这个疯老太太，顿时鸦雀无声。

疯老太太向众人道："现在请各位看拍品。"说着慢慢走到平台一个砖砌的烟道旁，撬开两块砖，打开了一个夹墙的暗门，从里面取出一个落满灰尘的藤编箱子。她把箱子拉到众人面前，慢慢打开，里面是一块块衬着丝绸的龟甲，每块龟甲上都带着文字。她关好箱子，坐到茶几前的正位置上，向众人道："请各位看好了出价。"

在场的人议论纷纷，岛主点头道："这箱甲骨应该是民国收藏家的遗物。"

山本拍案而起，大喊道："这是我父亲的东西！"

岛主讥讽道："你可没有中国爹。"

山本飞身上前抢那藤条箱子，岛主上前阻拦。二人当场交手，只见山本武功出神入化，打得岛主节节后退。岛主大骂这鬼子偷学中国武术，居然会梅花桩的功夫。他使出看家本领岳家拳与山本拼命，但没占到一点儿便宜。

张丽怕疯老太太被碰伤，上前用身体护住了她，但疯老太太推开了张丽，大声道："现在开始报价！"

山本一边打一边说："我出一百万！"狠狠打了岛主三掌。

疯老太太道："山本先生出一百万。"

岛主嚷道："我出一百五十万。"奋力还了山本两脚。

疯老太太道："岛主出一百五十万。"

山本又报价二百万，岛主报价二百五十万。

疯老太太道："岛主二百五。"

双方边打边报价，报到一千万的时候都先后受伤，有些气喘吁吁，但仍盯着对手死拼硬打，丝毫没有让步的意思。

这时从楼梯走上来一个蒙面人，上前大声道："把箱子留下，你们都滚！"

在场的人都大惊，山本和岛主对视一下，忽然一起向新来的蒙面人同时出掌，只听"啪"的一声，蒙面人用双掌生接了山本和岛主打过来的掌，震得山本和岛主都向后退了两步。

蒙面人冷笑道："二位武功了得，只是有些累了，对不住，这箱子东西我得拿走。"说着上前拿起了藤条箱子。

这时山本一挥手，他手下的人围了上来。岛主的人也围了上来，把蒙面人团团围住。蒙面人抡开双掌，转眼就打倒两个岛主的人。三方在平台上展开了一场混战。

激战正酣，此时少杰从楼梯上走了上来，他身后跟着韩露和吴氏姐妹。少杰拍着手道："真热闹呀！各位高手比武夺宝，我也算一个。这箱子归我了，我用一双熊掌换！"说着摆了个熊掌拍门的姿势。

岛主和山本等人都看着少杰。岛主的人都往后退去，因为领教过熊掌的厉害。山本的人倒是挺高兴，知道熊掌大侠到这儿来，准是来抓盗墓贼的，都希望他能用熊掌把岛主的人都拍趴下。

少杰看了看戴着假胡子的岛主，冷笑着向他道："岛主，我找了你好长时间了，你就是大名鼎鼎的支锅老大，对吧？杀马玉的凶手也是你，没错吧？"

岛主听了不由得后退了一步，拉开了岳家拳的架势，准备最后一搏。

少杰并没有急着出手，笑眯眯继续向岛主道："咱们不说你以前组织人到陕西盗墓的事，也不算你组织人盗窃张献忠沉银的账，就说说你在这个小楼的事。你自从知道小楼藏宝的秘密以后，几次夜探小楼，后来你想通过马玉找小楼的藏宝，就以做生意为由接近她，装作一个痴情的追求者。后来你买了马玉的一张假画，打了眼，就找专门倒卖古董的田小风等人，想把这八大山人的假画卖出去。你还勾引了马玉，许愿要娶她为妻，想长期占有她，借机把她那张古画真迹弄到手，进一步找到小楼的藏宝。有一天你和马玉约好晚上在马玉家过夜，却因为假画的事和她发生了口角。你恼羞成怒，掐死了马玉，伪造了强奸抢劫的现场，然后拿走了那张八大山人的真迹，逃之夭夭。后来张丽向你要说法，质问你为什么要杀马玉，你就试图杀人灭口，雇人追杀张丽。我说得没错吧？"

岛主听了少杰的叙述，点了点头道："好，说得好，真不愧是狡猾的大白熊。不错，我就是支锅老大，马玉也是我杀的，不过你今天得从这楼上栽下去了，去见马玉！"说着一掌向少杰打了过来，快如闪电。少杰早有防备，以熊掌相迎，双方展开恶战。

这时，后上来抢箱子的蒙面人见众人不注意，飞快地扑向挡住楼梯口的韩露和吴氏姐妹，这三个人猝不及防，急忙躲闪。

蒙面人趁机冲下楼去。

岛主手下的人上前围攻少杰，韩露和吴氏姐妹上前为少杰助战，山本、张丽和空手道武馆的人也帮助少杰打岛主的人，楼上顿时打成一片。

此刻在朝阳门小楼下，警灯闪闪，众多警察包围了小楼。李队长亲自带人冲上平台，正看见少杰和岛主对打。只见少杰熊掌横拍，岛主躲闪不及，被打得横飞了出去，重重地摔在地上。

岛主的人被民警当场抓获，韩露告诉少杰，那个蒙面人趁乱跑了，而且楼下的民警也没看见他。

少杰苦笑着向韩露道："他下了楼就不会蒙面了，他就这么大模大样地走了。"

抓了支锅老大，很多没破的案子都有了结果。少杰说得庆祝一下，就带韩露和吴氏姐妹来到会友武馆找闻龙。

闻龙正在书房写毛笔字。少杰等人上前观看。少杰看着闻龙的书法，摇头说："今天师哥的心不静，所以笔法没有以往苍劲。"

闻龙点头道："是啊。心乱自然笔法就不稳。"他看了看韩露和吴氏姐妹，问少杰道："你带着三个美女来，是喝酒还是看我的藏品?"

少杰微微一笑道："师哥，我今天想跟你要几样东西。第一，在成都少林武僧被抢的那几样文物，就是张献忠沉银。第二，钩弋夫人墓的被盗文物里有几样也在你这儿吧？就是打死牛和飞毛腿从古墓盗挖现场带出来的那些青铜器。另外，吴霜和吴雪她们被抢的那幅画，我也得要回去，我答应过帮她们找回那幅画。还有不少，你收藏的东西百分之八十我都得拿走。"

闻龙听少杰这么说，脸色霎时变得异常苍白，手中的毛笔也掉在了地上。不但闻龙脸色变了，就连在场的韩露和吴氏姐妹也都大吃一惊，面面相觑，不知道少杰是什么意思。

闻龙瞬间就镇静下来，他目光黯淡地看着少杰道："你是什么时候知道这些东西在我这儿的？"

少杰想了想道："当初有人接连抢盗墓贼的东西，韩露每次都说那个强盗是我，因为那个蒙面人用的是三皇炮锤和铁砂掌的武功，还知道警察要到哪儿去抓人。那个时候我就知道那个蒙面人十有八九是你，可我没有证据。而且蒙面人也不止你一个，岛主、彭军也都蒙面作过案，扰乱了我的侦查视线。为了抓这个蒙面人，我也当过蒙面人，还替你管教过你的学生根生，一巴掌差点儿打掉他半边脸。好在你最终还是让我抓到了证据，你犯了逻辑上的错误。比如昨天晚上，我们包围了朝阳门小楼，你从楼上下来，顾胖子带着民警肯定不会拦你，他们都知道我抓武贼经常让师哥来帮忙。所以你大摇大摆地走了，事后我问了小顾，他说你出去的时间正是那个时候。虽然你没蒙面，可你已经暴露了。而且我们在现场安了摄像头。你太大意了。我以前不愿意相信那个蒙面的强盗是我的师哥，有的时候会用酒精麻醉自己。我心里苦啊师哥，你知道吗？"少杰说着，眼泪都要掉下来了。他摇了摇头，接着说："我不相信也不行啊，种种迹象都让我不能不怀疑你。你太爱这些古董了，不买车，不买房，不找女朋友，就是喜欢这些东西，是名副其实的痴迷收藏家。可是你为什么要用抢劫的手段得到这些东西？你抢盗墓贼的东西也是抢劫。我是应该叫你侠盗还是强盗啊？"

闻龙点头道："也许是执迷不悟吧。"他说着用毛笔在纸上写了几个大字："兄弟情深。"写完他放下毛笔，看了看少杰和韩露等人，沉默良久才说："少杰，咱们兄弟情深，我不应该和你动手，可是我就这么跟你走了，似乎有点儿束手就擒的味道，这要传出去对不起我在武术界的名声。要不咱们兄弟比试比试，看看这几年咱们谁的功夫有长进。”

少杰点头道：“小的时候我不是师哥的对手，现在我有了点儿进步，还得请师哥继续指点。”

韩露有些慌乱，想阻止少杰和闻龙比武，但是少杰向她摆了摆手，跟着闻龙来到院子中间。吴氏姐妹也有些慌了，用惊恐的目光看着他们。

闻龙站到院子中间，向少杰道：“少杰，你先进招吧。”

少杰向闻龙拱了一下手，说了声：“师哥，得罪了!”出掌就打。二人龙争虎斗，打得旗鼓相当。打了十几个照面以后，少杰开始变招，用太极拳化解闻龙的大力铁砂掌，但闻龙武功十分精妙，且功夫深厚，少杰使出了熊掌和太极拳，有软有硬，也是没占上风。

韩露看着十分焦急，低声对吴氏姐妹说，少杰似乎很难取胜。吴霜焦急地说：“我去帮大白熊。”

吴雪拉住了吴霜道：“你别过去，白师兄一分神会有性命之忧，而且他掌法不乱，凭他的智谋，准有办法对付闻龙。”

吴霜道：“对，狡猾的大白熊准能想出坏主意。”

此时闻龙连续进攻，少杰被逼得步步后退，只有招架之功，没有还手之力。

紧急时刻，少杰想起了师大爷教他的绝招，于是眼珠一转，忽然使出“夫子三拱手”的最后一招。闻龙不会这招，稍一愣神，少杰的熊掌已经打了过来，“啪”！少杰的熊掌和闻龙的铁砂掌撞在一起，如钢铁相击，铿锵震耳……